Carolin Höller, Top-Managerin bei der erfolgreichen Online-Tauschbörse Skiller in München, hat alles: Musterkarriere. Musterehe. Musterkinder. Bis man sie unterhalb ihres Bürofensters tot auffindet. Schnell ist klar: Sie ist nicht freiwillig gesprungen. Ein Skandal für das Vorzeigeunternehmen, der umgehend aus der Welt zu schaffen ist. Patsy Logan, 38, deutsch-irische Kommissarin bei der Münchner Kripo, soll rasch für Aufklärung sorgen. Und das, obwohl sie gerade mitten in einer handfesten Ehekrise steckt. Immer tiefer gräbt sie sich in Carolins Leben und die Strukturen von Skiller, stößt auf Lügengebäude und hohle Fassaden. Erst recht, als man sie ins Skiller-Hauptquartier nach Dublin schickt. Ausgerechnet in die Stadt, um die sie seit dem Selbstmord ihres Vaters einen großen Bogen macht. Und prompt überschlagen sich die Dinge ...
Harte Landung ist der Auftakt zu einer neuen Krimireihe um Hauptkommissarin Patsy Logan. Schlagfertig und eigensinnig, liefert die »Frau der Stunde« Ergebnisse – mit klarem Verstand, trockenem Humor und einem Instinkt, der niemandem unheimlicher ist als ihr selbst.

Ellen Dunne, 1977 nahe Salzburg geboren, arbeitete als Texterin in Werbeagenturen, danach bei Google im Europa-Hauptquartier in Dublin. Sie lebte in Berlin, München und Mexiko-Stadt, seit 2004 lebt sie in Dublin.

Ellen Dunne ist online:
www.ellen-dunne.com
www.facebook.com/ellendunne.autorin/
twitter: thewriteplaces
instagram: ellendunneautorin

insel taschenbuch 4588

Ellen Dunne

Harte Landung

ELLEN DUNNE

HARTE LANDUNG

Ein Fall für Patsy Logan

Kriminalroman

Insel Verlag

Klimaneutral
Druckprodukt
ClimatePartner.com/14438-2110-1001

2. Auflage 2023

Erste Auflage 2017
insel taschenbuch 4588
Originalausgabe

Vertrieb durch den Suhrkamp Taschenbuch Verlag
Umschlagfoto: mauritius images, Mittenwald
Umschlaggestaltung: zero-media.net, München
Druck: CPI books GmbH, Leck
Printed in Germany
ISBN 978-3-458-36288-3

www.insel-verlag.de

Für meine Familie,
weil ihr mir auch von ferne immer nahe seid.

Und für Wolfgang,
weil es diese Geschichte ohne dich gar nicht gäbe.

HARTE LANDUNG

München

18. bis 21. August

Wir wachsen mit jedem Tag und jeder neuen Aufgabe über uns selbst hinaus. Der Maßstab ist dabei nicht der Vergleich mit Leistungen, die andere erbracht haben, sondern ausschließlich das eigene, individuelle Potenzial sowie der Wille, dieses immer wieder aufs Neue zu erfüllen und weiterzuentwickeln.

Punkt 4 aus dem Skiller-Wertemanifest

»Fuck reality. Give me a life in the bubble, anytime.«

Anonymer Mitarbeiter

Carolin, am Abend

Es ist ihr Herz. Es schlägt zu schnell, zu flach. Etwas stimmt nicht damit. Wie auch? Nichts stimmt mehr. Überall schlechte Omen, düstere Vorzeichen. Schatten, die Gestalt annehmen und sich in Stellung bringen gegen sie.

Es gibt nur einen Weg. Den nach unten.

Nein! Sie braucht nur Luft. Sauerstoff.

In ihrem Brustkorb flattert es panisch. Sie wankt zum Fenster, öffnet es weit.

Luft. Sie braucht einen klaren Kopf, um all die ungebetenen Gedanken wieder daraus zu vertreiben. An Christian. An Hände, die sich in Hosentaschen zusammenballen wie muskulöse, haarlose Tiere. An Fäuste, die fliegen wollen, das Blut auf ihrer Zunge, Finger, die sich ins Fleisch ihrer Oberarme krallen.

Luft! Sie ringt nach Atem. Schließt die Augen, reißt sie wieder auf. Die Münchner Abendluft bringt keine Erleichterung, ist bleiern, unheilschwanger. Der Gedanke lässt sie laut auflachen, doch da ist kein Humor in ihrer Stimme, nur Hysterie. Sie sieht das Wetterleuchten hinter den Türmen der Frauenkirche. Dunkle Golems, die im Schutz der vorzeitig hereingebrochenen Dämmerung lauern. Unter ihr das dumpfe Stampfen von House-Musik. Stimmensalat auf der Terrasse zwei Stockwerke tiefer. Dieses Lachen, jung und unbeschwert. Dann das Knurren eines der Sicherheitsleute. Er treibt die Partygemeinde nach drinnen und schließt die Tür. Bloß keinen Ärger mit den Nachbarn.

Das Panzerglas tut seine Pflicht, Ruhe breitet sich aus. Unwillkommene Ruhe. Ihr Herzschlag steigert sich darin zu Trommelfeuer.

Die Luft hält ihr Versprechen nicht, kleidet ihre Lunge aus wie heißer Dampf. Sie stellt sich auf Zehenspitzen, lehnt sich weiter aus dem Fenster. Doch sie ist zu klein. Es bleibt stickig.

Ihr Büro ist jetzt fast vollständig in Dunkelheit getaucht, der Monitor ihres Computers längst im Stromsparmodus. Nur ein grüner Lichtpunkt pulsiert auf ihrem Schreibtisch. Eine neue Nachricht. Mitteilungen vom Ende der Welt. Der Rausch ist vorbei. Egal, welchen Weg sie jetzt geht, er führt nach unten.

In ihrem Brustkorb wird es eng.

Sie braucht Hilfe! Braucht sie Hilfe? Aber woher sollte die überhaupt kommen? Sie ist allein.

Stell dich nicht so an.

Panikattacken sind nichts Neues für sie. Einfach weiteratmen, dann wird es wieder. Wenn sie nur etwas mehr Luft bekäme.

Sie zieht einen der Stühle von ihrem Schreibtisch heran. Karges Design, edles Holz. Es knarrt unter ihren nackten Füßen. Der nächste Schritt, aufs Fensterbrett. Außer Atem klammert sie sich am Rahmen fest. Vor einem Jahr ist sie noch einen Halbmarathon gelaufen.

Jetzt lockt unter ihr der Abgrund. Zwei Altbaustockwerke bis auf Terrasse und Vordach, drei bis aufs Kopfsteinpflaster. Wie einfach es doch wäre, Ruhe zu finden.

Die Fenster des sanierten Altbaus sind hoch, ihr Scheitel reicht nicht einmal bis an den oberen Fensterrahmen. Ihr Kopf schwirrt. Es riecht nach Farbe. Die letzten Handwerker haben das Haus erst heute Vormittag verlassen.

Gierig saugt sie Luft ein, ihre Rippen ein engmaschiger Käfig, und schaut hinaus in das immer intensivere Wetterleuchten. Der Gewitterwind frischt weiter auf, lässt irgendwo ein Fenster in der Zugluft schlagen. Das Rauschen der Bäume, ihre Äste ächzen im Wind.

Das Donnergrollen kommt vom Stadtzentrum her, aus Richtung Osten. Dort hinten im Lehel, hinter sauber verputzten Fassaden kernsanierter Altbauten, liegen Fabian und Lia in ihren Betten. Hoffentlich ist Fabians Fieber wieder gesunken. Hoffentlich können die beiden schlafen. Gewitter sind noch etwas Neues und Furchterregendes für Lia, bringen sie jedes Mal zum Weinen. Warum ist sie nicht da, um ihre Kleine davor zu schützen?

Christian ist doch da.

Ihr Lächeln über den Gedanken an ihre Kinder bleibt im Ansatz stecken. Christian.

Die Dunkelheit in ihrem Rücken ballt sich. Ist jemand hier? In ihrem Büro?

Blödsinn. Reiß dich zusammen. Sie schüttelt den Kopf, reibt sich mit den Händen das Gesicht.

Dann ein Geräusch, das sie zusammenfahren lässt. Das Klicken einer Tür. So bereits hundertmal gehört an diesem Tag. Warum macht es ihr jetzt Angst?

Weil es jetzt einen guten Grund dafür gibt, Angst zu haben. Sie dreht sich um, sieht gerade noch, wie eine Gestalt aus dem Licht, das durch die Glastür auf den Boden fällt, in die Dunkelheit des Raumes schlüpft. Wer auch immer eben noch draußen auf dem Gang war, ist jetzt hier drin. Ein Schatten auf dem weißen Grund ihrer Bürowände. Sie erschrickt. Vor den glänzenden Zähnen. Den glitzernden Augen. Dem bekannten Gesicht. Was jetzt? Kämpfen oder fliehen?

Der Schatten macht einen Satz nach vorn, und ihr Herzschlag explodiert in ihrer Brust.

Frau der Stunde

1

Timing ist alles im Leben, Patsy! Nur ein kurzer Moment zu früh oder zu spät, und dein Leben ist ein anderes. Das hat mir mal ein kluger Mann gesagt.

Na gut, eigentlich war es Fergal, der Pächter des Fiddler's Green Irish Pub an der Orleansstraße, und er hatte sich weniger auf das Leben im Allgemeinen und mehr auf das Einschenken eines perfekten Pints Guinness bezogen.

Fergal ist zwar nicht unbedingt klug, aber schlau. Zumindest war er das mal. Denn seit seine Vorliebe für perfekte Pints überhandgenommen hat, vom Whiskey gar nicht zu sprechen, geht es ziemlich abwärts mit ihm.

Aber damals, in den frühen Neunzigern, war ich gerade mal ein Teenager, Fergal immer wieder mal der Boss meines Vaters und mein Vater noch mein Held. Da konnte man mich mit so einem Spruch mächtig beeindrucken.

Lange her. Genau genommen fünfundzwanzig Jahre. Mein Vater ist inzwischen kein Held mehr, sondern tot. Und Fergals Binsenweisheit? Zu Recht in Vergessenheit geraten. Zumindest bis zu dem Morgen, an dem mich Konstantin anrief und mir von einem Todesfall unter ungeklärten Umständen erzählte.

Konstantin Aigner und ich teilen eine lange Vorgeschichte. Polizeischule, Streife in der Maxvorstadt, dann zur Münchner Kripo, ins Dezernat 11 für vorsätzliche Tötungsdelikte. Vor drei Monaten wurde er befördert. Seitdem ist er mein Chef.

»Carolin Höller, einundvierzig, zweifache Mutter. Sie leitet das deutsche Büro von Skiller.«

»Du meinst die Tauschplattform?«, fragte ich in seine Effekt-Pause.

»Genau die.« Konstantin klang überrascht. Im Gegensatz zu ihm sprang ich meist erst spät auf abhebende Trends auf, wenn überhaupt. Doch um dem Namen Skiller zu entkommen, hätte ich die letzten Monate unter einem Stein verbringen müssen.

Auf skiller.com konnte jeder seine Fähigkeiten im Tausch für eine Gegenleistung anbieten: ein reparierter Wasserhahn für drei Stunden Bügeln; zwei Massagen für eine Stunde Ernährungsberatung. Bares Geld, Sex und ähnlich Anrüchiges waren nicht erlaubt. »Teilen statt zahlen«, jubelte es durch die Medien. »Die antikapitalistische Revolution aus dem Silicon Valley.« Und sie breitete sich aus. Investorengeld floss in Massen, auf allen Kontinenten wurden neue Niederlassungen eröffnet.

»Frau Höller ist gestern Nacht aus dem Fenster ihres Büros gestürzt. Wahrscheinlich freiwillig, aber gesehen hat's natürlich keiner. Dafür haben wir viele Zeugen, die nur Englisch sprechen. Und eine sehr interessierte Presse. Ich weiß, heute ist eigentlich dein freier Tag, aber wir brauchen dringend eine zweisprachige Halb-Irin mit Autorität und Charme, die das mit links stemmt. Kennst du da jemanden?«

Dass Konstantin befördert und ich übergangen worden war, war ihm unangenehm. Vor allem in Situationen wie dieser, in der er mir nicht einfach einen Befehl erteilen konnte. Also tat er so, als säßen wir noch immer gemeinsam bei McDonald's, wie damals nach unseren Nachtdiensten in der Maxvorstadt.

»Du bist die Frau der Stunde, Patsy Logan«, sagte er, weil ich nichts sagte. Ich konnte sein Grinsen vor mir sehen. So breit, es passte kaum durch die Leitung.

Genau in dem Moment fielen mir Fergal und sein Spruch wieder ein. Perfektes Timing, das konnte man laut sagen.

Stefan und ich saßen gerade in einem dieser hippen Cafés, die überall in München aus dem Boden schießen. Fräulein Adelheid oder Agatha oder irgendwas ähnlich Verzopftes. Immerhin klimatisiert. Nichts anderes half gegen die Hitze dieses welken Sommers.

Mein Mann starrte an mir vorbei ins Leere, während ich mit Konstantin telefonierte. Lustlos stocherte er mit der Gabel in den letzten Bröseln seines Zupfkuchens. Ein Wunder, dass er überhaupt Appetit hatte. Der erste Bissen meines Croissants steckte noch immer auf halbem Weg in meinen Magen fest, bewegte sich weder vor noch zurück.

Vor einer guten Stunde hatte uns Dr. Siegfried Wahlheimer, Eigentümer der gleichnamigen Kinderwunschklinik, für »primär steril« erklärt. Einen wirklichen Grund, warum unser Sex seit drei Jahren ohne Folgen blieb, konnte er uns nicht nennen. Alle Befunde waren unauffällig. Abgesehen von »unserem Alter« gäbe es keine eindeutig nachweisbare Ursache. So etwas käme vor, bei etwa zehn Prozent aller ungewollt kinderlosen Paare.

Das heißt, wir sind was Besonderes, hatte ich gesagt, nur damit das darauf folgende Schweigen wieder ein Ende hatte.

Dr. Wahlheimer – haarprächtig, dauerlächelnd, dynamisch wie ein Fondsmanager – hatte meine humorvolle Einstellung gelobt und einen ganzen Katalog von Behandlungsmöglichkeiten sowie die dazugehörigen Zahlungsoptionen präsentiert. Blablabla, während ich nur daran denken konnte, dass mich noch nie zuvor in meinem Leben jemand alt genannt hatte. Oder steril. Die Worte hingen wie Mühlsteine an mir, zogen mich unter Wasser in einen Abgrund, so tief, ich konnte den Grund Minuten später noch nicht mal erahnen.

Aber Patsy Logan wäre nicht Patsy Logan, hätte sie nicht sofort ihren Überlebensmodus angeknipst. Verständig nickte ich, als Dr. Wahlheimer uns mit grenzwertig vorwurfsvollem Ton zur Eile antrieb, mit vierzig respektive achtunddreißig wäre es kurz vor zwölf, unsere bisherige Geduld könnten wir uns nicht mehr leisten. Eine künstliche Befruchtung sei der einzige realistische Weg, doch noch rasch Nachwuchs zu zeugen.

Ich war die Souveränität in Person.

Ungewollt kinderlos? Preisgegeben dem einsamen Alter, einem Dasein, das keinerlei Spuren in dieser Welt hinterlässt? Also bitte, da hat man doch wahrlich Schlimmeres erlebt.

Bei der Verabschiedung machte ich noch eine launige Bemerkung, und Stefan, dieser beste aller Männer, die mir je passiert sind, schmunzelte sogar mir zuliebe, seine sanften Knopfaugen rot umrandet. In dem Augenblick war ich überzeugt: Egal, was passiert, wir sind auf einer Seite und werden eine gute Lösung finden. Hand in Hand.

Ganz schön naiv.

»Lass mich raten«, sagte Stefan, nachdem ich aufgelegt hatte. »Ein neuer Fall, und du bist die Frau der Stunde.«

Betont kontrolliert legte er die Gabel zurück auf den Teller.

Mein Mann erinnert mich manchmal an einen dieser Braunbären, die gemütlich durch die Gegend zotteln, nur um dann plötzlich loszusprinten und sich ein Schaf zu reißen.

Dass er diplomierter Psychologe ist, macht es nicht besser. Mit ihm zu diskutieren ist, wie mit einem Telepathen Poker zu spielen. Zum Glück bin ich ein Ass im Bluffen. Wahrscheinlich ist es das, was uns von Anfang an aneinander reizte.

»Du Hellseher«, sagte ich und lächelte. Stefan lächelte nicht. Ich versuchte einen zweiten Bissen von meinem Croissant. Diesmal rutschte es. Die Frau der Stunde zu sein, hat schon was. So viel besser als steril oder alt.

»Das heißt, du musst jetzt gehen?«

»Der Reitsamer und die anderen Spezialisten aus dem Dezernat sprechen Englisch wie Zehnjährige. Das muss ich übernehmen.«

»Wie praktisch.«

Ich ignorierte Stefans sarkastischen Unterton.

»Nicht praktisch, aber mein Job.«

»Du meinst Fluchtweg.«

»Na klar, wenn ich wählen kann zwischen einem Frühstück mit meinem Mann und einer Leiche, dann weiß ich natürlich sofort, was ...«

»Es geht hier um unsere Zukunft, Patsy.«

Stefan wird selten laut. Seine Aggression ist kalt, müde vom ständigen Ringen um Verständnis für alles und jeden. Aber vor zwei Stunden, als wir unsere Wohnung in der Breisacher Straße verließen, hatte er noch zehn Jahre jünger ausgesehen. Jetzt war Stefan ein Mann ohne Zukunft. Und niemand da, dem er die Schuld dafür geben konnte. Nur ich.

Ich nahm seine Hand, fast doppelt so groß wie meine und ganz klamm, und drückte sie.

»Zum Glück können wir etwas dagegen tun«, sagte er.

In mir rührte sich etwas Dunkles, so unerwartet und heftig, ich konnte nicht mal rechtzeitig den Mund zumachen.

»*Wir* ist ein bisschen übertrieben«, sagte ich durch ein hastig zusammengezimmertes Grinsen. »Du musst dir ein paar Pornohefte ansehen und Handbetrieb einlegen. Den ganzen Rest mit den Hormonen und all dem Scheiß muss ich machen.«

»Das heißt, du willst nicht?«

»Das heißt, ich muss darüber nachdenken.«

Ein verzweifelter und schockierend fieser Zug erschien um Stefans Mund. Man konnte ihn sogar durch seinen Wochenbart hindurch sehen.

»Ich dachte, wir wären uns einig, dass wir Kinder wollen«, flüsterte er.

»Ja, aber von Frankensteins Labor war bis vorhin nicht die Rede.«

Stefan schnaubte verächtlich.

»Ich verstehe.« Er entwand mir seine Hand und winkte die elfenhafte Kellnerin herbei. »Dann denk drüber nach. Falls nicht was Wichtigeres dazwischenkommt.«

Hätte er mir eine Ohrfeige verpasst, es wäre weniger schmerzhaft gewesen.

Ich überlegte, was ich tun sollte. Versuchen, unsere Krise zu ersticken, bevor sie atmen und sich zu voller Größe entfalten konnte? Oder lieber das, was ich meist ganz gut hinkriege: Ordnung in die aus den Fugen geratene Welt anderer Menschen bringen.

Es dauerte nur ein paar Sekunden, bis ich mich entschieden hatte.

2

Von: Peter Brennan <peter@skiller.com>
An: Team München <muc-team-all@skiller.com>
Betreff: Wichtig: Skiller München heute geschlossen

Team,

wie einige von euch schon bemerkt haben, hat sich in unseren Büroräumlichkeiten am Herzogengraben ein tragischer Vorfall ereignet. Um die Arbeiten der Sicherheitskräfte vor Ort bestmöglich zu unterstützen, bleibt das Büro mit sofortiger Wirkung bis einschließlich Sonntag geschlossen.

All jene, die sich nicht schon vor Ort befinden, arbeiten bitte per VPN von zu Hause aus.
Wer sich bereits hier im Gebäude aufhält, den bitte ich um volle und professionelle Kooperation bei der Aufklärung der Ereignisse.

Die absolute Diskretion aller Skillerz setze ich voraus, vor allem hinsichtlich der kritischen Phase, in der sich unser Unternehmen im Augenblick befindet.

Im Sinne unserer Unternehmensleitlinie der Transparenz werden wir weitere Informationen teilen, sobald wir einen verifizierten Überblick über die Situation haben. Bis dahin, und aus Respekt vor den betroffenen Personen, bitte ich, von Spekulationen Abstand zu nehmen.

Bei dringenden Fragen wendet euch bitte an mich persönlich.

Danke, Peter

3

Vom Fräulein Soundso in der Rumfordstraße bis zum Fundort der Leiche am Herzogengraben sind es zu Fuß gerade mal zehn Minuten. Mit dem Auto braucht man doppelt so lange, vor allem an Freitagvormittagen. Und erst recht, wenn alle wie aufgeschreckte Hühner durch die Stadt flatterten, um den vorerst letzten Tag mit Bade- und Grillwetter zu nutzen. Für den späten Abend war ein Wetterumschwung vorhergesagt. Also nahm ich ein Taxi. So blieb mehr Zeit, Stefan zu vergessen, in meine Routine des Stehaufmännchens zu finden und mich auf den Fall vorzubereiten. Außerdem trug ich meine Miu Mius in Dunkelrot. Ein Wundermittel für ein verwundetes Ego, aber völlig ungeeignet für eine Welt abseits von Laufstegen und privaten Chauffeuren. Der Tag mit ihnen würde schmerzhaft genug werden. Gleich nach dem Einsteigen streifte ich sie ab und machte mich an die Recherche.

Auf dem News-Index von Google wimmelte es geradezu von aktueller Berichterstattung über Skiller.

Das meiste war internationale Presse. Es ging um das wuchernde Wachstum des 2010 im kalifornischen Silicon Valley gegründeten Unternehmens. Den Boom der sogenannten Sharing-Economy, einer Wirtschaft des Teilens, die seit der Finanzkrise auf einer Erfolgswelle ritt. Airbnb mache gastfreundliche Menschen zu Hotels, Uber mache jedermann zum Taxiunternehmen, und Skiller biete nun »Luxus für alle«.

»Jeder hat etwas Wertvolles zu bieten, was andere brauchen. Wir bringen die Menschen zueinander«, wurde unter einem Foto der beiden Unternehmensgründer zitiert. Brian Heffernan und David P. Shreve waren noch keine dreißig, mit den leicht aus den Fugen geratenen Gesichtern von Pubertierenden. Wie die Streber meiner Schulzeit. Götter in Mathe und Physik – unberührbar in den Pausen. Zurechtgeschobene Zahnreihen; linkisches Lächeln; Hände in den Taschen; Turnschuhe in Regenbogenfarben unter Cargo-Hosen.

Sie waren die Milliardäre von morgen. Einhörner. So nannte man in den Artikeln Jungunternehmen, die bereits vor Börsengang auf über eine Milliarde Dollar bewertet wurden. Achtzig Millionen Nutzer weltweit, fünftausend Mitarbeiter, sogenannte »Skillerz«, Niederlassungen in bisher fünfzehn Ländern. Tendenz stark steigend. Übernahmeangebote von Google und Microsoft in den Jahren 2012 und 2014 waren von den Gründern abgelehnt worden. Inzwischen wurde offen über den Zeitpunkt spekuliert, wann Skiller an die Börse ging.

Die meisten deutschen Artikel waren erst einen Tag alt und berichteten von der Eröffnung des neuen Skiller-Büros am Herzogengraben in München. Gestern Abend. Mit einer großen Party und den üblichen Verdächtigen an Bürgermeistern, Oberbürgermeistern und Wirtschaftsvertretern. Sogar Gründer David Shreve hätte auf seiner Europa-Rundreise einen Zwischenstopp im schönen München gemacht, um das jüngste und mit allem Komfort ausgestattete Büro zu besichtigen.

»Ein Spielplatz für die verwöhnte Mitarbeiter-Generation Y« konnte der zweifellos unterbezahlte Online-Redakteur des *Münchner Abendblatts* seinen Neid nicht im Zaum halten.

Ich konnte es kaum erwarten.

Um kurz nach zehn Uhr stieg ich am Herzogengraben aus dem Taxi, fand auf den ersten Blick aber nichts Bahnbrechendes vor: Altbau in typischer Dallmayr-Ästhetik in Altrosa und Weiß. Im Erdgeschoss eines jener Geschäfte, in dem es mehr Verkäufer gibt als Ware. Der lässig ins Schaufenster geworfene Pullover kostete mein halbes Monatsgehalt.

Gefährlich. Zu solchen Wahnsinnstaten bin ich durchaus fähig, vor allem an Tagen, die anfangen wie dieser.

Also folgte ich dem Pfeil auf einem diskret angebrachten Schild aus gebürstetem Metall um die Ecke, in eine Durchfahrt und weiter in einen schmucklosen Innenhof. Der Eingang ins Gebäude führte über einen vollverglasten Anbau. Der Empfangsbereich glich einer Oase. Warm, einladend und von indirekten Lichtquellen ausgeleuchtet.

Auf dem Dach des Anbaus war eine Terrassenlandschaft eingerichtet. Tische und Sitzmöbel aus Teakholz, Bambus in großen Pflanzkübeln und – war das zu fassen? – eine Bar im Tiki-Stil. Ich hörte mich leise seufzen angesichts der offenen Arme, mit der mich das Haus empfing. Eine perfekte Welt. Nur der schmutzig weiße mobile Sichtschutz der Kollegen von der Streife störte. Er spannte sich wie ein Bizeps zwischen den zusammengefalteten Schirmen. Carolin Höllers letzter Bodyguard. Zwei Stockwerke darüber ein offenes Fenster. Wahrscheinlich das Büro, von dem aus ihr letzter Weg nach unten geführt hatte. Wie? Gute Frage.

Die Fotos von der Google-Bildersuche hatten mir, wenn auch keine Schönheit, dann doch eine attraktive Frau präsentiert. Obwohl ihre Augen blassblau waren, ihre naturblonden Haare unspektakulär und ihr Lachen etwas zu zahnreich, ging eine mühelose Eleganz von Carolin Höller aus. Eine zuversichtliche Energie, die sich sogar über den Bildschirm meines Smartphones auf mich übertrug. Wie mitreißend musste sie erst auf ihre Mitarbeiter gewirkt haben? Was für ein Loch hinterließ ihr Tod in diesem Haus?

Auf dem Profilbild ihres Facebook-Accounts war sie mit zwei Kindern zu sehen gewesen – ein Neugeborenes im Arm und ein Kleinkind unbestimmten Geschlechts, das sich über das herzallerliebst schlafende Baby beugte und es auf die

Stirn küsste. Alles in Schwarz-Weiß. Eines dieser Bilder aus dem Fotostudio. Niveauvoll und sichtbar teuer. Carolin Höller, engelsgleich. Die Frau, die alles hat. Irgendwo im Off lauerte sicher noch ein erfolgreicher Ehemann mit leicht angegrauten Schläfen und liebevollem Blick.

Es sei denn, er hatte seine Frau über die Klinge springen lassen. Ihr einen kleinen Schubs gegeben vielleicht, um der unerträglichen Perfektion ein Ende zu machen?

Ich schüttelte den Kopf, sperrte diesen Gedanken an denselben Ort zurück, wo ich schon das Gespräch mit Stefan hinverdrängt hatte. Zu all den anderen Bildern und Erinnerungen, die ich gerade nicht brauchen konnte. Meinen Dad zum Beispiel, wie er mit dem Gesicht nach unten auf einem Ozean treibt. Gesprungen. Geflogen. Zerschellt.

So wie Carolin Höller.

Ich lächelte beim Gedanken daran, dass sie meinem Dad da unten jetzt Gesellschaft leistete. Sie würde ihm gefallen.

Warum hast du nur so eine schwarze Seele?

Schwester Reinfrieda, meine Religionslehrerin, hatte mich das gefragt, nachdem ich im Kommunionsunterricht ein Jesuskind mit Teufelshörnern aus Plastilin geformt und damit alle zum Lachen gebracht hatte.

Ich habe noch immer keine Ahnung, warum. Aber ich weiß, dass es hilft.

4

Der Innenhof war mit Kopfsteinpflaster ausgelegt. Unmöglich, sich darauf würdevoll zu bewegen. Dem jungen Streifenpolizisten am Eingang schien es trotzdem zu gefallen. Beim Anblick meines Dienstausweises allerdings verschwand sein Lächeln, und er räusperte sich. So was bin ich gewohnt.

Falls es ein typisches Kripo-Gesicht gibt – ich habe es nicht. Hohe Absätze und ein Sommerkleid, das knapp über dem Knie endet, machen es nicht besser. Wie immer, wenn es um einen Fall ging, hatte mein Autopilot übernommen. So schnell wie möglich zum Ort des Geschehens. Über den Rest hatte ich mir herzlich wenig Gedanken gemacht. Auf meinen üblichen Hosenanzug zur Unterstreichung meiner Autorität musste ich also diesmal verzichten. Andererseits – unterschätzt zu werden ist in meinem Beruf nicht unbedingt ein Nachteil. Es sei denn, es geht um eine Beförderung.

»Bitte, Frau Hauptkommissarin.« Der uniformierte Kollege winkte mich durch eine behäbige Drehtür ins Innere von Skiller.

Was in unserem Präsidium in Grau, klinischem Weiß und grellem Gelb gestrichen ist, leuchtete hier in warmen Farben und Holz. Auf einem riesigen, in die Wand eingearbeiteten weißen Bildschirm schwebten die angenehm grünen Buchstaben des Skiller-Logos und schienen in Erwartung zu vibrieren. Tippte man einen der Buchstaben mit dem Finger an, öffnete sich ein virtuelles Feld mit Informationen zum Unternehmen.

Davor stand – sichtlich fasziniert – die Kollegin Meyerhofer in all ihrer burschikosen Stattlichkeit. Trotz der Hitze trug sie ein kariertes Flanellhemd, die Ärmel aufgekrempelt, die Hände in den Taschen ihrer weiten Jeans vergraben. Ihre magentaroten Haare hatte sie mit Gel in eine Art Nagelbrett verwandelt. Die gutmütigen Züge, das schiefe Lächeln und die traurigen Labradoraugen sieht man immer erst von vorne.

Seit zwei Wochen war Kris Meyerhofer in unserem Dezernat. Davor fünf Jahre Streife in Ramersdorf-Perlach. Das allein hatte ihr Respekt eingebracht. Außerdem trank sie Bier am liebsten im Maßkrug. Bei den Kollegen kam das natürlich gut an. Streberin. Andererseits, die Rolle der eigensinnigen Kratzbürste war schon vergeben. Als es darum ging, wer sich um Kris kümmert und zusieht, dass sie die ersten Monate bei der Mordkommission halbwegs gut übersteht, fiel das Los trotzdem auf mich.

»Patsy ist die beste Partnerin für unsere Frischlinge. Sie hat so was Mütterliches«, hatte der Kollege Reitsamer die Verlautbarung von Konstantin während der damaligen Montagsbesprechung kommentiert. Der Witz des Jahrhunderts, fanden die meisten. Ich lachte auch, nicht zu leise und nicht zu laut. Wer mit einem Rudel von Brüdern aufgewachsen ist, weiß, wie wichtig es ist, unverwundbar zu wirken.

Kris hörte die Ankunft meiner Schuhe und drehte sich um. Ihr Blick huschte an mir auf und ab. Einen irrationalen Augenblick lang war ich überzeugt, dass sie alles wusste. Über heute Morgen. Wie es mir ging. Doch sie schwieg, und ich war ihr dankbar dafür.

»Wartest du schon lange auf mich?«

»Nur ein paar Minuten. Du hast doch eigentlich frei heute, oder?«

»Ja, eigentlich.«

Kris hob die Schultern, unschlüssig, ob es hier etwas zu lächeln gab. Auch wenn ich ganz neutral schaue, machen meine Mundwinkel immer diesen komischen Knick, und dann sehe ich aus, als würde ich mich über etwas amüsieren, was meinem Gegenüber entgangen ist. Je nach Gegenüber sind meine Mundwinkel entweder meine Waffe oder mein Verderben.

Aber Kris war okay, und ich wollte sie nicht unnötig verunsichern. Das hier war ihre erste Tote bei der Mordkommission.

»Also junge Frau. Erzählen Sie mal.«

Sie nickte, als hätte ich sie soeben zur Tafel gerufen. Aus einer Klappentasche am Oberschenkel ihrer Hose zog sie einen Notizblock hervor. Eng beschrieben in karger Schrift, ohne Höhen und Tiefen.

»Also. Skiller ist schon zwei Jahre lang in München aktiv, um hier eine Niederlassung aufzubauen und den deutschen Markt in Angriff zu nehmen. Bisher waren sie aber sehr diskret unterwegs. Sie hatten temporäre Büroräume in der Karlstraße gemietet. Jetzt sind sie groß genug für was Repräsentativeres. Gestern war die offizielle Eröffnungsfeier. Das fing an mit einem ...«, sie studierte ihre Notizen, » ... einem Townhall Meeting mit Vertretern der Handelskammer und der Presse, sogar einer der Unternehmensgründer aus Amerika war hier, ein Typ namens Shreve. Das dauerte von sechs bis sieben. Danach gab's eine Stunde, also bis acht, einen Empfang mit Buffet und Live-Musik von einem Jazzquartett, und als der offizielle Tross draußen war, kam noch ein DJ für die Mitarbeiter-Party. Der blieb bis Mitternacht, dann musste Schluss sein, weil sich sonst die Nachbarn wegen des Lärms beschweren.«

Großartig. Gestern Abend war also halb München durch dieses Gebäude getrampelt. Eine schöne Herausforderung für die Spurensicherung.

»Wo war diese Party?«

»In der Kantine im ersten Stock«, sagte sie. »Die ist der Wahnsinn. So was hab ich noch nie gesehen.«

»Warst du schon oben?« Ich war kurz davor, mich von Kris' Effizienz beeindrucken zu lassen.

»Nein«, sie schüttelte verlegen den Kopf. »In der Zeitung heute waren Fotos. Das hier ist kein Büro, das ist ...«, sie rollte mit den Augen, suchte nach Worten.

Dann erhellte sich ihre Miene. Sie zeigte auf ein großes Buchregal neben der Empfangstheke. Altholz, gefüllt mit gebrauchten Büchern jeder Größe und Güte.

Nimm eins. Gib eins. stand auf einem Schild.

»Solche Sachen zum Beispiel. Genial, oder? So eine Gemeinschaftsbibliothek sollten wir im Präsidium auch einführen. Und das hier erst recht!« Ihr leuchtender Blick wanderte ein paar Meter weiter, zu einem amerikanischen Kühlschrank im Stil der fünfziger Jahre. »Alles voll mit Getränken. Einfach so, gratis«, flüsterte sie ehrfürchtig.

»Wenn du Konstantin den Vorschlag machst, will ich dabei sein«, sagte ich. »Das wird ein Moment für die Ewigkeit.«

Kris runzelte die Stirn, lachte verwirrt. Sie hatte keine Ahnung, wovon ich redete.

»Kleiner Scherz. Er wird dir natürlich den Kopf dafür abreißen, was sonst? Und jetzt will ich die Kantine sehen.«

Kris hatte recht. Das Mitarbeiter-Restaurant von Skiller hatte nichts mit den Kantinen meiner Welt zu tun. Keine Spur von zerkochtem Brokkoli, aus Pulver angerührter Bratensoße oder grantigen Gesichtern an der Ausgabe.

Stattdessen der heimelige Charme von Flohmarktmöbeln. Kein Sessel sah aus wie der andere. Manche waren ganz simpel aus abgebeiztem Holz, andere bunt bemalt, wieder andere aus Spanplatten oder Plastikspritzgussteilen wie in den Fernsehserien aus den Siebzigern.

Es roch nach frischem Brot, Kaffee und etwas Gebratenem.

Ein Buffettresen, wie man ihn sich von einem Fünfsternehotel erwartete. Brotkörbe, Warmhaltewannen, Samoware. Alle noch leer. Offensichtlich war man gerade dabei gewesen, das Frühstück für die Mitarbeiter vorzubereiten, als man Carolin Höllers Leiche gefunden hatte. Nur die vier säulenförmigen Spender mit geschmacksoptimiertem Wasser waren bereits gefüllt. Zitronengras, Minze-Limette, Erdbeer-Orange, Gurke.

»Mund zu«, sagte ich zu Kris. »Du schaust wie Alice im Wunderland.«

Sie klappte den Kiefer nach oben und lächelte wieder so verwirrt.

Ich seufzte. An meinen Humor würde sie sich schon noch gewöhnen, irgendwann.

Gegenüber dem Buffet lag eine Bühnenfläche mit einem Mikrofonständer. Darüber ein Banner: *Willkommen zu Hause, Skillerz!*

Regale voller Müsliriegel und Kaugummi, noch mehr Kühlschränke mit Getränken und dazwischen der Traum meiner Kindheit – eine original Wurlitzer Jukebox.

Ich ließ meine Finger über die Auswahltasten gleiten, über Billie Holiday, Doris Day, Johnny Cash, und entschied mich für »Beggin'« von Frankie Valli & The Four Seasons. Beobachtete das Karussell. Wartete auf den theatralischen Anfangsakkord.

Und mit einem Mal spürte ich sie. Gänsehaut. Die Anspannung hinter den fröhlichen Kulissen. Die lauernde Menschenleere. Die Ausläufer einer Gewalttat, die noch immer durch das Gebäude liefen wie Wellen über einen schwarzen Tümpel, in den ein Stein gefallen war. Wir waren hier nicht willkommen. Zwei Unheilsboten im Paradies.

»Komm«, sagte ich zu Kris, die mit glasigem Blick in die Ferne starrte. »Höchste Zeit für die Realität.«

5

Carolin Höller war viel kleiner und zierlicher als der Eindruck, den sie auf den Fotos hinterließ. Fast ihr gesamter Körper fand auf der Glasplatte eines der niedrigen Loungetische Platz, die, von gemütlichen Sofas umstellt, auf der Terrasse verteilt standen. Halb auf dem Rücken lag sie da, als wäre der Landeplatz extra für sie vorgesehen.

Ihr Kopf hatte es nicht ganz geschafft. Er hing noch am Hals, aber in einem ziemlich verstörenden Winkel über die Kante. Dasselbe bei ihrem rechten Arm knapp unter dem Ellenbogen und dem halben Schienbein derselben Seite. Alles hing zu Boden wie bei einer Marionette, deren Glieder sich in alle Richtungen biegen ließen. Der Gedanke an die *Pinocchio*-Serie aus meiner Kindheit streifte mich. »Die Welt ist groß, und du bist klein.«

Die Hose aus weißem Leinen und das schlichte T-Shirt in Zartrosa klebten nach dem Gewitterregen der vergangenen Nacht noch feucht an ihrem Körper, dazwischen Haut, die früher blass und jetzt wächsern war. Durch den leicht transparenten Hosenstoff sah es aus, als trage sie keinen Slip. An der Fußsohle ballte sich bereits das abgesunkene Blut, fast wie ein Schuh.

Mehr konnten wir von unserem Standort aus nicht erkennen. Die Kollegen von der Streife – ein hageres Männchen mit Knebelbart und sein geschätzt vierzehnjähriger Kollege – hatten sich kompromisslos gegeben und uns hinter die Glasfront der Kantine verbannt. Kein Betreten des Fundorts vor Ankunft der Spurensicherung. Die stand im Stau in der Frauenstraße. Bis dahin kein Zugang für niemanden. Punktum.

Die Frage war, wie viele Spuren es überhaupt zu sichern gab. Das gestrige Unwetter war noch vor Mitternacht losgebrochen, und auf Radio Charivari hatten sie heute Morgen von vollgelaufenen Kellern gesprochen. Kein Verbrecher verwischte Spuren so gründlich wie die Natur. Da war es fast schon egal, ob wir auch noch da draußen herumstolperten.

Aber meinetwegen, Vorschrift war Vorschrift. Und ein Teil von mir war froh über den Aufschub, Carolin Höller ins Gesicht sehen zu müssen.

Man sollte meinen, dass zehn Jahre bei der Kripo und fünf bei der Mordkommission reichen, um sich an den Anblick von Leichen zu gewöhnen. Aber nein.

Manche der Kollegen werden von ermordeten Kindern bis in den Schlaf verfolgt, andere können nicht mit Hirnaustritten umgehen oder mit Wasserleichen. Für mich sind es die zerschmetterten Körper von Gefallenen, egal ob freiwillig oder nicht. Mehr noch als grotesk verrenkte Gliedmaßen oder die breiige Konsistenz zerschlagener Schädel verfolgt mich ihre Symbolik bis in den Schlaf. Aus der Existenz gefallene Opfer der Schwerkraft, buchstäblich zerbrochen an der Welt. Stefan behauptet immer, solche Gedanken hätten mit meinem Dad zu tun. Andererseits wurde mein Dad nie gefunden. Nur was er zurückgelassen hatte, säuberlich abgelegt an den Klippen von Howth: Jacke, Schuhe, Abschiedsbriefe. Aber mein Mann ist der Psychologe, in seine Theorien mische ich mich nicht ein. Außerdem dachte ich gerade nicht gerne an Stefan.

Neben mir kritzelte Kris noch immer in ihrem Notizblock. Ihr Atem ging rascher und flacher als noch vorhin. War das ein Schweißfilm auf ihrer Oberlippe?

Sie hatte vielleicht in einem der schwierigeren Bezirke ihre Streifenjahre verbracht, aber hieß das auch, dass sie das Zeug für die Abgründe hatte, in denen wir herumstocherten? Oder war es nur das dicke Flanellhemd? Besser, wir fanden das früher raus als später.

Sachte klopfte ich an die Fensterscheibe direkt vor meiner Nase, formulierte ein lautloses »Danke« nach draußen. Der Knebelbart nickte, und die beiden Kollegen schoben den mobilen Sichtschutz wieder an seinen Platz.

»Was meinst du dazu?«, fragte ich Kris, nachdem wir uns von der Glasfront abgewandt hatten.

Sie schaute, als käme ihr ein schlechter Geruch in die Nase. Dass ich ihre Meinung hören wollte, schien ihr nicht geheuer. Aber ich war zu ausgelaugt für eine spitze Bemerkung. Und dabei war es erst halb zehn.

»Kein Report für den Untersuchungsrichter, einfach nur dein Eindruck.«

»Tja, also ...« Sie blätterte hektisch in ihrem Notizblock, und ich schloss unwillkürlich die Augen. Ich liebe das Knistern von dicht beschriebenem Papier. »Also. Es sieht auf den ersten Blick nach Selbstmord aus. Aber ich bin mir nicht sicher, ob die Tote sich wirklich umgebracht hat.«

»Du bist aber schnell«, sagte ich, ohne die Augen zu öffnen. »Woraus schließt du das?«

»Sie sieht zwar aus, als hätte sie sich fallen lassen« – ein nervöses Räuspern –, »vielleicht hat aber auch jemand nachgeholfen.«

»Oder sie ist einfach gestürzt.«

»Da hätte sie die Arme und Beine viel weiter von sich gestreckt, oder nicht? Sie hätte beim Fallen mit den Armen gerudert.«

»Aber sie hatte keine Schuhe an. Ausgezogene Schuhe sprechen für Selbstmord.«

Ich konnte Kris' Nervosität regelrecht hören. Ihre Gedanken. Ein leises hektisches Flüstern. *Die prüft mich hier wie ein Schulmädchen. Der Reitsamer hat recht. Die Logan will mich scheitern sehen.*

Ruckartig öffnete ich die Augen.

Die Stimme war weg, und Kris schaute ertappt. Jetzt war sie sicher überzeugt, dass ich Gedanken lesen konnte.

Das stimmt nicht ganz.

Ich höre sie bloß, ab und zu. Genauso, wie ich ab und zu Dinge sehe, die es gar nicht gibt, aber irgendwie doch. Sie Gespenster zu nennen wäre übertrieben. Und zum Lösen spektakulärer Fälle reicht es leider auch nicht. Meine Visionen, wenn man so will, suchen mich selten im richtigen Moment heim. Viel öfter im falschen und meistens überhaupt nicht. Aber immer sind sie ein schlechtes Zeichen. Dafür, dass etwas in mir schwach wird und durchlässig. So eine Fähigkeit macht sich weder gut im Lebenslauf noch als Gesprächsthema mit einem Ehemann, der Psychologe ist. Deshalb weiß niemand davon, und ich nenne es Intuition. Ist einfacher.

»Vielleicht hatte sie hohe Absätze an und wollte auf dem Fensterbrett einen besseren Stand haben?«

»Kann sein, aber was hätte sie da oben zu suchen gehabt, wenn sie nicht springen wollte?«

Kris blies die Backen auf und ließ langsam die Luft wieder aus ihnen entweichen, während sie nach einer plausiblen Erklärung suchte.

»Frische Luft schnappen?«, sagte sie dann.

»Gute Theorie. Die meisten Fälle haben die banalsten Hintergründe«, sagte ich nach einer kurzen Nachdenkpause.

Schon wieder errötete Kris. Diese Frau war echt Arbeit.

»Das meine ich ernst«, setzte ich nach. »Du hast gut beobachtet. Die Leiche sieht aus, als wäre sie schlaff nach unten gefallen. Das passt nicht zu einem Sprung aus dem Fenster. Und auch nicht ganz zu einem Sturz. Vielleicht war sie bewusstlos. Oder schon tot. Also spielt möglicherweise Fremdverschulden eine Rolle. Die Spurensicherung wird sich den

Fallwinkel und die Liegeposition ansehen, dann wissen wir mehr. Außerdem war Carolin Höllers Büro im dritten Stock, hat der Kollege erwähnt. Die Preisfrage ist, ob jemand ernsthaft einen Selbstmord über zwei Stockwerke plant. Sechs Meter können zwar reichen, aber nicht mit Sicherheit. Wenn Carolin Höller sich wirklich das Leben nehmen wollte, stellt sich die Frage, warum sie so ein Risiko überhaupt eingeht.«

»Vielleicht wollte sie sich gar nicht umbringen und nur eine Botschaft an die Geschäftsleitung schicken?«, versuchte es Kris.

»Weil es zu wenig frische Brotsorten fürs Frühstück gab?«

Kris sah mich eine Ewigkeit verschwommen an, bis sie begriff und ein schuldbewusstes Lächeln zustande brachte.

Einen Augenblick überlegte ich, was für einen Morgen sie wohl hinter sich hatte. Andererseits – schlimmer als meiner konnte er nicht gewesen sein.

»Übrigens«, ich lächelte, ermutigend wie ich hoffte, »Lachen ist erlaubt. Aber nur unter meiner Aufsicht.«

Gerade, als sich Kris' Mundwinkel tatsächlich in die Breite ziehen wollten, brach vor den Schwingtüren, die in den Kantinenbereich führten, ein Tumult aus. Trampeln, Klappern, kehlige Laute. Dann flogen die Türen auf. Sebastian alias Sebi Kramer. Er und sein Team liebten große Auftritte.

Im Paradies

1

Das Eintreffen der Spurensicherung verwandelte die vor sich hin dämmernde Kantine schlagartig in einen Ort geschäftiger Aktivität. Koffer wurden geöffnet. Einweganzüge entfaltet. Werkzeug klirrte. Latex-Handschuhe schnalzten. Und das war nur die Vorhut. Auf dem Fuße folgten Holger und Phillip, zwei junge Kollegen aus dem Dezernat, die Konstantin noch für die Zeugenbefragung mobilisiert hatte.

Und natürlich Dr. Harb, der Gerichtsmediziner. Wie immer sah er gestresst aus, seine Gesichtsfarbe besorgniserregend. Kein Wunder. Trotz des warmen Wetters hatte er sich in einen Dreiteiler mit Krawatte geschweißt. Dr. Raimund Harb war noch von der alten Schule.

Er brauchte eine Weile, bis er mich als die Verantwortliche identifizierte.

»Hauptkommissar Logan«, sagte er, sonst nichts. Ich stellte ihm Kris Meyerhofer als meine Partnerin vor, aber er schien sie kaum wahrzunehmen. Sein übliches Verhalten allen gegenüber, die es nicht mindestens bis zum Rang eines Oberkommissars gebracht hatten. Er schüttelte mir die Hand, höflich, doch nicht ohne eine gewisse Missbilligung. Sollte er.

Ich sah keinen Grund, mich zu erklären. Weder meine Kleidung, noch, dass ich eine Kommissar*in* war oder man meinen Namen englisch aussprach und nicht deutsch.

»Die Tote liegt auf der Terrasse. Aber die Kollegen von der Spurensicherung sind gerade erst gekommen. Sobald sie einen Überblick haben, sind Sie dran.«

Anstatt einer Antwort schnaubte Dr. Harb nur genervt, sah auf seine Uhr, das Lederband wie eine Würgeschlange um sein knochiges Handgelenk geschnürt.

»Und bitte nicht vergessen: Geben Sie Herrn Kramer noch einen Schuhabdruck von sich. Dann ersparen wir uns eventuelle Verdächtigungen.«

Zugegeben, das sagte ich nur, um ihm auf die Nerven zu gehen. Mein Verhältnis Ärzten gegenüber ist bestenfalls zwiespältig. Sie bringen schon seit meiner Kindheit nur schlechte Nachrichten. Und Dr. Wahlheimer hatte das heute Morgen nicht besser gemacht. Irgendeiner musste es jetzt ausbaden.

»Das versteht sich nach fünfundzwanzig Jahren im Dienst von selbst, Frau Hauptkommissar«, erwiderte Dr. Harb verlässlich pikiert.

Mit einem Kopfnicken nahm er seinen wie neu glänzenden Ärztekoffer wieder auf und ging hinüber in Richtung des Camps, das Sebi Kramer und seine Leute dort aufgebaut hatten.

2

Kris und die beiden zusätzlichen Kollegen aus dem Dezernat schickte ich ins obere Stockwerk. Dort hatten sich jene gut dreißig Skiller-Mitarbeiter versammelt, die sich bereits im Gebäude befanden, als die Leiche entdeckt worden war. Gemeinsam nahmen sie Aussagen im Akkord auf. Gewissenhaft, wie Kris war, erwartete ich nicht weniger als randvolle Notizblöcke.

Ich widmete mich derweil dem Küchenangestellten, der Carolin Höllers Leiche entdeckt hatte. Wir saßen in einem Bereich der Kantine, der wie ein Biergarten gestaltet war. Künstliche Buchsbäumchen in Pflanzkübeln. Picknickbänke. Wimpel in bayerischen Farben.

David Okafor aus Lagos, Nigeria, dreiundzwanzig Jahre alt. Er hatte die längsten Wimpern, die ich je gesehen hatte, und schaffte ansonsten das Kunststück, kindlich und intellektuell zugleich auszusehen. Er erklärte mir in dick akzentuiertem Englisch, dass er kein direkter Mitarbeiter von Skiller, sondern über einen Zeitarbeitsanbieter beschäftigt sei.

Er trug die schwarze Uniform der Küchenangestellten. Ständig rollte er seine Schildkappe zwischen den Handinnenflächen hin und her. Ansonsten wirkte er sehr gefasst für einen jungen Menschen, der vor Kurzem eine Leiche entdeckt hatte.

Gegen halb acht, als er mit Lappen und Eimer hinaus auf die Terrasse gegangen war, um die vom Gewitterregen nassen Möbel trocken zu wischen, war er auf sie gestoßen. Er habe sie sofort erkannt. Dass sie Carolin Höller hieß, erfuhr er allerdings erst von mir. Entrüstet zischte er, als ich mich als Mitglied der Mordkommission vorstellte.

»Mord? Dafür gibt es doch keinen Grund. Die Frau war eine der Nettesten hier!«, sagte er, nur um es gleich wieder zu bereuen. Nicht ohne Grund. Impulsive Aussagen wie diese liebe ich.

»Wer sind die weniger Netten hier?«

Sofort wirkte er alarmiert. »Sie verstehen das falsch. Alle sind sehr nett.«

»Was macht Carolin Höller besonders nett?«

Sein Blick war jetzt dunkel, der Unterkiefer angespannt. Wütend auf sich selbst, weil er mir die Tür einen Spaltbreit geöffnet hatte.

»Haben Sie öfter mit Carolin Höller gesprochen?«, versuchte ich es nach einer Schweigerunde nochmal.

»Nur einmal. Vor zwei Wochen ungefähr. Sie war oft schon vor den anderen im Büro. Da hat es sich ergeben.«

»Worüber haben Sie sich unterhalten?«

»Sie hat nach meinen Zukunftsplänen gefragt. War sehr interessiert und hat mich angespornt, mich hier zu bewerben, wenn ich mit dem Studium fertig bin und eine Aufenthaltsgenehmigung kriege. Mehr nicht.«

»Und, würden Sie gerne?«

»Klar. Alle wollen zu Skiller.«

»Man lebt wie im Paradies, nicht wahr?«

Er nickte eifrig, runzelte dann die Stirn. »Meistens, ja. Nicht immer.«

»Wann nicht? Wenn zu wenig zuckerfreier Kaugummi auf Vorrat ist?«

Jetzt lachte er, wie über eine absurde, aber wahre Geschichte. »So ähnlich. Manche Mitarbeiter nehmen sich zu viele Müsliriegel mit nach Hause. Darüber beschweren sich dann andere. Ist gegen die Kultur hier, wissen Sie?« Er verstummte, erinnerte sich an etwas anderes, weniger Heiteres.

»Welche anderen Dinge sind gegen die Kultur hier?«

»Na ja, ich ...« Das Reiben seiner Hände gegen den Stoff seiner Schildkappe wurde lauter.

»Hatten Sie schon mal Probleme hier, David?«

»Ich? Nein, nie.«

»Wer dann?«

Ich studierte sein Gesicht, die unerhört langen Wimpern, die wie ein im Glas gefangenes Insekt flatterten.

»Ich will keinen Ärger, Miss Logan«, sagte er schließlich. »Ich habe so eine Erklärung unterschrieben, dass ich keine Informationen nach draußen ...«

»David, schauen Sie. Es wird nicht besser, wenn Sie meine Ermittlungen verzögern. Im Gegenteil.«

Dunkel starrte David mich an. Suchte nach einem Zusammenhang zwischen meinen rot bemalten Lippen und meinem kalten Ton. Er war nicht der Erste, den dieser Widerspruch überrumpelte.

Eine Weile schwiegen wir gemeinsam. Durch die geöffneten Luftschlitze der Glaswände drang das arhythmische Klicken eines Fotoapparates von der Terrasse. Das Scharren von Schuhen, umhüllt von Einweganzügen. Sebi Kramers knappe Anweisungen. Eine gut geölte Maschinerie, ein Bollwerk aus Ordnung gegen das Chaos des gewaltsamen Todes.

»Anfang der Woche habe ich in einer der kleinen Teeküchen gearbeitet, die hier auf jedem Stockwerk sind.« David setzte sich seine Skiller-Kappe wieder auf. Nahm sie wieder ab. Sein Knie wippte. »Ein paar Mädels saßen dort. Tratschten so das Übliche, aber dann ...«

In meinem Augenwinkel sah ich Sebi Kramer, der sich suchend in der Kantine umsah, mich entdeckte und auf mich zusteuerte. Er wollte seinen ersten Eindruck vom Fundort schildern. Ich zeigte ihm mit einer Geste an, noch zu warten. Bisher hatte der Fall Carolin Höller vor allem gepflegte Langeweile in nachhaltiger Umgebung versprochen. Gerade in diesem Augenblick schien sich das zu ändern. Den würde mir auch Sebi Kramer nicht ruinieren.

»Worum ging es, David?«

Ich lehnte mich nach vorne, er zurück.

»Sie ... sie sprachen über einen Stalker.«

Jetzt war es raus. David entspannte sich wieder.

»Ein Stalker. Einer der Mitarbeiter?«

»Ich glaube schon. Alle schienen Bescheid zu wissen, so vom Ton her.«

»Und das war hier im Münchner Büro?«

»Weiß nicht. Sie haben alle deutsch miteinander gesprochen und ziemlich leise.« Die Erleichterung darüber, nicht mehr darüber zu wissen, ließ ihn schneller reden. »Aber das Wort Stalker haben sie öfter erwähnt. Und München und Dublin. Die Worte fielen mir auf, weil ich sie gut verstanden habe, im Gegensatz zum Rest.«

»Können Sie sich noch daran erinnern, wer bei dem Gespräch dabei war?«, fragte ich.

Entschlossen zur Lüge, schüttelte er den Kopf. »Die Frauen hier sehen alle gleich aus.«

Innerlich lächelte ich. David hatte Charme. Vom Haken lassen würde ich ihn trotzdem nicht. Kris Meyerhofer sollte später noch einmal die Bilder aller weiblichen Skillerz mit ihm durchgehen.

So was. Nun nannte ich sie auch schon Skillerz. Was immer es war, das hier in den Räumen arbeitete, es wirkte schnell.

3

Sebastian Kramer, Leiter der Spurensicherung. Oder auch *Sebi von der SpuSi*. So hat ihn der Kollege Reitsamer einmal getauft. Dass er sich den Kalauer auf ein Messingschild verewigen ließ, das seitdem gut sichtbar auf seinem Schreibtisch sitzt, sagt eigentlich schon alles über Sebi Kramer, was man wissen muss. Schmerzfrei. Bayrischer Showman vom Dienst. Aber auch der Beste in seinem Job. Am liebsten würde ich immer mit ihm zusammenarbeiten.

Sebi beendete gerade seinen zweiten Müsliriegel aus dem Skiller-Snackregal, als ich David entließ und zu ihm hinüberging.

»Ein Albtraum da draußen«, sagte er kauend, schlürfte Kaffee aus einer schweren Tontasse mit handgemaltem Skiller-Logo. Seine stets aufnahmebereiten Augen waren grau und hell, fast wie hintergrundbeleuchtet. Im Gegensatz zu seinem Team hatte er keinen der Einweganzüge übergezogen. »Der Doktor Harb ist jetzt bei ihr, aber eins kann ich schon sagen. Die liegt da schon seit mindestens sechs Stunden, falls nicht länger. Der ganze Fundort verwüstet vom Regen. Wir können froh sein, wenn wir nur einen einzigen Abdruck von irgendwas abnehmen können.«

So weit, so gewohnt. Das gehört zu Sebi Kramers Routine. Zuerst ein wenig rumjammern. Widrige Umstände. Versudelter Tatort, zu viele Erstversorger, die in besten Absichten potenzielle Beweismittel zerstört hatten. Und dann kamen Sebi Kramer und seine Mannen und retteten den Tag.

»Aber ihr habt sicher trotzdem ein paar verwertbare Spürchen, oder?«

Sebi lächelte listig. »Für dich legen wir uns natürlich besonders ins Zeug, Pezi.«

Der Name Patsy passt nicht in sein Urbayern-Konzept.

Genauso wie die Tatsache, dass ich trotz einer Kindheit in Freilassing Hochdeutsch spreche. Über den Verrat war er Jahre nicht hinweggekommen. Aber Sebi Kramer ist eben so einer, dem man das verzeiht. Außerdem war er der Einzige bisher, der meinen für den Anlass unpassenden Aufzug weder kommentiert noch auffällig zur Kenntnis genommen hatte. So wenig reicht manchmal schon für meine Dankbarkeit.

»Wir haben bisher nur zwei Abdrücke, und die sind so frisch, die können nur entweder von den Kollegen oder vom Arzt stammen, der den Tod festgestellt hat.«

Ich trat von einem Fuß auf den anderen. Schmerz in den Zehen. Schmerz in den Ballen. Schmerz in den Fersen. Wann kamen denn endlich die guten Nachrichten?

»Wie schätzt du den Fallwinkel ein? Wie liegt sie? Glaubst du, sie ist gesprungen?«

»Wenn, dann nicht weit. Theoretisch ist es möglich, dass sie sich rücklings hat fallen lassen.« Sofort bemerkte er meine zweifelnde Miene. »Aber die meisten Selbstmörder springen, so weit sie können. Also unwahrscheinlich.«

»Was ist mit einem Abschiedsbrief?«

Sebi Kramer schüttelte den Kopf. »Hier unten haben wir nichts gefunden. Sie hatte aber auch nichts, wo sie ihn hätte reinstecken können, gell?«

Er griff sich den nächsten Müsliriegel aus dem Regal. Macadamia Delight.

»Also müssen wir weitersuchen?«, fragte ich.

»Sieht so aus. Im Moment könnte ich mich noch auf kein eindeutiges Urteil festlegen.«

»Und was sagt dein Gefühl?«

Er schaute irritiert. Schluckte. »Ich glaub nur, was ich seh. Du bist die Frau mit dem Instinkt, Pezi.«

»Na gut«, versuchte ich es seufzend noch einmal. »Was siehst du?«

»Mehr blaue Flecken als erwartet. Vor allem an den Oberarmen, aber auch an den Unterschenkeln zum Beispiel. Da gab es ein ziemliches Handgemenge, wenn du mich fragst. Aber das weiß der Doktor Harb sicher besser. Und ein Fingernagel ist ihr abgebrochen. Den dazu passenden Teil haben wir noch nicht gefunden, aber wenn ihn der Regen nicht weggespült hat, werden wir das noch. Hier oder oben im Büro.«

Vor meinem inneren Auge sah ich Carolin Höller. Im Kampf mit ihrem Mörder am offenen Fenster. Festgekrallt am Stuck des Mauersimses. Dann der Fall.

»Wir werden schauen, was wir unter ihren Nägeln so finden«, sagte Sebi. »Außerdem hatte sie eine ziemlich blutige Nase.«

»Vom Sturz?«

Er schüttelte den Kopf, sein babyspeckiges Gesicht unbesorgt bis heiter. Sebi Kramer mochte seinen Job. Fast ein bisschen zu sehr für meinen Geschmack.

»Sieht nicht gebrochen aus, wenn du das meinst. Nein, eher innen. Und um die Nasenflügel. Da waren eine Menge Krusten, recht frisch. Das konnte man schon fast von Weitem sehen.«

Drogen, schoss es mir durch den Kopf.

»Doktor Harb wird es noch für uns verifizieren«, sagte Sebi Kramer, der wahre Gedankenleser unter uns. »Aber für mich sah es nicht sehr legal aus.«

Höchstwahrscheinlich Kokain, dachte ich.

Sieh mal an, Carolin Höller. Schön langsam begann mich diese Frau zu interessieren.

Carolin, am Morgen

Sie weiß einen Moment lang nicht, ob es Nacht ist oder schon Tag. In letzter Zeit verschwimmen die Grenzen. Intensive Träume wechseln sich mit einer in flaues Licht getauchten Realität ab. Gesichter, schwerelos wie Ballons, tanzen vor ihr; wollen etwas von ihr; zerren an ihr. Es macht keinen Unterschied, zu welcher Zeit – Carolin muss *always on* sein. War sie auch. Früher. Jetzt ist sie manchmal *on* und *always* müde.

Eine Weile bleibt sie liegen, rührt sich nicht.

Dann hört sie Lia kichern und Fabians von Geburt an laut geratene Stimme sich beschweren, Christians morgenmüdes Schlurfen. Nackte Kinderfüße klatschen auf Altholzdielen, dann landet ein kleiner, nach Schlaf und Erdbeershampoo duftender Engel auf ihr, reißt ihr die Augenmaske vom Gesicht. Grelles Licht überflutet sie, blendet sie durch geschlossene Augenlider.

»Aufstehen, Mama!«, kräht es.

Carolin schlingt die Arme um Lia. Sie war von Anfang an ein Sonnenkind. Energetisch. Risikofreudig. Endlos neugierig. Noch immer macht sie sich jede Nacht auf ins Schlafzimmer ihrer Eltern, windet sich zwischen Carolin und Christian. Ein warmer Spaltpilz mit erstaunlich spitzen Knien und kräftigen Tritten. Trotzdem genießt Carolin die Anwesenheit ihrer Vierjährigen. Lange schon gibt es nichts mehr, wobei Lia ihre Eltern stören könnte.

»Mama, zu feeeest!«

Lia rudert mit den Armen, und Carolin gibt sie frei. Hört sie davongaloppieren in die Küche, zu Christian.

Er will ihr etwas Gesundes eintrichtern, komm, Kätzchen, nur ein Stück Apfel, danach gibt's die Coco Pops.

Sie verweigert vehement.

»Wie die Mama«, seufzt Christian laut in der Küche.

Die Vorwürfe überwiegen immer öfter das Wohlwollen in letzter Zeit.

Dabei hat Carolin getan, was er wollte. Hat Irland und die Zeit, die sie dort hatten, losgelassen.

Frisch verheiratet, reitend auf dem Rücken des wild gewordenen keltischen Tigers. Der Rauschzustand, der sich nach zwölf, dreizehn, vierzehn Arbeitsstunden einstellt, dann noch gemeinsam mit den Kollegen ins Pub auf zwei Pints vor dem Nachhausegehen. Das Prickeln von Euphorie in der Brust, auf der Kopfhaut. Das Wissen, Teil von etwas Besonderem zu sein. Sie waren auf einer Seite gewesen, Christian und sie. Dann war die Krise gekommen und er stehen geblieben. Begann nach hinten zu schauen, und was er sah, war ein Opfer. Ein emotionaler Abgrund, in den er sie seitdem mit sich zu reißen droht.

Nein. Sie muss hoch. Weiter. Wälzt sich aus dem Bett, tappt über das knarrende Parkett.

Auf dem Weg ins Bad begegnet ihr Fabian. Ohne Worte kuschelt er sich an sie. Noch weint er jeden Tag um Oisin, Jack und Sophie aus der Schule. Er fühlt sich noch fremd im neuen Leben; genau wie seine Mutter.

»Hast du schon gegessen, Fabi?«

Er schüttelt den Kopf, reibt seine Rotznase in ihr Nachthemd.

»Na dann los, Papa wartet. In zwanzig Minuten fahren wir.«

Das Lehel ist keine Umgebung für Kinder. Wir werden umziehen, in ein Haus mit Garten. Sagt Christian, und Carolin schweigt dazu, denn der Gedanke an Reihenhäuser weckt das Grauen in ihr. Aber sie kann sich wenig Gegenwehr erlauben, denn sie ist das Familienmitglied, das am wenigsten Zeit zu Hause verbringt. Mal abgesehen vom Argument aller Argumente: Es ist das Beste für die Kinder. Genau wie der Umzug nach Deutschland. Das Schulsystem. Der Lebensstandard. Das Gesundheitssystem. Fünfzehn Jahre Irland sind genug. Na dann.

Während die Kinder noch frühstücken, arbeiten sich die Eltern durch die Tageslogistik. Wer bringt welches Kind wann wohin, holt es wieder ab? Es sind ähnlich viele Termine wie im Büro. Eine Parallelwelt aus Abgabefristen. Harte Deadlines, denn sonst riskiert man, die eigenen Kinder zu enttäuschen. Christian muss Fabian und Lia heute abholen, mit ihnen abendessen und sie ins Bett bringen. Sonst macht Carolin das, bevor sie mit dem Laptop auf der Couch noch bis zum Schlafengehen arbeitet.

Aber heute wird das Büro eröffnet. Sie wird nicht nach Hause kommen. Morgen wieder, da ist Freitag.

Dafür, dass sie es an achtzig Prozent der Tage schafft, Fabian abzuholen, hat sie mal einen »Golden Skiller« bekommen, eine Auszeichnung für Mitarbeiter, die sich als besonderes Vorbild über die Arbeit hinaus hervortun. Carolin sei ein leuchtendes Beispiel dafür, dass Familie und Karriere vereinbar seien, dass eine Work-Life-Balance auch auf Management-Ebene gelinge, hatte ihr Boss Peter Brennan vor versammelter Mannschaft den Award begründet und ihr ein Zertifikat, einen Bonus von fünfhundert Euro und einen Gutschein für den unternehmenseigenen Massage-Service überreicht. Inzwischen hat Carolin fünf von diesen Gutscheinen. Nie kommt sie dazu, sie einzulösen.

Im Bad hat sie noch genau acht Minuten für sich. Die Hälfte davon wird sie fürs Schminken brauchen, das Abdecken ihrer Augenringe. Heute kommt die Presse, und wer weiß, ob sie davor noch einmal dazu kommt, sich frischzumachen?

Derzeit hat sie neben dem Job als Head of Operations in München auch noch ihr Verkaufsteam in Dublin abzuwickeln. Dabei sind die ersten neunzig Tage in einer neuen Stellung die wichtigsten. Sechzig Tage hat sie noch vor sich. Und dann der IPO, der Börsengang von Skiller.

Noch dementieren alle, wiegeln ab. Doch inoffiziell ist es schon im September so weit. Diesmal gehört Carolin zum inneren Kreis. Die Aktienoptionspakete werden »großzügig« sein, wie Peter Brennan sich ausgedrückt hat. Carolin Höller, zur richtigen Zeit am richtigen Ort.

Sie sieht sich im Spiegel schwach lächeln. Verbreitert es zu etwas Herzeigbarem. Übt für den Tag, denn es wird ein Kampf an vielen Fronten.

Draußen hört sie, wie sich die Kinder fertig machen. Noch drei Minuten.

Sie öffnet ihren Teil des Spiegelschranks, holt die Packung Zahnseide hervor und steckt sie in die Hosentasche.

Christian kommt ins Bad, wühlt sich durch das Erste-Hilfe-Kästchen an der Wand. Wahrscheinlich sucht er nach Fabians Globuli. Seit ein paar Tagen rotzt der Junge in einer Tour. Er war schon immer so kränklich. Vielleicht, weil sie in der Schwangerschaft so viel gearbeitet hat. Das hatte ihre eigene Mutter schon vor Jahren gemutmaßt. Was für ein Blödsinn – in Irland arbeiten alle Frauen bis zwei Wochen vor der Geburt, hatte Carolin gekontert.

Heute denkt sie: Was bin ich bloß für eine Mutter?

Als sie sich Zahnpasta auf die Bürste quetscht, gibt ihr Christian plötzlich einen flüchtigen Kuss auf die Wange.

»Gut siehst du aus, für den Stress, den du hast«, sagt er.

Das hat er schon lang nicht mehr gemacht. Wahrscheinlich fühlt er sich schuldig wegen ihres Streits gestern. Für das, was er ihr bisher noch nie an den Kopf geworfen hat.

In ihrem Mund breitet sich plötzlich ein widerwärtiger Geschmack aus. Ihr wird schlagartig übel, fast würgt es sie. Sie spuckt aus, spült hastig mit Wasser nach.

»Alles klar?«, fragt Christian zerstreut. Seine Konzentrationsfalten sind tiefer geworden seit seiner Krise. Doch sie stehen ihm.

»Diese Zahnpasta ist verdorben. Die schmeckt furchtbar.«

»Ist dieselbe, die wir immer haben.« Jetzt klingt er aufmerksam. Das ist schlimmer als zerstreut. Sie denkt an die Packung Zahnseide in ihrer Tasche. Wenn er sie direkt ansieht, noch etwas tiefer, wird er die Ausbeulung in ihrer Hose sehen. Doch Christian hat sich wieder abgewandt, studiert das Etikett der endlich aufgefundenen Globuli.

»Das hattest du doch schon mal vor ein paar Jahren, oder?«

Noch eine Minute. Schnell noch Wimpern tuschen. »Wirklich? Weiß ich nicht mehr.«

»Ich bilde mir ein, es war, als Fabian unterwegs war«, brummt Christian und schüttelt die Globuli in ihre Richtung. Fast wie eine drohende Faust. Dann lächelt er. Bitter. »Wüsste ich es nicht besser, würde ich sagen, du bist schwanger.«

Er verschwindet nach draußen.

Carolin lacht und tuscht weiter ihre Wimpern. Legt das Fläschchen anschließend zurück in den Schrank und betrachtet sich im Spiegel. Ihre Brüste unter ihrem zartrosa T-Shirt. Ihren Bauch, flach wie eh und je. Rechnet.

»Scheiße«, sagt sie.

Smile or Die

1

Nachträglich betrachtet, hätte ich es gleich nach meiner Ankunft bei Skiller ahnen müssen. Oder spätestens an der Jukebox. Der Tod von Carolin Höller war einer dieser passiv-aggressiven Fälle. Einer, der uns Ermittler mit auf den ersten Blick eindeutigen Sachverhalten in Sicherheit wiegt. Der nur so strotzt vor hilfsbereiten, unbescholtenen Zeugen. Uns einlullt mit einer vordergründigen Fülle an Beweismitteln.

Doch unter der glatten Oberfläche arbeitet eine Strömung gegen uns. Zerrt uns, wenn wir nicht aufpassen, weit hinaus, wo wir ganz allein sind mit den hässlichsten Seiten der menschlichen Natur. Schaffen wir es irgendwann aus eigener Kraft zurück, sind wir nicht mehr dieselben wie vorher. Oder wir erliegen der Versuchung, einfach zu bleiben. Uns auf den Rücken zu drehen und uns im Zynismus treiben zu lassen, weil scheiß drauf, wozu eigentlich das Ganze? Bisher war ich immer zurückgekommen.

Wahrscheinlich war es diese Routine, die mich unvorsichtig werden ließ. Und so lief ich in den Fall Carolin Höller wie in ein offenes Messer.

2

Peter Brennan. Senior Vice President. Leiter der Skiller-Europa-Zentrale in Dublin. Keine Ahnung, wie genau ich mir so einen Mann eigentlich vorgestellt hatte. Jedenfalls anders.

An die zwei Meter groß, in Jeans, unauffällig schwarzen Schuhen und weißem Hemd, seine Haare wie ein abgeerntetes Weizenfeld. Er sah jung aus für jemanden in seiner Position. Etwas schwammig um die Hüften, aber mit dem Gesicht eines Schlawiners, trotz der ernsten Miene, mit der er mich empfing.

»Ich kannte mal eine Patricia Logan, aber die lebte in Ballynahinch«, sagte er nach unserer Begrüßung, in diesem Singsang von Akzent, den ich von meinem Vater in Erinnerung habe. »Sind Sie Irin?«

»Mein Vater war aus Dublin, meine Mutter aus Bayern.«

»Hervorragende Kombination«, sagte er. Ein Glitzern schlich sich in seinen Blick, verschwand wieder. Ein Lächeln ohne Lippen. »Dann sind Sie bestimmt öfter in Irland?«

Diesen Gesprächsverlauf hätte ich voraussehen müssen. Mich auf den inneren Sturm vorbereiten, den diese Frage immer wieder auslöst. Doch ich war zu beschäftigt gewesen mit anderen Dingen, und so schnitt sich Peter Brennans Frage in mich wie ein Blatt Papier in den Finger.

»Nicht mehr seit den frühen Neunzigern«, sagte ich. »Bis dahin habe ich aber jeden Sommer dort verbracht.«

Dann fiel mir ein – ich hatte das Lächeln vergessen. Holte es nach. Natürlich viel zu spät. Peter Brennan hatte das Thema bereits als Tabu erkannt.

»Dann sollten Sie auf jeden Fall mal wieder vorbeischauen«, sagte er unverbindlich. Ein Profi durch und durch. »Dublin hat sich sehr positiv verändert.«

Das will ich hoffen, dachte ich.

Er führte mich in den dritten Stock, vorbei an Carolin Höllers Büro. Die Tür war aus Glas, genauso wie ein Großteil der daran angrenzenden Wand. Die Kollegen der Spurensicherung schwebten dahinter wie Geister durch den Raum.

Weiter den mit Besprechungszimmern gesäumten Gang entlang. Auch hier gnadenlose Transparenz. Glastüren, Glaswandpaneele. Einer der Räume war eingerichtet wie ein winziges Restaurant, ein anderer wie eine Werkstatt. Anstelle schnöder Nummern trugen sie die Namen von Friedensnobelpreisträgern. Wir passierten »Mandela«, »Obama«, »Malala«. Peter Brennan lotste mich in »Gandhi«, einen Raum, der einer Bibliothek wie aus dem Bilderbuch nachempfunden war. Die Regale aus dunklem Holz waren bis unter die Decke mit Büchern über Management und weltverändernde Ideen gefüllt, Messinglampen mit grünen Schirmen, schwere Lehnstühle. Das Leder knirschte, als wir uns setzten. Es roch nach frisch Gedrucktem.

Alles hier wirkte besser, schöner, menschlicher als in der Wirklichkeit. Zumindest in meiner.

»Sorry.« Peter Brennan holte ein Smartphone aus der Brusttasche seines gestärkten Hemdes. Manschettenknöpfe mit graviertem Monogramm, der einzige offensichtliche Luxus, den er sich leistete. Er scrollte, las, schien verärgert, schaltete es dann demonstrativ aus und legte es auf den Tisch aus wurmstichigem Holz. Ich dachte kurz an das wiederholte Brummen in meiner eigenen Handtasche, das ich seit einer halben Stunde ignorierte.

»Eine Menge Leute sind sehr aus dem Häuschen, wie Sie sicher verstehen. Kann ich Ihnen ein Wasser anbieten?«

»Nein, danke. Auch wenn ich sicher ein ganz besonderes Glas Wasser verpasse.«

Wieder dieses Lachen mit den Augen.

»Wir müssen unseren Mitarbeitern etwas bieten, Miss Logan. Der Arbeitsmarkt für die größten Talente ist heiß umkämpft. Mit bunten Möbeln und einem Kickertisch motiviert man in unserer Branche heutzutage niemanden mehr.«

»Klingt anstrengend.«

»Herausforderungen sind das, was uns hier antreibt.«

»Sah Carolin Höller das auch so?«

Für einen Augenblick hielt er inne und gab den Blick auf den echten Peter Brennan frei. Über die Maßen smart und ehrgeizig, fassungslos über den Verlust seiner Weggefährtin. Der Augenblick zog vorüber.

»Carolin war unglaublich. Eine haarscharfe Denkerin. Als ich sie kennenlernte, war sie Teamleiterin bei IBM und ich war ihr Manager. Damals hieß sie noch Schneider.« Er goss stilles Wasser aus einer Karaffe in ein großes Glas. Musterte die Bücherwand, mich, sah nach draußen. Schien alles zu registrieren, was vor sich ging, ohne dabei seinen samtigen Redefluss zu unterbrechen. »Mir war schnell klar, dass Carolin mehr will als die untere Führungsebene. Nach zwei Jahren schon lief sie uns davon und ging zu Google. Die waren damals das Hot Ticket in der Tech-Industrie. Ich wechselte zwei Jahre später. Für ein paar Jahre arbeiteten wir dort wieder in parallelen Teams.«

»Bis es wieder langweilig wurde?«

Meine Frage brachte Peter Brennans undefinierbar gefärbte Augen erneut zum Glänzen.

»Es läuft immer gleich ab. Ein junges, hungriges Start-up. Dafür braucht man unternehmerisch denkende und getriebene Mitarbeiter, die gemeinsam die Welt verändern und etwas bewegen wollen. Dann verändert man tatsächlich die Welt, und dieser Wirbelsturm bricht los. Mehr Mitarbeiter, mehr Ressourcen, mehr Kapital von den Investoren. Manchmal ein Börsengang.«

»Skiller steht einer bevor, habe ich gehört.«

Er ignorierte meinen Einwurf. »Ein Unternehmen, das wächst, muss auch erwachsener werden. Es braucht Struktur und Ordnung, damit es nicht überhitzt und verglüht. Hierarchien, wenn Sie so wollen. Man braucht mehr Abstimmung und Diplomatie, und Menschen, die zwischen den verschiedenen Interessengruppen navigieren können.«

»Sie meinen Politiker?«

»Ich meine Menschen, die Kompromisse schließen können«, sagte er und nahm einen kleinen Schluck aus seinem Glas.

In meiner Handtasche brummte es schon wieder. Irgendjemand war ziemlich hartnäckig.

»Tat sich Carolin denn schwer mit Kompromissen?«

»Sie suchte nach einer neuen Herausforderung in einem kleineren Unternehmen, in dem sie sich mehr einbringen konnte.«

Brennan nahm noch einen Schluck. »Ich hatte ein halbes Jahr vor ihr gewechselt und habe sie eingeladen, mit an Bord zu kommen. Ein großer Gewinn für Skiller.«

Ich konnte nicht anders, als Peter Brennan zu bewundern. Noch nie war mir so viel Bullshit auf einmal präsentiert worden, und das so überzeugend. Trotzdem reichte es mir jetzt.

»Wo waren Sie gestern zwischen sieben Uhr abends und Mitternacht?«

Peter Brennans spitze Unterlippe schob sich ein wenig nach vorn. Er schien menschlich enttäuscht von meiner Frage. Ein Kieselstein, der die glatte Oberfläche seiner undurchsichtigen Wasser durchbrach.

»Warum fragen Sie das? Wollen Sie damit sagen, dass es kein Selbstmord war? Warum sollte irgendjemand Carolin was antun wollen? So eine Annahme ist absurd.«

»Bisher gibt es kaum Hinweise auf einen Selbstmord.«

»Und ein Unfall ist ausgeschlossen?«

»Ich schließe grundsätzlich nichts aus. Aber auch für einen Unfall gibt es derzeit keine plausible Erklärung. Es sei denn, Carolin putzt hier die Fenster. Oder sie war im Drogenrausch.«

Brennans Gesicht zuckte wie unter einem Mikro-Elektroschock. Ein erstes Goldnugget im Schlick. Ich ließ es stecken. Brennan war zu schlau und kontrolliert, um ohne toxikologische Beweise einen Verdacht auf Drogenmissbrauch durch seine beste Mitarbeiterin auch nur anzudeuten.

»Ich weiß nicht, was diese Behauptungen sollen.«

»Auch wenn es nicht in Ihre Agenda passt, Mister Brennan: Ihre Mitarbeiterin ist tot. Solange wir nicht wissen, wie es passiert ist, werde ich weiter Fragen stellen. Wenn Sie das nicht stört, versteht sich.«

Sein anfängliches Wohlwollen war dahin. Doch zum ersten Mal widmete er mir seine ungeteilte Aufmerksamkeit. Wurde auch Zeit.

»Ich war wie der Rest des Teams Gast bei der Eröffnungsfeier des Büros«, sagte er kühl. »Der offizielle Teil begann um sechs, ich habe eine der Reden gehalten. Ich blieb vielleicht eineinhalb Stunden, dann hatte ich ein Abendessen mit unserem Gründer David Shreve. Diese Feste sind vor allem für die jüngeren Mitarbeiter und deren Motivation gedacht.«

Brot und Spiele, dachte ich. Ein wenig neidisch, muss ich zugeben. Bei uns im Dezernat beschränkten sich die Motivationsmaßnahmen auf Wein und Lebkuchen zu Weihnachten.

»Sie waren also hier bis halb acht?«

»Um die Zeit muss es gewesen sein. Es lässt sich auch ganz einfach nachvollziehen«, er holte seinen Mitarbeiterausweis aus den Gesäßtaschen seiner Jeans, schwenkte ihn vor meinen Augen.

»Mit dieser Karte kommt man ins Gebäude. Die Daten werden mit Zeitstempel und persönlicher ID versehen. Niemand kommt oder geht unregistriert.«

»Gibt es diese Daten auch für die einzelnen Stockwerke?«

»Nein.« Brennans Bedauern klang ehrlich. »Durch den Denkmalschutz mussten wir einige Abstriche beim Sicherheitsequipment machen. Deshalb haben wir nur an der Rezeption am Eingang eine elektronische Registrierung.«

»Was ist mit Überwachungskameras?«

»Darauf haben wir weitestgehend verzichtet, um nicht den Unmut deutscher Datenschutzbeauftragter auf uns zu ziehen.«

»Ein bisschen mehr Überwachung würde ich in dem Fall begrüßen.«

Jetzt leistete sich Peter Brennan doch noch ein sarkastisches Lächeln. Er räusperte sich, schwieg.

»Im Empfangsbereich habe ich aber eine Kamera gesehen.«

»Das ist die einzige«, sagte er, faltete die Hände vor seinem Gesicht, Fingerspitzen an den schmalen Lippen. Studierte mich und meine Absichten.

»Wurde Carolin gestalkt?«, fragte ich in die Stille.

»Gestalkt? Wie kommen Sie darauf?«

»Das spielt weniger eine Rolle, als ob Sie es für möglich halten.«

»Nein.« Wohltemperierte Empörung verstärkte seine Stimme. »Skiller ist ein Unternehmen, das stark auf Werte wie Gleichberechtigung und gegenseitige Wertschätzung setzt. Dinge, wie Sie sie gerade andeuten, sind nicht akzeptabel.«

»Es sei denn, es passiert unter Ihrem Radar.«

»Wir ermutigen unsere Mitarbeiter dazu, sich Fehlverhalten nicht gefallen zu lassen. Offenheit ist eine Säule unserer

Kultur. Und sollte jemand die Regeln der Zusammenarbeit verletzen, ziehen wir sofort die strengsten Konsequenzen.«

»Stalking-Opfer trauen sich sehr oft nicht an diese Art von Öffentlichkeit.«

»Carolin war nie ein Opfer«, sagte er, spuckte das Wort aus wie einen schalgekauten Kaugummi. Dann seufzte er leise. »Miss Logan, ich will ganz offen mit Ihnen sein. Skiller steht unmittelbar vor dem Börsengang«, sagte er, nahm dann Haltung an. »Ich weiß nicht, inwieweit Sie mit dieser Situation vertraut sind.«

»Gar nicht. Weihen Sie mich ein.«

»Die öffentliche Kommunikation unseres IPO startet gerade, bald wird der Preis für die erste Aktienausgabe festgelegt. Es ist eine sehr heikle Phase. Wenn wir jetzt schlechte Nachrichten liefern, auch wenn sie gar nichts mit unserer Wirtschaftsstärke zu tun haben, kann es unseren Einstiegskurs negativ beeinflussen und Skiller Millionen kosten. Arbeitsplätze sind gefährdet. Unsere Standorte. Ich bitte Sie also ...«

»Ermittlungen mit Ausgang zum Ankreuzen biete ich nicht an«, sagte ich ruhig. Er hörte meine Wut trotzdem.

»Ich bitte Sie nur um Fingerspitzengefühl. Stalking ist ein schwerwiegender Vorwurf und sollte nicht leichtfertig ...«

»Zur Kenntnis genommen.« Ich erhob mich brüsk. Wenn ich noch eine einzige Floskel hörte, würde ich Brennan an den Hals gehen müssen. Das machte sich nicht gut in einem Raum mit Glaswänden. Außerdem stapfte gerade Sebi Kramer draußen in Richtung Carolin Höllers Büro vorbei und reckte mir seinen Daumen entgegen. Die Spurensicherung schien fürs Erste fertig zu sein, Carolin Höllers Büro bereit zur Durchsicht.

»Selbstverständlich kooperieren wir bei allem, was Sie brauchen«, sagte Brennan, bemüht, die glatte Oberfläche wiederherzustellen.

»Von Ihrer Unterstützung gehe ich stark aus, Mister Brennan. Am besten, wir beginnen mit der Auswertung der Datenlogs und den Aufzeichnungen der Kamera am Eingang. Außerdem brauchen wir Zugriff auf Carolin Höllers E-Mails und Kalender.«

3

1 verpasster Anruf von Lisa (Präsidium)
3 verpasste Anrufe von Mama

1 neue Textnachricht von Mama, gesendet um 11:50 Uhr

Hast du schon von Kevin und Bea gehört? Ich werde wieder OMA! Arbeite nicht zu viel – Mama

1 neue Textnachricht von Mama, gesendet um 11:54 Uhr

Falls du es noch nicht wusstest – du hast es nicht von mir. ☺ Mama

1 neue Textnachricht von Lisa (Präsidium), gesendet um 13:11 Uhr

Zeuge im Fall Carolin Höller. Anthony Keane, ein Kollege. Bitte in Dublin anrufen unter +353-87 247 44 38

1 neue Textnachricht von Beatrix Logan-Krieger, gesendet um 13:18 Uhr

Patsy! Hast du Zeit für ein Treffen mit uns? Kev sagt, er hat dich ewig nicht gesehen. Heute im Fiddler's? Wir haben einen Babysitter – das müssen wir feiern. Bussi, Bea

***

Woher kommt es, dieses Naturgesetz? Stolpert man voller Länge nach in den Dreck, dauert es nicht lange, und schon bricht Gottes Zeigefinger durch die Wolken und drückt einen noch einmal mit der Nase rein. Wo war Schwester Reinfrieda, wenn man mal Glaubensfragen wie diese stellte? Aber als Braut Jesu war sie besonders früh ins Himmelreich abberufen worden.

Ich war allein. Ausgeliefert meinen todsündigen Gedanken über den schweigenden Stefan und die gebärfreudige Bea und meine gedankenlose Mutter. Mehrmals versuchte ich mich an einer Antwort auf die freudige Nachricht. Eine schlimmer als die andere. Bitter, neidisch, verzweifelt. Ich löschte sie alle.

Stattdessen versuchte ich es bei Anthony Keane, allerdings wurde ich sofort auf die Mobilbox umgeleitet. Ich hinterließ einer voluminösen, leicht genervten Männerstimme meine Telefonnummer und stürzte mich auf die nächste Ablenkung.

4

Carolin Höllers Büro schien das einzige auf der gesamten Etage zu sein. Der Rest der Belegschaft saß in einem großen, offenen Raum zusammen, die Schreibtische zu Inseln aus vier Tischen gruppiert.

Die Eingangstür war aus Glas, so streifenfrei, man konnte sie fast übersehen. Zum Glück hing an der Innenseite ein Schild an einem Saugnapf, darauf Lucy von den Peanuts, gelangweilt in ihrem psychotherapeutischen Beratungsstand.

The Doctor is IN.

Eine warme Decke legte sich über meine Bronchien. Das passierte mir manchmal mit persönlichen Gegenständen von Verstorbenen. Überreste ihrer Seele, die es nicht auf die andere Seite geschafft hatten und die ich mir wie Reißnägel eintrat, wenn ich mich zu weit aus dem Schutz der nüchternen Abläufe hervorwagte.

Meistens war ich auf der Hut. Doch heute war alles anders. Heute traf mich alles da, wo es weh tat.

Im Büro selbst war es trotz der Mittagshitze angenehm kühl. Die Spurensicherung war inzwischen weitergezogen, Carolin Höllers Arbeitsplatz kahl, entblößt. Nur zwei Nachzügler krümmten noch die Rücken über eine Couch im hinteren Teil des Raumes, zupften Fasern aus der Polsterung.

Übrig blieben ein großer Schreibtisch im Kolonialstil in dunklem Mahagoni, dazu ein futuristischer Direktorenstuhl auf Rollen und eine Fußstütze am Boden, ideal für kurz geratene Beine.

Papier schien sie grundsätzlich abzulehnen. Eine Haltevorrichtung für den bereits sichergestellten Laptop, eine kabellose externe Tastatur, ein großer Monitor, mehr nicht. Ein Schaubüro.

Unter dem Fenster, aus dem Carolin Höller gefallen war, stand ein Stuhl; vielleicht war sie tatsächlich auf das Fensterbrett gestiegen. Darauf saß jetzt Sebi Kramer. Er winkte mir zu, in seiner Hand ein nummerierter, durchsichtiger Plastikbeutel mit Schuhen darin. Altrosa, seitlich aufgenähte Lederröschen, vernünftig niedrige Absätze.

»Die standen hier neben dem Stuhl auf dem Boden«, sagte Sebi. »Haben gewartet wie Soldaten.«

Autsch. Schon wieder ein Reißnagel. Ich nickte unter Schmerzen.

»Abdrücke auf dem Fensterbrett?«

»Keine. Da hat jemand gewischt. Und nicht nur hier. Drüben am Schreibtisch auch, an der Tür und an den Fenstern. Keine Abdrücke, nicht mal ein Staubkörnchen. Nix.«

»Die Reinigungsfirma?«

»Keine Ahnung, aber eher nicht die Putzfrau. Die hätte sicher das Fenster zugemacht. Das war aber sperrangelweit offen, ich tippe also auf jemand anderen.«

Interessant. Das würde man sich merken müssen.

»Sonst irgendwas Auffälliges? Ein Abschiedsbrief zum Beispiel?«

»Nein«, er fuhr sich durch die Kraushaare. »Vielleicht finden wir was auf ihrem Laptop. Den müssen wir erst noch auswerten, wenn wir die Zugangsdaten haben. Würde mich aber ehrlich gesagt auch wundern. Die Frau ist nicht gesprungen.«

»Du bist dir inzwischen sicher?«

»Was ist schon sicher?« Sebi ließ seine Babyhände auf die Oberschenkel patschen. »Zu 98 Prozent schon. Aber ich frag gerne noch den Kollegen Paulitz. Dann hast du auch noch eine Preußenmeinung dazu.«

Ich seufzte innerlich. Spurensicherer und ihre Eitelkeiten.

»Gibt's sonst noch was Neues?«

»Das Büro war auf den ersten Blick nicht sehr ergiebig. Aber ein paar Dinge hab ich dir aufgehoben.«

Er wuchtete sein Übergewicht aus dem Stuhl, wechselte zu Carolin Höllers Schreibtisch. Darauf lagen mehrere versiegelte Asservatentaschen.

In einer davon ihre Handtasche, ein fransiges Ding aus schwarzem Veloursleder, in den anderen der Inhalt.

So weit, so weiblich: Lippenstift ›Pretty in Pink‹, Taschenspiegel, ein Post-it-Block. Haarklammern mit Marienkäfern, wahrscheinlich von ihrer Tochter. Eine Packung Intimreinigungstücher, halb leer. Hausschlüssel. Zahnseide. iPod. Kopfhörer.

Dann die bisher menschlichste Hinterlassenschaft – ein Foto. Darauf ihre beiden Lichtwesen von Kindern, diesmal nicht in weichgezeichnetem Schwarz-Weiß, sondern als Pirat und Kürbis verkleidet, überbelichtet und sichtlich nahe am Zuckerschock. Daneben ein Mann in Jeans und sportlicher Jacke um die vierzig. Typ Clark Kent jenseits der besten Jahre. Sein Grinsen schien sich auf dem Weg zu seinen Augen verlaufen zu haben. Sie wirkten erschöpft. Misstrauisch. Ein Witwer und zwei Waisen in spe. Ob Carolin Höller das Foto gemacht hatte? Autsch. Schnell weiter.

»Wo ist das Handy?«

»Gute Frage«, sagte Sebi, ohne von den eingetüteten Beweismitteln aufzusehen. »Wir konnten bisher keines sicherstellen. Vielleicht hat sie es zu Hause vergessen?«

»Kaum. Das Handy war sicher ihr bester Freund, bei dem Leben, das sie geführt hat. Kann es sein, dass sie es bei sich hatte, als sie gefallen ist, und es irgendwohin weggeschlittert ist?«

»Theoretisch, ja. Aber wir haben alles abgesucht und nirgends was gefunden. Ich kann's also ausschließen. Zu 98 Prozent.« Sebi zwinkerte mir zu, dann erstarb sein Lächeln. »Hast du schlecht gefrühstückt. Pezi, oder was schaust du so grantig?«

Zum Glück nur eine rhetorische Frage. So wie ich interessierte sich Sebi recht wenig für das Privatleben seiner Kollegen. Die persönlichen Katastrophen unserer Fälle reichten uns. Und die Tatsache, dass mit dem Handy des Opfers eine unserer wichtigsten Informationsquellen verschwunden war. Großartig. Dieser Fall wehrte sich mit Klauen und Zähnen.

Mein Blick wanderte weiter über die sichergestellten Überreste von Carolin Höllers Alltag. Vitamine A bis Zink. Eine großformatige Brieftasche mit Goldschnalle. Ein Stück A5-Papier. Es war übertrieben oft gefaltet worden, wie eine geheime Botschaft unter der Schulbank: Die Privatrechnung einer Arztpraxis, datiert auf gestern, Donnerstag. Dr. Leonhard Beisteiner, Gynäkologie und Geburtshilfe.

Mein Herz ballte sich zu einer kalten Faust. Ein Frauenarzt, was sonst? Das Leben war schon ein rechter Witzbold.

»Was ich dir eigentlich zeigen wollte ...«, unterbrach Sebi Kramer mein aufkeimendes Selbstmitleid. Er hielt eine weitere Asservatentasche hoch, darin eine Packung Zahnseide.

Ich hob nur die Augenbrauen.

»Da drin war keine Spur von Zahnseide. Dafür Kokain. Oder zumindest Reste davon. Würde mich sehr überraschen, wenn wir davon nicht auch was in Frau Höllers Näschen finden.«

Mein Brustkorb entspannte sich wieder etwas. Ein Schritt in die richtige Richtung, endlich.

»Und hier ...« Noch eine Asservatentasche. Darin zwei ebenfalls leere Plastikbriefchen. »Die waren im Müll unterm Schreibtisch.«

»Wieder Kokain?«

»Ja. Aber laut Schnelltest anders als das in der Zahnseide.«

»Wie, anders?«

»Eines hochkonzentriert, das andere leicht gestreckt. Das in dem Zahnseidepäckchen war dagegen extrem niedrig konzentriert, total verschnitten. Genaueres sagt uns das Labor. Aber alles in allem war die Frau wahrscheinlich voll bis zum Anschlag. Wer weiß, vielleicht war's doch ein Unfall. Sie ist aufs Fensterbrett gestiegen und hat dort das Bewusstsein verloren ...«

Ich summte bloß. Versuchte mir vorzustellen, wie Carolin Höller auf das Fensterbrett stieg, darauf tanzte, plötzlich einknickte und ... vergeblich.

»Aber warum wäre dann ihr Handy verschwunden?«, fragte ich. »Und hast du nicht was von blauen Flecken gesagt?«

Ob absichtlich oder nicht, Sebi hörte mir gar nicht mehr zu. Er sammelte seine Beweismittel ein. Nur noch raschelndes Plastik und sein vom Übergewicht belasteter Atem.

»Alsdann, ich bin dahin«, sagte er, während auch seine beiden Kollegen ihre Koffer zuschnappen ließen. »Du hast das Büro für dich. Anfassen erlaubt, entfernen nicht, wie immer. Und nur mit Handschuhen, bitte. Wenn du Fragen hast, ruf mich an. Der Bericht kommt so schnell wie möglich.«

5

Das Stockwerk schien verlassen, die meisten der fensterlosen Besprechungsräume dämmerten im Halbdunkel. Nach Sebi Kramer war auch Peter Brennan noch einmal hereingeschneit. Mit einem stromlinienförmigen Lächeln hatte er sich von mir verabschiedet, war weiter gehastet zu seinem Flug zurück nach Dublin. Zuvor noch eine halb-herzliche Einladung: Stets willkommen bei Skiller. Jede Hilfestellung ... Alles in unserer Macht ... Das Übliche eben. Jetzt schaute ich durch die geschlossene Glastür auf den Gang hinaus. Keine Menschenseele. Es war halb drei Uhr nachmittags, das Stockwerk leer, die anwesenden Skillerz nach ihrer Aussage im verfrühten Wochenende. Verlassene Schreibtische, erloschene Monitore, darüber schwebten prall gefüllte Folienballons mit *Willkommen zu Hause*-Aufschrift.

Ich drehte das Schild mit Lucy van Pelt um und schloss die Tür.

The Doctor is OUT. Für immer.

Ich schlüpfte aus meinen Schuhen, seufzte vor Erleichterung, stellte sie neben den Stuhl unter dem Fenster. Meine Einladung an Carolin Höller, zu mir zu sprechen. Sie blieb stumm.

Im hinteren Teil des Büros ließ ich mich auf dem Sofa im Sechziger-Jahre-Stil nieder, an dem vorhin Sebis Leute herumgezupft hatten. Schalenförmige Sitzfläche auf Holzbeinen. Gemütlichkeit wie in einem Loriot-Sketch, verborgen vor neugierigen Blicken jenseits der Glaswand. Hier herrschte solider Stein. Eine Ecke voll Privatsphäre in einem Haus der unerbittlichen Transparenz.

Die Leiche der Managerin war längst auf dem Weg ins Gerichtsmedizinische Institut. Bald würden alle ihre körperlichen Spuren beseitigt sein.

Ich legte den Kopf in den Nacken, sah an die Decke, stellte mir Carolin Höller vor. Ein zartes blondes Wesen an einem massiven Mahagonischreibtisch, voller Entschlossenheit und Energie und allem, was mir gerade fehlte. Mit geschlossenen Augen wartete ich auf ein Zeichen, dass sie noch hier war.

Durch das inzwischen gekippte Fenster zwitscherten Vögel. Menschenlachen aus einem der Büros auf der anderen Seite des Hofes. Die Kollegen der Spurensicherung, die sich noch an der Terrasse abarbeiteten und miteinander murmelten.

Keine Carolin Höller. Sollte ihr Geist jemals in ihrem neuen Büro heimisch geworden sein, hatte er sich verflüchtigt.

Ich musste mich auf meine fünf berechenbaren Sinne verlassen.

Auf dem Beistelltisch aus Glas lag ein Online-Branchenmagazin. Skiller war Titelthema. Daneben zwei makellose Umzugskartons, bis zum Rand gefüllt mit Management-Literatur. So gut wie alles auf Englisch. Es ging um Effektivität, die Gewohnheiten erfolgreicher Manager, spirituelle Mitarbeiterführung. Dasselbe im zweiten Karton. In der dritten Reihe stieß ich auf ein Buch mit riesigem Smiley auf dem Cover. Auf der sonnengelben Stirn ein blutiges Einschussloch. *Smile or Die*, lautete der Titel. Lächle oder stirb. Mein Grinsen darüber spiegelte sich in Carolin Höllers Glastisch. Wahrscheinlich hätte ich diese Frau sogar gemocht. Das Buch wirkte ungelesen, die Seiten knisterten, als ich es auffächerte. Keine Notizen am Rand, keine Post-it-Zettel, keine Botschaften aus dem Jenseits. Wäre auch zu schön gewesen. Ich steckte das Buch in meine Handtasche, wechselte hinüber zum Schreibtisch auf ihren Drehstuhl. Ein ergonomischer Traum aus der Zukunft.

Der Inhalt der klemmenden Laden enttäuschte: ein Tacker, eine Schere, eine Steckhülle mit alten Spesenabrechnungen. Nirgendwo auf dem Schreibtisch stand ein Bild aus ihrem

Privatleben, dafür drei Lavalampen mit dem Google-Logo darauf. Und eines dieser Dinger aus den Achtzigern mit Bleikugeln, die nebeneinander aufgereiht an Schnüren hingen und irgendwelche Gesetze der Kinetik beweisen sollen.

Kurz: ein Fest der Ereignislosigkeit. Sebi Kramer und Team hatten alles von Bedeutung eingetütet, katalogisiert und mitgenommen, hatten jedem Detail Beachtung geschenkt.

An keines erinnerte ich mich so deutlich wie an die Rechnung von Dr. Leonhard Beisteiner, Frauenheilkunde und Geburtshilfe.

Carolin Höller war bei ihm gewesen, an einem für sie so wichtigen Tag. Einen Privattermin hätte sie auch zu jedem anderen Zeitpunkt bekommen. Es war also wichtig genug gewesen, sich diese Zeit freizuschaufeln. Und emotional genug, um die Rechnung zu einer Ziehharmonika zu falten.

Ich holte mein Handy aus meiner Tasche, begann im Internet nach der Telefonnummer der Praxis zu suchen. Das nasse Tuch auf meinen Bronchien wurde schwerer, jeder Atemzug zum Kraftakt.

Verdammt nochmal, was passierte hier gerade?

Ich legte das Handy beiseite, lockerte meinen Unterkiefer.

Ganz ruhig, Patsy. Es ist so einfach. Sobald Kris einen Fuß in dieses Büro setzt, soll sie die Praxis Dr. Beisteiner anrufen und rausfinden, was Carolin Höller dort wollte. Du bist die Hauptkommissarin, die Frau der Stunde. Du darfst es dir leichter machen.

Oder ich konnte einfach selbst anrufen. Einen weiteren dreckigen Finger in die Wunde legen, die mir Dr. Wahlheimer heute Morgen geschlagen hatte. Mich selbst von der Klippe stoßen, um herauszufinden, ob es so weit war. Ob Patsy Logan vielleicht diesmal zerbrach.

Herausforderung angenommen.

Carolin, am Vormittag

Herzlichen Glückwunsch.

Wie oft hat sie diese zwei Worte schon gehört? Von wie vielen Menschen? Wie oft in ehrlicher Freude und wie oft unaufrichtig, zerfressen von saurer Missgunst?

Doch jedes einzelne Mal war eine Bestätigung gewesen. Sich anzustrengen lohnt sich. Kämpfen lohnt sich. Jede Gratulation ein Puzzlestein zu einem Leben, das mehr ist als nur eine Existenz vom Fließband: Herzlichen Glückwunsch zum hervorragenden Studienabschluss. Zum Traumjob. Zum ersten Baby. Zur Beförderung. Zu diesem Mann. Zu dieser Karriere. Zum zweiten Baby. Zu dieser Reise.

»Herzlichen Glückwunsch, Frau Höller. Wir haben einen Herzschlag. Schön kräftig. Sehen Sie ihn?« Dr. Beisteiners Gesicht ist rundlich mit großen Schneidezähnen. Er lächelt wie ein freundlicher Biber. Sein Glückwunsch ist süß, echt.

Carolin nickt, in ihrem Kopf ein Rauschen, nicht unähnlich dem des Ultraschall-Gerätes. Sie sieht ihn. Ein pulsierender Punkt. Ein blinder Passagier. Warum hat sie ihn nicht gespürt? Wo war sie die ganze Zeit?

»Wie lange haben wir noch?«, fragt sie, ihre Stimme fern und heiser.

»Für eine genaue Schätzung brauchen wir eine Blutuntersuchung. Auf den ersten Blick tippe ich auf siebte, achte Woche. Wenn wir von vierzig Wochen Schwangerschaft ausgehen, wäre der Termin dann zwischen ...«

»Ich meine, wie lange haben wir für einen Abbruch?«

Dr. Beisteiners Schneidezähne verschwinden hinter seinen zugespitzten Lippen. Er zieht den Ultraschallstab zurück, der

Vorhang zum Inneren ihrer Gebärmutter wieder geschlossen, zurück bleibt Schwärze.

Stumm entlässt der Frauenarzt Carolin aus dem Stuhl und reicht ihr ein Stück Papier zum Abwischen, bevor er sich seinem Computer zuwendet und lautstark auf seiner Tastatur herumhackt.

Sie zieht sich an. Denkt an die Zahnseidepackung in ihrer Tasche. Widersteht dem Impuls, das Zeug hier und jetzt zu ziehen, hinter dem Vorhang ihrer Kabine.

Wie hat das passieren können? Der liebste Satz ihrer Mutter, zu diesen Anlässen taucht er aus der Versenkung auf.

Ja, wie? Ein kurzer Moment der Unachtsamkeit, ein Fall von Herz über Kopf. So passiert das.

»Vielleicht wollen Sie eine Nacht darüber schlafen, Frau Höller?«, sagt Dr. Beisteiner, wieder im Besitz seiner professionellen Fassade. »Sie sind überrascht. Emotionen sind keine guten Ratgeber. Wir nehmen jetzt eine Blutprobe, dann besprechen Sie sich mit Ihrem Mann und melden sich morgen wieder bei mir. Da wissen wir genauer, wie weit fortgeschritten die Gravitas ist, und wir können über die zur Verfügung stehenden Optionen sprechen. Einverstanden?«

Sparen Sie sich den bevormundenden Ton. Von meinen Emotionen wissen Sie einen Dreck, will sie zurückschreien. Hätte sie die Idee mit dem Stoff durchgezogen, hätte sie es sicher getan.

Doch Dr. Beisteiner ist ihr schnellster Weg zum Ziel. Also nickt sie gefällig, lässt sich eine Kanüle in den Arm stechen, verabschiedet sich mit Handschlag. Diesen einen Tag hat sie auch noch Zeit.

Christian wird es nicht erfahren. Darf es nicht erfahren. Auch wenn er sich freuen würde, anfangs. Er hat immer viele Kinder gewollt. Die romantische Sehnsucht des Einzelkindes nach Gemeinschaft, nach Rettung durch die Gruppe. Eine Illusion, das weiß Carolin nur zu gut. Ihr hätte Fabian gereicht. Sie braucht keine genetische Rückversicherung. Lia war ihr Zugeständnis an Christians Angst vor dem Alleinsein. Und wohin hat es sie beide geführt?

Sosehr sie Lia, dieses magische Feenwesen, liebt – noch einmal wird ihr das nicht passieren. Sie wird diesmal nicht wieder so lange warten, bis ihre Liebe zu einem blinden Passagier zu weit fortgeschritten ist, um ihn noch von Bord zu werfen. Fehler sind erst dann unverzeihlich, wenn man sie wiederholt.

Der Mann im Hintergrund

1

Es gibt nichts Erbärmlicheres als heulende Menschen auf öffentlichen Toiletten. Verlaufenes Make-up, unterdrücktes Schluchzen, Klopapier als Taschentuch. Eine Szene ohne einen Funken von Würde, nicht mehr als ein armseliges Klischee.

Und ich mittendrin.

Dr. Beisteiner hatte nach anfänglicher Gegenwehr mit dunkler Stimme bestätigt, was meine derzeitige Fruchtbarkeitsfixierung mir schon beim Anblick seiner Rechnung zugeflüstert hatte: Carolin Höller war schwanger, in der siebten Woche.

Ein totes Kind. Eine erloschene Hoffnung, die sich auf meine eigene türmte. Ein letzter Moment von Selbstkontrolle – *Danke, Herr Doktor, meine Kollegin wird sich bei Ihnen melden* –, dann begrub mich dieser Turm unter sich. Hier liegt Patsy Logan, besiegt von ihrer eigenen Arroganz. Patsy Logan, die kein Leben schenken kann, nur den Tod.

Mit der Hand vor dem Mund war ich aus Carolin Höllers Büro gestürmt und den Gang hinunter hierhergeflüchtet. Unisex-Toiletten, wie überaus modern. Zum Glück leer. Minutenlang hallte mein Schluchzen von den mit bunten Mosaikfliesen verkleideten Wänden. Ging in ein fruchtloses Würgen über. Dann war es vorbei, so plötzlich, wie es begonnen hatte.

Ich richtete mich auf, betrachtete das verwüstete Gesicht im Spiegel. Stellte mich noch gerader hin, die Mosaikfliesen kühl unter meinen nackten Fußsohlen.

Hier gibt es einen Fall zu lösen, Frau Hauptkommissarin. Vorläufig ist deine Existenz noch nicht sinnlos.

Ich trank aus dem vor Kälte angelaufenen Wasserhahn, bis meine Kehle noch rauer war als zuvor. Wusch mir das Gesicht. Rupfte ein paar Kleenex-Tücher aus einer Kartonschachtel, tupfte die verlaufene Mascara ab.

Es gab nicht viel zu tun. Beim Weinen vergieße ich kaum Tränen. Habe ich mir irgendwann abgewöhnt, auch wenn Stefan immer behauptet, dass so was nicht geht.

Aber was weiß er schon wirklich von dieser Frau im Spiegel?

Ich zwinkerte ihr zu, und sie lächelte zurück.

2

Der Nachmittag zog weiter seine müden Bahnen. Alle brauchbaren Spuren waren abtransportiert, das Skiller-Büro bis auf eine Rumpfmannschaft menschenleer. Die heiße Luft vor den Bürofenstern schien Blasen zu werfen. Ich wandte mich ab. Saß am monströsen Schreibtisch und studierte den Kalender von Carolin Höllers letztem Arbeitstag. Am Zugriff auf ihr Konto wurde noch gearbeitet, so lange musste ein Screenshot genügen, den mir Peter Brennan hatte ausdrucken lassen.

Irgendwann tauchte Kris neben mir auf, in den Händen zwei Campingtassen aus Blech. Darauf schaukelten die größten Milchschaumhauben, die ich jemals gesehen hatte.

»Kris, du bist eindeutig zu talentiert für die Kripo.«

»Doppelter Espresso macchiato. Die haben einen echten Barista in der Kantine, und er hat mir gezeigt, wie's geht«, hauchte sie, ihre Begeisterung außer Rand und Band.

»Überlegst du, auf die Online-Branche umzusatteln?«

»Du etwa nicht?«

Eine beklommene Pause entstand. Kris überlegte wahrscheinlich, ob sie zu weit gegangen war mit ihrem Scherz. Ich konnte sie beruhigen.

»Menschen mit Humor kann ich hier gut brauchen, Frau Kommissarin«, sagte ich, und sie stellte eine Tasse neben mir ab. Ich bedankte mich, ohne sie anzusehen. Half natürlich trotzdem nichts. Es war nicht zu übersehen in meinem Gesicht. Nicht zu überhören in meiner Stimme.

»Alles in Ordnung?«, fragte Kris. »Du siehst mitgenommen aus.«

»Allergie«, sagte ich. Es fiel mir ganz leicht. Die Frau der Stunde saß wieder im Cockpit.

»Na dann, gute Besserung.«

Kris ging hinüber zum gekippten Fenster, schloss es fürsorglich, gegen die Pollen. Spielte mit in dem Theater. Welche Alternativen gab es auch? Eine Ermittlung braucht Ermittler.

Unter dem Fenster stand noch immer einer der beiden Besucherstühle von Carolin Höllers Schreibtisch, ein puristisches Konstrukt aus Stahlrohr und Spanplatte.

»Ist die Höller hier drauf gestiegen, um zum Fensterbrett zu kommen?«, fragte sie.

»Möglich. Aber du kannst ihn benutzen, alle Spuren sind abgenommen. Also, insofern da überhaupt welche waren.«

»Ganz schön wackelig, wenn du mich fragst«, sie rüttelte skeptisch am Stuhl, der pflichtschuldig quietschte. Sebi Kramers Gewicht hatte ihm offensichtlich zugesetzt.

»Die Frage nach den fehlenden Schuhen wäre also geklärt«, sagte sie dann und zeigte auf den Boden. »Warum hat die SpuSi die nicht mitgenommen?«

»Das sind meine.«

»Oha.« Kurze Pause, genießerisches Schlürfen. Dann der Geistesblitz. »Wolltest du nachvollziehen, wie alles ausgesehen hat, kurz vor ihrem Tod?«

»Vor allem tun mir die Füße weh. Und jetzt gib mir mal die Lage in Kurzform.«

Kris war eine begabte Zusammenfasserin. In wenigen Sätzen wusste ich, dass es um die Anzahl verwertbarer Informationen zu Carolins letzten Stunden schlecht bestellt war.

Der Empfang war an dem Nachmittag nur vom Pförtner besetzt, und der arbeitete erst seit zwei Wochen für Skiller. Er hatte den Überblick schon um vier Uhr nachmittags verloren. Die Datenlogs des Zugangssystems würden wir aber so schnell wie möglich aus Dublin erhalten. Dort wurden die Sicherheitsdaten aller europäischen Büros »koordiniert«. Dasselbe galt für die Mitschnitte der beiden Kameras.

Peter Brennan hatte sich nämlich verzählt. Es gab nicht nur die eine Kamera im Eingangsbereich, sondern auch eine in der Kantine. Ihr Objektiv war genau auf das Buffet gerichtet.

»Damit man sieht, wie lang die Warteschlange ist«, klärte Kris mich auf. Ich lachte so lange, bis ich bemerkte, dass sie es ernst meinte.

Über Carolin Höller hatte jeder nur das Beste zu sagen. Das Wort *unglaublich* fiel oft. Ehrgeizig. Smart. Professionell. Effektiv. Inspirierend.

»Nur gemocht hat sie keiner wirklich.«

»Wer sagt das?«, fragte ich.

»Niemand. Aber alle nennen sie nur *nett*. Nie *herzlich* oder *menschlich* oder so was. Schon seltsam, wenn man bedenkt, dass sich hier alle so lieb haben.«

Ein guter Punkt. »Vielleicht lag es dran, dass sie niemand außerhalb der Arbeit kannte?«

»Gut möglich. Ich hab gefragt, was die Leute über ihr Privatleben wissen. Da gibt es diesen tollen Mann, der selbstständig ist und sich um die Kinder kümmert und ihr den Rücken für ihre Karriere freihält. Aber kein Einziger wusste seinen Namen. Und niemand hat sich mit ihr während der Eröffnungsfeier unterhalten, obwohl sie alle gesehen haben. Das ist doch komisch, oder?«

»Vielleicht ist es wie bei uns«, überlegte ich laut. »Die Obrigen bleiben unter sich und werden von den anderen eher gemieden.«

»So wie Konstantin jetzt?«

Das Herz auf der Zunge. Das machte Kris sympathisch, würde ihr aber kaum dienlich für ihre weitere Karriere sein. Ich weiß, wovon ich rede.

»Gemocht zu werden ist nicht unbedingt der Schlüssel zum großen Erfolg«, sagte ich.

Sie zuckte mit den Schultern, zog den Stuhl hinter sich her zum Schreibtisch und setzte sich mir gegenüber, als wäre ich Carolin und sie eine Mitarbeiterin.

»Was sagt denn Sebi?«, fragte sie. »Haben die was gefunden hier drin?«

»Ziemlich viel Kokain. Interessant ist auch, was sie nicht gefunden haben. Keine Abdrücke oder Spuren auf dem Fenstersims, zum Beispiel.«

Kris' dunkle Augen wurden groß und rund. »Hat die wer weggewischt?«

»Sieht so aus. Kann aber theoretisch immer noch die Putzbrigade gewesen sein. Klär bitte, ob die hier waren.«

»Gut. Und was fehlt noch?«

»Carolin Höllers Handy. Nicht mal Sebi konnte es auftreiben.«

»Oha.«

»Ja, oha. Mach dich schlau bei den technischen Forensikern, ob wir es über GPS orten können. Ansonsten müssen wir auf die Daten des Mobilfunkanbieters zurückgreifen. Und das dauert dann wieder Ewigkeiten.«

»Geht klar, ich frage parallel an.«

Kris kritzelte eifrig weiter in ihr Notizbuch. Deshalb liebe ich meinen Job. Es gibt immer nächste Schritte. Weitere Optionen. Meistens sogar Erklärungen, irgendwann. Egal, ob sie einem gefallen oder nicht. Aber es gibt keine traurigeren Worte als *ungeklärte Umstände*.

»Carolin Höller war übrigens schwanger.«

»Echt?« Kris schaute auf, schien zum ersten Mal ehrlich betroffen. »Das tut mir aber leid.«

Wieder so ein Fall: Eine junge Frau stirbt? Kann passieren. Sie war schwanger? Was für eine Tragödie!

Oder war ich einfach nur übersensibel?

»Sie war in der achten Woche.«

»Und sie hat es gestern erfahren?«, fragte Kris zwischen zwei Schluck Espresso macchiato.

»Nicht unbedingt. Der Arzt meinte, sie hätte nicht besonders überrascht gewirkt. Zumindest nicht auf positive Weise. Sie hat eine Abtreibung angesprochen.«

»Wirklich?« Sie überlegte einen Augenblick. »Vielleicht wäre das ihrem Mann zu viel geworden? Der kümmert sich doch um die Kinder.«

»Ich glaube eher, dass ihr Mann vom Besuch bei Doktor Beisteiner gar nichts gewusst hat.«

»Wieso das?«

»Laut Sprechstundenhilfe hat sie den Termin erst eine Stunde davor vereinbart. Und hat darauf gedrängt, obwohl die Praxis voll war. Warum hatte sie es so eilig, und warum gleich zum Arzt?«

»Vielleicht war sie wegen der Schwangerschaft in Panik«, sagte Kris langsam nickend. »Und ihr Mann sollte davon nichts wissen. Weil ...?«

»Da fallen mir spontan gleich zehn Gründe dafür ein. Wir müssen nur den richtigen finden. Aber selbst, wenn sie es ihm nicht verheimlichen wollte ... vielleicht hatte sie die Zeit dazu gar nicht mehr. Schau dir das mal an.«

Ich hielt ihr den Kalenderausdruck hin.

07.30	Lia & Fabian abliefern (Carolin)
08.00	Team-Frühstück Dublin All Stars
08.30	E-Mails (Office)
09.00	1-2-1 Kasia / Carolin VC Dub, Raum Malala
09.30	1-2-1 Felix / Carolin, Raum Malala
10.00	1-2-1 Ali / Carolin, Raum Obama
11.00	Team-Meeting Dublin & Munich All Stars, Raum Al Gore

12.00	Lia abholen (Christian)
12.00	Lunch mit Peter Brennan & David Shreve
13.00	Bambino
14.30	Meet & Greet Freunthaler IHK, Raum Brandt
15.30	Fabian abholen (Christian)
15.30	Gregor / Carolin, Raum Tutu
16.00	Rede Eröffnung Probe (Office)
16.30	Meet & Greet Presse, Raum Gandhi
17.00	E-Mails (Office)
17.00	Begrüßung Delegation IHK München, Raum Gore / Kantine
18.00	Eröffnung Einweihungsfeier (Kantine)
22.00	Henrike / Carolin VC Dub, Raum Obama

»Und ich dachte, wir sind im Stress.« Kris prustete. »Wie geht's jetzt weiter?«

»Was würdest *du* denn als Nächstes machen?«

Was hätte ich in meinen frühen Jahren bei der Kripo für so eine Frage von meinen erfahreneren Kollegen gegeben. Ich hingegen starrte prompt in ein erschrockenes Gesicht. War das etwa schon der Generationsunterschied?

»Also …«, begann sie zögernd. »Ich würde mir ihre E-Mails ansehen. Vielleicht kommt da was raus.«

»Gute Idee. Sprich mit Sebi, der hat den Laptop schon mitgenommen. Und Peter Brennan sorgt dafür, dass der Verantwortliche für die Sicherheit in Dublin das Konto knacken lässt.«

»Außerdem würde ich die Datenlogs zum Gebäude auslesen und sehen, wer wie lange hier im Gebäude war.«

»Darum habe ich Peter Brennan auch schon gebeten. Das macht auch der Sicherheitschef in Dublin.«

»Alle Wege führen nach Dublin, oder?«

Ein guter Punkt, der mich unbehaglich werden ließ. Angst ohne wirklichen Grund. Peter Brennans Schlawinergesicht fiel mir ein. *Dublin hat sich so positiv verändert.*

»Außerdem müssen wir mit allen Terminen ihres letzten Tages sprechen.«

»Das sind gut und gern fünfzehn Leute.«

»Holger und Phillip werden sicher ein paar übernehmen. Wir beide sprechen mit den wichtigsten.«

»Und die wären?«

»Sag du's mir.«

Sie räusperte sich, studierte eine Weile den Kalender. »Ein Termin um zehn Uhr abends. Das ist seltsam.«

»Nicht unbedingt, wenn man Kollegen hat, die in Kalifornien arbeiten.«

»Aber hier steht Dublin. Die sind nur eine Stunde hinter uns, oder?«

»Stimmt. Mit dieser Henrike sprechen wir bald.«

»Und was heißt ›Bambino‹?«

»Bingo. Wer oder was auch immer dahintersteckt, sollten wir schnellstens rausfinden. Unsere erste Adresse für ein Gespräch.«

»Vielleicht ein Restaurant? Oder eines ihrer Kinder? Oder der Frauenarzttermin?«

»Bei Dr. Beisteiner war sie zwischen halb neun und neun. Lunch hatte sie mit Peter Brennan und einem der Firmengründer. Und in ihren Tagesplan passte kein Blatt Papier. Wenn da jemand eineinhalb Stunden abkriegt, muss es eine Rolle spielen. Außerdem sind alle anderen Termine vollkommen klar dokumentiert. Wer, warum, wo. Das fehlt hier alles.«

»Also hatte die Höller ein Geheimnis.«

»Nach Adam Riese sogar mehr als eins.« Ich beendete meinen Macchiato. »Aber zuerst müssen wir mit ihrem Mann reden.«

Ich erhob mich von Carolin Höllers Schreibtisch, mein Herz plötzlich ein auskeilendes Rodeopferd. Der Barista hier verstand sein Geschäft.

3

Von: Marquis de Ajemian <m.ajemian@proxymail.eu>
An: Carolin Höller <carolin@skiller.com>
Betreff: Heute

Ich hab dich gesehen, heute Morgen in der Kantine. Du mich nicht. Zumindest hast du so getan. Mit deinem Popöchen gewackelt und mich ignoriert. Keinen Slip. Auch das hab ich gesehen. Ich kenne dein Spiel. Du willst mich heißmachen mit deiner kalten Schulter.
Spiel ruhig, solange du kannst.
Bald bist du dran, du versautes Miststück. Und dann schluckst du, mein Schatz. Dann schluckst du alles.
Das verspricht dir hochachtungsvoll

Dein Verehrer von ferne

4

Wir ruckelten durch den Freitagnachmittagverkehr. Hitze. Kein Anruf von Stefan. Gereizte Menschen. Verschwitzte Menschen. Menschen wie ich. Hitze habe ich noch nie vertragen, genauso wenig wie den Föhnwind.

Wie dein Vater, die Schattenpflanze, hatte Mama immer gesagt. Noch mehr Verkehr. Hupen.

Neben mir kaute Kris geräuschvoll. Sie hatte darauf bestanden, mit dem Auto hinüber ins Lehel zu fahren, und jetzt wusste ich auch, warum. Auf dem Weg zu dem Opel aus der Polizeiflotte hatte sie sich bei Manufaktum mit Brot und einem verdächtig riechenden Gemüseaufstrich eingedeckt. Bei jedem Stopp schlang sie etwas davon runter, als ginge es um ihr Leben.

Ich hatte dafür jetzt neue Schuhe. Die unterforderten Verkäuferinnen in dem Laden neben Skiller hatten sich wie Habichte auf mich gestürzt. Nicht einmal zehn Minuten später war ich stolze Besitzerin von mit Pailletten bestickten Ballerinas in Rot. Über mein Bankkonto konnte ich später noch nachdenken.

»Auch ein Brot?«, bot Kris kauend an.

Ich schüttelte den Kopf. Ich war schon voll mit Gedanken an Christian Höller. Worauf wir uns mit ihm gefasst machen mussten. Mein Bild von ihm war noch immer vage, trotz des Fotos, das ich von ihm gesehen hatte.

Christian Höller, der Mann im Hintergrund. Stütze seiner Frau. So etwas hatte ich aus meinem Leben nie gekannt. Zumindest nicht aus dem, das ich vor Stefan geführt hatte.

Die Wohnung der Höllers lag im ersten Stock eines Bürgerhauses in der St.-Anna-Straße. Die Glocken der gleichnamigen Kirche ein Stück weiter schlugen zur halben Stunde. Menschen in Straßencafés. Kinder an den Händen ihrer Eltern. Hunde an der Leine, ihre Krallen klickten auf den groben Pflastersteinen.

Christian Höllers träge Stimme meldete sich erst nach dem dritten Klingeln. Nachdem ich uns vorgestellt hatte, starrte uns das lidlose Auge der Kamera in der Gegensprechanlage ein paar Sekunden lang feindselig an, bevor der Öffner summte. Ich warf Kris einen fragenden Blick zu. Christian Höller hatte zwar schon heute Vormittag vom Tod seiner Frau erfahren, das machte so ein Gespräch aber nicht unbedingt leichter. Kris reckte mir ihren Daumen entgegen. Alles okay.

Die Wohnungstür war angelehnt, weiß gestrichen. Genormte Fußmatte. Genormtes gebürstetes Aluschild neben der Klingel. Familie Höller, konform mit der Hausordnung.

Drinnen hörte man ein geschäftiges Hin und Her; Plastikgegenstände, die in eine Box geworfen wurden.

»Tut mir leid, wie es hier aussieht«, sagte Christian Höller und zeigte auf den blitzblanken Boden, während er sich wie in Trance durch eine moderne Wohn- und Essküche bewegte, hier eine Spiderman-Puppe aufhob, dort einen Zauberstab. »Ich hab eine Weile geschlafen. Kommen Sie nur rein.«

Die Höllers hatten ähnliche Vorstellungen von Ordnung. Ein Wohnraum, vollkommen unter Kontrolle. Die moderne Eckcouch aus filzartigem Stoff, die Wolldecke kariert und sorgfältig gefaltet. Falls Christian Höller tatsächlich geschlafen hatte, bevor wir gekommen waren, dann nicht hier.

Außer einem Playmobilhaus im Gründerzeitstil, einem Verkaufsladen aus Holz und einem Stapel Bilderbücher, zusammengepfercht in einer Ecke, gab es wenig Hinweise auf Kinder.

Nur an den Wänden waren die jungen Höllers allgegenwärtig. Noch mehr Abzüge von der Familienidylle in Schwarz-

Weiß aus dem Fotostudio. Dazu Fußabdrücke von Neugeborenen, Handabdrücke in Wasserfarben. Moderne Aquarelle, die fern an Kleinkinder erinnerten, eine Schnappschuss-Serie von den vielen Gesichtsausdrücken eines Babys.

Christian Höller wies uns mit einer Geste an den Esstisch, der ebenso gut ins Skiller-Büro gepasst hätte. Rustikales Holz, rot-weiß karierte Tischdecke, eine Sitzbank mit dünnen grünen Polstern. Frische Äpfel und Zitronen in einem Korb aus Edelstahlgeflecht. Von der Altbau-Zimmerdecke hing ein mehrarmiger Leuchter, transparente Schirmchen mit Hirschmotiv.

Christian Höller entschuldigte sich noch einmal und verschwand ins Bad. Während es von dort plätscherte, schaute Kris von der Sitzbank zu mir, die Stirn gerunzelt.

Ich hob nur die Schultern. Trauer treibt die seltsamsten Blüten. Wo die einen betäubt ein Loch in die Luft starren oder weinend zusammenbrechen, laufen andere so lange vor den Tatsachen davon, bis sie nicht mehr können.

Wir packten unsere Sachen zum Mitschreiben aus, während Christian Höller aus dem Bad wieder in die Küche wechselte.

Seine dunklen Jeans passten perfekt, sein offensichtlich maßgeschneidertes Hemd war frisch gebügelt. Ehering aus Platin.

Er füllte einen eleganten Glaskrug, auf dessen Grund ein bunter Haufen von Halbedelsteinen lag, mit Wasser. Stellte ihn gemeinsam mit drei Gläsern auf den Tisch. Setzte sich. Erhob sich wieder, füllte die Gläser.

Wie seine Frau war er attraktiv, ohne wirklich gut auszusehen. Die Augen zu klein und zu tief sitzend, gebogene Nase, unvorteilhaft ergrauende Haare, sportlich, aber nicht durchtrainiert. Trotzdem. Das Wort Charisma fiel mir ein. Es glänzte unter der Oberfläche seines Schocks.

»Es tut uns sehr leid, Herr Höller«, sagte ich, als er sich endlich niedergelassen hatte. »Für Sie und die Kinder.«

Er nickte zerstreut. In seinen Augen ein hektischer Glanz. Panik, beinahe.

»Wir waren siebzehn Jahre lang verheiratet, Caro und ich«, sagte er zu seinem vollen Wasserglas. »Seit zwanzig Jahren zusammen. Sie war meine erste feste Freundin, können Sie das fassen?«

»Nein. So viel Glück hatte ich nie.«

Darüber lächelte er abwesend.

Doch es stimmte. Mein Liebesleben hatte immer etwas von russischem Roulette gehabt, und bis zu Stefan hatte ich immer verloren.

»Caro war die Frau meines Lebens«, bekräftigte er, studierte wieder sein Wasserglas. Sekunden vergingen. Eine Minute. Irgendwo tickte eine Uhr. »Die Kinder wissen es noch nicht«, sagte er dann zu niemand bestimmtem, nahm den Glaskrug und schenkte sich nach. Tröstliche Routine.

»Wo sind Fabian und Lia?«

Sein Blick flitzte kurz zu mir, überrascht, dass ich ihre Namen kannte.

»Bei Eltern von einem von Lias Freunden aus der Kita. Ich will, dass sie noch ein paar normale Stunden haben. Außerdem sollen sie nicht die Polizei bei uns im Haus sehen.«

Plötzlich Erinnerungen, wie winzige Explosionen in meinem Kopf. Dunkle Uniformen, düstere Mienen. Mama weint. Die Dublin-Nana weint. *Patsy, sofort in euer Zimmer, und nimm deine Brüder mit – hörst du? Na los, geh schon.* Freundliche, traurige Augen. Wir tun unser Bestes. Warme Hände, die meine eiskalten umschließen. Mein Name auf einem durchweichten Briefumschlag.

Ich sah Christian Höllers graue Erscheinung und versuchte, ihm mein Mitgefühl für seine Kinder über einen empathischen Blick zu vermitteln. Doch meine Augen sind mehr grün als braun, mehr Katze als Labrador. Ein klarer Sieg nach Punkten für Kris.

»Hat man Ihnen einen Kontakt zur Krisenintervention gegeben?«

Er nickte resigniert.

»Erzählen Sie uns bitte vom gestrigen Tag, Herr Höller.«

»Wo soll ich anfangen?«

»Am Anfang«, sagte ich und versuchte meine Mundwinkel zu entknicken. Aber er sah mich ohnehin kaum an. Nur sein Wasserglas, um das er die Finger seiner linken Hand gelegt hatte.

»Ich war vor Carolin auf. Sie ist kein Morgenmensch. Wir haben mit den Kindern gefrühstückt, dann war sie dran mit Fahrdienst. Um halb acht war sie aus dem Haus.« Er machte eine Pause, nahm einen Schluck Wasser; sein Adamsapfel kletterte seine Kehle nach oben, sank wieder; sein Hals übersät mit kleinen roten Punkten vom Rasieren.

»Am Nachmittag kam sie nochmal kurz nach Hause. Unser Sohn kam früher aus dem Hort, weil er krank war. Caro hat ihn abgeholt und ihn an mich übergeben. Das war das letzte Mal ...« Wieder nahm er das Glas auf.

Wir warteten eine Weile, doch er blieb stumm. Seine Fingerspitzen quietschten am Glas.

»Um welche Uhrzeit haben Sie sich zum letzten Mal gesehen?«

Er überlegte einen Moment. »Ich glaube so gegen halb drei.«

»Wie lange war Carolin zu Hause?«

Wieder eine kurze Pause. »Nicht länger als zehn, fünfzehn Minuten. Sie musste zum nächsten Termin.«

Etwas zuckte um seine Augen. Kaum wahrnehmbar, doch vorhanden. Sarkasmus.

Neben mir räusperte sich Kris. Wollte sie eine Frage stellen? Nein. Sie sah nicht einmal hoch. Schrieb weiterhin alles auf, wie die gute Schülerin, die sie war. Den haarfeinen Riss in Christian Höllers Fassade hatte sie übersehen.

»Welcher Termin war das?«, fragte ich.

»Sicher ein wichtiger.« Er hob die Schultern. »Das Unternehmen ist gerade in einer entscheidenden Phase.«

»Trotzdem haben Sie sie gebeten, Fabian für Sie abzuholen?«

»Nein, das war die Leiterin des Horts. Ich hatte mein Handy ausgeschaltet. Also hat sie Caro angerufen.«

»Hatten Sie auch einen wichtigen Termin?«

»Ist das von Relevanz?« Etwas Lauerndes, Misstrauisches hatte sich in seinen Blick geschlichen, so wie auf dem Halloween-Foto aus Carolin Höllers Brieftasche.

»Vorerst ist es nur von Interesse. Was machen Sie denn beruflich?«

»Ich bin Unternehmensberater. Früher war ich bei KPMG, dann bei McKinsey. Jetzt bin ich selbstständig.«

Ich nickte, als wüsste ich das nicht schon längst. Ich hatte in Carolin Höllers Büro nicht nur ihren Kalender studiert, sondern auch noch einmal Google zu ihrem Privatleben befragt. Im Index wimmelte es von Einträgen über ihren Mann. Händeschütteln mit Wirtschaftskapitänen. Videos von Vorträgen in Hong Kong, Chicago. Branchenstudien zum Thema IT- und eCommerce. Christian Höller war allgegenwärtig. Bis vor etwa vier Jahren. Seitdem schien nur noch der Familienmensch zu existieren. Die Website für sein eigenes Unternehmen war eine nichtssagende Schablone, gefüllt mit Worthülsen und einem nun sichtbar veralteten Foto aus besseren Tagen.

»Da müssen Sie alle Hände voll zu tun haben, mit so einem eigenen Unternehmen.«

»Es ist noch alles im Aufbau«, sagte er ausweichend.

Seit vier Jahren?

»Trotzdem – Hut ab. Arbeit, zwei Kinder ... Mein Eindruck war, dass Ihre Frau bei Skiller auch sehr eingespannt war.«

Er nickte bedächtig. »War sie.« Seine Stimme wurde wässrig. Eine Erinnerung.

Kris angelte eine Packung Taschentücher aus ihrem Rucksack, hielt sie Höller unter die Nase.

»Warum hatten Sie denn Ihr Handy ausgeschaltet, Herr Höller?«, fragte ich noch einmal.

»Ich war in einer Sitzung mit meinem Therapeuten, und da bleibt mein Handy grundsätzlich aus.« Mit barschem Kopfschütteln lehnte er Kris' Angebot ab. »Es sind die einzigen beiden Stunden in der Woche, in denen ich mir zugestehe, nicht erreichbar zu sein.«

Oha, hätte Kris jetzt wohl gesagt. Woher kam diese Aggression so plötzlich?

»Es ist vollkommen legitim, Psychotherapeuten in Anspruch zu nehmen. Mein Mann ist auch einer. Ich befinde mich mehr oder weniger in Dauerbehandlung.«

Kris riskierte ein Lächeln auf ihren Notizblock.

Christian Höller dagegen schien verärgert. Mal sehen, wohin uns das noch führte. Etwas gefiel mir nicht an ihm. Trotz all der Insignien des trauernden Ehemannes, die er so offensichtlich vor sich hertrug.

»Frau Kommissarin. Ich weiß nicht, was meine Therapiestunden mit dem Tod meiner Frau zu tun haben. Ich bekomme den Eindruck, Sie untersuchen hier einen Mordfall, und ich bin der Hauptverdächtige.«

»Wir versuchen bloß nachzuvollziehen, was Ihre Frau an

ihrem letzten Tag gemacht hat. Derzeit können wir nichts ausschließen, da wir weder einen Abschiedsbrief gefunden haben noch eindeutige Hinweise auf einen Unfall vorliegen. Ich weiß, dass es schwer ist für Sie, aber hier sind wir ganz besonders auf Ihre Hilfe angewiesen. Mit Verdächtigungen hat das absolut nichts zu tun.«

Zumindest noch nicht.

Christian Höller nickte, schwieg. In seinem Kopf rasten die Gedanken. Ich bekam keinen davon zu fassen. Das Ticken der Uhr rückte wieder in den Vordergrund. Es kam von seinem Handgelenk. Glashütte, und sicher nicht die billigste.

Ein Kühlschrank, der sich summend einschaltete.

Eine Weile gar nichts. Dann begann Höller zu sprechen, seine Stimme bleiern.

»Die Kinder waren ab circa acht im Bett. Ich hab mir auf der Couch den *Alten* angesehen und bin bald eingeschlafen.«

»Wann ist Ihnen aufgefallen, dass Carolin nicht nach Hause gekommen ist?«

Er überlegte eine Weile, ergab sich dann in sein Schicksal. »Um zehn bin ich wieder aufgewacht und rüber ins Bett. Da war sie noch nicht zurück, aber das ist in letzter Zeit nicht ungewöhnlich. Und danach ... wurde ich erst heute Morgen wieder wach.«

»Guter Schlaf«, murmelte Kris ehrfürchtig.

»Stilnox«, entgegnete Christian Höller mit schwachem Lächeln.

»Nehmen Sie regelmäßig Schlaftabletten?«, fragte ich.

»Hin und wieder«, sagte er, den Blick nun konsequent aus dem Fenster gerichtet. »Ich hatte vor einigen Jahren einen Burn-out. Das macht sich manchmal noch bemerkbar.«

Burn-out. So nannte man Depressionen jetzt gerne.

Bei der Polizei kam das ständig vor. Doch da flüchtete man

sich meist ganz altmodisch in den Alkohol. Christian Höller hingegen zog sich zurück in die Familie. Nutzte eine nebulöse Selbstständigkeit als Deckmantel für seine Arbeitsunfähigkeit. Gegen den Selbsthass half das offensichtlich trotzdem nicht.

»Das heißt, Sie haben hier in der Wohnung zum letzten Mal mit Ihrer Frau gesprochen.«

»Ja. Sie ließ Fabian bei mir, dann ...«

»Das heißt, Sie waren vor ihr hier?«

»Ja. Wie gesagt, es dauerte nicht länger als zehn, vielleicht fünfzehn Minuten. Fabian wollte sie nicht gehen lassen. Er war krank.«

»Danach gab es keinen Kontakt mehr, auch nicht telefonisch?«

»Nein ... oder doch. Ich wollte sie noch was fragen wegen Fabi. Für den Hort. Als sie nicht abnahm, dachte ich, ich kann das auch später noch mit ihr besprechen, hab's dann aber vergessen. Das passiert mir manchmal seit der Sache mit dem Burn-out.«

Er lächelte traurig.

»Hat Ihre Frau jemals illegale Substanzen konsumiert?«

Er schaute überrascht. »Früher einmal«, sagte er.

»Was heißt früher?«

»Im Studium hat sie ein paarmal Speed genommen. Vor den Abschlussprüfungen. Ab und an einen Joint geraucht.«

»Und jetzt?«

»Nein, auf keinen Fall.« Er sah meine nächste Frage vorher, schüttelte schon den Kopf, bevor ich den Mund öffnete. »Ich bin ein absoluter Gegner von Drogen. Caro wusste das. Im Studium hatten wir uns beinahe mal deswegen getrennt. Dann hat sie aufgehört.«

Das kannte ich gut. Seit Stefan rauchte ich auch nicht mehr. Oder nur im Notfall.

»Könnte Carolin auch heimlich konsumiert haben?«

Wieder schüttelte er den Kopf. »Warum fragen Sie das? Wurden Drogen bei ihr gefunden?«

»Möglicherweise. Wir warten noch auf eine definitive Analyse.«

Er riss die Augen auf, das Sinnbild der Fassungslosigkeit.

»Hat sich Ihre Frau in letzter Zeit verändert, Herr Höller? Hat sie sich auffällig verhalten? Gab es Streit?«

»Caro war wie immer. Sie hat für ihre Arbeit gelebt, und sie war erfolgreich. Ich war stolz auf sie.« Mit jedem Satz wurde Christian Höller lauter, verzweifelter. »Wir haben uns geliebt. Sie hatte noch so viel vor sich. Und jetzt ist sie tot. Meine Frau ist tot! Die Mutter meiner Kinder ...«

»Herr Höller, Ihre Frau war in der achten Woche schwanger. Wussten Sie davon?«

»Wie? Was?« Er schüttelte den Kopf. »Nein.«

Dann brach der Staudamm. Er schlug die Hände vors Gesicht, schluchzte trocken, rieb sich die Augen, minutenlang. Wir ließen ihn.

Kris' Blick suchte meinen. Sie spürte es also auch. Christian Höller war kein Mann im Hintergrund, er war ein Mann der Bühne. Seine Darbietung so nah an der Wahrheit, sie war kaum von seinen Lügen zu unterscheiden. Fast, als würde er selbst daran glauben.

5

1 verpasster Anruf von Konstantin (Büro)
1 verpasster Anruf von Beatrix Logan-Krieger
1 verpasster Anruf von Unbekannt
1 verpasster Anruf von Stefan Fuchs

1 neue Nachricht von Konstantin (Büro), hinterlassen heute um 16:39 Uhr

Hallo, Patsy, Konstantin hier. Alles klar? Ich hätte gedacht, ihr seid schon längst wieder zurück. Haben wir mit der Höller einen Fall, oder was? Oder hörst du wieder das Gras wachsen? Ruf mich an, hier stehen auf einmal Leute vom *Merkur* bis zur *Süddeutschen* auf der Matte. Brigitte von der PR braucht irgendeinen Happen, den sie an die Meute verfüttern kann. Wenn du weißt, was ich meine. Ruf mich an, okay? Und bald, ich muss endlich mal rechtzeitig Feierabend machen, oder Lara macht noch das Abitur, bevor ich sie wieder mal sehe. Alsdenn, bis später!

1 neue Nachricht von Beatrix Logan-Krieger, hinterlassen heute um 16:52 Uhr

Patsy-Schatz, hier ist die Bea. Hast du meine SMS bekommen? Wie schaut's aus mit heute Abend im Fiddler's? Kev und ich sind jedenfalls da, und Stefan sagt, ihr habt keine anderen Pläne. Übrigens – es ist Freitagabend! Da hat man ein bisschen Spaß zu haben. Ciahao!

1 neue Nachricht von Unbekannt, hinterlassen heute um 17:15 Uhr

Good afternoon, Miss Logan, hier ist Anthony Keane. Ich rufe aus Dublin an. Man sagte mir, Sie suchen nach Informationen zum Abend von Carolin Höllers Tod. Da kann ich wahrscheinlich weiterhelfen. Ich war ihr Mentor. Ich bin jetzt in einem Meeting, danach für den Rest des Abends erreichbar. Rufen Sie mich zurück, Uhrzeit spielt keine Rolle.

1 neue Nachricht von Stefan Fuchs, hinterlassen heute um 17:46 Uhr

Pat. Ich hoffe, du gehörst dem Fall nicht schon wieder mit Haut und Haaren. Bea hat angerufen, sie wollen uns heute treffen. Monatelang sind sie immer zu müde, und dann können sie's kaum erwarten ... Na ja, falls du vorher zum Essen nach Hause kommen willst – es gibt was mit totem Tier, extra für dich. Bis später.

6

Konstantin schaltete gerade seinen Computer aus, als ich bei ihm im Büro vorbeischaute. Er war im Feierabend-Modus. Krawatte gelockert, Ärmel hochgekrempelt, Frisur noch verwuschelter als üblich. Er trug eines dieser eng geschnittenen Hemden, wie sie Jogi Löw modern gemacht hatte. Es schmeichelte Konstantins Figur. Seinem Hang zum Achselschweiß weniger.

Das Fenster hinter seinem Schreibtisch war geöffnet. Schwüle drückte herein. An der Kastanie, die vom Präsidiumsparkplatz bis in den zweiten Stock wuchs, rührte sich kein Blatt. Die aufziehenden Gewitterwolken hatten eine frühe Dämmerung mitgebracht. In der Ferne das erste Wetterleuchten, die Kaltfront war unterwegs. Prognosen von Unwettern und Hagelschlag.

»Ah, da ist ja die Kollegin.« Konstantin warf die Arme hoch. »Ich dachte mir schon, ich muss dem Staatsanwalt Schneidmeier blank gegenübertreten. Nettes Kleid, übrigens.«

»Wir treffen den Schneidmeier doch erst am Montagnachmittag, oder?«

»Ich weiß eben gern Bescheid. Komm rein. Und Tür zu.«

Er winkte mich zu sich an den Tisch, ich solle mich setzen. Er selbst lehnte sich mit seinem Nussknackerhintern gegen die Schreibtischkante, verschränkte die Arme vor der Brust, lächelte auf mich herab. Typisch Konstantin. Seine Dominanzgeste fiel ihm nicht mal auf. Und ich blieb sitzen. Auch typisch.

»Also, Patsy. Wie war es bei Skiller?«

»Aalglatt.«

Er ließ die Information ein paar Sekunden lang sacken.

»Hast du Brigitte von der PR angerufen?«, fragte er dann.

»Ja. Es gibt nichts Druckreifes, wie schon gesagt.«

»Das heißt, wir sind ab morgen die Trottel, die *im Dunkeln tappen.*« Dazu kratzte er mit Zeige- und Mittelfingern Anführungszeichen in die Luft. Seine Lieblingsgeste, die er schon zu Streifenzeiten rasend originell gefunden hatte.

»Besser, als voreilige Rückschlüsse zu ziehen.«

Ich gab mir Mühe, neutral zu klingen. Trotzdem verengten sich Konstantins Augen. Er wusste, was hinter seinem Rücken über seine Fähigkeiten als Ermittler gesagt wurde. Dass er einfache Erklärungen liebte.

»Dann gib mir deine unvoreiligen Rückschlüsse. Was ist mit Selbstmord?«

»Auszuschließen. Fallhöhe, Fallwinkel, Umstände, Motiv, nichts unterstützt diese Theorie. Nirgendwo ein Abschiedsbrief, weder im Büro noch zu Hause. Die Frau war auf dem Höhepunkt ihres Lebens. Gerade befördert, überirdisch süße Kinder, kurz davor, stinkreich zu werden, keine Geschichte psychischer Erkrankungen. Ein echtes Golden Girl. Natürlich muss man noch die pathologische Untersuchung und Sebis abschließenden Bericht abwarten, aber ich glaub keine Sekunde daran.«

»Okay. Ein Unfall?«, fragte Konstantin fast hoffnungsvoll.

»Wenn man ganz nüchtern die Sachverhalte aufaddiert, könnte es eventuell ein Unfall gewesen sein. In ihrer Tasche und dem Papierkorb haben wir leere Packungen von drei verschiedenen Arten Kokain gefunden. Und überall waren ihre Fingerabdrücke drauf. Derzeit ist alles im Labor, aber eine Probe ist ein ziemlicher Hammer, meint Sebi, sehr reine Ware. Die andere ein mieser Verschnitt und die dritte ein noch mieserer Verschnitt.«

Konstantin pfiff durch die Zähne, wechselte dankenswerterweise seinen Standort hinter seinen Schreibtisch und lehnte sich ans Fensterbrett. Das Altholz knirschte.

»Also hat sie überdosiert und dachte, sie kann fliegen?«

»Mit LSD, vielleicht. Mit Kokain, noch dazu in der Menge, wollte sie wahrscheinlich eher vom Fensterbrett aus die Welt umarmen und ist einen Schritt zu weit gegangen.«

Konstantin schnaubte, und ich schnitt eine Grimasse. Früher hätte er mich eine Klugscheißerin genannt. Und ich hätte ihn gefragt, warum er sich plötzlich für jedes Detail meines Falles interessiert, ob er mir nicht vertraut? Jetzt schwiegen wir beide ein paar Takte.

Durch die Kastanie draußen schnatterten aufgeregt die Elstern.

»Warum hab ich das Gefühl, dass das noch nicht alles war?« Er lächelte sarkastisch, wurde ernst. »Willst du mir sagen, es war Mord?«

»Etwas stinkt, Konstantin. Carolin Höller war fast im dritten Monat schwanger, ihr Mann will uns weismachen, er hätte es nicht gewusst. Außerdem wollte sie abtreiben, wir vermuten, im Alleingang. Das klingt nicht nach harmonischer Ehe. Ihr Handy ist unauffindbar, nicht mal mit GPS. Das Fensterbrett, auf das die Tote angeblich gestiegen sein soll, wurde abgewischt, aber Kris hat vorhin rausgefunden, dass der Putztrupp für die Büroräume erst für heute Abend bestellt war. Die Leiche hatte eine Menge blauer Flecken, möglicherweise von einem Kampf. Außerdem ist sie gefallen und nicht gesprungen.«

»Gefallen?«

»Schlaff und auf den Rücken. Wie eine Puppe. Sebis Formulierung.«

»Sicher?«

»Ja. Gerade hat er es mir bestätigt. Sogar Oswald Paulitz hat er gefragt, und der glaubt dasselbe.«

»Eine zweite Meinung von Paulitz? Für dich tut der Kramer echt alles.« Inzwischen war es dunkel im Büro. Konstantins Lächeln konnte ich trotzdem sehen.

»Also gut«, er klatschte in die Hände. »Frau fällt aus dem Fenster, vermutlich bewusstlos, vielleicht sogar tot. Schwanger, voll mit Kokain. Abwehrspuren, Hinweise auf Fremdverschulden. Was ist deine Theorie? War es ihr Mann?«

»Ich habe keine Theorie. Dafür wissen wir zu wenig.«

»Wer war sonst noch im Gebäude zur fraglichen Zeit?«

»Werten wir gerade erst aus. Das läuft alles über die Skiller-Europa-Zentrale in Dublin. Außerdem hat mir irgendein Typ namens Anthony Keane eine Nachricht hinterlassen. Nennt sich ihr Mentor, und er wüsste mehr darüber. Bin noch nicht dazu gekommen, ihn zurückzurufen. Mach ich jetzt noch.«

»Okay. Und die Obduktion?«

»Morgen.«

Ein genervtes Schnauben aus Konstantins Richtung.

Unser üblicher Reibungspunkt. Meine Art zu ermitteln ließ Konstantins Bedürfnis nach raschen Fortschritten ungestillt, und das machte ihn aggressiv vor Hunger.

»Du weißt, wie das bei mir läuft. Ohne halbwegs klaren Sachverhalt keine Theorie.« Ich rückte auf dem Sessel herum. Die klebrige Feuchte von Kunstleder unter meinen Oberschenkeln. »Dafür stimmen sie dann meistens.«

»Diesmal muss da früher was kommen, Patsy«, schnappte er.

Stille.

Der Moment, auf den ich seit Konstantins Beförderung gewartet hatte. Der Chef zog die Samthandschuhe aus und warf sie mir ins Gesicht. Kurz spielte ich mit dem Gedanken an Gegenwehr. Doch heute reichte es nur für müden Sarkasmus.

»Dann werde ich mir bis Montag eine schöne Geschichte für dich überlegen.«

Er ließ es ziehen. Vielleicht tat es ihm sogar leid. Wir suchten beide noch nach dem richtigen Rezept für unsere neue Art der Zusammenarbeit.

Seufzend knipste er seine Schreibtischlampe an, setzte sich mir gegenüber, sein Blick voller Bedauern, als er auf dem Wald aus Familienfotos hängenblieb, den er auf seinem Schreibtisch gepflanzt hatte. Ich kostete ihn gerade wertvolle Minuten mit seinen Töchtern. Zeit, die nächste Bombe platzen zu lassen.

»Carolin Höller hatte übrigens einen Stalker.«

»Ist nicht wahr.«

»Doch. Gerüchte hab ich heute Morgen schon gehört. Richie von der IT arbeitet gerade am E-Mail-Konto, und diese Botschaft war die erste, die ihm auffiel ...«

Ich schlug meinen Beweismittelordner auf, nahm den ersten in Schutzfolie abgehefteten Ausdruck und hielt ihn meinem Boss entgegen. Er las, grunzte, schüttelte den Kopf.

»Marquis de Ajemian? So was Deppertes. Bedeutet das irgendwas?«

»Der erste Teil ist, nehme ich an, eine Anspielung auf den Marquis de Sade.«

»Kenn ich«, Konstantin wedelte ungeduldig mit der Hand. »Dieser perverse Franzose aus dem Mittelalter.«

Das entlockte mir das erste spontane Lachen des Tages. Ein klassischer Konstantin – simpel, aber auf den Punkt.

»Und Ajemian ist ein bekannter Stalker aus den USA. Eigentlich ein katholischer Priester, der nebenbei Conan O'Brien, den Talkshowmaster, verfolgt hat, buchstäblich um die ganze Welt. Hat ihm Postkarten aus derselben italienischen Stadt geschickt, die O'Brien besucht hat, und so was.«

»Was für ein Freak«, Konstantin schüttelte sich in übertriebenem Grusel, grinste mir dann zu. »Aber es passt zur E-Mail wie die Faust aufs Auge. Ein sexuell motivierter Stalker.«

»Fest steht: Er hat Carolin im Skiller-Büro beobachtet.«

»Und sie hat das nie gemeldet?«

»Nein, zumindest weiß niemand was davon. Mit der Personalabteilung in Dublin sprechen wir erst noch, aber es würde mich wundern. Carolin Höller war ziemlich auf ihr Außenbild bedacht. Das wollte sie sicher ungern mit so was Schmierigem wie einem Stalker ruinieren.«

Konstantin reagierte nicht auf meine Mutmaßung. Sah bloß über seine vor dem Kinn verschränkten Finger ins Leere. Seine jugendlichen Züge waren im Laufe unserer Unterhaltung abgebröckelt wie rissiger Putz.

»Ein Stalker«, sinnierte er düster. »Das wird ein PR-Desaster für Skiller. Nicht gut.«

»Hast du Angst um deine Aktienoptionen?«

»Sehr witzig. Ich hab Angst um dich. Um unseren Fall.«

Woher kam das denn plötzlich?

Er schnaubte, rieb sich das Gesicht. Wollte mir offensichtlich etwas erklären, entschied sich dagegen, dann wieder dafür.

»Unter uns Pastorentöchtern: Die IHK und vor allem der Oberrat Freunthaler haben sich einen Wolf gebuckelt, bis sie Skiller nach München gelockt haben. Die wollen Berlin nicht das ganze Feld überlassen, wenn es um diese«, wieder kratzte er mit den Fingern in der Luft, »*hippen* neuen Unternehmen geht. Und Skiller will wachsen. Man hört, sie haben auch am Bürohaus nebenan Interesse angemeldet.«

Schon wollte ich fragen, was diese Information mit mir und den Ermittlungen zu tun hatte, da fiel mir mein Gespräch mit Peter Brennan ein. Sein Geschwafel von Diskretion.

»Glaubst du, die werden Druck machen?«

Konstantin wiegte den Kopf. »Sagen wir mal so: Oberrat Freunthaler hat sich heute schon zweimal beim Chef *erkun-*

digt«, Fingerkratzen, zum Dritten, »welche Fortschritte wir machen.«

In mir kratzte auch was. Irgendwo am Mageneingang. Wenn ich etwas hasse, dann diese Gefallen unter Freunden, vereinbart unter Augenzwinkern und Schulterklopfern vor Kaminfeuern, auf Golfplätzen und beim Rotary-Club-Treffen.

»Heißt das, wir müssen irgendeine Theorie stricken, damit der Herr Oberrat seinen Golfpartner beeindrucken kann?«

»Natürlich nicht«, sagte Konstantin gereizt. Er hatte sich auf dem Parkett schon immer besser bewegt als ich. »Aber die Standortentscheidung für München war bei Skiller intern wohl nicht unumstritten. Jeder Tag mehr, den wir den Medien Raum für Spekulationen geben, beschädigt Skillers Ruf, und München sieht als Standort schlechter aus. Nicht nur für Skiller, auch für andere Unternehmen der Art. Und schuld dran sind wir, weil wir den Fall nicht gelöst kriegen. Noch dazu, wenn du mit Lieblichkeiten wie Drogen, Stalking und Mord ankommst.«

Ich biss mir auf die Zunge. Zu groß die Gefahr von einem schönen, sauberen Schuss ins eigene Knie. Wäre nicht das erste Mal.

»Sieh's positiv«, sagte Konstantin, als ich mich erhob. Das Kunstleder trennte sich nur unter unwilligem Schmatzen von meinen Oberschenkeln. »Wenn der Chef den Fall möglichst schnell unter Dach und Fach haben will, kriegen wir mehr Ressourcen, und Holger und Phillip können weiter ein paar Überstunden für deinen Fall schreiben. Das ist doch eine Win-win-Situation, oder nicht?«

Er wischte sich die Stirn am Ärmel seines Hemdes trocken. Ein Lächeln, aufrichtig wie das eines Motivationsredners. Ich brachte es nicht über mich, es zu erwidern, nahm bloß den Beweismittelordner an mich.

»Und nach Möglichkeit sollten wir den Fall in München klären, Patsy«, sagte Konstantin. Er hatte sich ebenfalls erhoben und genoss den auffrischenden Wind am Fenster. Die Atmosphäre geladen, drinnen wie draußen. »Sobald wir auf Rechtshilfe von den Iren angewiesen sind, haben wir die Arschkarte. Da sind wir in Pension, bevor wir die Akte schließen können, und doch an allem schuld.«

»Dann würde ich vorschlagen, wir verknacken Christian Höller. Der wohnt gleich in der Nähe. Außerdem war es eh meistens der Mann. Was meinst du?«

Konstantin drehte sich um, sein Blick war empfindlich abgekühlt. Meinen Humor hatte er noch nie so recht geteilt.

»Ich erwähne es nur, Patsy. Du machst das schon.«

»Dann ruf ich mal Anthony Keane an.«

Fast hätte ich es zur Tür hinausgeschafft.

»Übrigens, Patsy? Was ist eigentlich mit der Meyerhofer los?« Verärgert sah er von seinem gezückten Handy auf. Mein Beschützerinstinkt loderte auf.

»Kris macht ihre Sache sehr gut, wieso?«

»Kann sein, aber gerade schreibt sie mir, ob wir Budget für ein gemeinschaftliches Bücherregal und einen Kühlschrank in der Teeküche haben. Für einen *besseren gegenseitigen Informationsaustausch*. Spinnt die? Sind wir hier im Kindergarten oder bei der Mordkommission?«

7

Anthony Keane.
Sales-Veteran. Online-Pionier. Bullshit-Detektor.

Damit war offenbar alles gesagt. Darüber hinaus zeigte Keanes Online-Profil das Foto eines Mannes im Maßanzug, ausgestattet mit einem Headset-Mikrofon, ganz offensichtlich während eines emotional gehaltenen Vortrags. Schätzungsweise Ende vierzig, die grauen Haare gut verborgen in dichtem Rotblond. Ausladend in jeder Hinsicht. Brustkorb, Gesten, Ego.

Ich ließ das ganze Ensemble noch einmal auf mich wirken und wollte gerade auflegen, da nahm Anthony Keane das Gespräch entgegen. Hinter ihm ausgelassene Stimmung, Gelächter.

»Miss Logan, endlich melden Sie sich. Ich dachte schon, Sie interessieren sich gar nicht für meine Hilfe.«

Er hustete ein Lachen. Seine englische Aussprache war so melodisch wie schon die von Peter Brennan. Doch seine Stimme war ungleich dominanter, unterschwellig aggressiv. Abneigung auf den ersten Ton. Gegen einen Zeugen. Großartig. Genau, was an einem Tag wie diesem noch gefehlt hatte.

»Es war sehr hektisch heute, Mister Keane. Bin ich zu spät?«

»Aber nicht doch«, wechselte er ins Joviale. »Wie ich sagte, Zeit spielt keine Rolle. Es ist Freitagabend, Sie verstehen? Irische Sommerabende sind lang ... Augenblick.«

Er machte sich auf die Suche nach etwas mehr Ruhe und Privatsphäre. Das Stimmengewirr im Hintergrund wurde leiser, Keanes Atem rauschte in der Leitung. Möwen kreischten.

Dublin. So nahe war ich der Heimatstadt meines Vaters nicht mehr gewesen, seit ich fünfzehn war. Bei dem Gedanken zupfte es an meinem Herzmuskel. Heidegras streichelte meine nackten Unterschenkel, die Sonne mein Gesicht. Der Wind kühl auf meinen Armen, Gänsehaut unter meinen gesträubten Härchen. Meine Brüder, die mit aufgekrempelten Hosenbeinen im Wasser nach Muscheln suchten. *Pass auf deine Brüder auf, Patsy.*

»So.« Keanes Megafonstimme scheuchte mich zurück nach München. »Sagen Sie mal, Miss Logan. Woher kommen Sie? Ihr Name ist irisch, aber Ihr Akzent hat irgendwie was ...«

»Deutsches?«

»Sie sagen es.« Sein Lachen schnitt mühelos durch meinen Geduldsfaden.

»Ich bin halb-halb.«

»Interessante Mischung! Gründlich, aber doch charmant!« Wieder ein Lachen, diesmal deutlich bemühter. »Aber deswegen haben Sie mich nicht angerufen, nicht wahr, Miss Logan?«

»DI Logan.«

»Wie bitte?«

»Sie haben mich verstanden. Detective Inspector. Ich leite die Ermittlungen zur Aufklärung von Carolin Höllers Tod.«

Stimmte nicht ganz. Konstantin tat das. Aber auf Typen wie diesen Keane machte so was meistens Eindruck. Auch diesmal. Keane hielt inne, schnaubte.

»Selbstverständlich«, sagte er. *Humorlose German bitch*, sagte sein Tonfall.

Ich schloss die Augen. Manchmal war ich dieser ständigen Kämpfe um Respekt so müde. Und jetzt auch noch unvoreingenommen sein? Der Mann war ein Arschloch.

Aber er wollte helfen – davon musste ich zumindest ausgehen.

»Also nochmal von vorne. Sie stehen in welcher Beziehung zu Carolin Höller?«

»Als sie noch hier in Dublin war, arbeiteten wir im selben Management-Team. Carolin leitete die DACH-Länder, also Deutschland, Österreich und die Schweiz, ich bin für UK und Irland zuständig. Außerdem war ich ihr Mentor.«

»Welche Art von Mentor?«

»Rein geschäftlich natürlich.« Er schmatzte anzüglich.

»Davon gehe ich aus. Aber wie kann ich mir das vorstellen?«

»Schauen Sie, DI Logan«, er seufzte. »Ich bin im Online-Geschäft, seit es die Dial-up-Verbindung gibt, und war bei einer Menge dieser Start-ups dabei. Da lernt man so einiges, was man dann an vielversprechende Nachwuchs-Manager weitergibt. Carolin hatte Potenzial. Wir trafen uns regelmäßig zum Lunch oder Tee und haben dabei aktuelle Themen besprochen.«

»Mit der Übernahme des Münchner Büros hat Carolin einen großen Karriereschritt gemacht. Da müssen Sie sehr stolz auf Ihr Protegé gewesen sein.«

Der Vorteil irischer Machos – Ironie bemerkten sie meist schneller als die deutschen Kollegen. Anthony Keane schnaubte, verkniff sich aber einen Kommentar.

»Ich hatte Carolin davon abgeraten«, sagte er stattdessen. »Kurzfristig bringt eine solche Position natürlich viel Prestige, aber langfristig hätte sie dort keine Perspektive gehabt. Die gibt es in der Zentrale in Kalifornien, in London oder vielleicht noch hier in Dublin. Aber München ...«

»Vielleicht war ihr das genug Karriere?«

»Sicher nicht. Carolin hatte noch viel vor.« Zum ersten Mal glaubte ich Keane vorbehaltlos.

»Warum dann? Hatte sie Heimweh?«

»Im Gegenteil. Sie wollte eigentlich nicht wieder zurück nach Deutschland. Sie hat es für ihren Mann gemacht. Der hat wohl gedroht, sie gemeinsam mit den Kindern zu verlassen. Sie stand sehr unter Druck.« Kurze, verächtliche Pause. »Waschlappen.«

»Carolin hat Ihnen also von ihren Eheproblemen erzählt?« Ich konnte mir nur schwer vorstellen, dass eine emanzipierte Frau wie Carolin Höller sich Keanes gönnerhafte Art auch nur eine Sekunde lang hatte gefallen lassen.

»Ich war ihr Mentor, wie gesagt. Sie hat sich mir anvertraut. Wenn es private Probleme gibt, macht sich das beruflich bemerkbar. Wobei Carolin da immer sehr professionell blieb. Trotzdem: Bei Skiller wird Vollgas gegeben. Wenn dann noch Druck von zu Hause kommt ... Das kann man nicht brauchen. Alle waren überrascht über die Bewerbung für München, denn eigentlich hatte sie immer das Silicon Valley im Visier gehabt. Aber Carolin für das Unternehmen verlieren, das wollte auch keiner, also war München der beste Kompromiss. Das dachten zumindest alle.« Sein Unterton verbitterte, während ich mich in meinem Stuhl zurücklehnte, so weit, bis ich kopfüber das Bürofenster hinter mir sehen konnte. Es regnete wie im Film, der Wetterumschwung endgültig Realität.

»Wusste sonst noch jemand von Carolins Eheproblemen?«

»Nicht dass ich wüsste. Carolin war ein großes Mädchen. Ihre Probleme hat sie immer selbst gelöst. Eine Ausnahme in diesem sonst so verwöhnten Haufen hier.« Er lachte erneut, inzwischen nur noch einsilbig.

»Wussten Sie, dass Carolin Kokain nahm?«

Zum ersten Mal zögerte Keane. »Ich hatte mich schon manchmal gefragt, wie sie das alles schafft«, sagte er vorsichtig, »aber ich dachte, dass ich einfach langsam den Anschluss verliere. Mit Anfang fünfzig ist man in der Branche nicht viel mehr als eine lebende Leiche, wissen Sie? Es ist nicht leicht mitzuhalten, wenn man jenseits der fünfunddreißig ist.«

Endlich. Ein Riss in seinem Superman-Kostüm. Der erste Hauch von Sympathie.

»Das heißt, Sie wussten es oder Sie wussten es nicht?«

»Ich hab nie mit so was angefangen. Wahrscheinlich zu konservativ.« Er räusperte sich. Anscheinend waren ihm die Lacher ausgegangen. »Aber ja, manchmal entstand der Eindruck, dass Carolin konsumiert hat.«

»Und am Donnerstag?«

»Da besonders, leider.«

»Warum leider?«

»Sie hatte sich nicht mehr im Griff. Ich war besorgt um den Eindruck, den sie bei den Mitarbeitern und Gästen hinterlässt. Ich habe sie darauf angesprochen, und sie wurde sehr aggressiv.«

Mit einem Ruck setzte ich mich auf, klärte meine Stimme. »Wann haben Sie miteinander gesprochen?«

»Um halb neun vielleicht. Die meisten offiziellen Gäste waren weg, und ich musste noch was mit ihr besprechen. Da habe ich es erwähnt. Aber sie war über die Maßen aggressiv. Zuerst dachte ich, weil sie die Sache mit München bereut und sich in der Falle fühlt. Später kam mir dann, dass sie vielleicht was genommen hat.«

»Was wollten Sie denn mit Carolin Höller besprechen?«

»Wie bitte?«

»Ihr Gespräch. Worum ging es?«

»Um Probleme mit einem Mitarbeiter in ihrem Team.«

»Welche Probleme?«

»Das tut nichts zu dieser Sache«, kehrte Keane zurück zu seinem belehrenden Selbst. Langsam reichte es mir.

»Das zu beurteilen, überlassen Sie lieber mir.«

»Mir gefällt Ihr Ton nicht, junge Frau«, zischte er zurück.

Großartig. Ich schnaubte, wartete.

»Es ging um einen internen Disziplinarfall«, lenkte Keane ein. »Ich kann darüber keine Auskunft geben.«

Das mochte glauben, wer wollte, aber meinetwegen. *Disziplinarfall?*, notierte ich in mein Notizbuch.

»Wie auch immer«, fuhr er genervt fort, »Carolin war sehr aufgedreht und fahrig, und zu meinem Thema war kein vernünftiges Wort mit ihr zu sprechen. Also habe ich beschlossen, die Sache auf einen späteren Zeitpunkt zu vertagen.«

»Sie haben erwähnt, Carolin sei aggressiv gewesen. Wie aggressiv genau?«

»Sie wurde schnell sehr laut«, wurde er wieder vorsichtig.

»Laut wegen dieses Disziplinarfalles? Oder hatten Sie andere Unstimmigkeiten?«

»Was meinen Sie damit?«

»Hatten Sie einen persönlichen Streit mit ihr?«

»Hören Sie. Es war nicht wirklich schlimm, aber Carolin schrie sonst eben nie. So ein Ton geht bei Skiller auch nicht. Hier muss man das Lächeln permanent rutschfest angetackert haben, sonst gibt's Ärger.« Da war es wieder, das Stakkato seines Lachens. »Sie war wohl nur durch den Wind. Der Stress kann einem schon mal zusetzen, und davon hatte sie die letzten Wochen über sicher genug. Bestimmt war es einfach zu viel für sie. Also habe ich die Sache auf sich beruhen lassen und mir ein Gespräch für Montag vorgenommen. Aber dazu kommt es ja jetzt nicht mehr ...«

Schwer atmete er auf. Er hatte gesagt, was er sagen wollte. Aber war es auch die Wahrheit? Keane hatte Carolin Höllers Verhalten eindeutig heruntergespielt und sich auf vage Andeutungen zurückgezogen. Warum? Wen wollte er beschützen? Sie und ihren Ruf? Oder sich selbst?

Ein paar Sekunden lang ließ ich meinen Zeugen schweigen, lauschte dem stoßartigen Rauschen seines Atems. Den kreischenden Möwen. Unterdrückte das Bedürfnis, wieder die Augen zu schließen und an Orte zu reisen, die ich aus Selbstschutz schon Jahre nicht mehr besucht hatte. Erinnerungen in mir aufsteigen zu lassen wie Leuchtfeuer. Fanale. Veränderungen am Horizont.

Aggressiv, über die Maßen, kritzelte ich in mein Notizbuch, gleich neben *Disziplinarfall.* Darunter *Bambino.*

Bambino

1

Nach dem Telefonat mit Anthony Keane hatte ich endgültig die Nase voll von diesem Tag. Ich diktierte Lisa meinen Bericht auf Band und packte meine Sachen. Meinem jüngsten Bruder Kevin und seiner sonnigen Frau Bea sagte ich, dass ich leider zu viel Arbeit hätte, um sie zu sehen, aber viel Spaß. Ich ging schnurstracks nach Hause, genehmigte mir eine doppelte Portion von Stefans selbstgemachten Ochsenfetzen und ein Glas Rotwein, genoss unseren Versöhnungssex und fiel danach in tiefen, erholsamen Schlaf.

So hätte es zumindest laufen sollen.

Wie es wirklich lief:

Ich diktierte Lisa meinen Bericht, packte meine Sachen und nahm mir ein Taxi ins Fiddler's Green. Dort genehmigte ich mir ein Pint Guinness und einen sechzehn Jahre alten Bushmills auf nüchternen Magen. Kevins und Beas froher Botschaft, dass sie beide im Februar wieder Eltern würden, begegnete ich angemessen überrascht und erfreut: *Ein Schuss, ein Treffer, dabei dachtet ihr, das dauert sicher wieder ein halbes Jahr, so wie letztes Mal? Ja, so kann's gehen.* Dazu wohldosiert lachen. *Ich freu mich für euch!*

Alle freuten sich. Umarmungen. Patsy, du bist die Beste. Sogar Stefan, der still danebensaß und mich mit seinem Psychologenblick aufspießte, heiterte ich ein wenig auf.

Fergal spendierte uns noch eine Runde aufs Haus. Pints und ein Whiskey für uns, Ginger Ale für die Mutter des Jahres, Erdnüsse für alle. Schulterklopfen für Kevin, der die kinderreiche Tradition seines Vaters so wacker fortsetzte. Auf Arthur Logan, möge sein Clan ewig bestehen.

Beas korngesundes Strahlegesicht. *Wann ist es denn bei euch endlich so weit, Patsy? Na? Oder willst du dein Leben lang nur Mörder jagen, hihi?*

Was genau ich geantwortet hatte? Hier wurde meine Erinnerung lückenhaft. Aber wir waren danach ziemlich rasch gegangen. Und Versöhnungssex hatte es auch keinen gegeben.

Jetzt lag ich im Bett, mein Kopf ein Sack Zement, hinter meinen Augen ein dumpfes Pochen.

Vor dem Schlafzimmerfenster ein Tag in Monochrom. Regentropfen klatschten vereinzelt auf das Fensterbrett aus Blech, hallten in meinem Kopf nach. Der Zenit überschritten, der Verfall nicht aufzuhalten. Carolin Höller. Ein diffuses schlechtes Gewissen packte mich, und ich stand auf, duschte, zog mich an. Gestern Sommerkleid, heute Jeans, Wollpullover und Pferdeschwanz. Frösteln. Carolin Höller. Wer in Himmels Namen war *Bambino*? Ich hatte keine Idee. Aber plötzlich eine Melodie im Kopf. Ein Chanson, für den meine Mutter früher immer beim Wunschkonzert von Radio Salzburg angerufen hatte. Dalidas wehmütige Stimme, begleitet vom Summen meiner Mutter, während sie dem Leben hinterhertrauerte, das sie hätte führen können, wäre sie nicht bei einer Solidaritätsdemo dem charismatischen Arthur Logan begegnet. Jetzt war ich es, die mitsummte.

In der Wohnung war es still. Stefan war in seiner Praxis am anderen Ende des langen schmalen Gangs, der unsere Wohnküche mit dem Rest der Wohnung verband. Samstagvormittage waren für die zeitärmsten und zahlungskräftigsten Klienten reserviert.

»PATSY! PATSY! KOMM, BABY!«, krächzte es aus unserer Wohnküche, fordernd und schrill wie eine Kreissäge.

Pauli, mein über dreißig Jahre alter Graupapagei. Eine dieser Schnapsideen meines Vaters, die ich als Kind toll fand und meine Mutter zum Ausrasten brachte. Der Vogel stellte sich schnell als übellauniger Despot heraus und wurde von der gesamten Familie gehasst. Nur mich schien er ähnlich gern zu haben wie meinen Vater. Der verlor schnell das Interesse, wie so oft. Nach seinem Tod hatte man Pauli an mich abgeschoben.

Als wäre er Arthur Logans Stellvertreter, hatte er grundsätzlich alle Männer in meinem Leben mit Argwohn und bissigem Verhalten verfolgt. Nur Stefan liebte er. Dessen psychologisches Verständnis macht nämlich auch vor Tieren nicht Halt. Mit einem Blick hatte er Paulis Intelligenz und Sehnsucht nach Anerkennung verstanden. Inzwischen hatte Pauli seinen eigenen YouTube-Kanal mit vierzigtausend Abonnenten, die nicht genug bekommen konnten von seinem unflätigen Wortschatz und den Tänzchen zu Mr. Saxobeat. Vielleicht war Stefan auch nur wegen Pauli noch bei mir. Immerhin sah er ihn viel öfter als mich. Der Gedanke erheiterte mich weniger als erhofft.

»KOMM, BABY! PATSY!«

Ich ließ Pauli aus seiner Voliere. Er flatterte sofort auf meine Schulter, plapperte mir Obszönitäten ins Ohr, bot mir seinen Nacken zum Streicheln an. Mein Magen war noch zu filigran für Kaffee, also Tee. Aspirin. Handy ein. Vielleicht blieb mir noch ein wenig Zeit, bis ich mich auf zur Autopsie ...

Moment. Da war kein Weckersymbol auf dem Display. Dafür drei neue Nachrichten von Kris Meyerhofer.

8:40 Uhr – Bin in 5 Minuten da. Wo treffen wir uns?
8:52 Uhr – Bist du schon da?
8:59 Uhr – Wo bist du?!

2

»Frau Hauptkommissar. Wissen Sie, wie spät es ist? Ich sollte dieses Gespräch überhaupt nicht mehr entgegennehmen.«

»Und trotzdem haben Sie's getan. Ich bin Ihnen so dankbar, Doktor Harb. Sie haben was gut. Schnipsen Sie mit dem Finger, und ich mach eine Rolle rückwärts. Kein Problem.«

Ein genervtes Schnauben aus der Leitung. Im Hintergrund Schritte auf hartem Untergrund.

»Ihre junge Kollegin wird sich übrigens einen stärkeren Magen zulegen müssen, wenn sie es zu etwas bringen will in Ihrem Dezernat.«

»Es war ihre erste Autopsie, Doktor Harb.«

»Würggeräusche stören meine Konzentration«, sagte er säuerlich. »Aber zumindest kennt sie die Uhr. Das ist ein Anfang.«

Dr. Harb war bei den Kollegen nicht sehr beliebt. Selbstherrlich, hierarchisch und charmant wie ein Waran. Doch der Mann hatte auch einen weichen Kern. Humor sogar. Man musste nur so tun, als kriegte man das nicht mit.

»Ich hätte gute Lust, Sie auf meinen Bericht am Montag warten zu lassen«, sagte er.

»Und Sie haben jedes Recht dazu. Nur die wichtigsten Erkenntnisse, Doktor Harb. Auf den Rest warte ich gerne.«

Manchmal muss ich über mein biegsames Rückgrat den Kopf schütteln. Aber was tut man nicht alles für einen Fall?

»Also gut, in Gottes Namen.« Er seufzte. Papier raschelte. Schnauben, Konzentration.

Ich zückte mein Notizbuch, setzte mich auf den Küchentisch. Beobachtete Pauli, wie er sich konzentriert durch einen geviertelten Apfel arbeitete, ohne mich aus den Augen zu lassen.

»Zeitpunkt des Todes kann auf die Zeit zwischen zehn Uhr

abends und ein Uhr nachts festgelegt werden. Primäre Todesursache mit höchster Wahrscheinlichkeit eine Fraktur des Dens Axis ... «

»Heißt das Genickbruch?«

Er ignorierte mich. Wahrscheinlich hatte ich recht.

»... mit begleitender Ruptur der Ligamente durch einen Sturz aus großer Höhe. Außerdem multiple innere Verletzungen und Knochenbrüche, die ebenfalls zum Exitus geführt hätten, da die Person so lange unentdeckt blieb.«

»Was heißt denn mit höchster Wahrscheinlichkeit?«

Wieder ein indigniertes Schnauben. »Es heißt *mit höchster Wahrscheinlichkeit*. Darüber hinaus konnten wir eine Ischiämie – Durchblutungsstörung – in der rechten Koronararterie feststellen. Die Frau stand nahe am Herzinfarkt oder war dabei, einen zu erleiden.«

»Mit gerade mal vierzig?«

»Karriere machen wollen, Familie haben und dann noch Kokainmissbrauch der übelsten Sorte ... Wenn Frauen ein Männerleben führen, kriegen sie eben auch die Herzinfarkte. Die Statistik steigt seit Jahren.« Dr. Harb klang fast erfreut darüber, dass zumindest die Natur noch in der Lage war, den Ambitionen der Frauen Grenzen zu setzen. In meinem Magen kratzte es wieder. Eine angemessene Antwort auf Dr. Harbs Patriarchengeschwätz, die rauswollte. Ich schluckte sie runter, egal, wie übel mir dabei war. Es gab hier einen Fall zu bearbeiten.

»Das heißt, durch den Herzinfarkt könnte sie bewusstlos gewesen sein? Können Sie das mit Sicherheit sagen?«

»Nein. Aber sollten Sie an meiner Einschätzung interessiert sein ...«, er machte eine Pause, wartete ein paar Sekunden auf einen weiteren unterwürfigen Kommentar von mir, bevor seine Ungeduld siegte. »Die Chancen, dass Carolin Höller beim Aufprall *nicht* bei Bewusstsein war, liegen signifikant über fünfzig Prozent.«

Alles an seinem Ton verbat sich eine präzisierende Frage.

»Das heißt bei sechzig Prozent oder eher bei siebzig?«

»Signifikant wird Ihnen für den Augenblick reichen müssen. Wir sind hier nicht in der Finanzmathematik«, sagte Harb schneidend. »Aber zur Indikation eines Koronarinfarkts kommt erschwerend eine hohe Konzentration Kokain im Blut hinzu, zudem konnten wir Rückstände von Levamisol feststellen, das in Kombination mit Kokain zu einem allergischen Schock und Atemnot führen kann.«

Levamisol war eigentlich ein Entwurmungsmittel beim Tierarzt. Inzwischen streckte man damit häufig Kokain, um dessen Wirkung zu verlängern. Die wenigsten Konsumenten wussten das. Oder scherten sich drum. Dr. Harb gab mir einen Atemzug lang Zeit.

»All dies im Zusammenhang betrachtet, liegt also die begründete Annahme nahe, dass Ihre Tote während des Falls nicht bei Bewusstsein war. Was mit den Erkenntnissen von Herrn Kramer aus der Untersuchung des Fallwinkels und der Liegeposition übereinstimmt.«

»Das heißt, sie ist entweder auf dem Fensterbrett ohnmächtig geworden und gefallen, oder jemand hat die bewusstlose Frau aus dem Fenster geworfen. Was für einen Sinn hätte das?«

»Für die Theorien sind Sie zuständig, Frau Hauptkommissar. Ich orientiere mich lieber an Tatsachen«, entgegnete er. Erneut der Hall von Schritten. Er hatte sich wieder in Bewegung gesetzt.

»Dann helfen Sie mir mal mit weiteren Tatsachen. Gab es andere Hinweise auf Fremdeinwirkung?«

Wieder ein Harb'sches Schnauben. Sein Markenzeichen.

»Ich geh jetzt mal der Reihe nach die wichtigsten Punkte durch: Auffällige Hämatome an den Oberarmen, als hätte sie jemand ziemlich unsanft angefasst. Außerdem an den Unterschenkeln. Des Weiteren eine Platzwunde an der Schläfe, die nicht wie die übrigen Kopfverletzungen vom Sturz stammt. Abwehrspuren waren außer dem abgebrochenen Fingernagel des rechten Zeigefingers keine zu finden. Die durch den Blutbefund indizierte Gravitas in der achten Woche hat sich in der Autopsie bestätigt. Ein abgestorbener Fötus von elf Millimetern«, er seufzte, schien auf eine Reaktion zu warten.

Mir war elendig zumute. Im Magen. Im Kopf. Aber ich schwieg, und Doktor Harb zog gnädig weiter.

»Der toxikologische Befund zeigt außerdem die schon besprochene signifikante Konzentration von Kokain im Blut, das hat sich in der Nasenschleimhaut bestätigt. Darin haben wir neben dem ebenfalls bereits erwähnten Levamisol auch IUPAC und Type 405 entdeckt.«

»IUPAC ist ...«

»Besser bekannt als Zolpidem. Ein Wirkstoff in verschreibungspflichtigen Schlafmitteln.«

»Ist das nicht kontraproduktiv, wenn man gleichzeitig Kokain zieht?«

»Natürlich«, sagte Harb, der meine unwissenschaftliche Ausdrucksweise eindeutig missbilligte. »Es unterdrückt den euphorisierenden Effekt. Und ist in Kombination mit den anderen Substanzen sogar sehr gefährlich, da die Gefahr der Überdosierung steigt.«

Interessant.

»Was ist Type 405? Davon hab ich noch nie gehört.«

»Das wundert mich nicht«, sagte Harb. »Es ist Haushaltsmehl, erhältlich im Supermarkt.«

Ich glaubte, ein dürres Lächeln durch die Leitung zu hören, und schnaubte. Eine Beleidigung auf Harb'schem Niveau.

»Und in welchen Mitteln befindet sich Zolpidem?«

»Bikalm, Zoldem, Stilnox unter anderem ...« Stilnox. Damit konnte man was anfangen. Nur fiel mir gerade nicht ein, was. »Aber das können Sie selbst bei Google recherchieren, ich bin kein Arzneiregister«, sagte er grenzwertig verärgert. »Viel mehr sollte Sie eigentlich interessieren, was wir unter den rechten Zeige- und Mittelfingernägeln der Toten gefunden haben.«

»Was haben Sie denn gefunden, Herr Doktor?«, fragte ich und sah hinunter auf mein Notizbuch. Meine Handschrift könnte auch von einem Arzt stammen. Oder von einem Psychopathen, wahlweise.

»Hautpartikel und Spuren von Blut«, sagte Harb, »vermutlich von einem Kratzer, den sie jemand anderem beigebracht haben muss. Am Leichnam konnten wir jedenfalls keine entsprechenden Spuren entdecken. Die Proben sind zur DNA-Analyse im Labor.«

»Das heißt, irgendwo läuft jemand mit einem Kratzer von der Toten durch die Gegend«, sagte ich, sah hinüber zu Pauli, der mich mit schief gelegtem Kopf anstarrte. Mein plötzlicher Energieschub hatte ihn seine Apfelspalte vergessen lassen.

Dr. Harb entließ einen weiteren Stoßseufzer durch die Nase. »Könnte man so sagen. Wenn auch etwas übertrieben. Die Hautverletzung muss nicht besonders tief sein – aber sichtbar, ein blutender Kratzer. Der Heilungsprozess dauert sicher ein paar Tage.«

Das reichte mir schon. Da war er plötzlich. Mein Fall. Carolin Höller hatte gekämpft und verloren. Vielleicht gegen ihren Mann, vielleicht gegen jemanden, von dem wir bislang weder Verdachtsmoment noch Motiv noch sonst was hatten. Das hier würde weder der IHK noch dem Polizeipräsidenten gefallen.

Jetzt mussten wir den Träger dieses Kratzers nur noch finden. Und das, bevor er verheilte.

3

Stefan, ich musste schnell weg. Nur kurz eine Aussage aufnehmen für den Fall. Komme spätestens am Nachmittag wieder. xxx Pat

PS: Bei wem muss ich mich für gestern entschuldigen?

- o Bea
- o Kev
- o Stefan
- o Alle drei

4

Christian Höller hatte ein Café am Gärtnerplatz als Treffpunkt vorgeschlagen, in einer Stunde. Ich machte mich trotzdem sofort auf den Weg. Runter die Breisacher Straße. Rüber zum Pariser Platz. Weiter zum Weißenburger und Rosenheimer Platz. Menschen mit Schirmen und eingezogenen Köpfen, die sich unter die Vordächer von Marktständen duckten. Nieseln, auf die Köpfe und in den Gemütern.

Haidhausen ist eine der besten Gegenden hier. Top saniert, gesprenkelt mit stilvollen Menschen, gepflegten Wochenmarktständen und originellen Lokalen, höchst begehrt. Nur nicht bei mir. Erst nach unserer Hochzeit hatte ich meine gemietete Garçonnière in der Giesinger Cannabichstraße aufgegeben, obwohl Stefan und ich schon seit der zweiten Woche unserer Beziehung mehr oder weniger zusammenlebten. Meine erste Wohnung in München war ein Sicherheitsnetz, in das ich weiß Gott schon öfter gefallen war. Aber zu klein für zwei Menschen und einen Papagei, zu wenig repräsentativ für Stefans gut situierte Kundschaft. Außerdem hatten sich immer wieder Nachbarn über Paulis Lautstärke beschwert. Ich vermisste sie so sehr. In Haidhausen fühlte ich mich wie eine Hochstaplerin, die jeden Augenblick auffliegen würde.

Dabei war Stefan der »Zuagroaste«, sein norddeutscher Akzent auf fast absurde Weise unberührt von zwanzig Jahren Bayern. Trotzdem bewegte er sich hier wie ein Fisch im Wasser. So war er schon immer gewesen. Die Dinge flogen ihm zu, und wenn sie's mal nicht taten, na dann – c'est la vie.

Währenddessen bei Patsy Logen: wunder Magen, wunder Kopf.

Die Mauer, die das Kinderthema plötzlich zwischen Stefan und mir aufgezogen hatte, verstörte mich. Warum hatte ich nie bemerkt, wie wichtig ihm eigene Kinder waren? In meiner Familie war Nachwuchs nie ein herbeigesehntes Geschenk gewesen. Wir waren passiert, und das eindeutig zu oft. Meine Mutter habe ich von damals nur überfordert und mit ungewaschenen Haaren in Erinnerung. Mein Leben lang hatte ich dasselbe Schicksal für mich vermeiden wollen. Mit durchschlagendem Erfolg. Aber was machte ich jetzt?

5

An der Muffathalle legte sich der Regen, die Luft nass und kalt. Genau mein Wetter. Ich holte tief Luft, sprang ab vom Gedankenkarussell und rief Kris an.

Sie klang verschnupft. Ja, leicht erkältet, gab sie kleinlaut zu. Sie schien geradezu darauf zu warten, dass ich ihr die Beichte über den Vorfall bei der Autopsie abnahm. Doch ich hatte andere Probleme.

»Wir brauchen so schnell wie möglich eine Liste der Leute, die ab zehn Uhr abends noch im Skiller-Büro waren.«

»Die Datenlogs haben wir gestern Abend bekommen. Richie von der IT hat mir für Montag eine Auswertung der Zeitstempel versprochen ...«

»Montag?«

»A-also ... ich kann mir die Protokoll-Listen auch selbst vornehmen und abgleichen ...«

»Ja bitte, versuch das mal.«

»Okay ...«, ihr Bedauern um ihr freies Wochenende war überdeutlich zu hören.

Willkommen in der Mordkommission, mein Herz.

»Schon eine Idee, wer unser Bambino sein könnte?«

Betretenes Schweigen.

»Mach dir bitte auch dazu Gedanken, ja?«

Meine Stimmbänder hatten sich in Stacheldraht verwandelt. Kris hörte es auch, räusperte sich nervös.

»Ich hab gestern übrigens der Vollständigkeit halber eine Routineabfrage der Höllers in unserem System gemacht. Ich dachte, so perfekt, wie die sind, könnte ja was dabei rauskommen.«

»Guter Gedanke. Und?«

»Vorgestern Nachmittag war tatsächlich eine Streife bei ihnen, weil ein Nachbar sich durch einen lauten Streit gestört gefühlt hat.«

Jackpot. Nachbarn wie die der Höllers brauchte kein Mensch. Doch sie waren die besten Freunde der Kripo.

»Was kam raus dabei?«

»Nix. Nur der Höller war da, und der hat steif und fest behauptet, es sei der Fernseher gewesen. Außerdem gab es keine Spuren von Handgreiflichkeiten.«

»Zumindest noch nicht. Wenn man die Hautfetzen bedenkt, die der Harb unter Carolin Höllers Fingernägeln gefunden hat.«

Keine Antwort. Fast glaubte ich, die Verbindung war unterbrochen, da brach es aus Kris hervor: »Tut mir leid wegen der Autopsie. Die ersten achtzig Prozent waren kein Problem, aber als er dann das ungeborene Kind ...« Sie stockte, ihre Stimme noch verschnupfter. Von wegen Erkältung. Sie hatte geweint. Um das Kind und aus Angst, dass ihre schwachen Nerven ihre Karriere schon in den Startlöchern zu Fall bringen könnten. Jetzt wollte sie Trost von mir.

Den hatte ich aber leider nicht anzubieten. Seit vierundzwanzig Stunden hagelte es Dramen um Kinder. Gewollte, ungewollte, ungeborene. Geister von Kindern. Noch ein einziges Mal, und ich verlor meinen Verstand.

»Ich hab mich zu entschuldigen. Ich war nicht da. Das nächste Mal läuft's besser.«

Das war nicht, was Kris hören wollte. Nicht die Antwort einer guten Mentorin. Aber es beendete das Thema. Das war schon was.

Wortkarg verabschiedeten wir uns. Mein Treffen mit Christian Höller behielt ich für mich. Kris hatte genug zu tun, und ich keine Nerven für ihre zerbrechliche Psyche. Eine Ermittlung braucht Ermittler.

Ich ging schneller. Über die Ludwigsbrücke, zum Isartor und weiter in Richtung Gärtnerplatz. Schneller. Es begann wieder zu regnen; kalte Fingerspitzen, die auf meine Stirn und Wangen tippten, auf meine Lederjacke platschten, während in meinem inneren Ohr Dalidas Stimme wieder zum Leben erwachte und sich wehmütig über *Bambino* lustig machte.

6

From: Alexandra Billroth <alexandra@skiller.com>
To: Patrizia Logan <p.logan@polizei.bayern.net>
Subject: Carolin Höller

Hallo Frau Logan,

Ihre Mailadresse wurde an alle Mitarbeiter geschickt, damit wir uns bei Ihnen melden, falls wir helfen können. Ich weiß nicht, ob das bei mir der Fall ist. Aber Carolin war meine Managerin, und ich möchte gerne behilflich sein – auch wenn ich mit mir gekämpft habe. Deshalb melde ich mich auch jetzt erst.
Ich hatte am Donnerstag noch ein Gespräch mit Carolin in München. Es ging um schwerwiegende, persönliche Dinge, die ich lieber nicht in einer Mail schreibe (die sind hier ja nicht wirklich privat, aber eventuell helfen sie Ihnen bei der Ermittlung). Außerdem war ich an dem Abend länger im Büro, und ich glaube, Carolin hatte eine Auseinandersetzung mit jemandem.
Ich bin seit gestern Abend wieder zurück in Dublin (ich arbeite hier in Carolins Team), kann also leider nicht persönlich vorbeikommen. Vielleicht können wir telefonieren? +353 86 318 22 48

Viele Grüße,
Alexandra Billroth

7

Das Café am Gärtnerplatz war ein typisches seiner Art. Kellner in langen Schürzen, wohlgeformte Körper unter hautengen T-Shirts. Junge Familien zum Brunch, Studenten mit unerschöpflichen Geldquellen. Eine Karte, die für jede Nahrungsmittelunverträglichkeit vorgesorgt hatte.

Zum Glück gab es auch Banales. Nach zwei Eiern im Glas, Toast und Milchkaffee ähnelte ich wieder einem Menschen.

Den verspäteten Christian Höller erwartete ich trocken, mit frisch arrangiertem Pferdeschwanz und einer Stunde Zeitvorteil.

Er sah gehetzt aus und mitgenommener als noch am Vortag. Unrasiert, Augenringe, gräulicher Teint. Eingeholt von der Realität. Ein Hemd in Gingham-Karos und frisch gewaschene Jeans. Seinen doppelten Espresso bestellte er noch, bevor er sich mir gegenüber an einen Ecktisch setzte. Er wirkte nicht, als würde er Koffein brauchen. In seinem Inneren schien alles zu vibrieren, tick, tick, tick, kurz vor der Explosion. Vielleicht ahnte er, dass die schlechten Nachrichten so schnell kein Ende nehmen würden.

»Was kann ich für Sie tun, Frau Kommissarin?«, fragte er anstatt einer Begrüßung, seine Finger verschränkt auf der Tischplatte aus dunklem Holz.

»Krempeln Sie doch bitte mal beide Ärmel so weit wie möglich nach oben.«

Er gehorchte mit mühsam unterdrücktem Ärger. Sportlich gebräunte, spärlich behaarte Haut, kaum Muttermale. Nirgendwo Kratzer, Narben oder blaue Flecke.

»Können Sie mir erklären, was das alles soll?«, murmelte er, nachdem die umsitzenden Gäste ihre Aufmerksamkeit wieder von uns abgewandt hatten.

Ich nahm einen Schluck von meinem Wasser, in dem ich zwei Aspirin aufgelöst hatte, und erzählte ihm von den Erkenntnissen aus Dr. Harbs Autopsie. Mit jedem neuen Detail verkrampften sich Höllers Züge mehr. Seine tote Ehefrau: eine Unbekannte mit Geheimnissen, seine Erinnerungen an sie für immer in Zweifel gezogen. Da war eine Menge Schmerz und Trauer. Aber keine Überraschung.

Mein Glas war leer, bis ich die Litanei des Grauens durchgebetet hatte.

Höller wirkte wie betäubt, seine Stimme erstickt von noch ungeweinten Tränen. Nur sein Wille, an einem öffentlichen Ort Haltung zu bewahren, hielt ihn aufrecht.

»Und jetzt wollen Sie was von mir wissen, Frau Logan?«

»Wie viel von dem, was ich Ihnen gerade erzählt habe, haben Sie gestern schon gewusst?«

In seinen Augen Enttäuschung, Vorwürfe. Ich kannte das. Professionelles Verhalten nahmen Trauernde oft persönlich. Erst recht, wenn man lange Haare und Brüste hat.

»Hat Carolin oft Kokain konsumiert?«

Er schien fast erleichtert über diese Frage. Darauf war er vorbereitet. »Die letzten Jahre in Dublin hat sie regelmäßig Aufputschmittel genommen. Sie hat halbe Sachen gehasst, und damit, dachte sie wohl, kann sie noch mehr in noch weniger Zeit schaffen. Hat auch funktioniert, soweit ich sagen kann. Bei den Skillerz war sie heißgeliebt.«

Was das Management anging, schien das zu stimmen. Bei den Mitarbeitern war man da zurückhaltender gewesen.

»Wissen Sie, woher sie das Kokain bekam?«

Er hob die Schultern, schaute mich noch immer nicht an; ging spazieren in seinen Erinnerungen, wehmütig und erschöpft. »Von irgendwelchen Kollegen, nehme ich an. Außer mich, die Kinder und die Kollegen bei Skiller traf sie ja kaum jemanden.«

»Wir haben verschiedene Arten von Kokain in Carolins Tasche gefunden. Zweimal verschnitten, einmal ungewöhnlich rein. Kam das alles aus Dublin?«

Er hob die Schultern. »Keine Ahnung. Wahrscheinlich. Wir sind erst seit Kurzem in München. Ich glaube nicht, dass sie hier Verbindungen hatte. Und in Dublin ist das Zeug recht einfach zu kriegen.«

Ich füllte weiter mein Notizbuch. Entweder Carolin Höller hatte sich einen Vorrat angelegt, oder die Quelle in Dublin sprudelte sogar bis nach München. Das würde auch die Kollegen in Irland interessieren.

Christian Höller hatte sich ein wenig entspannt. Er leistete sich ein vertrauensstiftendes Lächeln in meine Richtung. »Hätte ich gewusst, dass Caro mehr oder weniger abhängig ist, wäre ich stärker eingeschritten, das können Sie mir glauben.«

»Aber Sie sind doch eingeschritten, Herr Höller. Sie haben Carolins Kokain mit verschreibungspflichtigen Schlafmitteln gestreckt, nicht wahr?« Meine erste Theorie. Sie war mir auf halbem Weg durch meinen Kaffee eingefallen. »Sie haben uns gestern erzählt, Sie hätten Stilnox im Haus. In der Obduktion wurden Spuren des Wirkstoffs Zolpidem in der Nasenschleimhaut und im Blut Ihrer Frau gefunden, genauso wie in den Kokainresten, die wir bei ihren Sachen gefunden haben. Ihre Frau war eher am High als am Schlafen interessiert, sie wird ihren Stoff also kaum selbst manipuliert haben. Das waren Sie.«

Voll ins Schwarze. Patsy Logan konnte es also noch.

Höller schluckte schwer, erwog seine Optionen. Sah kurz nach links und rechts, ob jemand lauschte. Doch unsere Tischnachbarn tarnten ihre Neugier inzwischen ziemlich gut.

»Warum sollte ich das getan haben?«

»Am besten, Sie sagen mir den Grund gleich selbst. Meine eigenen Vermutungen würden Ihnen nämlich nicht gefallen.«

»Sie halten mich wirklich für so eiskalt?«

»Im Gegenteil. Ich glaube, Sie sind sehr emotional. Und so was kann schon mal zu Kurzschlussreaktionen führen. Fünfundachtzig Prozent meiner Arbeit drehen sich nur darum.«

Keine Ahnung, ob das stimmte. Ich hatte nie nachgerechnet. Aber konkrete Zahlen schienen Christian Höller irgendwie zu beeindrucken. Er wurde ganz steif und still.

»Wenn Sie glauben, ich hätte meine Frau auf dem Gewissen, dann sind Sie verrückt«, sagte er, kaum hörbar gegen das angeregte Durcheinander im Café.

»Bisher glaube ich nur, dass Sie mir noch nicht alles erzählen, was mir dabei helfen könnte, den Tod Ihrer Frau aufzuklären.« Ich schwenkte mein leeres Glas, ließ die letzten Reste des Aspirinpulvers darin kreisen.

Höller flatterte mit den Wimpern. »Caro hat es immer in einer leeren Packung Zahnseide versteckt, schon in Dublin«, sagte er langsam. »Sie hielt mich wohl für zu beschäftigt oder zu abwesend oder zu deprimiert, aber natürlich weiß ich, wenn Zahnseide keine Zahnseide ist.« Seine Lippen verzogen sich wölfisch. »Sie hat immer behauptet, das wäre nur für Notfälle, aber die Notfälle wurden immer häufiger. Die Drogen waren einer der Gründe, warum ich wegwollte aus Dublin. Und dann stolpere ich in München wieder über dieses Zahnseidending. Da wurde es mir zu viel, verstehen Sie?«

»Wann war das?«

Er runzelte die Stirn. »Vor ein paar Tagen, höchstens einer Woche.«

»Warum greifen Sie zu Ihrem Schlafmittel, anstatt mit Carolin zu sprechen? Ich nehme an, Sie wussten, wie riskant die Mischung von Kokain und Schlafmitteln ist?«

Christian Höller begann sich wieder die Tränen in die Augen zu reiben. Hätte ich ihm so viel Dummheit zutrauen können, mein Mitleid wäre größer gewesen. So fragte ich mich bloß, was in diesem Mann vorgegangen war.

»Geredet hatten wir genug. Aber das meiste war Mehl, das schwöre ich. Ich wollte ihr das High versauen, das war alles.«

»Haben Sie wahrscheinlich auch. Also hat sie noch mehr genommen. Dass sie deshalb überdosieren könnte, kam Ihnen nie in den Sinn?«

»Caro war immer verantwortungsvoll. Sie hätte nicht ...«

»Dafür ist Kokain doch da. Mal die Sau rauslassen. Zur Hölle mit der Verantwortung. Aber genau das wollten Sie verhindern, nicht wahr? Sie wollten sie runterholen. Warum?«

Er schniefte, schwieg. In seinen Kiefern arbeitete der Widerstand. Gegen mich. Gegen die Wahrheit.

»Plötzlich waren Sie nur noch Hausmann, während die Karriere Ihrer Frau richtig abhob. Sie hatten Angst, dass sie Ihnen davonfliegt. Deswegen setzten Sie sie auch unter Druck, nach München zurückzukehren, nicht wahr?«

Er sah mich an wie geohrfeigt. »Wer sagt das?«

»Carolin hat das so einem ihrer Kollegen erzählt.«

»Wem?« Höller knirschte fast mit den Zähnen vor unterdrückter Wut, seine Stimme eine geballte Faust in der Hosentasche.

»Wichtiger ist, ob es stimmt.«

»Ob in Dublin oder hier, Caro war sowieso fast nur in der Arbeit«, spuckte er aus. »Und wir hatten immer gesagt, die Kinder gehen in Deutschland zur Schule. Fabian beginnt im September, ich hab also bis zum letzten Moment gewartet. Und sie heult sich irgendwo extern aus, als hätten wir das nie vereinbart.«

Extern. Ich rollte das Wort ein wenig in meinen Gedanken hin und her. Befühlte die Kälte, die davon ausging.

Höller leerte sein Wasserglas, das ihm zum Kaffee serviert worden war, dann hatte er sich wieder gefangen.

»Mit dem Münchner Büro bekam sie ihre Karriere, und ich kann mich hier besser um die Kinder kümmern. So war das vereinbart.«

»Seit vier Jahren sind Sie raus aus Ihrem Beruf, und Ihr Unternehmen haben Sie hier unter der Kleinunternehmer-Regelung angemeldet. Vermissen Sie Ihr früheres Leben denn gar nicht?«

»Es gibt Wichtigeres im Leben als Erfolg«, erwiderte er trotzig.

Was sollte man auf solche Parolen antworten? Da schwieg ich lieber. Eine Weile duellierten wir uns mit den Augen. Irgendwann würde er mir sowieso alles erzählen. Die Frage war bloß, wie viel Zeit wir auf dem Weg dorthin noch verlieren würden.

Am Nebentisch kicherten zwei junge Frauen beim gemeinsamen Blick auf das Smartphone. Nur zu gerne hätte ich mich zu ihnen gesetzt. Stattdessen prügelte ich mal wieder seelisch auf einen Menschen in dessen schlimmster Krise ein. Unbeschwertheit kommt ziemlich kurz in meinem Leben.

»Hatten Sie oft Streit, Sie und Ihre Frau?«

Höller schien in seinen düsteren Gedanken verlorengegangen zu sein. Ich musste meine Frage wiederholen.

»Nicht oft.«

»Vorgestern aber schon.«

»Ja. Das stimmt«, sagte er wie ferngesteuert.

»Warum muss ich Ihnen das aus der Nase ziehen?«

»Weil ... weil ...«, er machte eine hilflose Geste. »Ich hab's vergessen. Ich stand neben mir. Da vergisst man eben Dinge.«

»Aha. Deshalb haben Sie auch vergessen, mir zu erzählen, dass vorgestern eine Polizeistreife bei Ihnen war?«

Er sagte nichts. Seine sackenden Schultern waren Antwort genug.

»Herr Höller. Ich bin nicht Ihre Anklägerin, ich versuche lediglich den Hergang von Ereignissen zu klären. Aber je mehr ermittlungsrelevante Details Sie mir verschweigen, desto größere Probleme kann Ihnen das bereiten. Verstehen Sie das?«

»Ja.«

»Also, worum ging es in Ihrer Auseinandersetzung?«

»Um alles«, murmelte er.

»Ein bisschen präziser müssen Sie schon werden.«

Dieser Tanz um jeden Fitzel neuer Information ging mir inzwischen ziemlich auf die Nerven. Es kostete Energie, die ich nicht hatte.

»Ich kümmere mich um alles. Den Haushalt, die Kinder. Alles läuft. Von Caro hab ich nie viel verlangt, seit ich zu Hause bin. Die ersten Jahre waren wir beide voll berufstätig, und es war die Hölle. Wir hatten in Dublin auch keinen sozialen Rückhalt, wir waren allein. Deshalb habe ich Verständnis, wenn Caro einen klaren Kopf braucht. Doch meine Therapie ist mir wichtig. Ich brauche sie.«

Auf dem *brauchen* lag eine Menge Gewicht.

»Unser Sohn war krank, und ein einziges Mal in der Woche bin ich nicht erreichbar. Also ruft der Hort Caro an. Aber auch da kommt sie erst nach einer Stunde, und Fabian ...« Er ballte seine Fäuste, holte dann tief Luft, erinnerte sich wahrscheinlich an einen Ratschlag seines Therapeuten, wie man Ruhe bewahren konnte. »Fabi ist sehr sensibel; er muss sich auf uns verlassen können. Dass wir kommen, wenn es ihm schlecht geht.«

Ich versuchte mich daran zu erinnern, ob ich mich jemals auf jemand anderen verlassen hatte als auf mich selbst. Kam zu keinem zufriedenstellenden Ergebnis.

Ich nickte Christian Höller zu, der auf ein Zeichen von Verständnis von mir zu warten schien. »Ihre Frau kam also zu spät zum Hort, und Fabian musste dort lange auf sie warten.«

»Nicht zum ersten Mal.«

»Worüber stritten Sie sonst noch?«

Er zögerte, sah trauernd auf seine Tasse; seufzte. »Sie war vollkommen zugedröhnt. Auf hundertachtzig. Und so war sie mit dem Auto unterwegs. Sie hat sich selbst und unser Kind gefährdet. Ich konnte das nicht fassen.«

»Carolin war also doch nicht so verantwortungsbewusst.«

»Sie war nicht sie selbst.«

»Das haben Sie ihr gesagt?«

Er nickte, rieb sich mit der zittrigen rechten Hand über die Knöchel der linken. »Davon wollte sie aber nichts hören. Sie meinte, ich würde sie kontrollieren. Ich hasse es, vor den Kindern zu streiten. Aber Caro wurde sofort laut. Da ergab dann eins das andere ... Erst als der Nachbar mit der Streife gedroht hat, hat sie sich zusammengerissen.«

Nichts schien Christian Höller mehr zu beunruhigen als die schlechte Meinung anderer. Die befleckte Fassade. Jemand musste sie mal zum Einsturz bringen.

»Sie haben gesagt, dass Sie von Carolins Schwangerschaft nichts wussten.«

Er schüttelte langsam und bestimmt den Kopf. Schluckte wieder schwer. Sein Löffel stieß klingelnd gegen die Wände seiner geleerten Espresso-Tasse. Was für ein trauriges Geräusch.

»Dann wussten Sie auch nicht, dass sie am Donnerstag einen Termin bei ihrem Gynäkologen hatte und mit ihm über eine Abtreibung gesprochen hat?«

Christian Höllers Kopf zuckte nach oben. Schwer zu sagen, ob die Verachtung in seinem Blick seiner toten Frau, mir oder uns beiden galt. Doch nach nur wenigen Sekunden war die Flamme seines Zorns wieder erstickt, Christian Höller fiel in sich selbst zusammen.

»Ich muss zurück zu den Kindern. Sie brauchen mich jetzt besonders.«

»Eine Frage muss ich Ihnen leider trotzdem noch stellen, Herr Höller.«

»Bitte«, sagte er trostlos.

»Hatte Ihre Frau einen Stalker?«

Höller sah mir zum ersten Mal länger als Sekundenbruchteile in die Augen, richtete seinen Blick von innen nach außen. Ein kurzer Auftritt des Christian Höller von früher, voller Ausstrahlung, sein Verstand wie ein gewetztes Messer.

»Caro war nicht der Opfertyp«, sagte er, sein Lächeln mitleidig. »Wenn Sie mir erzählen, dass Carolin selbst jemanden gestalkt hätte, würde ich das eher glauben. Sie nahm sich, was sie wollte, und wen.«

»Was meinen Sie damit? Hatte sie mal eine Affäre?«

In dem Moment rutschte ihm sein Kaffeelöffel aus der Hand, fiel klirrend auf die Untertasse, dann auf den Boden. Höller seufzte und beugte sich langsam und mühevoll nach unten. Ein Greis um die vierzig.

Plötzlich dieses Bild in meinem Kopf. Ein grobkörniges Video in Schwarz-Weiß, eine Erinnerung aus einer anderen Zeit. Und wieder diese Stimme, voller Sehnsucht. Auf einem Balkon stand die verführerische Dalida, die ihren viel zu jungen Verehrer und seine aussichtslose Schwärmerei für sie, eine verheiratete Frau, besang.

Sie nahm sich, was sie wollte, und wen.

»Sagt Ihnen das Wort *Bambino* etwas, Herr Höller?«

Carolin, am Mittag

Der Orgasmus trifft sie aus dem Hinterhalt, treibt sich tief in sie, reißt sie auf wie eine Wunde.

Sie beißt sich auf die Lippen. Befiehlt sich, ruhig zu bleiben. Schafft es beinahe. Nur ein kurzes Glucksen entfährt ihr. Leise genug.

Das Büro ist ziemlich gut schallisoliert, sie hat es schon die letzten Tage über bemerkt. Gute, alte mitteleuropäische Wände.

Sie öffnet die Augen, sieht nach unten. Sein Gesicht zwischen ihren Beinen. Sein Blick wach und kühl und wieselschlau. Sein Grinsen ist gesättigt von Lust und Selbstbewusstsein.

Wir sind unbesiegbar, denkt sie. Helden.

Sie lehnt sich weiter zurück in die Couch, zieht sich ihre Hose zurück über die Knie und den Hintern. In ihrem Unterleib strahlt und pulsiert es noch immer, als sie hinüber zum Schreibtisch geht, kurz das Handy checkt. Zehn neue E-Mails, aber nichts Wichtiges.

Zurück zum Sofa. Sie lässt sich neben ihm nieder, während er ein paar flachgepresste Plastikbriefchen aus der Gesäßtasche seiner Jeans holt, das *Wired*-Magazin auf dem Glastisch zur Seite schiebt.

»Killing it with Skiller«, plärrt die Headline. Sie kennt jedes der Gesichter auf der Titelseite persönlich, und die Gesichter kennen sie. Wer hätte das gedacht, die kleine Carolin Schneider aus Weichs, dem kleinen Dorf irgendwo in Oberbayern?

Sie will es ihm am liebsten erzählen. Alles. Wie stark man wird, wenn einem nie was zugetraut wird. Stärker mit jedem abfälligen Lachen. Stärker mit jeder gehobenen Augenbraue. Die Kleingeister. Zu Hause tun sie jetzt so, als hätten sie es immer schon gewusst. Oder – noch befriedigender – als würden sie Carolin gar nicht kennen. Damit sie ihrem eigenen Versagen nicht ins Gesicht sehen müssen. Ihrer Kapitulation vor der eigenen Angst, die sie stets in den eng abgesteckten Grenzen von Weichs gehalten hat, auf den unerträglich geraden Schienen eines konventionellen Lebens, dem Tod entgegen. Jetzt können sie die Augen verschließen, wie sie wollen. Carolin ist nicht mehr zu übersehen.

»Du zuerst«, sagt er und lächelt die Linie vor sich auf dem Tisch an. Weiß, pulvrig, ein bisschen wie die Kreidestriche, die sie als Kind auf dem Asphalt um ihre Barbiepuppe gezogen hat.

Die Zeit der Grenzen ist vorbei.

Sie beugt sich vor, zieht und legt den Kopf in den Nacken. Wartet auf den Wirbelsturm, der das Tor zur besseren Welt öffnet. Alle Geheimnisse offenbart. Für jedes Problem eine Lösung.

»Was hab ich gesagt?«, lacht er und lässt sich zufrieden neben sie aufs Sofa fallen.

»Es ist fantastisch.«

»Pep liefert immer gute Qualität.«

»Nicht solche.«

»Auch wieder wahr.« Er grinst. »Aber wir weihen auch nicht jedes Mal ein neues Büro ein.«

Er hat den Kopf auf die Oberkante der Sofalehne gelegt, fixiert sie wie ein Hund, der auf eine Belohnung wartet. Seine Pupillen riesig, fiebrig glänzend.

Sie möchte ihm über die Haare streicheln. Lässt es aber. Es wäre das falsche Signal.

»Das hier«, sagt sie, noch immer einen Hauch außer Atem, »muss aufhören.«

»Das könnte dir so passen. Dabei war ich doch noch gar nicht dran.«

»Du kommst schon noch dran, Herr Marquis.«

Sie lachen. Über diesen lächerlichen Namen. Dieses schöne Leben. Dabei hat sie stark bleiben wollen. Unbeirrbar, den Schlussstrich, den sie in Dublin gezogen hat, nicht aufzuweichen.

Doch wann, wenn nicht heute, hat sie sich ein bisschen Vergessen verdient?

Vergessen, vor welchen Entscheidungen sie steht. Was tun mit dem blinden Passagier? Mit Anthony Keane?

Und so ist sie wieder schwach geworden. Hat die Tür nur einen kleinen Spalt geöffnet, in den er seinen Fuß stellen konnte und ein halbes Gramm des reinsten Glücks.

Doch die Angst ist verschwunden. Alles ist klar. Sie sieht auf ihr Leben wie auf eine ihr ergebene Armee. Die Zukunft persönlich flüstert ihr ins Ohr, und sie wird rosig.

»Wir sollten gehen«, sagt sie und lacht, einfach so. »Um halb drei hab ich das nächste Meeting. Also hol mir meine Handtasche, Herr Marquis. Lass den restlichen Stoff drin für später, und dann gib mir die Reinigungstücher.«

Er grinst wieder, sieht kurz zur geschlossenen Bürotür. Niemand da. Die meisten in der Kantine, der Rest auf der Terrasse, die Sonne genießen.

Er beugt sich zu ihr nach unten, beißt ihr in den Oberarm. Köstlicher Schmerz. Sie lacht, ohne sich zurückzuhalten.

Sie beobachtet ihn, wie er mit langen, geschmeidigen Schritten hinüber zu ihrem Schreibtisch geht, ihre Handtasche mit Peps feinstem Stoff befüllt und nach den Reinigungstüchern sucht. Sein Gang war es, der sie als Erstes an ihm beeindruckt hatte. So majestätisch, so zielsicher und souverän für sein Alter.

Sie wird ihn vermissen. Aber es muss enden. Besser jetzt,

aus einer Position der Stärke. Die räumliche Trennung wird helfen, die Versuchung in Grenzen zu halten. Und für den Stoff wird sich auch eine Lösung finden. Oder sie gibt ihn eben auf. Sie wird die Euphorie anfangs vermissen, sicher. Aber sie wird darüber hinwegkommen. Es ist nur eine Abhängigkeit im Kopf. Etwas für die Schwachen.

»Dublin ist kalt und langweilig ohne dich«, sagt er, als er ihre Tasche einräumt. Wie Christian. Fürsorgliche Männer sind ihr Schicksal. Anhängliche Männer.

Sie lächelt in sein Jungengesicht. Wie das der meisten Skillerz in seinem Alter ist es noch immer unberührt vom echten Leben und seinen Enttäuschungen. Dieser Optimismus, sie braucht ihn viel mehr noch als den Stoff.

»Was, wenn ich einfach hierherkomme? Ihr braucht doch einen Sales-Manager. Dann arbeiten wir wieder gemeinsam.«

»Nein«, sagt sie. »Du hast zu wenig Erfahrung.« Unter anderem, denkt sie.

Er schiebt seine Unterlippe nach vorne, zieht einen ironischen Flunsch. Die Gereiztheit dahinter ist echt.

»Wozu gehe ich, wenn du mir doch nur wieder nachrennst, Bambino?« Sie weiß, wie sehr ihn dieser Spitzname trifft. »Wir haben etwas vereinbart vor meiner Rückkehr. Du und ich. Weißt du noch?«

»Ich liebe dich. Christian klammert sich nur an dich, weil ihm selbst die Puste ausgegangen ist. Und du liebst doch nur noch das, was ihr früher mal wart.«

»Das ist immerhin der größte Teil meines Lebens.«

Seine Augen wandern unruhig hin und her. Bleiben an ihrem Schreibtisch hängen. An ihrem Handy. Es brummt, vibriert. Ein Anruf.

»Wer ist denn Doktor Beisteiner?«, fragt er nach einem Blick auf das Display, sein Lächeln fast erfreut.

»Niemand. Lass es klingeln.«

Er nimmt das Handy und hebt ab. Zwinkert ihr zu. »Höller?«

Überall in ihr explodiert die Hitze. Sie weiß, was zu tun wäre. Sich auf ihn stürzen. Ihm das Handy entreißen. Ihm zwei Ohrfeigen hinter seine anmaßenden Löffel geben. Aber er steht direkt vor der Glaswand. Mitten im Blickfeld all jener, die auf dem Weg von der Kantine zurück zu ihren Schreibtischen waren.

Er grinst sie noch immer an. Alles nur Spaß, ein Spiel.

»Ja, sie ist gerade nicht greifbar. Kann ich ihr etwas ausrichten?« Eine Frauenstimme zwitschert enthusiastisch, doch unverständlich, während er immer konzentrierter nickt. »HCG-Hormonwerte sind da. Sie soll zurückrufen. Natürlich, ich verstehe das. Ich werde es ihr sagen. Auf Wiederhören.«

Herzschlag in ihren Wangen. Laufende Nase. In ihrem Kopf eine Prozession an Strategien, Ausreden, möglichen Erklärungen. Sie weiß, es wird nichts nützen. Er ist nicht dumm. In so vielen Dingen sogar schlauer als sie. Niemand anderen würde sie als Mitarbeiter einstellen.

Er drückt das Gespräch weg und fixiert sie. Er ist ein Zeitreisender, das weiß sie jetzt. Eine Projektion. Christian, so wie er gewesen ist. Für sie immer bleiben wird.

Er bleckt seine makellose Zahnreihe, sein Blick ein Versprechen: Es wird Probleme geben.

»Sagst du mir, was HCG-Hormone sind, oder soll ich es selbst herausfinden?«

Drei zu eins

1

Von: Patrizia Logan <p.logan@polizei.bayern.net>
An: Kirsten Meyerhofer <k.meyerhofer@polizei.bayern.net>
Betreff: Ehemann und Bambino

Kris,

ich hab vorhin gerade nochmal mit Christian Höller gesprochen. Der ist völlig makellos, wie frisch aus dem Photoshop, Carolin muss jemand anderen gekratzt haben. Bitte fordere trotzdem eine DNA-Analyse an, um sicherzugehen. In dem Mann brodelt ein Vulkan. Außerdem können nur seine Kinder bestätigen, dass er Donnerstagabend zu Hause war, und die haben geschlafen. Er hat also streng genommen kein Alibi.

Bambino: Ich glaube, das Rätsel ist gelöst! Carolin Höller hatte in Dublin wohl einen Liebhaber, ein jüngerer Mitarbeiter aus ihrem Team. Es war aber Schluss zwischen den beiden. Zumindest dachte das der Höller. Aber ich wette, ihre letzte Mittagspause hat Carolin mit ihm verbracht. Der Altersunterschied würde auch den Spitznamen Bambino erklären.
Von diesem Namen hat Höller noch nie gehört, aber Carolins Liebhaber in Dublin hieß Gregor irgendwas, den Nachnamen kennt er nicht. In Carolins Kalender war ein Termin

mit einem Gregor vermerkt. Versuch mal bitte was über ihn herauszufinden. Vielleicht ist das Affären-Gregor oder Bambino oder wie auch immer. Evtl. ergibt sich ja auch was über die Datenlogs. Wir müssen zusehen, dass wir diesen Gregor finden. Ich würde auch gleich einen DNA-Abgleich veranlassen. Wenn er ihr Liebhaber war, hat sie ihn vielleicht aus Leidenschaft gekratzt. Oder sie hatten Streit. Oder die stehen einfach auf harten Sex. Egal was, ich will mehr über den Mann wissen. Womöglich war sogar er der Vater ihres Kindes ...

Außerdem ist da noch eine gewisse Alexandra Billroth: Die hat mir eine Mail geschickt und irgendwas von »schwerwiegenden Dingen« angedeutet, und dass sie Zeugin eines Streits in Carolin Höllers Büro wurde. Kann sein, dass das Anthony Keane war. Er selbst hat mir erzählt, dass Carolin »über die Maßen« aggressiv war. Da müssen wir nachhaken. Ich konnte diese Frau Billroth bislang nicht erreichen, und sie hat keine Mobilbox aktiviert. Bitte versuch's bei Gelegenheit nochmal bei ihr: +353 86 318 22 48. Ich verstehe nicht, warum sie hier die Pferde scheu macht und dann unerreichbar ist.

Die Info bräuchte ich bitte so schnell wie möglich. Danke!

P

2

Als ich nach Hause kam, war es verdächtig still. Als wäre jemand in der Wohnung, der mich nicht auf sich aufmerksam machen wollte. Sogar Pauli hatte sich in seinen Käfig zurückgezogen und hielt mit kurzem Hals und halb geschlossenen Augen Siesta. Es war dämmrig, viel zu früh, und unsere Wohnung so grau und düster wie dieser schafskalte Augusttag.

»Stefan?«

Keine Antwort.

Auch eine Antwort. Er war da, ich wusste es, denn seine Samstagsschuhe waren es auch. Er trug gern dieselben Schuhe zum selben Wochentag, egal, was er sonst anhatte.

»Stefan?« Ich wurde meine vom Regen klamme Lederjacke los, stellte meine Stiefel neben seine und betrachtete kurz mein Gesicht im Spiegel über der Kommode im Vorzimmer.

Schneewittchen, inzwischen fein liniert zwischen den Brauen und um die Augen. *Erste Zeichen des Alterns*, wie es meine Hautcreme so gutmütig beschrieb.

Ich fand Stefan in seinem Büro, sein nachdenkliches Gesicht wie ein blasser Mond, angestrahlt vom Display seines Laptops. Jeans, verwuschelte Haare, sein bestes AC/DC-T-Shirt. Der Rockstar unter den Psychologen. Und es kam gut an, gerade an einem Ort wie Haidhausen. Er schnitt an seinem jüngsten Video über *Pauli der Graue*, wie sich unser Haustier im Internet nannte. Neben ihm am Schreibtisch meine Notiz vom Vormittag wie ein papiergewordener Vorwurf.

Er bot mir nur die Wange für einen Kuss.

»Über unsere jeweilige Definition von *kurz* sollten wir noch einmal sprechen«, sagte er, ohne den Blick vom Bildschirm zu nehmen.

»Alles zwischen fünf Minuten und fünf Stunden, wie du weißt.«

Er lächelte schmal. Galt wahrscheinlich Pauli, der in seinem Video gerade *Hallo? Hallo?* in einen leeren Joghurtbecher flötete, nur damit er das Echo genießen konnte.

»Ich hab eine Menge wiedergutzumachen wegen gestern, oder?«

»Fangen wir mal mit heute an. Wir waren mit meinen Eltern zum Mittagessen verabredet.«

Mist.

So wie ich Thomas und Irmhild Fuchs kannte, hatten sie es nicht leichtgenommen. In ihren Augen war ich von Anfang an eine Provokation gewesen. Eine weitere exzentrische Entscheidung ihres Sohnes, nur dazu da, sie in ihren bildungsbürgerlichen Grundfesten zu erschüttern.

Aber hey, immer noch besser als ewiger Junggeselle.

Das habe ich mal bei einem weihnachtlichen Umtrunk angemerkt. Man sollte mich wirklich nicht in die Nähe von Punsch lassen. Aber sie kamen darüber hinweg, und bei unserer Hochzeit ein Jahr später flossen Irmhilds Tränen auch ein wenig vor Freude. Daran glaube ich fest.

»Tut mir leid. Wie haben es deine Eltern aufgenommen?«

»Warum hast du mich nicht angerufen, Pat?«

»Du weißt, dass mich diese Fälle immer dement machen. Alles andere verschwindet dann irgendwie.«

Stefan schnaubte nur frustriert.

Ich solle es seine Sorge sein lassen, ob er mit meinem Beruf und dessen Auswirkungen auf unsere Beziehung zurechtkäme, hatte er lässig erwidert, als ich ihn an unserem zweiten Date vor mir selbst gewarnt hatte. Nach fast vier Jahren Ehe war es nun wieder meine Sorge.

»Ich musste ein paar Sachen wegen des Falls klären, mit

dem Mann der Toten. Da führte eins zum anderen. Ich schwör dir, unter jedem Stein, den wir umdrehen, kriecht ...«

»Patsy, ich will davon gerade nichts hören, sei mir nicht böse.«

Ich versuchte es. Aber es kam selten vor, dass Stefan sich einem Blick in die Abgründe von braven Bürgern verweigerte. Das war kein Warnsignal, sondern Katastrophenalarm.

»Okay. Was willst du von mir hören? Eine Entschuldigung, weil ich Bea einmal die Meinung gesagt habe? Sie sollte sich einfach drauf beschränken, sich über ihr Glück zu freuen, anstatt andere zu schulmeistern.«

»Du hast ihr einen besonderen Tag verdorben, Patsy.«

»Und sie hat mir meinen Scheißtag noch schlimmer gemacht mit ihrer Selbstgerechtigkeit. Also sind wir quitt, oder?«

»Sie konnte nicht wissen, wie es uns geht.«

»Warum eigentlich nicht? Müssen wir uns schämen für irgendwas? Wir können keine Kinder kriegen, und Bea hört nicht auf damit, obwohl Kev finanziell gesehen schon jetzt das Wasser bis zum Hals steht. Dafür stellen wir sie auch nicht zur Rede.«

»Pat.« Jetzt erst sah Stefan vom Computer auf. Unter der samtigen Oberfläche seiner dunklen Stimme gärte es. Er machte mir Angst. Wir beide.

»Warum hast du meinen Namen nie angenommen?«

Ich stöhnte. »Stefan. Was war los heute Mittag mit deinen Eltern? Warum machst du die alte Kiste wieder auf?«

»Fuchs ist ein guter Name«, beharrte er. »Keine Strafe.«

Plötzlich war ich so müde. Spürte jeden Schluck zu viel, den ich am Vorabend getrunken hatte. Fühlte mich noch älter, als mich Dr. Wahlheimer hatte aussehen lassen.

Ich umarmte Stefan von hinten. Er blieb steif sitzen. Ich

sah meinen Ehering matt glänzen. Davor den Goldring mit einem rosaroten Turmalin von seiner Großmutter, den er mir zur Verlobung geschenkt hatte.

»Was kann ich für dich tun, Stefan?«

»Du willst gar kein Kind von mir.« Er sagte es ruhig, wie eine wissenschaftliche Feststellung. »Meinen Namen nicht und Kinder auch nicht.«

»Warum sagst du das?«

Ich umarmte ihn fester, versuchte dann auf seinen Schoß zu rutschen wie sonst, wenn ich ihn von seinem Computer weglocken wollte. Er rührte sich nicht. Also schob ich seinen Laptop demonstrativ zur Seite. Setzte mich ihm gegenüber auf den Schreibtisch.

»Wovon redest du? Gestern waren wir gemeinsam in einer Kinderwunschklinik.«

Er betrachtete mich sorgenvoll. Einer seiner schwierigen Fälle. Die Fingerkuppen seiner beruhigend großen, zupackenden Hände trommelten leise auf den Schreibtisch. Um die Wette mit dem Regen, der jetzt wieder einsetzte.

»Es sind die schlüssigen Handlungen, Patsy.«

»Aha. Die schlüssigen Handlungen. Dann ist ja alles klar.«

»Die letzten drei Jahre. Wir hätten uns schon lange helfen lassen können. Aber du hattest nie Zeit. Immer eine Ausrede.«

Auf meiner Zunge brannten all die Dinge, die ich eigentlich sagen wollte. Irgendwas von Patriarchat und Konservativismus und emotionaler Erpressung und was sonst noch alles durch Stefans Adern strömte, egal, wie unkonventionell und verständnisvoll er sich gab. Wahrheiten, die zu nichts anderem führten als zu verbrannter Erde.

»Ich habe einen intensiven Beruf, und ich mag ihn. Was ist daran falsch?«

»Du verschwindest in deinem Beruf. Das ist nicht mögen,

das ist obsessiv. Und jetzt, wo es für unseren Kinderwunsch fünf vor zwölf ist, musst du erst wieder darüber nachdenken, was du willst. Nur leider hast du ja nie Zeit zum Nachdenken.«

Wieder diese Aggression, die sich für eine sachliche Feststellung ausgab.

»Ich hab mir den Fall nicht ausgesucht, Stefan.«

»Aber du hast ihn mit offenen Armen willkommen geheißen.«

Er breitete seine Arme übertrieben weit aus. Er machte sich über mich lustig. Keine gute Idee.

»Du konntest es gar nicht erwarten, von mir und dem Thema wegzukommen. Verzögern, vermeiden, wegsehen. In alter Logan'scher Familientradition.«

»Was hat das mit meiner Familie zu tun?«

»Alles«, sagte er schlicht. »Ich will Kinder, Patsy«, kehrte er sofort wieder zum Thema zurück, noch bevor ich einen klaren Gedanken fassen konnte. »Und zwar mit dir. Das war von Anfang an kein Geheimnis. Und ich war geduldig und hab dich deine Karriere machen lassen.«

Sagte er das mit Absicht? Ein paar Monate, nachdem ich für meinen jüngeren Kollegen übergangen worden war? Und weil das nicht geklappt hat, konnte ich ja jetzt endlich Babys kriegen? Diese Gedanken, wie Feuer in mir. Es gab nur eine Möglichkeit, sie zu löschen.

»Danke, Stefan. Ich weiß deine Erlaubnis sehr zu schätzen. Aber vielleicht hättest du mir auch gleich verraten sollen, dass du dich irgendwann vor meinen Augen in deinen Vater verwandeln wirst.«

Das schlug Funken in seinen Augen. Von wegen gelöscht. Wir standen kurz vorm Flächenbrand.

»Komm mir nicht mit der Keule.« Stefans Umrisse dunkel

im Gegenlicht des Fensters hinter ihm. Seine Stimme füllte den Raum aus. Die Wohnung. Heizte mein Inneres in Sekunden auf. Stefans dunkle Seite zeigte sich selten, aber jedes Mal verwandelte sie mich in ein stammelndes, verschüchtertes Kind.

»Was, wenn Kinder für uns einfach nicht vorgesehen ...«

»Vorgesehen?« Spott machte seine Stimme hoch und spitz. »Besinnst du dich jetzt doch noch auf dein katholisches Erbe?«

»Hier geht's nicht um Religion. Ich weiß einfach nicht, ob es eine gute Idee ist, etwas zu erzwingen. Das ist alles.«

»Es gibt Tausende Paare jedes Jahr, die mit künstlicher Befruchtung eine Familie gründen.«

»Und was, wenn nur ich deine Familie wäre, Stefan? Wäre dir das nicht genug?«

Er sah mich bloß verschwommen an. »Ich weigere mich, auf so eine unfaire Frage zu antworten«, sage er, ein Zittern in der Stimme. Ohne ein weiteres Wort erhob er sich und ließ mich zurück. Das Patschen seiner nackten Füße entfernte sich den Gang hinunter zur Wohnküche. Zärtliches Flüstern mit Pauli, der sofort mitzuplappern begann.

Mein Hafen, da drüben lag er. Und hier war ich. Eine Insel.

Sekunden vergingen wie Jahre. Die Zukunft breitete sich vor mir aus ins unendliche Nichts.

Ich drehte Stefans Laptop zu mir, wählte mich in das Polizeinetzwerk ein. Vielleicht hatte Kris ja schon mehr Informationen zu Carolin Höllers Geliebten. Nichts. Ich schloss mein Fenster wieder. Suchte ein Bambino-Video bei YouTube, versuchte mich am Gedanken an meine kleinen Ermittlungserfolge zu wärmen.

Ob ich Kris anrufen sollte? Nachfragen, wie weit sie war?

Ein leiser Schalmeienton zog meinen Blick zurück vom

Fenster auf den Bildschirm. Eine neue E-Mail in Stefans Postfach.

Schau an, von seinem Vater. Dabei lehnte der Mann doch jede Erfindung nach Gutenbergs Druckerpresse als Niedergang der abendländischen Kultur ab.

Ging mich eigentlich nichts an. Oder vielleicht doch? Im Betreff stand: Heute Mittag!

3

Von: Dr. Thomas K. Fuchs <thomaskfuchs@familiefuchs.de>
An: Stefan Fuchs <stefan@doktorfuchs.de>
Betreff: Heute Mittag!

Lieber Stefan,

ich möchte mich noch einmal zu unserem Gespräch heute äußern und Dir sagen, dass es Mama und mir sehr leid tut, wie unser Mittagessen geendet hat. Es lag definitiv nicht in unserer Absicht, Dich zu verletzen.
Unsere Entscheidung mag Dir im Augenblick unverständlich erscheinen, aber wir sind voller Hoffnung, dass Du sie mit etwas emotionalem Abstand wirst nachvollziehen können.
Wie Du weißt, haben Deine Mutter und ich unser Leben lang hart gearbeitet. Die Früchte dieser Arbeit sollen auch der nächsten Generation der Familie Fuchs zur Verfügung stehen.
Wir respektieren seit jeher Deine Entscheidungen, auch wenn sie uns oft unkonventionell erscheinen. Deine und Patrizias offensichtliche Entscheidung gegen Nachwuchs und für einen »alternativen Lebensstil« gehört ebenfalls dazu, auch wenn uns der Verlust von zukünftigen Enkelkindern sehr schmerzt.
Angesichts unserer zahlreichen Nichten und Neffen und deren Nachkommen können wir es allerdings nicht verantworten, unser Vermögen nach unserem Tod in einem Tierheim oder einem anderen Deiner Steckenpferde verschwinden zu sehen. Finanzielle Unterstützung finden wir bei Doppelverdienern außerdem nicht wirklich angebracht.
Als »Enterbung«, wie Du das bezeichnet hast, sehen wir das

keinesfalls. Es handelt sich auch nicht um eine Bestrafung dafür, wie Ihr Euer Leben führt. Es ist nur ein unseres Erachtens notwendiger Schritt, um unseren finanziellen Nachlass rechzeitig im langfristig besten Sinne zu regeln.
Selbstverständlich werden wir an einen Passus denken, der den Fall berücksichtigt, dass Ihr Euch doch noch für eigene Nachkommen entscheiden solltet.
Die Details werden wir gerne besprechen, sobald wir mit Herrn Notar Bürer gesprochen haben. In der Zwischenzeit hoffe ich, Du wirst unseren Standpunkt als das verstehen, was er ist – eine langfristige Entscheidung für die Familie Fuchs.

Mama hat sich wirklich sehr über Dein plötzliches Verschwinden aufgeregt und wünscht sich nichts mehr als Deinen Anruf und ein bisschen Verständnis für unsere Entscheidung, die wir, so kann ich Dir versichern, alles andere als leichtfertig getroffen haben.

Herzlichen Gruß,
Mama und Papa

4

Von: Kirsten Meyerhofer <k.meyerhofer@polizei.bayern.net>
An: Patrizia Logan <p.logan@polizei.bayern.net>
Betreff: Skiller – neue Info

Hallo Patsy,

hoffe, du hattest einen schönen Sonntag bisher. Entschuldige, dass es so lange gedauert hat, aber ich musste alles manuell abgleichen. Die Zeitstempel für die Drehkreuze am Eingang waren nur mit einer Benutzer-ID versehen, und ich musste sie danach erst noch mit den Mitarbeiterdaten abgleichen, die ich extra von unserem Kontakt bei der IT in Dublin anfordern musste. Ist »Fiachra« eigentlich ein Mann oder eine Frau?
Die Personalabteilung hat mir außerdem eine Mitarbeiterliste geschickt mit einer Übersicht, in welchen Teams die einzelnen Leute arbeiten. Ich hab sie dir mal drangehängt und die Namen, nach denen du besonders gefragt hast, markiert.
Laut den vorliegenden Zeitstempeln waren zur fraglichen Zeit (also um 22 Uhr abends) noch über 160 Mitarbeiter gemeinsam mit Carolin Höller im Büro. Bis 23 Uhr waren es noch 120, die meisten sind dann um Mitternacht gegangen, als die Musik abgedreht wurde. Danach waren es nur noch zehn, der Pförtner, zwei extern angestellte Sicherheitsleute und die Mitarbeiter, die in der Kantine aufgeräumt haben für den nächsten Tag.
Ich hab mich mal auf die Mitarbeiter konzentriert, die mit Carolin einen Termin hatten. Interessant ist, dass viele von denen gar nicht in München arbeiten. Peter Brennan, Alex-

andra Billroth und auch dieser Gregor, der angebliche Liebhaber – das muss Gregor Mosacher sein. Das ist zumindest der einzige Gregor, der am Donnerstag da war. Und er hat in Dublin in Carolin Höllers Team gearbeitet. Das könnte doch Bambino sein, oder was meinst du? Jedenfalls arbeiten die alle eigentlich in Dublin. Genauso wie Anthony Keane. Zum möglichen Todeszeitpunkt, also ab 22 Uhr, war von denen allerdings nur noch Alexandra Billroth im Gebäude, fast bis Mitternacht. Peter Brennan war schon um Viertel nach acht weg, Gregor Mosacher um Viertel vor zehn, Anthony Keane nochmal eine Viertelstunde später.

Übrigens konnte ich die Billroth auch nicht erreichen. Nur Mailbox. Aber ich versuch's später nochmal.

Bis morgen!

Kris

5

Sonntagabende im Büro zu verbringen ist ein allgemein anerkanntes Armutszeugnis. Sogar in unserem Dezernat, das auf einem Fundament von Überstunden steht.

Hat man Pech, muss man natürlich hin und wieder zu himmelschreienden Zeiten zu einem Fund- oder Tatort. Aber wer sich nicht als sozialer Problemfall ohne Freunde oder Zuhause outen will, lässt sich besser nicht so weit abseits der üblichen Dienstzeiten im Büro blicken. Es sei denn, das Gerede der Kollegen ist einem egal. Dann ist der seelische Verfall ohnehin nicht mehr aufzuhalten. Oder man ist neu, so wie Kris.

Sie saß an ihrem Schreibtisch direkt am Fenster, über eng beschriebene Computerausdrucke mit vereinzelt markierten Zeilen gebeugt. Trotz des suppigen Lichts, geschuldet einem weiteren Tag unter geschlossener Wolkendecke, leuchteten Kris' Nagelbretthaare magentarot durch das ganze Büro, in das man uns gemeinsam mit fünf Kollegen von den Sexualdelikten gepfercht hatte. Computerventilatoren schwirrten leise.

Meine Kollegin war so konzentriert, sie bemerkte mich erst, als ich direkt vor ihr stand.

»Falls du einziehen willst: Für so eine Spitzenlage verlangt Konstantin dreihundert Euro kalt, pro Woche.«

Sie grinste, doch ihre Augen blieben traurig. Dasselbe Holzfällerhemd hatte sie schon am Freitag getragen, und ihre Schatten unter den Augen waren episch breit.

Ich stellte keine Fragen. Es gab eine Menge Gründe dafür, ein Outfit zu recyceln, und kein einziger davon ging mich was an. Außerdem: Lag Kris' Privatleben erst mal hier ausgebreitet vor uns, würde sie dasselbe von mir erwarten, und was hätte ich zu bieten? Die Tragik meiner vergangenen vierundzwanzig Stunden, seit ich die E-Mail meines Schwiegervaters wieder als ungelesen markiert hatte? Die Tatsache, dass Stefan, sonst ein Anhänger klärender Gespräche und gnadenloser Selbstbeschau, das Thema ignorierte, das sich seitdem zwischen uns aufblähte, mit jeder Minute ein bisschen mehr, bis wir keinen gemeinsamen Platz mehr fanden in unserer hundert Quadratmeter großen Wohnung und ich Reißaus nehmen musste? Ich wusste, wie es sich anfühlte, Kantinenthema zu sein, weil man zu sehr vertraut. Das passierte mir nicht nochmal.

»Ernsthaft jetzt, Kris. Lass dich nicht von den Kollegen hier erwischen, sonst gehören dir in Zukunft alle *Spezialaufgaben*, wenn du weißt, was ich meine.«

»Du wolltest, dass ich ein paar Dinge kläre, aber gestern ging einfach nix mehr, und da wollte ich ...«

»Verstehe. Es ist also meine Schuld, dass du hier bist.«

»Na ja ...«

Kris' Marker trommelte nervös auf das Blatt vor ihr. War das Angst in ihren Augen? Vor mir?

Kurz dachte ich an den ersten Partner im Dezernat, dem man mich zugeteilt hatte. Georg Wagner; und wehe dem, der ihn Schorsch nannte. Ein Kettenhund, das entscheidende Bisschen zu weit entfernt vom Ruhestand. Zu viele Tote. Zu viele Abgründe. Frauen gehören nicht in die Kripo und schon gar nicht zu den Mördern, blablabla. Zwei Jahre lang hatte ich Blut geschwitzt, wenn er mich nur ansah. Zwei Jahre lang jeden Tag: gut, aber nicht gut genug. Damals hatte ich mir geschworen, so nie zu werden. Lange her.

»Willkommen in der Mordkommission, mein Herz. Hier macht man seine Überstunden heimlich.«

»Und warum bist du dann hier?«

Zugegeben, ein guter Konter. »Ist das geringere Übel.«

Kris überdachte meinen Kommentar für ein paar Augenblicke. Registrierte sichtbar meine versifften Jeans, die speckige Lederjacke, den unordentlichen Haarknoten. Nickte dann und lächelte.

»Da geht's uns wohl ähnlich, was?«

Ich machte die Lippen schmal, und auch diese Botschaft kam bei ihr an, sie stellte keine weiteren Fragen. Kris verstand was von den Menschen, das gefiel mir.

»Wenn wir schon da sind, kannst du mir gleich helfen. Konstantin und ich treffen morgen den Staatsanwalt Schneidmeier. Bis dahin müssen wir eine Theorie aufkochen, mit der er glänzen kann, und idealerweise ein paar Verdächtige präsentieren.«

»Okay«, Kris nickte und zeigte auf ihren Papierstapel. »Ich hab meine Sachen eigentlich schon durch, war nur noch Kontrolle ...«

»Gut. Aber wir machen das nicht hier. Nicht am Sonntagabend.«

Wir setzten uns unter die Arkaden des Andechser, die uns bei dem Wetter kaum jemand streitig machte. Ein Brett voll Brotzeit, ein Berg Liptauer, Weißbier, ein Achtel Zweigelt. Alkohol im Dienst, ja bitte.

»Also eigentlich sagt man ja«, Kris sprach in ihr Glas, »dass die naheliegendsten Theorien fast immer wahr sind.«

»Aber?«

»In dem Fall wirkt irgendwie nichts naheliegend.« Sie lachte unsicher. »Wenn du weißt, was ich meine.«

Sie hatte recht. Es klang lächerlich, aber auf dem Papier dürfte Carolin Höller einfach nicht tot sein. Mord passte nicht in ihr Leben, ein grotesker Spritzer Säure auf diesem perfekt durchkomponierten Gemälde. Und trotzdem war es passiert.

»Also«, sagte ich, während wir uns durch unsere Notizbücher blätterten. »Geschätzter Todeszeitpunkt zwischen zehn Uhr abends und ein Uhr nachts. Aber ich glaube, es war auf jeden Fall vor Mitternacht.«

»Warum das?«

»Erstens, weil nach Mitternacht kaum mehr jemand da war. Und zweitens: Wenn ein Mensch aus sechs Metern Höhe auf eine Glasplatte knallt, müsste das jemand hören. Es sei denn, es ist zu laut. Und in der Kantine ging bis zwölf die Post ab, mit DJ und alldem.«

»Klingt logisch, ja«, nickte Kris. »Auf die Terrasse durfte ab neun Uhr abends auch niemand mehr, wegen dem Lärmschutz. Die Tür war bis morgens um sieben abgesperrt. Außerdem waren die Außenjalousien zum Sichtschutz runtergelassen.«

Drinnen Party, draußen Tod. Fast schon ein klassischer Fall. Ich griff nach dem Schmalzbrot, das Kris konsequent verschmähte.

»Gut, was noch. Carolin Höller war aller Wahrscheinlichkeit nach bewusstlos, als sie fiel. Ob von den Drogen oder dem Herzinfarkt oder eben durch andere Einwirkungen ist unklar. Klar ist aber, dass Doktor Harb Abwehrverletzungen gefunden hat. Außerdem hat sie selbst jemanden verletzt. Das heißt, jemand hat an ihrem Tod mitgewirkt. Aber wer? Ihr Mann hat inzwischen eine ziemliche Liste an Motiven und nur ein schwaches Alibi. Andererseits hat er keinen Zugang zum Büro.«

»Es sei denn, er hat sich in dem Durcheinander reingeschlichen.«

»Das ist möglich. Haben wir schon das Filmmaterial von der Kamera am Eingang bekommen? Darauf müsste er dann ja zu sehen sein.«

»Wurde mir für diese Woche versprochen. Auch das von der Buffetkamera.«

»Okay. Aber versteifen wir uns jetzt mal nicht auf den Ehemann. Von wem wurde Carolin Höller zum letzten Mal lebend gesehen?«

Kris nahm einen Schluck, blätterte, sinnierte. »Die meisten, die wir befragt haben, konnten sich erinnern, sie auf der Party gesehen zu haben, aber nicht genau, wann. Alle waren sich aber einig, dass sie sehr gut drauf war. ›Ausgelassen‹ war das Wort.«

»Kein Wunder, mit so viel Kokain im Tank.«

»Verbürgte letzte lebende Begegnung bislang war also mit Anthony Keane?«

»Sieht so aus. Um circa halb neun abends war er laut eigener Aussage in ihrem Büro. Da war sie high wie ein Segelflugzeug. Und es gab wohl eine Auseinandersetzung.«

»Auseinandersetzung?« Kris runzelte die Stirn, keine Ahnung, ob wegen Keane oder wegen meines mangelnden Ekels vor Schweineschmalz.

»So kam das zwischen den Zeilen rüber. Angeblich konnte er mit ihr über ein heikles Thema nicht sprechen, weil sie sofort laut wurde. Wahrscheinlich ist Anthony Keane da sauer geworden. Würde zu meinem Eindruck von ihm passen. Ein richtiger Stinkstiefel. Ich frage mich, wie so einer ins Blütenweiß von Skiller passt. Auf meiner Liste der Verdächtigen ist er ganz oben.«

Kris lachte.

»Kein Scherz, er kommt noch vor Christian Höller.«

»Moment, du meinst das ernst? Wieso verdächtig?«, fragte sie. »Weil du ihn nicht leiden kannst?«

»Erstens mal, junge Frau, war er der Letzte, der Carolin Höller gesehen hat – zumindest von dem wir wissen. Das macht ihn grundsätzlich interessant. Zweitens, er war bis kurz nach zehn im Gebäude. Er selbst hat einen Streit angedeutet, und Ali Billroth hat von nebenan angeblich auch eine Auseinandersetzung gehört. Drittens wissen wir, dass Carolin Höller sich vor ihrem Tod gegen jemanden gewehrt hat. Keane sieht trotz seiner fünfzig plus noch aus wie ein Rugby-Spieler. Wer weiß, vielleicht finden wir an ihm sogar die Kratzer, die wir suchen. Und immer, wenn ich etwas für ihn Unangenehmes angesprochen habe, hat er so getan, als würde er mich nicht verstehen. Als ich wegen des Streits nachgehakt habe, wurde er richtig nervös. Der hat was zu verbergen, wir müssen nur tiefer graben.«

»Wo?«, fragte Kris, die meinem Vortrag mit dem übertriebenen Ernst eines insgeheim amüsierten Menschen gelauscht hatte.

»Bei Keane selbst. Und bei der Personalabteilung.«

»Wie machen wir das, wenn er in Dublin ist? Die Personalabteilung übrigens auch«, gab Kris zu bedenken. Sie holte ein neues Ringbuch aus ihrem Rucksack, begann eine neue To-do-Liste mit ihrer zurückhaltenden Schrift. »Das wird nicht einfach, glaub ich.«

»Wegen der Sprachbarriere?«

»Weil die so zugeknöpft sind. Die Liste mit den Zeitstempeln und den Mitarbeiterdaten kam schon gemeinsam mit dreißig Seiten Gesetzestext, den ich unterschreiben musste. Und als ich nach einem Mitarbeiter namens Gregor gefragt habe, haben die mir außer mit seinem Nachnamen mit rein gar nichts weitergeholfen. Da musste ich mich selbst durch alle Listen wühlen, um herauszufinden, wo und mit wem und in welcher Funktion er bei Skiller arbeitet. Die waren zwar nett, aber eben nicht wirklich behilflich. Sie dürfen mir keine Auskünfte zu ihren Mitarbeitern geben, solange es keinen rechtlich zwingenden Grund dafür gibt, sagen die.«

Sie nahm eine der sauren Gurken vom Brett, tauchte sie in den Liptauer und biss ab. Großartig. Wenn Satan ein Gemüse in seinem Garten zog, dann waren es saure Gurken. Und jetzt war der Liptauer damit kontaminiert.

»Das ist ein Problem, oder?« Kris bemerkte mein Gesicht, unterbrach ihr Kauen. »Ich meine, von denen brauchen wir sicherlich noch mehr Informationen.«

Ich nickte, dachte an den ominösen *Disziplinarfall,* den Keane vorgeschoben hatte. Der würde sich garantiert auch hinter der Verschwiegenheitspflicht verstecken, solange er konnte. Dann das laut Carolin Höllers Kalender für den späten Abend geplante Gespräch mit der Personalabteilung. Das hatte mit ziemlicher Sicherheit nicht mehr stattgefunden.

»Ganz ohne die Personaler werden wir nicht auskommen, fürchte ich.«

»Was ist mit Rechtshilfe von der irischen Polizei? Können die ein paar Befragungen durchführen und die Infos beschaffen?«

Ein guter, sinnvoller Vorschlag. Leider auch naiv.

»Damit machen wir uns aber von den Iren und ihren Prioritäten abhängig. Das wird Konstantin nicht gefallen.« Und mir auch nicht. Aber das konnte Kris nicht ahnen.

»Konstantin ist eh schon nicht gut auf mich zu sprechen seit meinem Vorschlag mit dem Bücherregal«, murmelte sie. »Seine Antwortmail hättest du sehen sollen.« Ihre Wangen gewannen an Farbe. Ich konnte ihre Schmerzen nachvollziehen. Konstantin nahm selten Gefangene, wenn er sauer war.

»Das nächste Mal probier es mit was, das ihn besser beim obersten Chef dastehen lässt, dann klappt's.«

Darauf tranken wir.

»Das heißt also, unser Bambino alias Gregor Mosacher

bleibt vorerst ein Unbekannter?«, fragte ich, während ich der Kellnerin für eine zweite Runde winkte.

»In unserem System haben wir nichts über ihn, aber ich hab ein bisschen online recherchiert. Er hat Profile auf so ziemlich jedem sozialen Netzwerk, von dem ich je gehört hab.« Sie wischte an ihrem Handy herum und reichte es mir über den Tisch.

Gregor Mosacher, sonnengebräuntes Outdoor-Gesicht, hellbraune Haare, himmelblaue Augen, unrasiert auf gepflegte Weise, sichtlich intelligent. Auf dem kürzesten Weg zur Eroberung der Welt. In kurzen Hosen und Trekkingschuhen hockte er neben einer Riesenschildkröte und lächelte verschmitzt. Irgendwo hatte ich gelesen, dass es die nur auf den Galapagosinseln gibt.

»Und was sagt das Internet so über ihn?«

»Privat nicht viel«, sagte Kris und nahm ihr Handy wieder entgegen. »Es ist so gut wie nichts offen einsehbar. Ein paar Fotos wie diese, von irgendwelchen exotischen Reisen. Sonst gibt nur das berufliche Profil was her. BWL und Skandinavistik studiert in Berlin, Auslandssemester in Stockholm und Reykjavík, spricht Englisch, Schwedisch, Norwegisch und Spanisch, Praktika bei Firmen mit großen Namen, dann ein gutes Jahr bei einem Start-up in Berlin namens VitaminKurier, das inzwischen pleite ist, dann acht Monate nichts, dann zu Skiller.«

»Was hat er in den acht Monaten getrieben?«

»Riesenschildkröten gestreichelt«, Kris verzog den Mund, als hätte sie eine Fliege verschluckt. »Und ist um die halbe Welt gereist. Bhutan und Myanmar und sonst wo. Darüber hat er einen Blog geschrieben, der heißt *Glücklich arbeitslos*.«

Wir prusteten gleichzeitig los. Vielleicht der Alkohol. Vielleicht auch die Tatsache, dass uns auf so ein absurd privilegiertes Leben wie das von Gregor Mosacher keine bessere Reaktion einfiel. Carolin Höller hätte ihren Liebhaber lieber Golden Boy nennen sollen als Bambino.

»Und bei dem Start-up ist Mosacher ausgestiegen, weil es den Bach runterging?«, fragte ich.

»Ich glaub nicht. Die haben erst ein Jahr nach seinem Ausstieg aufgehört. Vielleicht hat er das Gras schon wachsen hören?«

»Möglich. Oder es gab andere Probleme mit ihm.«

Kris leckte sich den Bierschaum von den Lippen, sah mich an. »Soll ich das noch prüfen?«

»Kann nicht schaden«, nickte ich. »Er war wahrscheinlich Carolins Liebhaber, und das bis gestern. Und er hat keine Zeugenaussage angeboten.«

»Vielleicht war er zu geschockt? Oder hat Angst vor dem ganzen Skandal? Wenn er ihr Liebhaber war, könnte das Kind wirklich von ihm sein, oder nicht?«

»Ja. Zumal der Ehemann angeblich von nichts wusste, und dann wollte Carolin Höller noch abtreiben. Fertig ist das ZDF-reife Drama. Check doch mal mit Doktor Harb, ob bei einem Embryo in der achten Woche schon ein Vaterschaftstest möglich wäre. Falls ja, sollten wir so schnell wie möglich einen veranlassen. In jedem Fall müssen wir mit Gregor Mosacher reden, und das bald. Wissen wir, ob er noch in Deutschland ist?«

Kris summte nur abschlägig und verlängerte ihre To-do-Liste um einen weiteren Punkt.

»Und was ist mit diesem Stalker ... Marquis de Ajemian? Lässt sich die E-Mail irgendwie zurückverfolgen?«

Ein skeptisches Prusten. »Richie arbeitet dran. Aber er hat mir nicht viel Hoffnung gemacht. Dieser E-Mail-Anbieter wird von Leuten genutzt, die eine vorübergehende Tarn-E-Mail-

Adresse brauchen. Die Firma hat ihren Sitz in irgendeinem Steuerparadies und in erster Reaktion einen Standard-Textbaustein rausgeschickt, dass sie ihre Nutzerdaten nicht rausgeben dürfen. Richie meint, das kann ewig dauern, bis wir sie auf dem Rechtsweg zur Herausgabe zwingen können. Er versucht mal einen seiner Hacker drauf anzusetzen, aber ob der was erreicht, wissen wir, wenn überhaupt, erst irgendwann nächste Woche.«

»Apropos erreichen«, sagte sie nach einer Pause. »Alexandra Billroth hat sich noch nicht bei mir gemeldet. Hast du was von ihr gehört?«

Ich schüttelte den Kopf, nahm einen großzügigen Schluck Wein gegen den Ärger, der in mir aufstieg. Vergeblich. »Versteh einer diese jungen Leute. Hier geht es um eine Tote, und die tun so, als hätten sie bloß eine Verabredung vergessen.«

»Die ist nicht viel älter als ich«, wandte Kris ein.

»Großartig. Noch keine vierzig, und schon versteh ich die Welt nicht mehr.«

Kris widersprach mir nicht, schmunzelte bloß über etwas, das sie offensichtlich in meinem Gesicht entdeckt hatte.

»Ich werde es weiter versuchen. Auf jeden Fall war Alexandra Billroth an dem Abend länger im Büro. Laut Zeitstempel bis kurz vor Mitternacht. Und sie hat den Streit mitbekommen. Vielleicht weiß sie ja mehr darüber? Oder hat was gesehen?«

»Wäre schön, wenn wir das noch vor der Besprechung mit dem Staatsanwalt wüssten«, sagte ich.

Kris nickte und biss in ihren Kugelschreiber, betrachtete ihre Liste. Ihr nachdenklicher Gesichtsausdruck beunruhigte mich plötzlich.

»Wenn ich mir das alles nochmal so anschaue ... Bei dem Höller ist das Alibi zu schwach, zu viele unzuverlässige Aussagen und eine ganze Liste an Motiven, seine Frau loswerden zu wollen. Da fordern wir DNA an. Dann noch Keane, weil er zur falschen Zeit am falschen Ort war und es offensichtlich Streit gab. Da brauchen wir auch DNA, wegen der Kratzer. Oder?«

Ich nickte, seufzte zufrieden, nahm einen großen Schluck Wein. Dann wurde mir plötzlich klar, in welche Ecke wir uns da gerade malten.

»Und dann Gregor Mosacher alias Bambino. Wahrscheinlich der Liebhaber des mutmaßlichen Mordopfers, womöglich auch noch Vater des ungeborenen Kindes. Also müssen wir ihn auch auf Kratzer untersuchen. Außerdem eine DNA-Probe, falls er kein eindeutiges Alibi hat. Und für den Vaterschaftstest, versteht sich.«

Kris sah von ihrer Liste auf, ihr Blick aufrichtig und wohlmeinend. Sie hatte es auch bemerkt.

»Meinst du, wir brauchen wirklich keine Rechtshilfe, Patsy? Wenn der Mosacher nicht in Deutschland ist, dann steht es drei zu eins für Irland. Also ich meine, wenn es um den Aufenthaltsort der ermittlungsrelevanten Personen in unserem Zuständigkeitsbereich geht. Oder?«

Mir wurde schwindlig. Vielleicht sollte ich langsamer trinken. Oder schneller.

»Nur über meine Leiche«, sagte ich. »Solange ich was zu sagen habe, bleiben wir alle schön in München.«

Dublin

25. - 30. August

»Fehler sind das Tor zu neuen Entdeckungen.« (James Joyce)

Punkt 8 aus dem Skiller-Wertemanifest

Silicon Docks

1

Als Kind hatte ich mich Irland nur vom Meer aus genähert. Die Insel wie ein Floß, das auf uns zutrieb, der Hafen von Rosslare die Führerkabine, bevor sie sich wölbte und wuchs, das Grün der Wiesen noch stechender als in meinen Bilderbüchern.

Mein Dad hatte immer darauf bestanden, uns mit dem Auto in unsere Sommerferien zu fahren. Weil dann, so hatte er uns während der quälend langweiligen Fahrten erklärt, unsere Seele mitreisen und unser Leben voller unvergesslicher Abenteuer sein würde. Am besten erinnere ich mich an die häufigen Pannen unseres tannengrünen Volvos. Von der Flugangst meines Vaters erfuhr ich erst viel später. Da war er genauso wie Irland bereits eine ferne Erinnerung; eine Narbe, unter der hin und wieder eine Entzündung rumorte.

Und jetzt plötzlich Dublin, direkt unter mir. Die Bay ein bauchiges Weinglas. Die Zwillingsschlote des Poolbeg-Kraftwerks spitz wie Nadeln. Fährschiffe pflügten durch die Irische See, zogen Kondensstreifen aus Gischt hinter sich her. Schwärme aus Segelbooten auf glitzerndem Wasser. Mein Herz in meinem Hals.

2

Am Montagnachmittag bei der Fallbesprechung mit dem Staatsanwalt hatte es noch so ausgesehen, als wäre ich aus dem Schneider.

Mit geschmeidiger Politikerstimme hatte Konstantin den vorläufigen Sachverhalt vorgetragen und ein dringendes Ansuchen auf Rechtshilfe in Irland empfohlen. Keine Spur von der Wut, mit der er noch am selben Morgen auf seinen Schreibtisch geschlagen hatte, als ich ihm denselben Vorschlag gemacht hatte.

Nur ein paar Stunden später führte er ihn ins Feld wie seinen eigenen. Untermauerte den Handlungsbedarf durch den dringenden Verdacht auf Fremdeinwirkung und die Tatsache, dass zu viele Spuren nach Dublin wiesen, zu viele Verdächtigte sich dort aufhielten. Ratterte sich mühelos durch die ganze Liste der von mir zusammengestellten Argumente.

Staatsanwalt Schneidmeier, menschgewordene Kröte mit langsamen Bewegungen, doch flinkem Verstand, sah während Konstantins Vortrag kein einziges Mal von seinen Unterlagen auf, grunzte nur zustimmend. Damit war die Sache erledigt.

Das Rechtshilfeersuchen wurde gestellt und in Windeseile vom LKA abgewickelt. Wahrscheinlich hatte Oberrat Freunthaler auch hier seine Interessen angemeldet.

Meine Rolle war die Koordination mit den ermittelnden Beamten in Dublin von München aus. Dachte ich zumindest. Nicht einmal sechsunddreißig Stunden später stand Konstantin am Mittwochvormittag in meinem Büro, seine flachen Hände unter die Achseln gesteckt wie Schwerter in eine Scheide. Seine typische Körpersprache bei schwierigen Botschaften.

»Was hältst du von einem Ausflug nach Dublin, Patsy?«

»Nichts.«

»Na komm. Alle hier beneiden dich. Außerdem: Wer, wenn nicht du, spricht die Sprache der Iren?«

»Habe ich eine Wahl?«

Konstantin lächelte bloß. Er kannte die Geschichte mit meinem Vater; er wusste, dass ich seitdem keinen Fuß mehr auf die Insel gesetzt hatte. Und er konnte eins und eins zusammenzählen.

»Vielleicht ist es eine Möglichkeit, ins Reine zu kommen, Patsy?«

So was kommt davon, wenn es bei der Weihnachtsfeier des Präsidiums eine offene Bar gibt. Konstantin war Abstinenzler. Sein einziges sichtbares Laster, mal abgesehen von seinem hervorragenden Gedächtnis.

Ich setzte mich gerade hin, lehnte mich dann wieder zurück in meinen Drehstuhl. »Und was mache ich in Dublin? Ich hab doch gar keine Handlungsbefugnis.«

»Du berätst die Ermittler. Ideal wäre, wenn du bei den Vernehmungen mit dabei sein könntest.«

»Das heißt, ich soll sie kontrollieren? Na, die werden sich auf mich freuen.«

Konstantin fuhr sich mit den Fingern am Haaransatz entlang. Ich ging ihm sichtlich auf die Nerven. Dann noch Oberrat Freunthaler im Genick – auch nicht beneidenswert.

»Die Rechtshilfe-Zusage von den Iren kam zwar schnell, aber das heißt noch lange nicht, dass die sich auch beizeiten für uns in Bewegung setzen«, sagte er. »Ich lass mir sicher nicht unsere Aufklärungsquote versauen, nur weil unser Fall bei den Iren in der untersten Schublade verschwindet. Außerdem hast du seit Montag auch Zeitung gelesen, nehme ich an?«

Ich hatte.

Skiller und Carolin hatten es sogar bei den seriösen Blättern bis fast nach ganz vorne geschafft. Spekulationen, Gerüchte, Häme. Am Wochenende hatte man noch neutral vom plötzlichen Tod der Managerin berichtet, inzwischen ließ man den Mutmaßungen von anonymen »Insidern« freien Lauf. Vom Meinungsbasar der sozialen Netzwerke gar nicht zu sprechen. Brigitte aus der PR hatte mir sogar den Link zu einer Facebook-Gruppe geschickt, auf der offen über die Todesumstände diskutiert wurde. Noch war die Welle nicht auf englischsprachige Medien übergeschwappt. Auch das war nur eine Frage der Zeit.

»Wann geht's los?«, fragte ich.

»Heute waren leider schon alle Flüge ausgebucht.« Konstantin zwinkerte mir zu. Seine Haut wie immer von allerlei Outdoor-Aktivitäten gebräunt, doch seine Augen lagen tiefer in ihren Höhlen als je zuvor. Vor seinem Karriereschritt hatte er glücklicher gewirkt. Ich allerdings auch.

»Also morgen. Wann?«

»Später Vormittag. Lisa hat die Details.«

Es hatte ohnehin keinen Zweck, Widerstand zu leisten. Also nickte ich und konzentrierte mich auf die logistischen Details meiner Reise. Schrieb eine E-Mail an meine Cousine Sinéad, mit der ich die meisten meiner irischen Sommer verbracht hatte und mit der ich noch einigermaßen regelmäßig in Kontakt stand. Innerhalb einer Stunde meldete sie sich zurück, mit einer Menge Ausrufezeichen im Betreff und der Ankündigung, eine Familienparty mir zu Ehren zu organisieren, die derart »episch« sein würde, mein Kopf würde noch Tage später schmerzen. Mein Lächeln daraufhin war der erste Ausläufer einer zaghaften Vorfreude. Auf Sinéad. Die Dublin-Nana. Vielleicht sogar Cormack. *The girl was back in town.*

Ich las mich durch Artikel über Irland und wie das Leben dort jetzt war. Las über Achterbahnfahrten zwischen Boom,

Krisen und Aufschwung, Immigration und Emigration. Ein Land, so manisch-depressiv wie mein Vater in den letzten Jahren.

Erst kurz vor Mitternacht war ich nach Hause gekommen. Stefan vor dem Fernseher, Pauli mit eingezogenem Bein auf seiner Stange neben der Couch.

Jetzt kommt der Berg also zum Propheten, hatte mein Mann auf meine Neuigkeiten reagiert.

Seit Jahren hatte er mich vergeblich zu überreden versucht, gemeinsam mit ihm nach Irland zu reisen. Um dem Land, meinem Vater und mir selbst zu verzeihen, wie er sich ausdrückte, denn irgendwann würde ich es sowieso tun müssen, und dann vielleicht unter schwierigeren Umständen.

Jetzt war es so weit. Ich musste hin, ohne Unterstützung, unter ungleich höherem Druck.

Herr Dr. Fuchs hatte mal wieder recht behalten. Dafür konnte er nichts. Für seinen selbstgerechten Ton schon. Ein erhobener Zeigefinger und ein »Hab ich's dir nicht gleich gesagt« wären ehrlicher gewesen. Vielleicht war ich auch unfair. Doch Stefans Gegenwart löste im Augenblick eine nur allzu bekannte Unruhe in mir aus. Fluchtreflex, mein alter Freund. Nach sechs Jahren der Illusion, angekommen zu sein, trieb er sich plötzlich wieder in meinem Kopf herum. Schnüffelte nach den Lücken, die der schwelende Konflikt mit Stefan darin hinterlassen hatte.

Seit der E-Mail meines Schwiegervaters schwebten wir nebeneinander her wie Seifenblasen, fragil und kurz vorm Platzen. Wir lebten unsere übliche Routine, schliefen sogar miteinander. Doch wir verloren kein Wort, weder über unseren Streit noch über unsere Abstrafung für unseren kinderlosen »Lebensstil«.

Ich wusste, dass Stefan eine Konfrontation und den möglichen Bruch mit seinen Eltern nicht riskieren würde. Stattdessen würde er eine andere Lösung suchen. Bei mir. Ich konnte die Erwartung in jedem einzelnen seiner Blicke sehen. Sie hören zwischen den Zeilen jeder scheinbar alltäglichen Frage. Sie riechen aus allen seinen Poren. Bist du für mich oder gegen mich, Patsy? Kämpfen oder aufgeben? Tick-tack. Tick-tack. Tick-tack. Hörst du, wie die Zeit vergeht?

Im Vergleich dazu waren die Geister der Vergangenheit eine fast angenehme Gesellschaft.

3

Unsere Sekretärin Lisa – grenzwertig magersüchtig, kehliges Kettenraucherlachen, aber die Fürsorge in Person – hatte mir noch am selben Tag mein Rundum-Sorglos-Paket, wie sie es nannte, überreicht. Tickets, Hotel, Roamingpaket, mein Kontaktmann bei den Kollegen in Dublin.

»Dort heißt die Polizei gar nicht Polizei sondern Garda Sio ...«, sie stutzte, zeigte dann hilflos auf die fremdartig aneinandergereihten Buchstaben auf der Faxkopie: Garda Síochána. »Wie spricht man das aus?«

»Garda Schiochana.«

»Klingt, als würde es gut schmecken«, grinste sie.

»Es heißt Hüter des Friedens. Aber man nennt sie einfach die Guards.«

»Hüter des Friedens, echt?« Lisas wildwüchsige Augenbrauen verschwanden unter ihren Stirnfransen. »So poetisch.«

Ja, die Poesie. Eindeutig eine große Stärke der Iren. Zuverlässigkeit weniger. Seit fünfzehn Minuten wartete ich bereits im Empfangsbereich des Terminals auf meinen Kontaktmann. Nirgendwo ein Schild mit meinem Namen. Niemand, der sich als Detective Ben Ferguson von der Garda Station Pearse Street zu erkennen gab. Hätte ich mir mal lieber ein Taxi genommen. Aber er hatte darauf bestanden, mich abzuholen, da könne man sich ja schon mal kennenlernen. Und das hatte ich jetzt von seiner Freundlichkeit.

Ich wählte die Handynummer, die Lisa mir mitgegeben hatte. Es klingelte ins Leere. Zweimal. Dreimal. Keine Mobilbox.

Willkommen in Irland.

Um mich herum Geschäftsreisende, Touristengruppen in

Regenjacken und Trekkingschuhen. Begleitet vom dumpfen Grollen ihrer Rollkoffer brandeten sie in die Empfangshalle, trafen dort auf Einheimische in ihren kurzen Hosen, Röcken und Flip-Flops, die Beine orange vom Selbstbräuner.

Nach einer Weile ging ich nach draußen. Atmete tief ein, die Stimme meiner Mutter im Kopf.

Die Luft, die gute Luft!

Es war wärmer als in München, wo die brütende Hitze übergangslos in einen mieseligen Herbst gekippt war. Die Luft mild, aber mit einem kühlen, klaren Unterton. Die irische Luft war das Einzige an diesem Land, worüber meine Mutter sich noch positiv äußerte. Früher hatte ich über Mamas Luft-Euphorie die Augen verdreht. Jetzt fand ich, sie hatte recht. Sogar am Flughafen konnte ich nicht aufhören einzuatmen, mein Brustkorb weit und frei. Oder war das nur die Tatsache, dass München mit Stefan und all meinen anderen Problemen plötzlich so fern schien?

In der Tasche meiner Jeans summte und brummte es.

»Detective Ferguson«, sagte ich kühl. »Ich danke für den Rückruf.«

»Ist meine Nachricht angekommen?« Eine angenehme Stimme. Bariton, jung. Ein wenig zu entspannt für jemanden, der verspätet war.

Ich warf einen Blick auf mein Handy. »Keine Nachricht, nein.«

Natürlich nicht. Iren kamen grundsätzlich zu spät. Aber immer mit einer unterhaltsamen Geschichte im Gepäck, wie ihre Pünktlichkeit verhindert worden war. Aber auch an dieser Front enttäuschte mein Kollege.

»Seltsam. Die Nachricht muss verlorengegangen sein.« Von Schuldgefühl keine Spur. »Ich bin auf dem Weg zu Ihnen. Bleiben Sie, wo Sie sind.«

Eine halbe Stunde später entstieg Detective Ferguson einem dreckbespritzten dunkelblauen Ford.

Sein Alter war schwer einzuschätzen, irgendwo im Grenzbereich zwischen späten Zwanzigern und frühen Dreißigern. Er war nicht viel größer als ich, nicht besonders durchtrainiert. Trotzdem ein erfreulicher Anblick. Breiter Kiefer mit spitzem Kinn, seine Haut olivfarben, die dunklen Locken auf ein beherrschbares Maß zurechtgestutzt, doch länger als der übliche Polizistenschnitt. Er war randvoll mit einer Energie, die in mir mit jedem Tag, jeder Woche weiter auf einen kritischen Pegel abzusinken drohte. Jeans, Hemd und ein Jackett, das nicht mal schlecht saß, aber trotzdem irgendwie geliehen aussah. An einem Umhängeband baumelte ein Dienstausweis. Fehlte nur noch ein Superman-Cape. Ein Frischling, wie er im Buche stand. Zu meinem Ärger mochte ich ihn sofort.

»*Jesus Christ*«, zischte er noch vor einer Begrüßung. »Der Verkehr war die Hölle.«

Sein Akzent klang härter als der meines Vaters und dessen Familie. Mit vielen flachgepressten ›e‹s. Irgendwo hatte ich den schon gehört, aber wo?

Sein Händedruck warm, aufrichtig. Genauso wie sein Lächeln, das plötzlich seine genervte Miene aufhellte. »Sorry wegen der Verspätung. Das mit der Nachricht verstehe ich echt nicht.« Er schüttelte den Kopf, wurde ernst. »Ich bin Ben Ferguson. Detective Sergeant.«

Wahrscheinlich gerade erst befördert, so wie der strahlte. Beinahe schmunzelte ich über seinen kindlichen Stolz. Dann fiel mir ein: Fergusons neuer Dienstgrad lag unter meinem. So wie der von Kris. Ein Gehilfe ohne echte Entscheidungsbefugnis, ein Einäugiger. Und so lange ich mich in Dublin aufhielt, war ich die Blinde. Großartig.

»Gratuliere.« Ich versuchte mich an einem Lächeln. »Dann

haben Sie sich ja schon gut bewährt in der Mordkommission.«

»Ich bin vom DOCB. Drogendelikte und organisierte Kriminalität«, korrigierte er mich. »Bei den Homicides sind grad alle Mann an Deck und ...« Er studierte mein Gesicht. »Wurde Ihnen das nicht kommuniziert?«

»Nein, wurde es nicht«, sagte ich durch die Zähne.

»*Jesus Christ.*« Er seufzte, hob dann einen seiner Mundwinkel zu einem durchtriebenen Halblächeln. »Dann werde eben ich Sie auf den neuesten Stand bringen.«

Ohne nachzufragen, schnappte er sich meinen Rollkoffer und wuchtete ihn in den Kofferraum seines Wagens, öffnete die linke Vordertür, damit ich einsteigen konnte.

Und mir wurde endlich klar, was Konstantin schon in München vorausgesehen hatte. DS Ferguson war bloß die charmante Fassade einer entmutigenden Tatsache: Die Iren scherten sich einen Dreck um unseren Fall.

4

DS Ferguson fuhr schnell, selbstsicher, fast aggressiv im Vergleich zum ansonsten gemütlich dahinrollenden Verkehr. Das Fahrerfenster hatte er nach unten gelassen, sein Jackett schon beim Einsteigen ausgezogen und die Ärmel nach oben gekrempelt; aus den Lautsprechern grollte ein düsteres Klanggewitter. Waren das etwa Slipknot?

Ich kam nicht mal dazu, genauer hinzuhören. Zu viel Fahrtwind. Außerdem redete der junge Kollege ziemlich gerne. Geringes Selbstvertrauen gegenüber einer ranghöheren Ermittlerin? Fehlanzeige. Wir hatten es kaum vom Flughafen zur Autobahn in Richtung Stadtzentrum geschafft, da vertraute er mir schon an, dass ich den seltsamsten englischen Akzent habe, der ihm je untergekommen sei, irgendwas zwischen Dubliner Nordseite und deutschem Fernsehen. Sein eigener seltsamer Akzent komme daher, dass er in Belfast aufgewachsen und erst mit achtzehn nach Dublin gezogen sei. Weil er keine Lust mehr gehabt habe auf *die da oben*. Näher erklärte er sich nicht, und ich fragte auch nicht nach.

Immerhin: Er hatte eine gute Nachricht für mich. Die Fragelisten, die ich ihm schon für die Vernehmungen vorbereitet und geschickt hatte, seien überflüssig, erklärte er mit unverhohlenem Spott in der Stimme. Ich dürfe den Gesprächen nicht nur beiwohnen, sondern, man höre und staune, sogar Fragen stellen. Zwar nur, solange ein Mitglied der irischen Polizei, sprich er, anwesend sei, aber es könne schlimmer sein, oder nicht? Offizielle Genehmigung gab es noch keine, doch sein Vorgesetzter, Superintendent Burke, habe den Antrag schon gestellt. Nur eine Frage der Zeit.

Auch seine Hausaufgaben zum Fall hatte er gemacht. Er stellte mir gezielte Fragen zu meinem Bericht, den ich gestern an ihn geschickt hatte, und erkundigte sich nach den neuesten Entwicklungen. Gleich nach unserer Ankunft bei Skiller stehe ein Gespräch mit der Personalabteilung an, die Befragungen von Gregor Mosacher und Alexandra Billroth seien für den Nachmittag im Skiller-Europa-Hauptquartier fixiert, die Vernehmung von Anthony Keane morgen Vormittag. Die DNA-Proben von Mosacher und Keane werde einer seiner Kollegen in Uniform ebenfalls am Freitagmorgen auf der Garda Station Pearse Street abnehmen, die Termine habe er auch schon eingefädelt.

Wie eifrig. Wie beflissen. Entweder der Mann sammelte Fleißbildchen, oder er hatte schlicht den Auftrag, mich so schnell wie möglich wieder loszuwerden.

»Beeindruckend. Wann machen Sie das alles?«

»Ich schlafe nicht so viel«, sagte er. Keine Ahnung, was es da zu grinsen gab, aber meinetwegen. Mit dreißig hatte ich auch geglaubt, meine Energie würde für die ganze Welt reichen.

»Also eine Einmannarmee ganz für mich allein?«

Er erwiderte mein Grinsen. »Sonst war nur noch Chuck Norris im Angebot.«

Wir lachten. Das hier klang fast zu gut, um wahr zu sein.

War es auch, stellte sich schon im nächsten Atemzug heraus. Da gestand mir DS Ferguson nämlich eine »kleine Einschränkung«: Er dürfe nur die Hälfte seiner Arbeitszeit auf den Fall Höller verwenden. In den restlichen fünfzig Prozent müsse er weiterhin Dublins organisierte Drogenkriminalität bekämpfen. Da gäbe es Morde in Serie, und das seit Monaten.

Schon letztes Jahr war eine Fehde zwischen zwei Dubliner Drogengangs eskaliert; nun kam es alle paar Wochen zu Vergeltungsmorden. Hollywoodreife Schießereien in Hotels, tote Unbeteiligte, die von den Killern mit deren wahrem Ziel verwechselt worden waren, Begräbnisse unter schwerstem Polizeischutz. Außerdem spürten die Sicherheitskräfte noch immer die kalte Hand der Krise an der Kehle: Zu wenig Leute, technischer Rückstand, kaum Budget für Überstunden, und die nach ewigem Tauziehen gebildete Minderheitsregierung sei natürlich auch noch nicht in die Gänge gekommen, um die während der Krisenjahre angehäuften Missstände zu beheben. Und jetzt noch der Brexit? Hören Sie mir auf.

»Sie haben Glück, dass Ihr Fall was mit den Online-Multinationals zu tun hat, DI Logan. Das sind die Einzigen, die hier auf irgendwas Einfluss haben. Skiller will, dass sich der Fall schnellstmöglich klärt. Da setzen sich sogar meine Vorgesetzten in Bewegung, also ein bisschen zumindest.«

Schnellstmöglich. Wenn ich das Wort noch einmal hörte. Was war aus der guten alten Besonnenheit geworden? Aus der akribischen Suche nach der Wahrheit?

»Alle sind immer in Eile in diesem Fall. Man möchte meinen, wir haben es mit einem Serienkiller zu tun.«

»Ist eben eine schnelle Branche«, sagte DS Ferguson mit demselben Halblächeln, das er schon am Flughafen aufgesetzt hatte, wurde dann wieder ernst. »Google, Facebook und wie sie alle heißen, haben eine Menge Jobs geschaffen in einer Zeit, als überall nur entlassen wurde. Die bezahlen außerdem richtig gut. Die Mitarbeiter sind jung und geben ihr Geld mit beiden Händen aus. Das ist gut für die lokale Wirtschaft. Alle paar Tage eröffnet ein neues Restaurant, und wehe, man hat nicht drei Wochen vorher reserviert.« Sein Mund verzog sich wie über etwas Unappetitliches, dann schluckte er den Gedanken wieder runter. »Ohne Unternehmen wie Skiller würde Irland noch immer unter eurem deutschen Rettungsschirm stehen. Dafür wollen sie auch was haben.«

»Ach, die niedrigen Steuern reichen nicht?«

Wieder ein Halblächeln von der Fahrerseite.

»Auch die Online-Branche will ein stabiles Unternehmensumfeld. Und da gehört Sicherheit nun mal dazu. Wenn diese Sache zu groß wird oder das Wachstum von Skiller gefährdet wird, machen uns die Wirtschaftskapitäne die Hölle heiß.«

Er schloss sein Fenster, fuhr in einen Tunnel ohne absehbares Ende, und das spürbar schneller als die erlaubten achtzig km/h. Auch das Radio war wieder zu hören. Das Klanggewitter war langsamer, wuchtiger geworden. Der Rhythmus, die Erinnerungen wie Faustschläge in meinem Magen. Rammstein, ausgerechnet.

5

Am Ausgang des Tunnels vollzog sich ein radikaler Szenenwechsel. Wir waren mitten in Dublin. Mautbrücke, dann Industriegebiet, dann Hafengebiet. Im Vorüberfahren erkannte ich das Point Depot, in dem ich 1992 mal Metallica gesehen hatte. Sonst erkannte ich nichts. Kein einziges der dort errichteten Gebäude kam ohne Sichtbeton und Glas aus. Glatte Kuben, gigantische schräge Glaszylinder. Wir überquerten den Liffey nach Süden, über eine Brücke, die an eine Harfe erinnerte.

Links zogen die Schlote des Poolbeg-Kraftwerks an mir vorbei, die ich schon beim Landeanflug gesehen hatte und die über die Dubliner Hafenausfahrt wachten, als hätte sich um sie herum nicht alles verändert.

»In diese Gegend hätte man früher keinen Hund gejagt«, erklärte DS Ferguson, während wir im Schatten weiterer Bürogebäude durch verschiedene Nebenstraßen holperten. »Alles war arm und runtergekommen, die Leute arbeitslos. Bei Nacht traute sich keiner hierher. Und jetzt sind so viele Online-Unternehmen aus dem Silicon Valley hier, die Zeitungen nennen die Docklands nur noch die Silicon Docks. Außerdem wohnen viele der Mitarbeiter in der Gegend. Zwei Drittel kommen nicht aus Irland und mieten sich hier ein. Für einen Arm und ein Bein, aber die können sich das leisten. Der Rest muss sehen, wo er bleibt.«

»Klingt ganz nach München«, sagte ich.

»Aber dort gibt es keine Wirtschaftskrise. In den Docklands ist die Arbeitslosenrate fast bei null, überall sonst dagegen bei zehn Prozent und bei den Jugendlichen doppelt so hoch. Nicht gut.«

»Na, Sie wissen ja Bescheid«, sagte ich.

Wieder das Halblächeln. Er zuckte die Achseln. »Ich hab

schon in den Docklands gelebt, da stand noch nichts von alldem hier. Außerdem gehe ich doch nicht unvorbereitet in einen Fall. Ich hab eben ein bisschen recherchiert.«

»Auch über mich?«

»Wieso?« Seine Augen wurden größer, die Pupillen plötzlich mehr dunkles Grün als Braun. Interessant.

»Ich mag Motörhead.« Ich zeigte auf das Radio.

»*Sie* hören Metal?« Statt einem Mundwinkel hob er jetzt eine Augenbraue.

»Nicht immer. Manchmal auch Heavy Metal.«

Er lachte, dann arbeitete es hinter seiner Stirn. »Mit Rammstein ich habe gelernt Deutsch in die Schule.«

»Respekt. Gute Aussprache.«

»Danke.« Er schien sich aufrichtig über mein falsches Kompliment zu freuen.

»Rammstein also, ja?«, sagte ich in die entstehende Pause. »Klingt nach einer schwierigen Kindheit.«

Keine Ahnung, warum ich so was immer wieder tue. Menschen beim Kampf mit ihrer verrutschten Maske zu beobachten.

Aber DS Ferguson kämpfte gar nicht. »Es gibt leichtere Kindheiten, ja«, sagte er, in seinem Blick ein kalter, unerbittlicher Kern. Zum ersten Mal konnte ich ihn mir als Drogenermittler vorstellen.

Da kam schon das nächste Lächeln.

»Wir sind da.« Abrupt bog er in ein kleines Sträßchen, kam zum Stehen, eingekeilt von einem Theater in futuristischer Architektur und einer Reihe mindestens fünfstöckiger Bürogebäude. Weiter vorn war schon das Hafenbecken des Grand Canal zu sehen. Cafés, die davor aufgestellten Tische voll mit Menschen. Salatschüsseln. Burger. Drinks in fast jeder Hand. Keiner hier schien über dreißig zu sein.

»Ab jetzt geht's zu Fuß weiter«, sagte DS Ferguson und stellte den Motor und auch Motörhead ab. »Das Gebäude von Skiller ist vorne am Wasser.«

Wir stiegen aus. Über uns der blaue Spätsommerhimmel. Möwen segelten zufrieden fiepend über uns hinweg. Der unverkennbare Geruch von Meer in unmittelbarer Nähe. Alle Farben klar und kräftig, die Konturen scharf wie an einem unverhofft milden Oktobertag.

Während ich mich sortierte, wechselte DS Ferguson die Straßenseite hinüber in einen dünnen Streifen Sonne, der durch eine Lücke zwischen den Häusern fiel, lehnte sich gegen ein Straßenschild und schloss die Augen.

»In diesem Land darf man keinen einzigen Sonnenstrahl verschwenden, wissen Sie?«, sagte er.

Natürlich wusste ich das. Wie viele nasskalte Sommer hatte ich in Irland verbracht? Mindestens zehn.

Dann fiel mein Blick auf das Straßenschild.

Misery Hill, der Elendshügel. Ausgerechnet hier.

Ich grinste. Dublin mochte sich neu erfunden haben, doch ihren Sinn für Humor hatte die Stadt nicht verloren.

6

Das Europa-Hauptquartier von Skiller Ltd. bot so ziemlich alles, was ich auch im Münchner Büro gesehen hatte. Nur mehr von allem. Auch hier war alte mit neuer Bausubstanz kombiniert worden. Wir betraten das Dubliner Büro durch einen einstöckigen Backsteinbau, auf den man das mehrstöckige Bürogebäude aus dem üblichen Stahl-Glas-Gemisch gesetzt hatte.

Alte Lagerhallen, so hatte mir DS Ferguson erklärt.

Grand Canal Lock stand in matt gebürsteten Metallbuchstaben neben dem Eingang. Drinnen die Fortsetzung der heimeligen Backsteinatmosphäre, unterbrochen von freiliegenden Rohren und unverkleideten Decken, Glaswänden.

An der Rezeption fragten wir nach Peter Brennan.

Die stupsnasige Schönheit dahinter führte ein kurzes Telefongespräch, schenkte uns dann ein warmes Lächeln und gestikulierte in Richtung eines Wartebereichs.

»In zwei Minuten ist er bei Ihnen.«

Im Wartebereich stand eine alte Badewanne auf Klauenfüßen, bis zum Rand gefüllt mit Eis und Flaschen voller nachhaltig hergestellter Limonaden.

Wahllos zog ich zwei aus dem Eis, hielt DS Ferguson eine hin, der zögerte, bevor er sie annahm.

»Ist das nicht Dekoration?«

Bis vor ein paar Tagen hätte ich dasselbe gedacht. Doch auch an das Absurde gewöhnt man sich schnell, vor allem, wenn es mit so einer Selbstverständlichkeit präsentiert wird.

Eine Sekunde lang fragte ich mich, was wohl Stefan zu so einer Umgebung sagen würde. Dann fiel mir ein, wie lange ein so tiefgreifendes Gespräch zwischen uns schon her war, und konzentrierte mich wieder auf die Gegenwart.

Wir nippten an unseren natürlich schmeckenden Limonaden und warfen durch die in die Wand eingelassenen Bullaugen Blicke ins Innere der Skiller-Büros.

Ein riesiges Atrium, an zwei Seiten begrenzt von Holzbrüstungen, hinter denen junge Menschen mit Laptops im Arm schlenderten. Die dritte Seite eine Backsteinwand mit Feuertreppen aus Metall, wie man sie aus Filmen über New York kannte. An der vierten Seite reichte ein vertikaler Garten voller Hängepflanzen bis unters Glasdach, der Sonne entgegen. Zwischen all dem üppigen Grün hatte man Bildschirme platziert, auf denen abwechselnd die lächelnden Porträts von Skiller-Kunden sowie Mitarbeitern und ihren besonderen Fähigkeiten angezeigt wurden.

Fast gegen meinen Willen schüttelte ich den Kopf. Das glaubten die im Präsidium mir nie.

Neben mir klickte es; einmal, ein zweites Mal; dann ließ DS Ferguson sein Handy wieder in seiner Hosentasche verschwinden.

»Wie wär's noch mit einem kurzen Selfie, bevor wir unsere Mordermittlungen weiterführen?«

Er schnitt eine Grimasse. »Sie sind doch auch beeindruckt, geben Sie's zu.«

Tat ich nicht, denn da kam schon Peter Brennan. Wie immer im Eilschritt, entstieg er einem der vier wie typische Dubliner Haustüren bemalten Aufzüge neben der Rezeption.

Wieder in Hemd und Jeans, wieder mit dem genau zur Situation passenden Gesicht, sein Lächeln zwischen höflich und freundlich.

»Detective, ich hoffe, Sie hatten eine gute Reise«, er reichte mir die Hand. »Nun sehen wir uns schneller wieder als gedacht.«

In seiner Stimme ein bedauernder Unterton. Kein Wunder. Seit letztem Freitag saß ich wie ein Stachel in der Seite seines Arbeitgebers, und damit auch in seiner.

»Danke. Das ist mein Kollege von der irischen Dr... Kriminalpolizei, Detective Sergeant Ben Ferguson.«

Markiges Händeschütteln unter Männern.

»Ich leite die Ermittlungen vor Ort«, sagte DS Ferguson. Streng genommen stimmte das. Für die Ermittlungen in Dublin trug tatsächlich er die Verantwortung. Trotzdem brannte der Satz in mir. Rührte an meine gesammelten Narben aus Kämpfen in einer von Hierarchie und Stellungskämpfen dominierten Welt. Früher hatte ich geglaubt, man könne bei den Machtspielchen mitmachen, ohne selbst Teil davon zu werden. Lange her. Jetzt sagte ich: »Natürlich behält die Münchner Kripo weiterhin die Verantwortung für den Fall. Ich werde DS Ferguson in allen Schritten zur Seite stehen.«

Ach, werden Sie? Der Blick, mit dem DS Ferguson mich streifte, grenzte an Körperverletzung. Ich ignorierte ihn.

»Ich bin mir sicher, Sie werden hervorragende Arbeit leisten«, sagte Brennan mit einer uns alle einschließenden Geste. »Und wir werden Sie nach Kräften unterstützen.«

Er verkniff sich diesmal einen Hinweis auf seine Eile, den Fall abzuschließen. Wahrscheinlich wusste er, dass die Mühlen ohnehin schon zu seinen Gunsten mahlten.

Stattdessen begrüßte er mit gefälligem Lächeln eine seiner Mitarbeiterinnen, die wie bestellt aus einem der Aufzüge trat und auf uns zusteuerte.

Ich schätzte sie auf mein Alter, und bei ihrem Anblick fiel mir sofort das Wort üppig ein. Kastanienbraune Mähne, sommersprossige, sichtbar weiche Haut. Ihr Übergewicht stand ihr, auch wenn sie gut daran getan hätte, ihr weißes Sommerkleid etwas großzügiger geschnitten zu wählen.

»Henrike Olsen von der Personalabteilung, aber sagen Sie einfach Rike.« Angenehm fester Händedruck, skandinavisch klar akzentuiertes Englisch, ein Lächeln voller Grübchen.

Sie sei unsere Ansprechpartnerin während unseres Aufenthaltes bei Skiller, denn Peter Brennan selbst habe, wie wir sicher verstehen, zu viele Termine, um persönlich für uns da zu sein. Der empfahl sich dann auch prompt in eine weitere Besprechung, nicht ohne uns zu versichern, dass er stets für jede Art der Unterstützung für uns da sei, sollte uns Rike nicht weiterhelfen können.

Kaum war er verschwunden, hielt Rike eine durchsichtige Mappe voller Dokumente hoch. »Leider müssen wir durch ein paar rechtliche Reifen springen, damit Sie beide hier drin agieren können.«

DS Ferguson und ich tauschten einen Blick. Seit wann musste sich die Polizei irgendwelchen Unternehmensregeln unterwerfen? Er öffnete den Mund, doch da überrollte ihn schon Rike Olsens Charme-Express.

»Haben Sie gegessen?«, fragte Sie nach einem kurzen Blick auf ihr Handy, das sie auf der Mappe vor ihrer Brust balancierte. »Ich würde vorschlagen, wir erledigen den Papierkram beim Lunch. Essen Sie lieber Burger oder Sushi?«

7

Rike lotste uns in einen der Aufzüge mit viktorianischem Design und in den dritten Stock, der zum Großteil gefüllt war mit Inseln aus zusammengeschobenen Schreibtischen, wie ich sie schon in München gesehen hatte. Nur die Hälfte war besetzt, dekoriert mit Fotos, Auszeichnungen, Flaggen verschiedenster Nationen. Trotzdem sahen die Skillerz einander irgendwie ähnlich. Alle intelligent, wach, offen. Sie tippten. Sie klickten. Viele trugen Kopfhörer. Was immer sie trieben, es sah nicht nach Arbeit aus. Vielleicht waren sie deshalb alle angezogen wie auf einem Uni-Campus. Kurze Hosen, Zehensandalen, Fedora Hüte. In meinem dunkelgrauen Hosenanzug sah ich aus wie eine Frau von der Zeitsparkasse. Doch Rike meinte, bei Skiller wäre man Businesskleidung gewohnt, immerhin kämen jeden Tag zahlreiche Bewerber zu ihren Gesprächen ins Büro.

Das Mitarbeiterrestaurant nahm die gesamte Westseite des Gebäudes ein. Alles im Stil eines Fünfziger-Jahre-Diners. Separees mit Polsterbänken, an jedem Tisch eine kleine Jukebox, rotgestreifte Strohhalme, Senf und Ketchup amerikanischer Marken.

»Das war der beste Burger meines Lebens«, sagte DS Ferguson nach dem Essen, sichtlich geschafft von so viel Biorind. Jetzt schielte er auf die verschmähten Gurken am Rand meines Tellers.

Rike lächelte, als hörte sie diese Komplimente ständig. Ihren eigenen veganen Hotdog hatte sie kaum angerührt, denn Skiller liebte nicht nur Essen, sondern auch Regeln. Trotz ihrer flotten Kompetenz brauchte Rike eine Weile, sie zu vermitteln.

In Kurzform: Grundsätzlich durfte sich keine unternehmensfremde Person ohne Begleitung jenseits des Empfangs aufhalten. Wir erhielten »selbstverständlich« eine Ausnahmegenehmigung in Form von zwei temporären Ausweisen, die uns, sobald wir den Eingangsbereich passiert hatten, den Zugang zu den »relevanten« Bereichen des Gebäudes gestatteten. Sprich zu den Aufzügen, Stockwerken und Toiletten. Die Ausweise funktionierten jedoch nicht für den Haupteingang. Beim Verlassen des Hauses mussten sie abgegeben werden und konnten danach nur im Beisein eines Skiller-Gastgebers wieder erneuert werden. Für Gespräche stand uns exklusiv der Besprechungsraum namens Ulysses zur Verfügung, Befragungen an allgemein zugänglichen Orten sollten wir tunlichst vermeiden. Außerdem wurden wir gebeten, uns auf Fragen zum vorliegenden Fall zu beschränken. Themen rund um den bevorstehenden Börsengang waren zu vermeiden. Und zu guter Letzt sollten wir doch so gut sein, diese beiden Dokumente zu unterschreiben, die sie uns gerade über den Tisch schob.

»Eine Geheimhaltungsvereinbarung? Ist das Ihr Ernst?«

DS Ferguson blätterte demonstrativ in den beiden gehefteten Seiten hin und her, sein Blick dunkel. »Mit einer richterlichen Verfügung kann ich hier jeden Stein umdrehen, und das ohne Ihre Erlaubnis.«

Eine sinnlose Schlacht. Sollte mein junger Kollege seine Energie ruhig darauf verschwenden. Ich genoss derweil die Aussicht auf die in der Spätsommersonne gleißenden Docklands. Unter uns das Hafenbecken wie ein übergroßer Swimmingpool; Büroblocks; Apartmentblocks; ein ohne erkennbares Konzept gestalteter Platz mit roten Leuchtstäben und Dünengras in Betontrögen; ein Theater wie aus Würfeln zusammengesetzt. Gefiel mir. Genauso wie DS Ferguson in der kämpferischen Version. Gefiel mir sogar außerordentlich.

»Eine Routinemaßnahme, Detective«, lächelte Rike derweil honigsüß. »Natürlich vertrauen wir Ihrer Diskretion und kooperieren voll und ganz. Aber an Skiller gibt es großes öffentliches Interesse, und nicht nur wohlgesinntes. Wir müssen uns rechtlich absichern.« Sie beugte sich vor, gewährte uns einen Einblick in ihr beneidenswertes Dekolleté, senkte die Stimme. »Unter uns: Das hier unterschreiben Sie vor allem, damit ich meinen Job behalte, sollten in den nächsten Tagen doch aus irgendeinem Grund irgendwelche Interna in den Schlagzeilen der *Irish Sun* landen. Alles schon passiert. Aber ich mag meinen Job, und ich habe ein kleines Kind ohne Mann zu Hause, wäre also schön, wenn Sie mich da unterstützen. Die Situation ist für uns alle traurig genug.«

Schachmatt in drei Sätzen. Peter Brennan hatte gewusst, warum er uns dieser Frau anvertraute.

Während DS Ferguson genervt schnaubend unterschrieb, warf ich noch einmal einen Blick auf die Liste der Namen von Skiller-Mitarbeitern, mit denen wir sprechen mussten. Fand, was ich suchte.

Rike verstaute ihre Unterlagen zurück in ihrer Mappe, biss seufzend in ihren Hotdog.

Ich zeigte meinen Fund stumm DS Ferguson, der etwas die Stirn runzelte, dann nickend mir den Vortritt überließ. Der Schlaumeier. Er selbst hatte es offenbar übersehen.

»Sagen Sie, Rike? Hatten Sie zufällig am Abend von Carolin Höllers Tod einen Termin mit ihr? Um etwa zehn Uhr abends?«

Die Grübchen aus Rike Olsens Gesicht verschwanden. »Das ist richtig. Ich nehme an, der war noch in ihrem Kalender?«

»Stimmt. Aber er hat nie stattgefunden, oder?«

Ernst legte sie ihren Hotdog wieder zurück auf den Teller, darüber ihre zerknüllte Serviette, schluckte bedeutungsvoll.

»Ich glaube zwar nicht, dass ich Ihnen viel weiterhelfen

kann, aber natürlich, fragen Sie gerne alles, was Sie darüber wissen wollen ... oder warten Sie«, ihre Hand schoss nach oben, als wollte sie eine Kompanie zum Stillstand bringen. »Sprechen wir darüber lieber in ›Ulysses‹.«

Carolin, am frühen Nachmittag

Von: Rike Olsen <rike@skiller.com>
An: Carolin Höller <carolin@skiller.com>
Betreff: Re: Video-Meeting Rike/Carolin, Do 17. August, 21.00 GMT

Hallo Carolin,

wie geht's? Ich hoffe, ihr feiert schon ordentlich in München? Zu deinem Terminvorschlag: Können wir den bitte auf morgen verschieben? Heute ist mein einziger Abend, an dem ich Nina mal abgeben kann und rauskomme. Dafür bin ich morgen schon ab 5.30 Uhr sprechbereit ☺ – und mein Kalender hat auch noch einige Lücken am späteren Vormittag. Hoffe, das ist okay für dich?

Rike

***

Was zum Teufel soll das? Was ist in diesen Tag gefahren? In die Menschen um sie herum? Waren jetzt alle des Wahnsinns? Fielen ihr in den Rücken? Die Billroth, geschenkt. Aber was war verdammt nochmal in Anthony Keane gefahren? Was in Gregor?

Und jetzt auch noch Rike?

Tut so, als hätte Carolin zum Spaß heute noch um einen Termin gebeten. Kann die sich nicht denken, dass das hier dringend ist? Hier geht es nicht nur um ein paar läppische kinderfreie Stunden. Es geht um die Karriere, die Zukunft von Menschen und ihren Familien, Herrgott.

Und jetzt reiht sich diese hinterlistige Schlange plötzlich auch noch in die wachsende Armee von Carolins Widersachern ein.

Der Drang zurückzuschlagen wallt in ihr auf, in das nächstbeste Gesicht, das sich ihr in den Weg stellt. Sie schleudert das Handy gegen die Polsterung der Couch. Es federt in weitem Bogen wie von einem Sprungbrett, landet am Boden. Es knackt.

Stirb, Dämon, stirb.

Jemand lacht wie ausgeflippt. Wer ist das? Etwa sie selbst?

Der Schreck darüber treibt sie von der Couch auf die Beine. Sie hebt das Handy auf. Ein Sprung in der rechten Ecke des Displays. Der Anfang vom Ende.

Sie sollte wieder zurückgehen zur Couch, sich hinsetzen und beruhigen. Weiterarbeiten an ihrer Begrüßungsrede. In knapp drei Stunden sind sie alle da. Wirtschaftsdelegierte. Journalisten. Peter Brennan und David Shreve. Alle Blicke auf sie gerichtet, das Gesicht von Skiller Deutschland.

Doch sie kann sich nicht konzentrieren, fühlt sich wie in einem brennenden Haus. Um sie herum Rauchschwaden, knirschendes Gebälk und kein Fluchtweg.

Wahrscheinlich der Comedown vom Kokain. Der Stoff war zu gut, das High zu fantastisch. Jetzt bezahlt sie den Preis.

Sie hätte es wissen müssen. Je besser das Pulver, desto enttäuschender das Danach. Nur dass das Danach so schnell kommen würde, damit hat sie nicht gerechnet.

Die Sehnsucht brennt unter ihrer Haut. Natürlich nicht wirklich, das weiß sie, doch es fühlt sich echt an. Sie muss ihre ganze Willenskraft aufwenden, um sie zu ignorieren.

Dabei könnte sie jetzt ihre Konzentration gut brauchen. Sie

hat noch genau zwanzig Minuten, um ihre Rede fertigzuschreiben und zu proben. Sie war noch nie ein Naturtalent, bei nichts.

Alles, was sie hat, ist erarbeitet, erübt, erkämpft. Was, wenn ihre Energie zum Durchhalten erlahmt? Ausgerechnet jetzt, vor versammeltem Publikum?

Sie schließt die Augen. So schwer.

Reißt sie wieder auf. Sie wird es nicht zulassen. Sie wird nicht scheitern. Nicht heute.

In ihrer Tasche ist immer noch die Packung Zahnseide, zusammen mit Gregors Jahrhundertstoff. Eigentlich hatte sie den Inhalt als Belohnung für später vorgesehen, wenn die Arbeit erledigt war. Jetzt braucht sie den Kick aber wohl früher. Und hat sie ihn sich nicht auch verdient, an einem Tag wie heute, an dem ihr alle Steine in den Weg werfen? Eben.

Sie nimmt eines der beiden Plastikbriefchen aus dem Zahnseidepäckchen, geht hinüber zur Couch, bereitet sich eine Linie vor, reißt ein Post-it von ihrem Block. Unglamourös, denkt sie, aber sauber.

Schließt die Augen und wartet auf die Euphorie, die ihre verworrenen Gedanken auseinanderreißt. Platz macht für vollkommene Klarheit. Und sie kommt. Ein kühler Luftzug, wie von einer herannahenden U-Bahn. Durch die Nase, hinein in ihren Kopf und bis in die Lunge. Ja, so muss das sein.

Zwar nicht dasselbe wie Gregors Jahrhundertstoff, aber gut genug. Zum Feiern werden sie sich dann gemeinsam wieder was Besseres gönnen. Es sei denn, das arme Bambino ist noch immer beleidigt, weil sie sein Kind nicht zur Welt bringen will. Sie hätte ihm wirklich mehr Realitätssinn zugetraut. Aber er wird sich beruhigen, ganz sicher.

Sie schnaubt wohlwollend beim Gedanken an ihn und macht sich an die Arbeit.

***

Von: Carolin Höller <carolin@skiller.com>
An: Henrike Olsen <rike@skiller.com>
Betreff: Re: Re: Video-Meeting Rike/Carolin, Do 17. August, 21.00 GMT

Hi Rike,

ja, hier laufen die Motoren schon warm! ☺
Wie schade, dass du nicht dabei sein kannst! Wegen unseres Termins: Niemand versteht dich besser als ich. Eine vernünftige Work-Life-Balance ist wichtig, und ich unterstütze das zu 100%. Aber ich stehe hier vor einem Dilemma. Es ist ein sehr heikles disziplinarisches Thema, das ich noch morgen in meinem 1-2-1 mit Peter besprechen muss, bevor er nach Dublin zurückfliegt. Heute geht das unmöglich, und ich brauche deine professionelle Meinung!
Kann ich dich vielleicht einfach zu Hause auf dem Handy anrufen? Ich werde versuchen, mich kurz zu fassen. Viel Spaß bis dahin!

C

Ulysses

1

Nach der Wohlfühlumgebung der Kantine fiel der Besprechungsraum »Ulysses« im zweiten Stock enttäuschend aus. Ein runder Tisch auf einem Bein und vier Stühle aus dunklem Holz wie aus einem Wohnzimmer des frühen zwanzigsten Jahrhunderts. Auf zu viel Ergonomie hatte man verzichtet, auf Fenster ebenfalls. Eine Klimaanlage verbreitete frostige Stimmung.

Die Wand hinter mir war mit altmodischer Schreibschrift beschrieben, ich tippte auf das erste Kapitel des Romans *Ulysses*. Vor mir ein überdimensionales Porträtgemälde des Autors in Schwarz-Weiß. Von der Rückwand starrte mich James Joyce durchdringend an, daneben ein Zitat: »Fehler sind das Tor zu neuen Entdeckungen.«

Irgendwie bedrohlich. Etwas, das man beim Nachsitzen hundertmal in Schönschrift schreiben muss.

Doch Rike erklärte uns, das sei einer der Grundsätze bei Skiller, festgeschrieben im sogenannten Wertemanifest: Fehler seien Teil des Lernprozesses, und niemand solle sich davor fürchten, sie zu machen.

DS Ferguson schnaubte, als wäre das der größte Unsinn, den er je gehört hatte. Von seinem ironischen Halblächeln keine Spur. Seit wir uns in »Ulysses« befanden, hatte ein Teil seiner Persönlichkeit übernommen, mit dem nicht zu spaßen war.

Mein Gespräch mit Rike verfolgte er konzentriert, den Kugelschreiber, mit dem er seinen zerfledderten Notizblock füllte, umklammert wie eine Waffe. Sein intensiver Blick erinnerte mich an Stefan, wenn er meine Gedanken zu röntgen versuchte.

Dabei hatte Rike wenig Spektakuläres zu berichten.

Von den Stalkinggerüchten habe sie zum ersten Mal gehört, als Peter Brennan sie nach seinem Gespräch mit mir am Freitagvormittag »entsetzt« aus München angerufen hatte. Natürlich könne man bei über achthundert Mitarbeitern allein in Dublin nicht garantieren, dass nicht mal jemand gegen ethische Grundsätze verstoße. Aber sie vertraue darauf, dass sich Betroffene sicher genug fühlten, so ein Verhalten bei ihren Managern oder der Personalabteilung zur Sprache zu bringen.

»Möglicherweise wollte Carolin Höller am Abend ihres Todes genau das tun, aber hatte nicht mehr die Möglichkeit dazu?«, sagte ich.

Rike, die laut eigenen Angaben Deutsch »fließend versteht, aber nicht sprach«, sah angeekelt von Marquis de Ajemians elektronischer Botschaft auf, deren Kopie sie bis dahin studiert hatte.

»Sie meinen, dieser Stalker hat sie umgebracht, damit sie es nicht melden konnte? Aber die E-Mail kam von einem anonymen Konto und nicht von unserem Unternehmensserver. Unser Sicherheitsbeauftragter hat mir das bestätigt.«

»Trotzdem hat der Absender eindeutig Zugang zu den Münchner Büroräumlichkeiten, ist also ein Mitarbeiter. Wenn das rauskäme, hätte das Konsequenzen, oder?«

»Natürlich, derjenige verliert seinen Job, aber ...« Sie legte die Hand vor den Mund, erschauerte sichtbar.

»Bleiben wir bei Ihnen und dem Termin. Kam es Ihnen nicht komisch vor, dass Carolin Sie nicht anrief, wie vereinbart?«

»Doch, schon. Sie ist sonst sehr zuverlässig.«

»Trotzdem haben Sie sie nicht zu erreichen versucht.«

Sie zuckte ein wenig zusammen unter ihrem Schuldgefühl. »Nein, ich dachte, ihr ist was dazwischengekommen oder sie amüsiert sich zur Abwechslung mal. Wissen Sie, wie oft ich die letzten Jahre schon Zeit mit meinem Kind für irgendwelche Besprechungen geopfert habe?«

Vor allem mit dieser Frau, sagte Rike Olsens Stimme in meinem Kopf. Leise und ohne Ankündigung, doch unverkennbar, als würde sie mir von innen ins Ohr flüstern.

»Sie mochten Carolin also nicht besonders?«, fragte ich, darum bemüht, selbst nicht zu überrascht zu wirken von meiner unverhofften Erkenntnis.

Rikes sommersprossige Wangen gewannen umgehend an Farbe.

»Wie kommen Sie darauf?«, fragte sie gereizt.

»Ich kann Gedanken lesen«, sagte ich. Die Wahrheit funktioniert immer. Prompt hörte ich DS Ferguson laut schmunzeln.

Eine Weile überlegte Rike, wie sie die Wahrheit am besten verpacken sollte. Was genau, blieb mir verborgen, der Vorhang zu ihren Gedanken wieder zugezogen.

»Carolin war sehr ehrgeizig und hat viel gearbeitet«, formulierte sie sorgfältig. »Die letzten Wochen noch mehr als üblich. Zu allen Tages- und Nachtzeiten schickte sie E-Mails oder saß noch in Videokonferenzen mit der Zentrale in Sunnyvale. Das war zumindest mein Eindruck. Und sie nahm wenig Rücksicht auf Mitarbeiter, die für ihre Arbeit nicht alles opfern wollten. Das kam nicht bei allen gut an.«

»Carolin nahm regelmäßig Kokain, wussten Sie das?«, meldete sich DS Ferguson neben mir zu Wort.

»Es gab Gerüchte, aber an denen ist ja selten was dran«,

sagte sie nach einer Nachdenkpause, leistete sich dann ein angedeutetes Lächeln. »Ich dachte, sie schafft es einfach und ich nicht.«

»Hat sie auch mit Drogen gehandelt?«, warf DS Ferguson neben mir ein. »Da bekommt man es sehr schnell mit gefährlichen Leuten zu tun. Sie sehen ja in den Nachrichten, was hier alle paar Tage los ist.«

Rike schaute irritiert. »Diese Drogengangs haben doch mit Carolin nichts zu tun, oder? Ich dachte, hier geht es um einen Stalker?«

»Hier geht es um alles, was Menschen einen Grund gibt, Carolin Höller töten zu wollen«, erwiderte DS Ferguson. »Sie hat am Tag ihres Todes eine nicht geringe Menge Drogen konsumiert. Neben hochkonzentriertem Kokain hatte sie auch gestreckte Ware, in einer Mischung, die für Dublin typisch ist. Ein großer Teil davon kam also höchstwahrscheinlich von hier. Jemand muss es ihr mitgebracht haben.« Er legte seinen Stift aus der Hand, kratzte sich an der rechten Schläfe, stützte sich mit den Ellbogen auf den Tisch und lehnte sich Rike Olsen entgegen.

Die betrachtete ihn wie eine Katze, die von ihrem sicheren Ast aus auf einen bellenden Hund hinunterblickt.

»Wir haben keinen Einfluss darauf, auf welche Weise sich unsere Mitarbeiter in ihrer Freizeit entspannen. Solange sie nicht damit handeln, sich nicht bei Unternehmensveranstaltungen danebenbenehmen oder ihre Leistung leidet ...« Sie hob die Schultern.

DS Ferguson betrachtete seinen Kugelschreiber, drehte ihn zwischen Daumen und Zeigefinger hin und her. In seinen Kiefern arbeitete es. Sah aus, als nahm dieser Mann seinen Job nicht nur ernst, er nahm ihn persönlich. Womöglich glaubte er sogar an den Sieg des Guten. Jemand sollte ihn warnen, bevor es tragisch endete.

Wieder legte er den Stift zur Seite, hob den Blick, so geladen, es summte beinahe im Raum.

»Hören Sie, Rike«, sagte er leise. »Jeden Tag muss ich mich mit diesem Abschaum von Drogendealern unterhalten, denen es egal ist, wie viele Leute noch draufgehen, solange die Einnahmen stimmen. Das ist okay, ich hab mir diesen Job ausgesucht. Aber wissen Sie, was ich hasse?«

Keine Antwort. Rike verschränkte nur die Arme fester, so als spürte sie plötzlich den eisigen Luftzug, den die Klimaanlage über unsere Köpfe wehen ließ.

»Die Ignoranz der Konsumenten. Ziehen wir uns mal flott ein paar Prisen Coke in die Nase, aber wenn mal wieder ein abgetrennter Kopf in einem Koffer gefunden wird oder ein Familienvater hopsgeht oder es eine Schießerei am helllichten Tag vor den Augen kleiner Kinder gibt, hat das nichts mit uns zu tun. Ist doch alles nur ein bisschen Spaß am Wochenende, nicht wahr?« Mit einer Hand warf er unsichtbares Konfetti in die Luft.

Zugegeben, keine schlechte Rede. Nur schade, dass es wenig bringen würde. Rike Olsen war Personalerin. Schadensbegrenzung war ihr Spezialgebiet, egal, wie persönlich empört sie gerade wirkte.

»Skiller akzeptiert Drogenmissbrauch keineswegs«, sagte sie beherrscht. Unter der Haut an ihrem Hals pulsierte es. Wahrscheinlich erzählte sie schon mehr als ursprünglich geplant. »Es gab einmal Probleme mit einem Mitarbeiter. Er hat nur ein paar Monate hier gearbeitet. Er hat gedealt. Nicht im großen Stil, aber er hat eben ein paar der anderen Mitarbeiter versorgt. Es kam raus, und er wurde aus dem Unternehmen entfernt.«

Entfernt. So ein direktes Wort wäre Peter Brennan wohl nicht unterlaufen.

»Wie hieß dieser Mitarbeiter?«, fragte DS Ferguson.

»Dazu darf ich Ihnen keine Auskunft geben. Er ist nicht mehr bei Skiller, und das seit eineinhalb Jahren. Ich war auch nicht mit seinem Fall betraut. Das war meine Kollegin, sie hat das Unternehmen mittlerweile verlassen. Sie wäre auch nicht befugt, Ihnen zu den Details Auskunft zu geben.«

»Haben Sie die Polizei damals eingeschaltet?«

»Wir haben es als internes Thema betrachtet und auch so behandelt. Es war eine große Dummheit, und derjenige hat den Preis dafür bezahlt. Eine Anzeige hätte ihm die weitere berufliche Zukunft verbaut. Das passt nicht zu unseren Unternehmenswerten.«

»Derjenige könnte also noch immer das Team mit Drogen versorgen?«

»Nicht von unseren Büroräumlichkeiten aus. Was außerhalb passiert, können wir nicht kontrollieren.«

»Gehört Heuchelei auch zum Skiller-Wertemanifest?«

»Detective Ferguson«, Rikes Brustkorb hob und senkte sich bedauernd, »mir drohen rechtliche Probleme, wenn ich Dinge ausplaudere, die nicht unmittelbar mit dem vorliegenden Fall zu tun haben. Und dieser ehemalige Mitarbeiter hat nichts damit zu tun, denn er arbeitet nicht mehr für uns und kann sich deshalb auch gar nicht mit Carolin im Münchner Büro aufgehalten haben. Oder verstehe ich da was falsch?«

Mein Kollege sah fragend zu mir herüber. Ich schüttelte den Kopf. Keine Fragen. Rike Olsen war eine nette Person und wollte uns helfen. Aber noch mehr wollte sie Fehler vermeiden, um ihren Job zu behalten.

Also notierten wir uns diesen ehemaligen Mitarbeiter alias Drogendealer als neue Spur und ließen sie ziehen.

2

3 verpasste Anrufe von Kris Meyerhofer
1 verpasster Anruf von Konstantin (Büro)

1 neue Nachricht von Kris Meyerhofer, hinterlassen heute um 14.59 Uhr

Oha, schon wieder die Mobilbox. Wahrscheinlich bist du immer in Besprechungen ... Wie erreich ich dich denn am besten, wenn nicht am Telefon? Liest du wenigstens deine privaten E-Mails? Richie hat mir vorhin gesagt, dass du den Arbeitsaccount im Ausland nicht nutzen darfst ... Der Reitsamer und ich haben jetzt mal die Kamera-Aufnahmen vom Skiller-Buffet am Eröffnungsabend nach allen Leuten abgesucht, die wir auf dem Schirm haben. Da tut sich aber wenig Interessantes. Diesen Mosacher sieht man ziemlich oft, der hat Appetit. Billroth dagegen ist total unsichtbar, die taucht nur einmal am Buffet auf, und das erst spät, gegen halb zehn. Carolin Höller ist auch kaum im Bild, nur zweimal, zu Beginn der Feier. Einmal steht sie da mit ihrem Chef, diesem Brennan, und einmal gemeinsam mit Anthony Keane. Und zwischen den beiden geht was vor sich. Schaut irgendwie aus, als würden sie sich streiten, aber versuchen, dabei leise zu bleiben, wenn du weißt, was ich meine. Ich wollte dir den Filmausschnitt schicken, aber da sagt mir Richie, dass wir so was auch nicht außerhalb unseres Netzwerkes machen dürfen, Datenschutz und so. Blöd, oder? Vielleicht kann es dir ja dieser Sicherheitstyp Fiachra noch einmal zeigen? Übrigens, kleine Vorwarnung: Der Chef hat online irgendeinen Artikel über den Fall gelesen. Jetzt springt er grad im Dreieck. Ich hab dir den Link dazu an deine private Mailadresse geschickt. Ach ja, und bei uns ist so ein graues Wetter, alle beneiden dich um die Sonne, und um Irland sowieso. Und Lisa fragt, wie der irische Kollege so ist?!

1 neue Nachricht von Konstantin (Büro), hinterlassen heute um 15.12 Uhr

Patsy, ruf mich an. So bald wie möglich, wenn's geht.

3

Die netten (S)Killer von nebenan?

Mehrere Tage nach dem Tod einer hochrangigen Managerin des hochgelobten Online-Wunderkindes Skiller bleiben das Unternehmen und die Ermittler noch immer Antworten auf die Fragen nach den Hintergründen des tragischen Vorfalls schuldig. Arbeiten sich Frauen in der sexistischen Welt der angeblich so toleranten Sharing Economy zu Tode?, fragt Beatrix Silva.

Carolin H. ist tot. Die 41-Jährige aus Weichs in Oberbayern eröffnete noch am vergangenen Donnerstag die erste deutsche Niederlassung der Tauschhandelsplattform Skiller. Der Zenit einer bisher rasanten Karriere, in der H. auf den ersten Blick nichts falsch gemacht hat – in ihrem Lebenslauf wechseln sich klingende Namen der Old und New Economy ab. Nur zwölf Stunden später wird die Leiche der zweifachen Mutter auf dem Unternehmensgelände von Skiller »leblos aufgefunden«.

Mehr Information will man, so eine Sprecherin des Unternehmens, nicht veröffentlichen. Der offizielle Grund: Man will die Privatsphäre der Familie und Angehörigen in dieser schwierigen Zeit respektieren und die Arbeit der ermittelnden Polizeibeamten nicht behindern.

Und auch der frisch bestellte Leiter der Münchner Mordkommission, Konstantin Aigner, gab sich in einer Stellungnahme am Dienstagmorgen zugeknöpft. Die meistgebrauchte Floskel des Dezernatsleiters mit dem sonnenbankgeprägten Aussehen von rechtspopulistischen Politikern ist »Hergang der Ereignisse restlos aufklären«.

Eine Formulierung aus dem Lehrbuch für politische Spindoktoren, in deren Kern eine ernüchternde Erkenntnis steckt. 96 Stunden nach Carolin H.s Tod wird ein Fremdverschulden immer wahrscheinlicher.

Während die Kriminalpolizei im Dunkeln tappt, werden in den Gängen der Skiller-Niederlassung in München eigene Theorien entwickelt. Hinter vorgehaltener Hand, versteht sich.

In einem hippen Neuhausener Café in der Nähe des Rotkreuzplatzes treffe ich Beate, 27, und Mascha, 32 (beide Namen geändert). Beate arbeitet seit eineinhalb Jahren im technischen Support der Tauschplattform, die sich einer egalitären und ethisch einwandfreien Behandlung von Kunden und Angestellten rühmt. Doch bei Skiller angestellt zu werden, ist gar nicht so leicht. Beate arbeitet auf Basis eines Werkvertrages. Für ihre Leistungen würde sie stets gelobt, so die 27-Jährige. Auf die Festanstellung warte sie aber immer noch. Eine Auflage der Venture-Kapitalgeber, so heißt es, um die Personalkosten unter Kontrolle zu halten. Alle sechs Monate gäbe es ein Kontingent von Zeitarbeitern, die ins Unternehmen übernommen würden. Nur die besten der Leistungsträger haben eine Chance auf einen Vertrag. Die Kriterien sind anspruchsvoll und manchmal schwer zu durchschauen, die Konkurrenz massiv. Mehr will auch Beate dazu nicht sagen.

Sie macht sich weiterhin Hoffnungen, bald durch die gläserne Decke zu stoßen. Denn erst wer vollwertiger Skiller ist, hat den Anspruch auf die volle Liste der freiwilligen Zusatzleistungen des Unternehmens aus dem Silicon Valley. Die liest sich wie eine Weihnachtswunschliste der Arbeitsgeneration Y.

Gratis Frühstück, Mittag- und Abendessen. MacBooks zur Privatnutzung. Weiterbildungskurse mit externen Toptrainern. Ein jährlicher »Bonding-Besuch« in der Zentrale in Sunnyvale für alle Mitarbeiter. Ein zusätzlicher Monat bezahlter Urlaub alle drei Jahre. Die Liste geht weiter und weiter.

»Und vor allem die Anerkennung«, sagt Beate. »Die Bestätigung, zu den Besten zu gehören.«

Tut sie das nicht schon, mit zwei mit Auszeichnung abgeschlossenen Studiengängen in Russisch und Internationalem Handel?

»Bei Skiller sind alle die Besten«, sagt sie mit beinahe fanatisch glänzenden Augen. »Und gegen die will ich mich behaupten.«

Dafür bearbeitet sie Tag für Tag »mehrere hundert« Anfragen der Skiller-Mitglieder im Akkord. Ihr Endziel? Die obere Management-Etage. Den Kurs von Skiller mitbestimmen.

Mascha, eine Software-Programmiererin, winkt bei dem hoffnungsvollen Satz ab.

»Vergiss es. Das schaffen sowieso meistens nur die Männer.«

Sie selbst hat »das Mutterschiff«, wie sie ihren ehemaligen Arbeitgeber nennt, vor einem halben Jahr verlassen und ist nun Mitgründerin eines Start-ups in Berlin. Mit zwei ehemaligen Studienkolleginnen. Sie habe es satt, ständig nur die einzige Frau im Raum zu sein, erklärt sie. Die Online-Szene sei eine Männerwelt, zumindest bis zum Börsengang.

»Überall wo man hinsieht, zehn Männer und eine Quotenfrau.«

Gerne würde ich Maschas zynischer Formulierung widersprechen. Doch die Statistiken geben ihr recht. Laut verschiedensten Online-Magazinen werden nur drei Prozent der Start-ups im Technologiebereich von Frauen gegründet, und auch in den größten Technologieunternehmen sind nur knapp zwanzig Prozent in leitender Position. Im Topmanagement sieht es viel düsterer aus, trotz überstrapazierter Galionsfiguren wie Sheryl Sandberg oder Marissa Mayer.

Der Sexismus, so sind sich Mascha und Beate einig, käme in ihrer Szene auf leisen Turnschuhsohlen und in Verkleidung von legerer Informalität daher.

Sogar Skiller-Gründer Heffernan, 28, beantwortete letztes Jahr die Frage nach den dünn gesäten weiblichen Führungskräften damit, dass Frauen mit Kindern möglicherweise nicht mehr das notwendige Herzblut aufbrächten, um seine Teams zu inspirieren, was einen Aufschrei bei der Presse im Silicon Valley provozierte.

Kurz danach hätte Skiller eine Initiative gestartet, um mehr Frauen in der Führungsriege vorweisen zu können. Carolin H. sei eine der Ersten gewesen, die weltweit befördert wurden.

Das habe so einigen männlichen Anwärtern auf dieselbe Rolle nicht gefallen. Die beiden Frauen haben Mühe, sich ein Grinsen darüber zu verkneifen, gehen aber nicht darauf ein, als ich sie nach dem Grund dafür frage.

Enttäuschter Ehrgeiz und Frauenhass - ein möglicher Motivcocktail für den mutmaßlichen Mord an Carolin H.? Wurde sie Opfer des Versuchs, Frauen in der Technologiebranche zu unterstützen? Meine Interviewpartnerinnen sind sich einig - vorstellbar ist es.

Doch egal, welche Tragödie die Ermittlungen letztendlich ans Tageslicht bringen, eines ist sicher: Der Börsengang von Skiller könnte durch Carolin H.s Tod ins Stocken geraten. Der jüngste Boom der Online-Unternehmen ist überhitzt. So wie andere gehypte Firmen bleibt Skiller noch immer ein Geschäftsmodell schuldig, das seinen Status als sogenanntes Unicorn (ein höher als 1 Milliarde Dollar bewertetes Start-up) wirtschaftlich rechtfertigt. Die Investoren aus dem Silicon Valley zeigen erste Anzeichen von Nervosität, vor allem angesichts des wirtschaftspolitischen Klimas in den USA. Ein Skandal könnte das Einhorn Skiller entzaubern. Wie nachhaltig, wird sich in den nächsten Tagen zeigen.

4

DS Ferguson war gerade nebenan in der Teeküche und kümmerte sich um zwei doppelte Espressi, als mein Handy erneut klingelte.

»Ach, da bist du. Ich dachte schon, du meldest dich gar nicht mehr.«

»Hallo auch, Konstantin.«

»Was gibt's Neues in Dublin? Irgendwelche besonderen Entwicklungen?«

»Die Sonne scheint.«

Kurzes Schweigen.

»Und der Fall?«

»Ich bin gerade mal den ersten Tag da. Die wichtigen Gespräche haben wir später am Nachmittag. Aber dann melde ich mich, versprochen.«

Ein Orkan aus hektischem Atem fegte in mein Ohr. »Wir brauchen Fortschritte, Patsy, Fortschritte. Du hast keine Ahnung, was hier los ist. In den sozialen Medien ...«

»Kris hat mir den Artikel schon geschickt.«

»Ja, und? Was sagst du?«

»Echter Qualitätsjournalismus. Ich wette, morgen nimmt Peter Brennan seinen Hut dafür.«

»Verarschen kann ich mich selbst. Ist das nicht eine Frechheit? Rechtspopulistischer Politiker, also echt.«

Eines musste man Beatrix Silva lassen. Sie war eine Frau mit scharfem Auge.

»Den Artikel hat irgendeine Volontärin geschrieben, Konstantin«, sagte ich. »Unterm Strich besteht er aus einer Headline und zwei absurden Spekulationen, die sich niemand zu bestätigen traut, nicht mal anonym. Ich würde mir da keine Sorgen –«

»Wo eine Spekulation ist, da kommen noch mehr. Bei der

Pressestelle läuten sie Sturm. Gestern übrigens auch das irische Büro des *Daily Mirror*.«

Ich schloss die Augen. Mein Brustkorb fühlte sich an wie in einem zu engen BH. Das kannte ich nur von Fällen, die sich wochenlang nicht von der Stelle bewegten.

»Setzt du mich jetzt damit auch noch unter Druck? Brigitte soll ihren Job machen, und ich mache meinen. So gut ich kann zumindest, unter den gegebenen Umständen.«

Großartig. Jetzt verteidigte ich mich auch noch.

»Wie klappt die Zusammenarbeit mit den Iren?«, wechselte Konstantin zum nächsten schwierigen Thema.

»Okay. Der junge Detective von der Drogenfahndung steht mir zwar nur zu fünfzig Prozent zur Verfügung, ist aber recht engagiert. Ich darf sogar selbst Fragen stellen. «

»Gut. Wie sind die anderen?«

»Welche anderen?«

Schweigen wie nach einer Explosion. »Scheiße.«

»Hast du schön gesagt, Konstantin.«

»Ich rede nochmal mit denen vom LKA. Das geht so nicht. Wenn wir vorankommen wollen, brauchen wir mehr Leute.«

»Da wünsche ich dir viel Glück.«

»Deine Nerven möchte ich haben. Wir hören wieder voneinander, ja?«

»Selbstverständlich.«

Wenn Konstantin unter Stress stand, war das die einzige Antwort, die er akzeptierte.

Meinetwegen. Hauptsache, ich war ihn los.

Mein neuer Chef mochte viele Qualitäten haben. Ruhe bewahren in kritischen Situationen gehörte nicht dazu. Panik-Stani hatten wir ihn schon bei der Streife genannt. Klang lustig, war aber ansteckend. Und Nervosität war das Letzte, was ich im Augenblick brauchen konnte.

Ich lehnte mich in meinem Stuhl zurück. Die Lehne knarzte, mein Rücken ebenso.

Eine Weile blieb ich so sitzen, dann wurden meine Atemzüge wieder ruhiger und tiefer. Zum ersten Mal seit langer Zeit sehnte ich mich nach einer Zigarette.

Brot und Spielchen

1

Gregor Mosacher war früh dran. Zehn Minuten vor der vereinbarten Zeit tauchte er mit einem Laptop im Arm vor »Ulysses« auf, ging ein paar unschlüssige Schritte auf und ab, holte dann reflexartig sein Handy aus der Gesäßtasche, überflog etwas, ließ es wieder verschwinden.

Es war offensichtlich, was Carolin Höller an ihm gefallen hatte. Knappe, zielstrebige Bewegungen. Ein sportlicher Körper in einem schlichten weißen T-Shirt, Jeans und gut eingetragenen Converse. Er wirkte müder als auf dem Foto mit der Riesenschildkröte, das Himmelblau seiner Augen verhangen, seine Züge abgespannter. Trotzdem strahlte er dieses mühelose Selbstvertrauen aus, das mir aus fast jedem Gesicht hier bei Skiller entgegenlächelte. Selbstvertrauen, das sich aus einer funkelnden Unikarriere speiste; aus Auslandsaufenthalten und skurrilen Hobbys; aus der Gewissheit, herauszuragen, zu einer Elite zu gehören. Nicht einmal arrogant finden konnte man sie guten Gewissens. Dazu wirkten sie viel zu freundlich, offen und hilfsbereit. Ging es noch perfider?

Als sich unsere Blicke durch die gläserne Wand hindurch trafen, lächelte Gregor Mosacher mir zu, als wären wir Unbekannte auf der Beerdigung eines gemeinsamen Freundes.

»Sorry«, sagte er in erstaunlich akzentfreiem Englisch, nachdem ich ihn hereingewunken hatte. »Ich hoffe, ich störe Sie nicht in Ihrer Pause.«

Sein Blick glitt demonstrativ über den Tisch. Zwei geleerte Espresso-Papierbecher. Zwei Keramiktassen voll Tee mit

Milch. Ein bunter Berg aus Schokolade, Butterkeksen, Nüssen, Proteinriegeln.

»Entscheidungen sind keine Stärke von mir«, sagte DS Ferguson, der sich noch immer Keksreste aus den Zahnzwischenräumen saugte.

»Ja, so geht's allen am Anfang«, sagte Gregor Mosacher verständnisvoll.

DS Ferguson lächelte und nickte, in seinen Augen ein Flackern. Gregor Mosachers gelassener Kommentar angesichts seiner eigenen Begeisterung schien ihn zu ärgern.

»Dann legen wir mal los.«

Gregor Mosacher nickte und setzte sich, legte in aller Sorgfalt seinen Laptop auf den Tisch, dann seine Unterarme, die Hände aufeinander. Sie waren rötlich gebräunt, in gerade noch attraktivem Ausmaß behaart. Keine Kratzer.

Aufmerksam pendelte sein Blick zwischen mir und DS Ferguson, während der uns vorstellte und ihm für den kommenden Morgen einen Termin zur Entnahme einer Speichelprobe im Garda-Hauptquartier ankündigte. Ansonsten blieb er reglos. Ein Körper ohne Sprache. Oder mit viel Selbstbeherrschung.

»Bei Skiller bin ich seit 2012. Ich habe im Kundenservice angefangen, so wie die meisten hier. Dann habe ich in eins der Sales-Teams gewechselt.«

»Was machen Sie jetzt?«, fragte DS Ferguson weiter.

»Ich bin Manager von einigen Verkaufsteams für Mittel- und Osteuropa.«

»Ganz schöne Karriere, die Sie da hingelegt haben. Sie sind doch erst neunundzwanzig.«

»Finden Sie?«, fragte Mosacher aufrichtig erstaunt. »Wahrscheinlich bin ich zu ungeduldig. Vielleicht, weil ich davor schon CMO eines Start-ups war.«

»Chief Marketing Officer«, erklärte er nach einem weiteren Blick in die Runde.

»War mir klar«, sagte DS Ferguson mit aggressivem Lächeln, während ich einen Schluck von meinem Tee nahm.

So viel Testosteron in einem Raum. Und nicht mal ein Fenster, das man öffnen konnte.

»Warum haben Sie den VitaminKurier denn verlassen, Gregor?«, fragte ich.

»Zu viele Köche.« Sein Ton kam einem Achselzucken gleich. »Wir wurden uns über die Strategie nicht einig. Die anderen glaubten, sie müssen die Welt verbessern, aber man will ja auch von was leben, oder?«

»Ich dachte, in Start-ups arbeiten vor allem Idealisten?«

»Pragmatiker braucht es aber auch. Seit der Insolvenz ist das auch meinen ehemaligen Partnern klar«, sagte er mit dem kaum wahrnehmbaren Ansatz eines Lächelns.

Kein Wunder, dass Gregor Mosacher einer vielversprechenden Karriere entgegensah. Es war, als unterhielt man sich mit dem Peter Brennan der nächsten Generation.

Erst, als ich die Sprache auf Carolin Höller brachte, gerieten seine Emotionen aus der Bahn.

»Carolin war die beste Managerin, die ich je hatte«, sagte er sichtlich bewegt. »Sehr inspirierend und eine der smartesten Frauen, die ich je kennengelernt habe.«

Neben mir hörte ich DS Ferguson scharf einatmen. Unter dem Tisch scharrten ungeduldig seine Füße. Das Pokerface hatte der Gute nicht gerade erfunden. Er sah aus, als würde ihm eine Frage wie *Und – war sie auch gut im Bett?* auf der Zunge brennen.

Doch er blieb stumm. Guter Mann.

»Wann haben Sie Carolin zum letzten Mal gesehen?«

»Am Donnerstag. Bevor sie ... gestorben ist.« Jetzt kam ein

wenig Bewegung in Gregor Mosacher. Er drehte einen silberfarbenen Ring um seinen Mittelfinger. Keltische Runen. »Wir hatten eigentlich ein Gespräch am Nachmittag geplant.«

»Worum ging es?«

»Ich übernehme ein paar Leute aus Carolins Team in Dublin. Wir wollten das persönlich besprechen.« Der Ring machte eine halbe Drehung. »Sie hat den Termin aber kurzfristig abgesagt und mich gebeten, die Übergabe diese Woche per Videokonferenz zu machen.«

»Warum das?«

»Hat sie nicht gesagt. Aber sie war ziemlich im Stress. Donnerstag war ein großer Tag für Carolin, wissen Sie?« Mit verschwommenem Blick sah er zu mir, dann zu DS Ferguson. Weniger in unsere Augen als in unsere generelle Richtung. Er machte zwei rasche Umdrehungen mit dem Ring, dann faltete er die Hände wieder. »Jedenfalls hab ich sie abends noch kurz bei der Party getroffen, das war's. Irgendwann nach halb zehn bin ich dann aus dem Büro, und am nächsten Morgen hab ich den ersten Flug nach Dublin genommen. Beim Aussteigen habe ich meine E-Mails gelesen und erfahren, was passiert ist.«

Seine Stimme war mit jedem Wort leiser und brüchiger geworden. Jetzt senkte er den Blick, schniefte hörbar, wischte sich mit dem Handrücken über beide Augen, setzte sich dann wieder gerade hin.

»Das war aber nicht Ihr einziges Treffen an dem Tag, nicht wahr?«

Gregor Mosachers Brustkorb hob und senkte sich merklich, als hätte er meine Frage schon lange befürchtet.

»Stimmt. Wir haben auch die Mittagspause gemeinsam verbracht.«

»Wo?«

»Bei einem Italiener.«

»Hieß der Eintrag in Ihrem Kalender deshalb Bambino?«

»Nein.« Mosacher zwinkerte in Zeitlupe, atmete tief ein und aus. Er wusste, dass sein nächster Satz die Richtung der Vernehmung ändern würde. »Sie nennt mich Bambino, weil wir uns bei einem Management-Training in Rom besser kennengelernt haben, und ich jünger war als die meisten anderen.«

»Sie hatten also eine Affäre mit Ihrer Chefin?«

»Sie war nur ein paar Monate meine Chefin. Dann habe ich in ein anderes Team gewechselt. Sie wollte mich nicht bevorzugen.«

»Wie lange lief das zwischen Ihnen?«

»Zwei Jahre. Als Caro nach München umgezogen ist, hat sie Schluss gemacht. Sie wollte versuchen, ihre Ehe zu retten.« Gregor Mosachers Mundwinkel gruben sich vor Verachtung tief in seine bartstoppeligen Wangen. Offensichtlich war es beim Versuch geblieben.

»Hatten Sie am Donnerstag Sex mit Carolin Höller?«

»Ja.« Jetzt sah er mir fest in die Augen, das Kinn trotzig vorgeschoben. »Oral, falls das was zur Sache tut.«

Eine beklommene Pause entstand. Gregor Mosacher senkte den Blick, begann wieder an seinem Ring zu hantieren. Schweigen. Räuspern. Das Knacken von Stuhlbeinen aus Holz.

»Und wann hatten Sie das letzte Mal Vaginalverkehr mit Frau Höller?«

Der Ring kreiste wieder eine halbe Umdrehung, er schloss die Augen. Vielleicht weil er sich schämte oder weil er versuchte, seine Emotionen in den Griff zu kriegen. Vielleicht bastelte er aber auch nur an einer Lüge.

»Warum fragen Sie das? Vor ein paar Monaten.«

»Das wissen Sie doch sicher genauer?«, hakte DS Ferguson

nach und fixierte sein Gegenüber, ohne seine Notizen zu unterbrechen. Sein Lächeln hatte etwas Bedrohliches, das auch Gregor Mosacher nicht entging. Er räusperte sich unwillkürlich.

»Sie war immer mal wieder für ein paar Tage in Dublin, weil sie ja noch Teams hier geleitet hat. Da haben wir uns manchmal getroffen, zur Abstimmung.«

»Wann zum letzten Mal?«

»Ich glaube ... Anfang Juni.« Er holte sein Handy zur Hilfe, scrollte sich durch Kalenderseiten, so luftdicht durchgetaktet wie die seiner toten Geliebten. Dann blieb sein suchender Blick stehen, ein kurzes Nicken. »Siebter Juni. Da waren wir essen und dann bei mir.«

Bei den letzten Worten hob er den Blick, sah mir beim stummen Rechnen zu. Siebter Juni war zu früh, um Vater des Kindes zu sein. Aber war es auch die Wahrheit?

»Carolin war zum Zeitpunkt ihres Todes schwanger«, übernahm ich wieder das Wort.

Es zuckte zwischen Gregor Mosachers Augenbrauen und um die Mundwinkel, ein schmerzhafter Zug ließ seine frischen Züge welken.

»Schwanger? Das wusste ich nicht«, sagte er betroffen, hob Daumen und Zeigefinger und drückte sich damit auf die inneren Augenwinkel, als wollte er Tränen am Fließen hindern. Das Ganze hatte etwas Theatralisches, wirkte aber echt. Es dauerte eine Weile, bis er meinem Blick wieder begegnete.

»Ist es von mir?«

»Das ist unwahrscheinlich.«

»Warum unwahrscheinlich?« Das klang auf eine Art gereizt, wie es nur von empfindlich verletzter Eitelkeit kommen konnte. »Zwischen Caro und ihrem Mann lief nichts mehr.« Dann hatte er sich wieder im Griff, hob die Schultern. »Das hat sie jedenfalls gesagt. Und ja, sie hatte mit mir Schluss gemacht. Aber sie mag Sex, ohne hielt sie es nie lange aus. Deswegen hat sie mich dann ja doch wieder angerufen, auch aus München.«

Ich nickte, während er sich fast lässig in seinen wurmstichigen Stuhl zurücklehnte. Das mag ich so an der Eitelkeit. Sie macht berechenbar. Lässt sich manipulieren und formen. Zu einer spontanen Theorie, zum Beispiel.

»Kann es sein, dass Carolin außer mit Ihnen und ihrem Ehemann noch mit einer weiteren Person sexuellen Kontakt hatte in letzter Zeit?«, fragte ich.

Gregor Mosachers Kopf machte einen Ruck nach vorne. Ein schlecht vorbereiteter Schüler, der zur Tafel aufgerufen wurde.

»Sie glauben, Caro hatte noch einen anderen Liebhaber? In München?«

DS Fergusons Blick streifte mich fragend von der Seite. Ich erwiderte ihn nicht. Konzentrierte mich ganz auf das Bambino.

»Warum nicht? Sie sagen doch selbst, Caro hielt es nicht lange ohne Sex aus. Und so wie es aussieht, hatte sie in München einen Verehrer.«

»Kann ich mir nicht vorstellen.« Entrüstung brodelte unter Gregor Mosachers zur Schau gestellter Ahnungslosigkeit. »Woher wollen Sie das wissen?«

Ich holte eine Plastiksteckfolie mit einer ausgedruckten E-Mail aus meiner Tasche, legte sie vor Gregor Mosacher auf den Tisch.

»Ein gewisser Marquis de Ajemian.«

Mosacher schnaubte unwillkürlich, arrangierte seinen Hintern neu auf seinem Sessel.

»Die hier hat Carolin am Tag ihres Todes erhalten. Von einem anonymen Server, doch eindeutig von einer Person in Carolins Umgebung. Sie hat die E-Mail geöffnet, aber nie darauf geantwortet. In München wird gemunkelt, es hätte einen Stalker gegeben?«

»Stalker?«, sagte Gregor Mosacher verächtlich. »Caro und ein Stalker?«

»Lesen Sie doch mal«, ermunterte ich ihn.

Jetzt erst schien er die E-Mail wirklich zur Kenntnis zu nehmen. Er stützte seinen Kopf in beide Hände, während er die Zeilen wieder und wieder studierte, seine Lippen bewegten sich stumm beim Lesen, seine Pupillen fixiert. So lange brauchte kein Mensch, um den Inhalt zu erfassen. Gregor Mosacher wollte Zeit gewinnen. Wir hatten etwas am Haken. Nun musste nur noch meine Theorie dazu stimmen.

»Das klingt doch nach einer sexuellen Beziehung, wenn Sie mich fragen«, sagte ich in das brütende Schweigen, machte die Augen groß und rund und naiv. »Oder nicht?«

Mit hochgezogenen Augenbrauen sah DS Ferguson zu mir herüber, während er seine vom Mitschreiben schmerzende Hand schüttelte. Marquis de Ajemian?, formulierte er stumm. Was zum Teufel?

Ich wandte mich erneut dem Bambino zu. »Haben Sie eine Ahnung, wer hinter Marquis de Ajemian stecken könnte?«

Der sah von der E-Mail auf, schüttelte den Kopf und brummte abschlägig. Die Hitze, die in seine Wangen gestiegen war, konnte ich über den Tisch hinweg spüren.

»Natürlich wissen Sie's«, sagte ich und schenkte ihm ein Lächeln, für das er mich wahrscheinlich ewig hassen würde. »Sie haben den Namen doch selbst erfunden, nicht wahr?«

2

1 verpasster Anruf von +353 86 318 22 48

1 neue Nachricht von +353 86 318 22 48, hinterlassen heute um 16:43 Uhr

Hallo Frau Logan, hier ist Alexandra Billroth. Es tut mir leid, aber ich musste heute aus gesundheitlichen Gründen früher gehen. Ich will aber natürlich trotzdem unbedingt mit Ihnen sprechen. Ich wohne keine fünf Minuten vom Büro entfernt, an der South Dock Road, Apartment 504 im Dock-Mills-Komplex. Wäre es möglich, dass Sie vorbeikommen? Ich wäre Ihnen wahnsinnig dankbar. Bis später und danke!

3

Kris schluckte gerade hörbar etwas hinunter, als sie meinen Anruf entgegennahm. Die Geräuschkulisse im Hintergrund ließ auf Biergarten schließen.

Ein surrealer Kontrast zu den Windsurfern, die trotz der Flaute durch das Dubliner Hafenbecken dümpelten. Ich hatte mich an dessen gemauertem Rand niedergelassen, sah meine unerträglich langweiligen, doch kompetent wirkenden Arbeitspumps über dem Wasser baumeln.

»Hallo Patsy«, sagte Kris, als hätte sie den Anruf erwartet, wenn auch nicht gerade mit Freuden. »Steckt ihr noch in den Befragungen fest?«

Ich warf einen Blick auf meine Uhr, die noch auf Münchener Zeit eingestellt war. Sieben Uhr abends.

»Mit Gregor Mosacher sind wir fertig. Ich warte hier noch auf den Kollegen, dann gehen wir zu Alexandra Billroth.«

»Und wie war's mit Bambino?«

»Ein Marquis de Ajemian im Schafspelz.«

Sie überlegte eine Sekunde. »Ernsthaft? Er hat die Stalker-E-Mail geschrieben?«

»Carolin Höller fand Rollenspiele mit sexueller Bedrohung durch Unbekannte anscheinend heiß. Gregor Mosacher hat ihr den Gefallen getan.«

»Sagt er.«

»Ziemlich überzeugend. Du hättest mal sehen sollen, wie rot seine Ohren waren.«

»Also gibt es in Wahrheit keinen Stalker?«

»Vielleicht schon. Aber es ist nicht Marquis de Ajemian. Es könnte natürlich noch einen echten Stalker geben, an solchen Tuscheleien ist meistens was dran. Die Frage ist nur, ob das eine Verbindung zu Carolin Höller und unserem Fall hat.«

Ein tiefer Seufzer aus München. »Sind wir jetzt überhaupt schlauer als am Freitag?«

Ich schloss die Augen, die tief stehende Sonne warm auf meinem Gesicht.

»Ein bisschen. Gregor Mosacher hat uns zumindest bestätigt, dass Carolin Höller ihre Drogen noch immer aus Dublin bezieht.«

»Von ihm selbst?«

»Nein, sie hat anscheinend hin und wieder einen gewissen Pep erwähnt.«

»Pep. Und wie noch?«

»Ich fürchte, Drogendealer arbeiten nicht mit bürgerlichen Namen. Aber der irische Kollege lässt seine Kontakte in den Dubliner Dealerkreisen spielen. Den interessiert das Kokain sowieso viel mehr als der Mordfall.«

Das war mehr Unterstellung als Tatsache, doch Kris schien mir ohnehin nicht zuzuhören.

»Was, wenn uns dieser angebliche Pep in die Irre führen soll? Vielleicht gibt's den gar nicht.«

»Du glaubst, Mosacher lügt? Warum sollte er das tun?«

»So ein Gefühl. Einer, der mit einer verheirateten Frau zusammen ist und sich nicht mal von selbst bei uns meldet ...«

»... ist auch ein Mörder, ganz klar.«

Kris' Schweigen klang verletzt. Mal wieder.

Zugegeben, manchmal übertreibe ich mit meinem Sarkasmus. Aber unfundierte Schlussfolgerungen kann ich nicht leiden. Vor allem bei einem Thema wie Affären. Darüber weiß ich einfach zu viel, und aus der falschen Perspektive.

»Entschuldige, ich wollte dich nicht unterbrechen. Aber das beste Bauchgefühl braucht Fakten, die das untermauern. Die Ergebnisse des DNA-Vergleichs kriegen wir nicht vor nächster Woche.«

»Mosacher war zum möglichen Todeszeitpunkt von Höller noch im Büro.«

»Das waren hundertdreißig andere Leute auch.«

»Aber er hat doch ein Motiv, oder? Er war der Liebhaber; sie wollte Schluss machen oder war ungewollt von ihm schwanger; er flippt aus.«

Ich dachte an Gregor Mosachers detaillierte, flüssige Antworten. Seine Scham beim Thema Marquis de Ajemian, die Betroffenheit, als wir ihm von der Schwangerschaft seiner toten Geliebten erzählten. Es hatte sich echt angefühlt. Oder perfekt gelogen.

»Okay. Prüf nochmal alle aufgezeichneten Bewegungen an dem Abend. Und vielleicht kriegst du noch ein Gespräch mit seinen ehemaligen Geschäftspartnern auf die Reihe. Ich glaube, die haben sich damals nicht im Guten getrennt.«

»Den hab ich noch nicht erreicht, aber ich versuch's weiter.« Kris hatte ihren Eifer wiedergefunden. Warum auch immer, Gregor Mosacher war nicht gut bei ihr angeschrieben. Dann sank das Barometer wieder hörbar.

»Ach ja, was ich dir noch sagen wollte.« Sie holte Luft, senkte die Stimme. »Ich hab mit Doktor Harb gesprochen. Er war die letzten Tage auf einem Kongress, aber jetzt hat er sich endlich gemeldet, wegen dem Vaterschaftstest.«

»Und was sagt er? Gibt es ein Problem?«, fragte ich, der Form halber. Dabei stieg mir der Pestilenzgeruch bevorstehender schlechter Nachrichten jetzt schon in die Nase.

»Möglicherweise.« Kris nahm einen Schluck, wahrscheinlich aus einem Bierkrug. »Technisch ist es möglich, schon in der achten Woche die DNA von Kind und Mutter zu trennen und mit der von den in Frage kommenden Vätern abzugleichen.«

»Aber?« Ich sah meinen Füßen dabei zu, wie sie unruhig gegen die Hafenmauer pendelten.

»Wir brauchen entweder Herrn Höllers Zustimmung für so eine Analyse oder, wenn wir die nicht kriegen, einen Richter, der die dringende Notwendigkeit für so einen Test feststellt. Und wir haben es hier nicht mit einem Sexualdelikt zu tun.«

»Wenn Carolin Höller von einem anderen ein Kind hat, ist das sehr wohl ein sexueller Hintergrund. Und vor allem ein Motiv.«

»Ich sag bloß, was Doktor Harb mich gelehrt hat.«

Hörte ich da etwa Ironie? Ich schmunzelte, trotz allem. Kris war doch noch nicht verloren.

»Wer sagt eigentlich, dass wir Höllers Zustimmung zu der Untersuchung nicht kriegen?«

»Sein Anwalt.«

»Anwalt?« Meine pendelnden Beine kamen zum Stillstand. Warum hatte ich das hier nicht vorausgesehen?

»Ich hab den Höller heute Nachmittag angerufen und wollte einen Termin für die DNA-Abgabe ausmachen. Da meinte er, ab sofort würde er sich in allen Belangen mit Dr. Lohmann absprechen, bevor er irgendwelche Schritte oder Aussagen macht.«

Großartig. Christian Höller war also aus seinem anfänglichen Schockzustand aufgewacht. Hatte sich gefragt, warum in aller Welt er dieses Miststück von der Mordkommission in einem Café getroffen und sich von ihr zu Aussagen über Schlafmittel, Drogen, Geliebte und andere für ihn potenziell kompromittierende Ereignisse hatte hinreißen lassen. Zeit für die schweren Geschütze. Zeit für Dr. Alwin Lohmann von Lohmann, Greil & Partner. Dieser Typ von lächelndem Ungeheuer, das einem nicht nur im Gerichtssaal, sondern in regelmäßigen Abständen auch auf den Gesellschaftsseiten des *Merkur* begegnet. Seine Brioni-Anzüge bezahlten sich nicht von selbst, deshalb war er ein Meister der Verzögerungen, Eingaben, Einsprüche. Aus seinen Mandanten brachte man in seiner Gegenwart kaum einen vollständigen Satz.

»Na, auf jeden Fall treffen wir die zwei am Montag, dann versuchen der Reitsamer und ich nochmal unser Glück«, meinte Kris, nun wieder heiterer. »Für den Kratzer kriegen wir den richterlichen Beschluss auf jeden Fall, da kann sich der Lohmann auf den Kopf stellen. Oder nicht?«

Zweifellos würden wir das schaffen – während weiter die Zeit verging.

»Rede auch nochmal mit Konstantin. Vielleicht kann der ja seine Beziehungen spielen lassen, um einen richterlichen Beschluss zu erwirken.«

Das feine Kratzen von Bleistift auf Notizbuch drang durch die Leitung. Draußen im Hafenbecken verlor unterdessen einer der Windsurfer endgültig den Kampf gegen das schlaffe Segel, wankte, plumpste ins Wasser. Sichtlich erschöpft, mühte sich der Gefallene, wieder zurück auf sein Brett zu krabbeln, rutschte wieder ab, begleitet von den höhnischen Blicken der am Wasser schaukelnden Möwen. Alles, was mit dem Fall Höller nicht stimmte, auf einem verfluchten Symbolbild.

Bei dem Gedanken entfuhr mir einer dieser Lacher, der Kris zunächst beredt schweigen, dann rasch das Thema wechseln ließ.

»Jetzt sag mal«, fragte sie, als wolle sie nun endlich zum Wesentlichen kommen. »Wie ist Irland? Hört sich an, als wärst du gerade im Freibad.«

Ich hob den Kopf. Und tatsächlich. Feierabendgeräusche aus den Cafés und Bars. Weiter vorne Teenager in Neoprenanzügen, die Arschbomben ins Hafenbecken machten. In meinem Rücken DS Fergusons angenehmer Bariton, der gerade seinen telefonischen Bericht an seinen Vorgesetzten beendete. Er schien sich zu amüsieren, so wie der Rest der Welt außerhalb meiner Reichweite. Dann legte er unvermittelt auf, blinzelte mir zu. Vielleicht auch nur der untergehenden Sonne.

Ich würde aufpassen müssen mit ihm. Etwas an meinem Kollegen erinnerte mich an eine vergangene Zeit. Als ich meinen Impulsen gefolgt war und mich einen Dreck um die Konsequenzen geschert hatte.

»Könnte schlechter sein«, sagte ich und lächelte.

4

Alexandra Billroths Apartment war in einem Block am gegenüberliegenden Ufer des Hafenbeckens untergebracht. Der kürzeste Weg dahin führte nicht mit dem Auto, sondern zu Fuß über einen Holzsteg und ein kleines Wehr zwischen dem Grand-Canal-Hafenbecken und dem Fluss, der in den Hafen und weiter ins Meer mündete. Sosehr das Abendlicht auch schmeichelte, dieser Bereich der Docklands blieb ein seltsam morbides Grenzgebiet zwischen Alt und Neu. Unter uns brackiges Wasser, durch dessen Oberfläche die Überreste versenkter Fahrräder ragten, umgeben von Plastikflaschen, Junkfood-Verpackungen und anderem schwimmenden Müll. Es roch modrig. Backsteinblocks mit Sozialwohnungen, ein angedocktes, vor sich hin rottendes Schiff. Links von uns eine Großbaustelle mit dem größenwahnsinnigen Namen *Capital Dock*.

Die abendliche Windstille hatte es noch wärmer werden lassen. DS Ferguson hatte sich bereits seines Jacketts entledigt, die Ärmel seines Hemdes noch weiter hochgekrempelt. Dunkles Fell über weißer Haut. Wie alle Iren, die ich kannte, begann er ab zwanzig Grad zu schwitzen.

»Diese Frau ist es besser wert«, murmelte er, seine Wangen leicht gerötet, nachdem uns Alexandra Billroth die Tür geöffnet und in den fünften Stock gebeten hatte, Lift leider defekt.

Oben angekommen, wurde er rasch versöhnlicher. Alexandra Billroth war eines dieser ätherisch schönen Geschöpfe, die man immer glaubt beschützen zu müssen vor dem Ungemach der Welt. Modelgröße. Zerbrechlich wirkende Knochen. Elegante Bewegungen. Lange blonde Haare und flauschige Stirnfransen. Sie erinnerte mich an dieses Feenwesen aus dem Film *Der dunkle Kristall*, den ich als Kind geliebt hatte.

Mit zugekniffenen Augen lächelte sie uns an, die Hände in

die Ärmel ihrer hellgrauen Strickjacke zurückgezogen, die sie um sich geschlungen hatte, als friere sie.

»Hallo, ich bin Ali.« Ihre Hand trocken und kühl. »Vielen Dank, dass Sie sich die Mühe gemacht haben«, sagte sie in schleppendem Ton, ihre Stimme überraschend tief für ihre schmale Erscheinung.

Sie führte uns durch einen kurzen Gang in eine Wohnküche mit vorgezogenen cremefarbenen Vorhängen. Durch die geöffneten Fenster drang entfernt die Freibadatmosphäre von unten. Trotzdem war es stickig, und im Raum hing der schwache Mentholgeruch von Erkältungssalbe.

Ansonsten wirkte die Wohnung wie ein Hotelzimmer. Modern, farbabgestimmt, seelenlos. Eine Küche mit roten Hochglanzfurnieren, Kunstdrucke, ein grauer Hochflorteppich. Getrocknete Wasserflecken an der Wand, darunter ein Esstisch aus Glas. Die Einrichtung schien rein gar nichts mit Ali Billroth zu tun zu haben. Nur ein paar Lichterketten zeugten von ihrer Handschrift, und über einem der Bilder hing ein mit orientalischen Mustern bemaltes Seidentuch.

Sie bot uns zwei mit weißem Kunstleder bespannte Stühle zum Sitzen an. Vorsichtig, als könnte etwas in ihr zu Bruch gehen, ließ sie sich dann auf einem durchgesessenen Ledersofa nieder, überkreuzte die Beine im Schneidersitz.

»Migräne«, sagte sie, »seit ich dreizehn bin. Bei den ersten Anzeichen muss ich sofort eine Tablette nehmen und ins Dunkle, sonst liege ich tagelang flach. Deshalb musste ich nach Hause.«

»Keine Ursache«, sagte DS Ferguson mit aufrichtigem Bedauern. »Migräne ist die Hölle. Meine Mutter hatte das früher manchmal.«

Sie nickte zustimmend, mit halb geschlossenen Augen.

»Wollen Sie Tee? Sorry, dass ich Ihnen noch nichts angeboten habe, aber ...«

»Lassen Sie, ich mach schon«, winkte DS Ferguson ab und erhob sich.

Wieder huldvolles Nicken aus der Richtung unserer Gastgeberin.

Ungeduld pochte in mir. Mit Prinzessinnen kam ich schon seit dem Kinderfasching schwer zurecht.

»Leben Sie alleine?«, fragte ich, während DS Ferguson erstaunlich gezielt drei Teetassen samt Inhalt vorbereitete.

»Ja«, sie nickte langsam. »Meine Mitbewohnerin ist letztes Jahr ausgezogen, da hatte ich keine Lust mehr auf WG-Leben.«

»Respekt«, rief DS Ferguson über das Fauchen des Wasserkochers hinweg, auf der Suche nach dem Zucker. »Für so eine Wohnung in der Gegend legt man mindestens zweitausend Euro pro Monat auf den Tisch, hab ich gehört. Zahlt Skiller so gut?«

»Mit Anfang dreißig muss man auch mal wie eine Erwachsene leben können. Das ist es mir wert. Auch wenn mein Vermieter mich nicht einmal einen eigenen Nagel einschlagen lässt.« Sie rollte die Augen, ihr Gesicht schmerzverzerrt. »Deshalb die schreckliche Einrichtung. Sorry.«

Mein irischer Kollege hob die Augenbrauen und widmete sich wieder dem Teewasser, überließ mir das weitere Gespräch. Ali Billroth absolvierte es mit einem die meiste Zeit gesenkten Blick.

Geboren und aufgewachsen in Wien, arbeitete sie nach einem Studium der darstellenden Kunst und Philosophie in Wien ein Jahr lang an einem Theater. Das erklärte auch ihr vom vorwurfsvollen Wiener Tonfall durchwirktes Englisch.

»2009 war ich ein paar Tage in Dublin und hab mir gedacht – da bleibe ich. Alle haben gestöhnt wegen der Krise, aber genau das fand ich interessant. Nicht so mies gelaunt und durchorganisiert wie in Österreich.«

Ich sah DS Ferguson die Augen verdrehen. »Ein bisschen mehr Organisation könnte uns nicht schaden«, brummte er. Ali Billroth überhörte ihn.

»Ich habe jeden Job gemacht, den ich kriegen konnte, habe in Fünfer-WGs gewohnt und solche Sachen. Und dann kam Skiller.« Sie lächelte wehmütig, blies in ihren Tee, den ihr DS Ferguson überreicht hatte, stellte ihn ohne einen Schluck zu nehmen zur Seite.

»Klingt, als hätte sich Ihr Leben dadurch verändert.«

»Vollkommen«, sagte sie ernst und sah mich an. Im Zwielicht des Raumes wirkten ihre Augen riesig und hatten eine unergründliche Farbe. »Ich war eine der ersten fünfzig Mitarbeiter hier in Dublin. Es war eine ziemlich verrückte Zeit. Wie im Auslandssemester an der Uni, allerdings mit Geld und netten Kollegen, die man mag. Die Arbeit war oft langweilig, weil wir am Anfang ständig nur Angebote kategorisiert und aussortiert haben. Aber die Leute haben das wettgemacht. Jeden Montag habe ich mich auf die Arbeit gefreut. Und ich habe Freunde fürs Leben gewonnen.«

Brot und Spiele. Da wechselte sogar die schauspielernde Philosophin gerne in die Privatwirtschaft.

»Wo kann ich mich bewerben?«, fragte ich.

Ihr Lächeln nahm einen säuerlichen Zug an. »Tun Sie's nicht. Die guten Zeiten bei Skiller sind vorbei.«

»Warum denn das? Vorhin im Büro sah es ziemlich gut aus.«

Sie seufzte, suchte nach Worten. »Nach außen hin schon. Aber in letzter Zeit werden immer mehr Leute eingestellt, die nur noch wegen des Geldes mit dabei sind. Anzugtypen und Berater.« Sie verzog den Mund. »Plötzlich geht es nicht mehr darum, dass unsere Kunden gute Erfahrungen machen. Nein, wir müssen sie schneller abfertigen, alles muss automatisiert werden und so weiter. Jetzt überlegen die schon, ob man statt des reinen Tauschgeschäfts zwischen Privatleuten den Service nicht doch auch für Unternehmen öffnen kann. Die verschenken dann ihre Produkte, damit man für sie auf den sozialen Netzwerken wirbt, und wir kriegen eine Vermittlungsprovision. Was hat das dann noch mit der ursprünglichen Idee zu tun? Gar nichts, das ist reines Marketing. Und jetzt noch der Börsengang ... Wir verraten einfach so unsere Kunden, unsere Werte und Ziele. Aber wehe, man wagt es, diesen Bullshit zu kritisieren.«

Noch ein schwaches Flattern mit dem Arm, dann war ihre Leidenschaft aufgebraucht. Sie ließ den Kopf wieder sinken, begann sich die linke Hand zwischen Daumen und Zeigefinger zu massieren.

»Ist ja okay, wenn man Geld verdienen will. Aber dann soll man wenigstens so ehrlich sein und es zugeben, oder?«

Ali Billroth nahm mich ins Visier, dann DS Ferguson.

Hinter den Vorhängen, fünf Stockwerke tief entfernt, war leises Hundegebell und das stimmbrüchige Lachen von Teenagern zu hören. Langsam wurde auch das Licht schwächer, während die Sonne zwischen den Häusern der Docklands verschwand.

»Was passiert denn, wenn man diesen Bullshit kritisiert?«, fragte ich.

Sie schnaubte ein humorloses Lachen. »Nach außen hin gar nichts. Alle tun weiter nett und verständnisvoll. Aber seine Karriere kann man sich in die Haare schmieren. Nach oben schaffen es nur die Systemtreuen.«

»So wie Carolin Höller?«

Der Themenwechsel ließ Ali Billroth innehalten, ihr Teint beinahe grau. Sie griff nach ihrer Tasse, nahm ein vorsichtiges Schlückchen, während ich an meinem schnupperte. Tee vom Experten. Ich nickte DS Ferguson anerkennend zu.

»Angefangen hat es, als Peter Brennan das Dubliner Büro übernommen hat«, sagte Ali. »Er hat eine Menge neuer Manager eingesetzt, die er schon von früher kannte, damit wir ›stark für die Zukunft‹ werden. Seitdem geht es nur noch ums Geld. Die wollen alle beim Börsengang mit dabei sein, um dann auf das nächste Pferd zu setzen. Carolin war da nicht die Schlimmste. Sie hatte wenigstens Anstand, halbwegs zumindest ...« Ihre Stimme verlor sich in Schweigen.

Hatte sie vergessen, warum wir hier waren?

»Sie haben mir letzte Woche eine E-Mail geschrieben, Miss Billroth«, sagte ich, bemüht, nicht zu ungeduldig zu wirken. »Es ging um Informationen für unsere Ermittlungen. Unter der Telefonnummer waren Sie aber nicht mehr erreichbar.«

»Ja stimmt«, sagte sie abwesend. »Ich ... mich hat dann der Mut verlassen.«

»Warum das?«

Ali Billroth rieb sich mit den flachen Händen die Wangen, die aber trotzdem keine Farbe annahmen. Stattdessen ging eine fast elektrische Spannung von ihr aus. Zuerst schwach, dann stärker. Ich sah kurz zu DS Ferguson. Spürte er das auch? Doch er saß nur da und fixierte Ali Billroth, den Kiefer angespannt, die Augen dunkel glänzende Knöpfe.

Durch den Körper unserer Zeugin ging ein Ruck. »Ich war am Donnerstag noch länger im Büro«, sagte sie. »Zuerst für den offiziellen Teil der Party, dann habe ich mich an einen der leeren Schreibtische gesetzt. Ich hatte noch eine Präsentation für diese Woche vorzubereiten, und außerdem habe ich mit meiner Schwester in Wien telefoniert.«

»Wann genau waren Sie an Ihrem Schreibtisch?«, fragte DS Ferguson und zückte erneut seinen Stift.

»Zwischen halb acht und Mitternacht, so ungefähr. Kurz, nachdem der DJ weg ist.«

»Haben Sie die ganze Zeit gearbeitet?«

Entschiedenes Kopfschütteln. »Ich hab natürlich auch mal Pause gemacht und bin runter in die Kantine tanzen. Außerdem habe ich, wie gesagt, mit meiner Schwester telefoniert, bis kurz vor neun etwa ... Das können Sie alles gerne überprüfen.«

DS Ferguson schüttelte bloß den Kopf, kratzte sich an der Schläfe. Ali Billroth fühlte sich schnell angegriffen für eine Zeugin. Aber das taten viele. Eine Begegnung mit der Polizei bringt auch robustere Naturen aus dem Konzept.

»Carolin war an dem Abend auch noch eine Zeit lang in ihrem Büro«, sagte sie. »Die Hot Desks stehen gleich nebenan. Wir waren direkt Wand an Wand, kann man sagen. Auf dem Weg zur Toilette hab ich sie am Schreibtisch sitzen sehen.«

»Wann war das?«

»Gleich, nachdem ich aufgelegt habe.«

»Und was hat sie gemacht?«

»Keine Ahnung. Gearbeitet? Sie saß jedenfalls vor dem Laptop. Ich habe nicht genau hingesehen. Gehört sich ja nicht, die Chefin so anzustarren. Außerdem war es ziemlich dunkel in ihrem Büro.«

»War sie alleine?«

»Soweit ich sehen konnte, ja. Aber ungefähr zwanzig Minuten davor war jemand bei ihr und hat mit ihr gestritten. Ich konnte es durch die Wand hören, und die ist ganz schön dick.«

»Konnten Sie hören, worum es ging in dem Streit?«, fragte ich.

Sie schüttelte wieder den Kopf, nun weniger entschieden. »Ich habe ja telefoniert, da konnte ich nicht jedes Wort verfolgen. Nur, dass geschrien wurde, das war eindeutig.«

»Wer, konnten Sie das vielleicht hören?«

»Carolin, sie hat geschrien, und der andere auch ... Verstanden hab ich nur was, als die Tür aufging und er rausging.«

»Was haben Sie verstanden?«

»... *regret it.*«

Carolin würde also irgendetwas bereuen. Wieder ein Mikro-Seitenblick von DS Ferguson.

»Das war alles?«

»Ja. Danach rauschte er den Gang runter zum Treppenhaus. Man konnte richtig hören, dass der eine Wut im Bauch hatte.« Sie sah mir kurz in die Augen, erkannte die nächste Frage darin. »Gesehen habe ich ihn nicht. Das Treppenhaus liegt in der anderen Richtung.«

»Sie sagen immer ›er‹. Sind Sie sicher, dass es ein Mann war? Auch wenn Sie ihn nicht gesehen haben?«

Sie blinzelte betroffen, beinahe gekränkt davon, dass ich nachhakte. Ich fragte mich, wo außerhalb des Skiller-Reservates jemand wie Ali Billroth überhaupt überleben konnte.

»Es war eine tiefe, starke Stimme. Für mich war klar, dass es ein Mann war.«

»Sprach er englisch?«

»Ja, natürlich. Sonst hätte er kaum *regret it* gesagt, oder?«

Sie wurde zunehmend unruhig. Entfaltete ihre untergeschlagenen Beine, schlug sie übereinander. Nackte Füße, die Zehennägel puderfarben lackiert. Sie wippten nervös auf und ab.

»Hatte Carolins Gesprächspartner einen bestimmten Akzent?«

»Nicht wirklich.«

»Aber?«

»Ich will niemanden in Schwierigkeiten bringen.« Sie klang jetzt nervös, wollte das Gespräch beenden.

»Derjenige hat sich bereits selbst in Schwierigkeiten gebracht«, sagte Ben Ferguson. Die Kunst des ernsten Lächelns beherrschte er perfekt. »Und als Zeugin sind Sie uns gegenüber zur Wahrheit verpflichtet. Erzählen Sie also ruhig weiter.«

Ali Billroths Feengesicht verdüsterte sich. Sie nickte, ihre Lippen so schmal, sie verschwanden fast in ihrem Mund. Erst nach langen Sekunden und einem stummen Befehl an sich selbst, sich zusammenzureißen, entspannten sich ihre Züge und gaben ihre Lippen wieder frei.

»Es hat sich nach einem irischen Akzent angehört«, sagte sie nach einer längeren Pause. »Und ich bin mir eigentlich sogar ziemlich sicher, wer es war.«

Im Augenwinkel sah ich, wie sich DS Ferguson noch weiter unserer Zeugin entgegenlehnte, die dichten Augenbrauen zu Fragezeichen gewölbt.

Ali Billroth lehnte sich zurück, ihr Herzschlag beinahe hörbar. »Anthony Keane.« Sie flüsterte fast. »Er ist einer unserer Manager in Dublin. Seine Stimme ist schwer zu verwechseln.«

Faust aufs Auge. Das deckte sich mit Anthony Keanes eigener Aussage. Allerdings hatte er seine Rolle in dem »Wortwechsel« etwas anders dargestellt.

»Sie haben Anthony Keane aber nicht persönlich gesehen, verstehe ich das richtig?«

»Nein. Ich habe ja noch telefoniert und gedacht, *jetzt sei mal nicht so neugierig*. Als meine Schwester endlich aufgelegt hat, war schon lang alles vorbei. Wie gesagt, da saß Caro allein vor dem Computer. Und als ich später runter in die Kantine bin, war gar kein Licht mehr an in Carolins Büro. Ich dachte, sie ist nach Hause gegangen.«

»Was heißt später?«

»Vielleicht zwanzig Minuten oder dreißig?«

Ich sah DS Ferguson neben mir die Stirn runzeln. Ali Billroth schien die Arbeit an ihrer Präsentation nicht sonderlich ernst gewesen zu sein.

»Haben Sie gehört, ob Carolin ihr Büro verlassen hat oder noch jemand da war?«

Langsam schüttelte sie den Kopf. »Nein, ich habe beim Arbeiten immer Kopfhörer auf, die sind soundproof.« Ihre Miene verzog sich wieder, zuerst besorgt, dann schmerzvoll. »Wenn man überlegt ... Ich hätte vielleicht was für sie tun können, wenn ich nur ein bisschen aufmerksamer gewesen wäre.«

Ihre Stimme war wieder leiser geworden, löste sich völlig in ihrer Selbstanklage auf. DS Ferguson und ich schwiegen. Er schien ebenso wenig von tröstenden Worthülsen zu halten wie ich. Außerdem spornt das Schweigen von Polizisten meist die Redefreudigkeit der Zeugen an. Nur wenige halten die Stille länger als eine Minute aus.

Auch Ali Billroth nicht. Etwas in ihrem Kopf arbeitete. Für und Wider wurden abgewogen. Wahrheit oder Pflicht. Ihr pedikürter Fuß wippte so stark, dass ihr Oberkörper ein wenig mitwiegte. Dann zog sie die Beine nach oben auf die Couch, die Knie eng an ihre Brust.

»Ich mache mir Vorwürfe«, sagte sie, als wollte sie den Entschluss, von einem Zehnmeterbrett zu springen, verkünden. »Ich weiß, Sie werden sagen, ich müsste das nicht. Aber ich tue nichts anderes, seit ich von Carolins Tod erfahren habe. Möglicherweise bin ich mitschuldig, dass es passiert ist.«

Die Gedanken an vergangenen Donnerstag blähten Ali Billroths Nasenflügel, ihre Stimme plötzlich tränenschwer. Ihr Blick wechselte von mir zu DS Ferguson, hielt Ausschau nach Unterstützung.

»Warum denken Sie das?«, gab ich ihr die Erlaubnis, nach der sie suchte, bot ihr mein verständnisvollstes Lächeln an.

»Weil es in dem Streit höchstwahrscheinlich um mich ging«, murmelte sie mit gesenktem Kopf.

Ein Seitenblick und eine gehobene Augenbraue von DS Ferguson in meine Richtung.

Endlich. Dieser sture Esel von Fall begann sich in Bewegung zu setzen.

Carolin, am Nachmittag

The Doctor is OUT.

Anthony klopft trotzdem an die Glastür. Macht ein Gesicht, als wäre ihm sein ungefragtes Eindringen unangenehm. Der Eindruck täuscht. Anthony Keane ist, wo er ist, weil er sich eben nicht um Verbotsschilder oder die Meinungen anderer kümmert. Das muss man nicht mögen. Aber anerkennen.

»Carolin, *my dear*. Schön dich zu sehen. Wir vermissen dich in Dublin.« So wie Peter verwendet er immer die englische Version ihres Namens. »Ein tolles Büro haben sie dir hier hingestellt, ich freu mich für dich.«

Das glaubt sie ihm sogar. Anthony mag seine Statussymbole. Aber er gönnt auch anderen ihren Erfolg. Das hat sie immer an ihm gemocht. Das und seine herzliche Großzügigkeit, die sich hinter seiner hypermännlichen Masche versteckt. Das wird die nächsten Minuten nicht leichter machen.

»Setz dich doch, Tony«, sagt sie. Ihr Lächeln wirkt unecht, sie spürt es. Nervös. Anthony merkt es nicht. Er ist kein Mann der feinen Unterschiede. Mit einem zufriedenen Seufzen lässt er sich in den Stuhl vor ihrem Schreibtisch plumpsen.

»Wie ist es zurück in München? Wie geht's der Familie?«

»Wir gewöhnen uns noch. Aber das wird sicher.«

»Und der Lunch mit David Shreve?«

»Kurz«, gibt sie zu. Der Mitgründer von Skiller sieht zwar aus, als würde er noch bei seiner Mutter wohnen, sein Terminkalender ist aber ähnlich voll wie der des Papstes. Zwanzig Minuten alleine mit ihm sind eine Ehre.

»Die Jungs haben große Pläne. In zwei Jahren wollen sie die Zahl der Mitarbeiter in München verdoppeln.«

»Nicht schlecht«, Anthony verzieht anerkennend das Gesicht. »Unsere Carolin, jetzt geht sie ab wie eine Rakete. Und wer hat's immer schon gesagt?« Ohne ihre Zustimmung abzuwarten, zeigt er sich mit beiden Daumen auf die Brust.

Seine Siege feiert er wie ein Kind. Sie will sein Grinsen erwidern, bringt aber nur eine jämmerliche Grimasse zustande. Sogar Anthony stutzt.

»Alles klar, Carolin?«

Jetzt. »Tony, ich hatte heute ein Gespräch mit Ali Billroth.«

»Bist du immer noch ihre Managerin? Ich dachte, die übernimmt Brian in Dublin.«

»Erst nächstes Quartal.«

»Na, dann hast du es ja bald geschafft.«

Alexandra Billroth ist die heiße Kartoffel unter den Skiller-Mitarbeitern. Hochintelligent, doch unzuverlässig, was ihre Leistung anbelangt. Und vor allem ist sie nicht willens, sich gemeinsam mit dem Unternehmen weiterzuentwickeln und die alten Start-up-Tage hinter sich zu lassen. Kein Problem. So etwas passiert. Doch anstatt sich bei einer Non-Profit-Organisation oder bei einem anderen Start-up zu bewerben oder gleich den Traum zu wechseln und eine Künstlerkarriere zu verfolgen, ist sie immer noch hier. Weil das Essen zu gut, die Arbeitsumgebung zu angenehm, die Bezahlung zu hoch ist. Also vergiftet sie die Atmosphäre mit ihrem Zynismus und ständigem Augenrollen und wundert sich gleichzeitig, warum sie links und rechts von den Kollegen überholt wird. Ein Teufelskreis, den Carolin nicht zum ersten Mal beobachtet.

»Leider noch nicht ganz«, sagt sie. Ihr Bedauern ist aufrichtig. Anthony missversteht den Grund dafür, grinst.

»Die sollte mal in einem echten Unternehmen arbeiten. Mit einem echten Boss. Verwöhntes Gör.«

Carolin antwortet nicht. Steht an ihrem Platz beim Fenster

und schaut ihren Kollegen an, sieht sein Lächeln schmal und schmäler werden.

»Was?«, fragt er gereizt.

»Sie sagte mir, du belästigst sie.«

Ein abfälliges Zischen entfährt ihm, er schüttelt den Kopf. »Unglaublich. Die probiert echt alles.«

»Stimmt es?«

»Wie bitte?«

»Ist der Vorwurf berechtigt?« Eine rhetorische Frage, denn sie weiß die Antwort. Anthony tut immer so, als würde er nicht verstehen, wenn etwas für ihn Unangenehmes ausgesprochen wird, obwohl er extra einen Coach bezahlt, um sich das abzugewöhnen. Manche Reflexe sind einfach zu hartnäckig.

Zum Beispiel, mit jungen, zerbrechlich wirkenden Frauen zu flirten.

Anthony hievt sich endlich aus seiner Daheim-auf-dem-Sofa-Pose, setzt sich auf dem Stuhl zurecht. »Es war harmlos. Ich hatte einen Drink zu viel, und sie bauscht da...«

»Himmel, Tony!« Sie hebt die Hände, faltet sie vor dem Mund. »Wie lange arbeitest du schon für amerikanische Unternehmen? Das Sommerfest war eine Firmenveranstaltung. Da hättest du sie genauso gut im Besprechungsraum betatschen können.«

»Ich hab sie nicht betatscht.«

»Was dann?«

Er fährt sich mit den Händen durch die Haare; verschränkt sie hinter dem Kopf; löst sie und legt sie wieder in den Schoß. Die Schuld in Person.

»Ich ...«, sein massiver Brustkorb hebt und senkt sich. »Ich hatte so eine Phase. Das passiert mir manchmal. Sie ist mein Typ, obwohl sie eine Bitch ist«, er versucht eines dieser Unteruns-Männern-Blinzeln an Carolin, bereut es gleich wieder. »Außerdem hat sie genauso geflirtet.«

»So hat sie es nicht empfunden. Du hast ihr auf den Busen gestarrt.«

»Die hat doch gar keinen.«

»Außerdem musste sie deine Hand von ihrer Hüfte nehmen. Ist das so passiert?«

»Sind wir hier im Gerichtssaal?«, blafft er ansatzlos. »Ich habe ihre Signale vielleicht überbewertet, okay. Aber sie war mehr als einladend, das kann ich dir sagen.«

Kälte breitet sich in ihr aus. Noch ein Wort, und sie explodiert.

»Sorry, es war nicht in Ordnung, ja«, lenkt er ein, weicht ihrem Blick aus. »Aber es war nur das eine Mal.«

»Was ist mit den Karten auf ihrem Schreibtisch? Ich nehme an, die waren auch von dir?«

»Bei dir fühlt man sich wie in der Schuldirektion«, murmelt er.

»Weil du dich benimmst wie ein hormonkranker Teenager.«

»Carolin, nicht so laut.«

»*Du bist so schön, ich kann nicht genug kriegen von dir* – wer über fünfzehn schreibt denn so was? Und legt das noch auf den Schreibtisch einer Mitarbeiterin, die zwanzig Jahre jünger ist? Du hast es versaut. Vollkommen versaut.«

»So sprichst du nicht mit mir, klar?«

Er steht auf, türmt sich vor ihr auf wie eine Gewitterwolke. Sein Körper scheint noch immer bereit für die Rugby-Karriere, ihr Kopf nicht mehr als ein Spielball zwischen seinen Händen, sollte er sich dazu entschließen, ihn dazu zu machen.

Sie denkt an Ali Billroth. Ihre schmale Gestalt. Die Puppenaugen immer ein wenig auf der Hut.

»Ich muss das HR melden.«

»Nein, musst du nicht. Ich lass sie ab sofort in Ruhe, okay?« Er wischt sich die Hände aneinander ab, als wäre Mehl daran. »Die Sache ist hiermit gegessen und erledigt.«

So tun, als ob nichts wäre. Einfach weitermachen. So bringt man es zu etwas im Vertrieb. So hat es immer funktioniert für Anthony. Bis jetzt.

»Sie weiß, dass du es bist. Sie hat mich um Hilfe gebeten. Frag mich nicht, wie ich mich fühle, aber ich bin verpflichtet, dem nachzukommen.«

»Wie *du* dich fühlst? Peter feuert mich, wenn er das erfährt.« Seine Stimme geballt, dunkel. »Ich habe zwei Bypässe, Carolin. Meine Mädchen wollen alle studieren. Skiller ist meine letzte Chance, ihnen und Mary eine gute Zukunft und mir ein bisschen Leben zu ermöglichen, bevor ich abkratze. Und jetzt opferst du mich für so eine Minderleisterin, nur damit sie hier weiterhin Probleme machen kann? Wie oft habe ich dir mit Rat und Tat zur Seite gestanden?«

Sie holt Luft, so tief, ihr wird fast schwindlig. »Ich habe keine Wahl. Ali hat schon schlecht darauf reagiert, als ich sie auf nächste Woche vertröstet habe.« Das ist schwer untertrieben. Ohnmächtige, sengende Wut trifft es eher. Doch ihr natürlicher Reflex, die Sache zu beruhigen, einzudämmen, schönzureden, ist stärker. »Wenn Ali selbst Beschwerde einreicht, sitzen wir alle noch tiefer in der Scheiße. Es geht um sexuelle Belästigung. Wir müssen froh sein, wenn wir das nicht der Polizei melden müssen.«

Anthony verdreht die Augen. »Es waren drei lausige Karten. Und nur Nettes, nicht mal was Obszönes.«

Die Wut, die sie schon vorhin überwältigt hat, brandet erneut gegen ihre Organe, will ihr die Lippen auseinanderreißen. *Halt die Klappe, du sexistischer Ignorant!* Sie beißt die Zähne zusammen. Professionell bleiben.

Mit den Händen in den Hosentaschen beginnt sie, auf und ab zu gehen. Nächster Versuch: Lösungsmodus.

»Vielleicht solltest du dich bei Ali entschuldigen?«

»Und es zugeben? Dann kann ich meinen Schreibtisch gleich räumen.«

»Du könntest es heute noch tun, bevor ich mit HR rede.«

»Niemand sagt, dass du heute mit HR reden musst.«

Doch. Ihr Anstand sagt das.

»Tony, bitte. Dann können wir es vielleicht ohne offizielle Meldung regeln.«

»Mit der Billroth reden?« Er schmatzt verächtlich. »Was, meinst du, bringt das? Die will mich brennen sehen, und das so öffentlich wie möglich.«

Carolin kann ihm nicht widersprechen. Sie kennt Ali Billroth zu lange. Kennt ihren Einfluss auf andere Skillerz zu gut.

Auf ihrem Schreibtisch erwacht ihr Handy zum Leben. Ein Kalendereintrag: Meet & Greet mit einem Typen namens Freunthaler, angeblich irgendein hohes Tier von der IHK, der sich unbedingt als Förderer eines jungen, hippen Unternehmens präsentieren will.

Doch das war nicht alles. Das Handy vibriert weiter. Ein Anruf. »Hort Fabian«. Warum rufen die sie an und nicht Christian? Ein Notfall? Hitze in ihrem Magen, ihrer Brust, überall.

»Ich muss da rangehen, Tony. Wir reden später nochmal«, sagt sie, nimmt das Handy. »Und entschuldige dich bei ihr. Noch vor dem Fest heute Abend, oder meine Leitung zu HR steht!«

Er wird steif am ganzen Körper, nickt. In den Hosentaschen ballen sich seine Fäuste. Bevor er sich umdreht und geht, sagt er noch etwas, so leise, sie kann die Worte nicht hören. Aber auf seinen Lippen erkennt man sie deutlich.

Stupid cunt.

The Girl is Back in Town

1

»Anthony Keane also«, sinnierte DS Ferguson, die Hände lässig in die Hosentaschen gesteckt, sein Gang grenzwertig watschelnd.

Auf dem Rückweg von Ali Billroths Apartment zu seinem Auto hatte er die Route gewechselt. Statt abgewrackter Stege überquerten wir eine stark befahrene Brücke über das Grand-Canal-Hafenbecken, die Stahl-und-Glas-Ästhetik der Dubliner Docklands ein geradezu majestätischer Anblick. Die blaue Stunde war inzwischen fortgeschritten, erste Lichter brannten in den Wohnungen der umliegenden Apartmentblocks.

»Ein Manager mit einer Vorliebe für weibliche Kolleginnen. Er wirft ein Auge auf Ali Billroth, vergreift sich zuerst im Ton und dann an ihr. Sie weist ihn ab, also beginnt er ihr schmachtende Karten zu schreiben.«

Er schüttelte den Kopf, grinste darüber, was uns Ali Billroth da mitgegeben hatte, sorgfältig eingetütet in Beweismitteltaschen: glanzlackierte Bilder von Rosen, bunte Margeritenbouquets, ungelenke Worte in sorgfältiger Druckschrift aus patzendem Kugelschreiber.

Menschen sind doch immer wieder für eine Überraschung gut.

»Ali Billroth beschwert sich am Donnerstag bei Carolin Höller über ihn«, nahm ich DS Fergusons Faden auf. »Die steckt jetzt im Dilemma. Sie soll ihren Mentor wegen einer nervigen Mitarbeiterin an die Personaler melden. Das kostet ihn wahrscheinlich den Job. Er kommt zu ihr ins Büro, will sie umstimmen, aber sie weigert sich. Keane rastet aus ...«

»... es kommt zu Handgreiflichkeiten, und Keane gewinnt.« DS Ferguson blieb stehen, betrachtete die plaudernden Menschentrauben, die das Grand-Canal-Hafenbecken säumten. »Es sei denn, sie ist ganz einfach an ihrem hübschen Kokainmix gestorben«, brummte er, sein Blick schien im Hafenbecken nach etwas zu suchen. Die roten Stablichter vor dem Theater begannen zu leuchten und der Reihe nach zu blinken. Er schüttelte den Kopf, die Stirn in Falten. Eine erste Ahnung, wie er in zwanzig Jahren aussehen würde.

»Aber woher kämen dann die Abwehrspuren? Außerdem war Carolin Höller höchstens bewusstlos, als sie gefallen ist. Da hat jemand sehr bestimmt nachgeholfen«, sagte ich. »Also: Keane und sie hatten Streit. Der eskaliert. Laut Ali Billroth ist er nach dem Streit gegangen, aber er kann ja einfach wieder zurückgekommen sein. Der Streit geht weiter und artet aus, er schlägt sie, und sie wird irgendwie bewusstlos. Aber egal, ob mit Absicht oder nicht – er weiß, wenn sie wieder aufwacht, ist er in den Schwierigkeiten seines Lebens. Bye-bye Börsengang. Also wirft er sie aus dem Fenster, verlässt das Haus und wartet, bis jemand sie findet. Tut sich als hilfreicher Zeuge hervor und hofft, dass es keiner mitbekommen hat.«

»Gut möglich.«

Mein Kollege schaute immer noch auf das Wasser, seine Stimme getrübt vom Zweifel, von der offenen Frage, die auch in meinem Kopf kreiste, stumpfsinnig wie ein Goldfisch: Wie sehr konnten wir Ali Billroth vertrauen? Eine Zeugin, die zwar etwas gehört, aber nichts gesehen hatte, und noch dazu Keane alles andere als wohlgesinnt war?

Ein weiterer loser Faden, der aus diesem Knäuel von Fall

ragte. Plötzlich fehlte mir jeglicher Antrieb, weiter daran zu ziehen.

Vielleicht dachte ich auch bloß zu kompliziert.

Anthony Keane als Hauptakteur im Todesfall Carolin Höller war die bisher einzig logische Theorie. Naheliegend, so wie die meisten, die sich später als wahr herausstellten. Wir hatten Zeugenaussagen und, so wie es aussah, auch belastendes Videomaterial, das wir morgen noch einmal sichten würden und mit dem wir Anthony Keane, diesen selbsternannten Bullshit-Detektor, konfrontieren konnten. Vielleicht reichte das sogar schon für ein Geständnis.

Ein Durchbruch, kaum war ich in Dublin gelandet – war das nicht genau das, was Konstantin wollte? Er würde mich dafür lieben. Doch wo war meine Euphorie darüber? Das gute Bauchgefühl?

Verbraucht von der vergangenen schlaflosen Nacht; versickert in die tausend kleinen Ritzen dieses Tages.

»Sie sehen aus, als bräuchten Sie einen Drink«, sagte DS Ferguson von seinem Platz an der Brüstung aus. Sein Mundwinkel kletterte bereits zu einem Halblächeln nach oben. »Einen Drink und einen Burger, um genau zu sein. Da hinten in meiner Straße gibt's ein Pub, die servieren beides. Und das billiger als in den Schickimicki-Läden hier. Haben Sie Lust?«

Das Halblächeln wurde zu einem ganzen. Versprach einen Abend weit weg vom echten Leben. Dinge, über die ich als verheiratete Frau lieber nicht nachdenken sollte.

»In meinem Alter sollte man keine zwei Burger an einem Tag mehr essen. Sie wissen schon. Sodbrennen und solche Sachen«, sagte ich. »Außerdem muss ich noch eine Menge Berichte schreiben, damit mein Boss bei der Besprechung morgen meine Kompetenz versprühen kann.«

»Na klar, die deutschen Tugenden«, nickte DS Ferguson. Er

hatte mich verstanden. Wenn nicht gar durchschaut. »Sie haben recht. Bei mir stapelt sich auch die Arbeit. Morgen ist ein neuer Tag.«

»Sie sagen es.«

Abrupt setzte ich mich in Bewegung, und er folgte mir. Bis wir DS Fergusons Auto erreicht hatten, sprachen wir über Treffpunkte, Uhrzeiten, Gesprächsstrategien. Mein üblicher Countdown zur Selbstzerstörung war unterbrochen und ich in Sicherheit. Dachte ich.

2

DS Ferguson setzte mich und mein Gepäck vor einem Hotel an der Pearse Street ab. Es versprühte freudlosen Drei-Sterne-Charme. Nur wenige hundert Meter und eine ganze Welt von den Docklands entfernt. Hier sah Dublin noch ein wenig so aus wie in den Neunzigern. Ein ranziges Pub mit irischer Fahne in der Auslage und triefäugigen Stammgästen im Eingang, selbstgedrehte Zigaretten in nikotingelben Händen. Eine Gruppe Halbwüchsiger mit trostlosen, boshaften Augen schwärmte um einen Spätsupermarkt, immer wieder vertrieben von einem behäbigen Sicherheitsmann. Als wir uns voneinander verabschiedeten, überlegte ich, ob ich meine Meinung nicht ändern sollte. Schutz suchen sollte bei DS Ferguson vor dem, was mich zweifellos erwartete, wenn ich erst einmal da oben in meinem Zimmer war, alleine mit meinen Gedanken.

Andererseits. Wenn schon untergehen, dann mit wehenden Fahnen.

Es war ein hoffnungsloser Kampf, von Anfang an. Trotzdem hielt ich erstaunlich lange durch. Rief Konstantin an. Ließ mich von seinem voreiligen Enthusiasmus über unsere im besten Fall halbgare Theorie mitreißen. Widersprach ihm in meinem Übermut nicht einmal, als er sich für den nächsten Tag noch mehr gute Nachrichten wünschte. Tippte meine Berichte. Duschte lange und heiß. Lief abgeschminkt und im Pyjama nach unten in den Spätsupermarkt, versorgte mich mit Milch und Keksen, an die ich mich noch aus meinen irischen Sommern erinnern konnte. Digestives. Coconut Creams. Aß sie fast alle und ohne Reue, während ich mich durch hundert Fernsehkanäle voller Müll zappte.

Ich lag in meinem Bett, das breit genug für Könige war und

viel zu leer. Rief Stefan an. Landete direkt auf der Mobilbox. Kein Wunder, in München war es halb zwei Uhr nachts. Ich wunderte mich trotzdem. Stefans Handy war sonst immer an, schon allein für seine Klienten.

Eine Weile blieb ich noch so liegen, der Nachhall des Tages zu laut in meinem Kopf, mein Herzschlag wie Steine in einem Brunnenschacht.

Zwei Uhr zwanzig.

Dann klappte ich meinen Laptop auf. Internet. Sondierte Argumente für und wider künstliche Befruchtung. Auf den Seiten der Kinderwunsch-Kliniken: eine hoffnungsvolle Welt aus Abkürzungen und Tabellen, Erfolgsraten und Neugeborenenidylle aus dem Fotostudio. Auf den Foren: Frauen in existenzieller Raserei, Verzweifelte nach der Fehlgeburt beim fünften IVF-Versuch. Trost durch die Hoffnungsvollen: Auch du wirst es schaffen, verlier nicht den Mut. Sieh doch, unser dritter ICSI-Zyklus – Erfolg! Zwillinge!!

Ich versuchte mich in ihrer Mitte vorzustellen. Scheiterte. Schloss trotzig die Augen, bis die Müdigkeit endlich ihre Schuldigkeit tat. Um halb fünf jagte mich dann ein Traum wieder aus dem Schlaf, von dem nur eine vage Unruhe zurückblieb.

Ich öffnete die schallisolierten Fenster auf die Pearse Street. Draußen kühle, meeresfeuchte Luft, die Ampeln regelten den Geisterverkehr auf leeren Straßen. Auf der gegenüberliegenden Seite Backsteinbauten aus den Achtzigern. Ein leerer Zug rumpelte und kreischte dahinter in Richtung Innenstadt. DART, fiel mir ein. So hieß die Lokalbahn hier. Schon damals. Damals, vor all den Jahren.

Und jetzt, flüsterten meine Erinnerungen, *jetzt gehörst du uns.*

3

Im Sommer 1990 begann mein Vater zum ersten Mal vom Tod zu reden. Ausgerechnet. Gerade als Irland es bis ins Viertelfinale der Fußball-WM geschafft hatte. Selbst einen guten Monat später, als wir in unserem vollgestopften Volvo in Dublin ankamen, erzählten alle noch davon, sogar wo sie an dem denkwürdigen Tag gewesen waren (im Pub, ohne Ausnahme). Überall herrschte kollektive Aufbruchstimmung. Manche sollten Jahre später behaupten, dieser Sommer habe den keltischen Tiger und damit den irischen Boom entfesselt.

Ich war zwölfdreiviertel, wie ich stets betonte, und hatte andere Sorgen. Meine Brüste zum Beispiel, die ebenso wie die Pickel rascher sprossen als bei meinen Freundinnen, und der Keil, der sich zwischen uns alle trieb, weil ich im Gegensatz zu ihnen keine Schwäche für New Kids on the Block entwickelte.

Es war der Sommer, in dem mein Lieblingscousin Cormack sechzehn wurde und plötzlich anders aussah. Er ließ sich die Haare wachsen, trug ausschließlich schwarz und immer, wenn sein Name fiel, stieß die Mutter meines Vaters, für uns Kinder kurz Dublin-Nana genannt, ein vielsagendes »Jaysus« aus.

Klar, dass mich das sofort interessierte. Stundenlang saßen wir gemeinsam in seinem Zimmer und hörten seine Platten. Vor allem die drei großen M's: Metallica. Megadeth. Motörhead. Ich fand mich in ihren zornigen, theatralischen Texten wieder, und mir gefiel das Entsetzen der Erwachsenen darüber.

Dublin-Nana rollte mit den Augen und zündete eine Menge Kerzen für uns an, aus Angst, dass Cormack gerade an den Satan verlorenging und mich mit sich in den Abgrund riss. Beschwor meinen Vater, der die beiden ersten Wochen unseres Aufenthalts tief im Sessel mit leerem Blick in den Fernseher verbracht hatte, seinen Einfluss geltend zu machen.

Typisch, eigentlich. Wir sehen das Unheil kommen, aber aus der falschen Richtung.

Mein Dad war nie wie andere Väter gewesen, die nur am Wochenende in Erscheinung traten und mir unnahbar oder langweilig erschienen. Jeder mochte Arthur »Art« Logan. Er schien immer Zeit zu haben. Er war fröhlich. Er spielte gerne mit uns, außer er arbeitete gerade bei seinem alten Dubliner Kumpel Fergal in München oder half Leuten in der Umgebung, die selbst zu ungeschickt waren, eine defekte Toilettenspülung zu reparieren. Er hatte ständig Pläne und Ideen, und auf dem Weg zu ihrer Umsetzung kamen ihm wieder neue. Sie alle würden uns einmal reich machen. Ein Lebenskünstler, so hatte ihn mal eine Nachbarin in Freilassing bezeichnet. Obwohl ich da noch keine zehn gewesen war, hatte sich ihr Lachen gemein angehört. Die ist neidisch, hatte ich gedacht, und wollte auch Lebenskünstlerin werden. So wie mein Dad.

Nur dann nicht, wenn er *müde* war.

So nannte meine Mutter die Episoden, wenn Dad gar nichts mehr tat, außer im Bett zu liegen oder auf der Couch. Tage. Wochen. Meine Mutter schimpfte deswegen nie mit ihm, zumindest nicht vor uns Kindern. Sie behandelte ihn wie Luft und verbot uns, mit ihm zu sprechen, um ihn nicht zu sehr anzustrengen. Mit zwölfdreiviertel ahnte ich zum ersten Mal den wahren Grund.

»Patsy, meine Große«, sagte mein Vater. »Lass uns spazieren gehen.«

Seine Lippen lächelten, doch seine Augen waren leer und glasig. Die Haare ungekämmt, der Bart zehn Tage lang. Wenn es ihm wieder besser ging, rasierte er sich eigentlich immer.

Trotzdem. Ich war froh, ihm wenigstens mal wieder aufrecht stehend zu begegnen.

Also gingen wir. Aus dem Haus meiner Großmutter, durch ihren Vorgarten, die Watermill Road entlang hinunter ans Meer und weiter über die schmale Holzbrücke zum Strand von Bull Island.

Es war ein kühler Augusttag; der Himmel bedeckt in Grabsteingrau, das Meer eine Platte aus Blei, unter der ruhigen Oberfläche war eine aggressive Strömung zu erahnen. Kaum Spaziergänger, dafür eine Menge Austernfischer, die durch die kaum vorhandene Brandung trippelten und im Sand stocherten, ihre Schnäbel wie rote Lanzen.

In früheren Sommern waren wir hier oft schwimmen gegangen. Inzwischen hieß es, davon bekäme man Ausschlag und irgendwann Krebs, alles wegen Sellafield, dem Atomkraftwerk drüben bei den Briten, die meine Dublin-Nana und Dad immer nur »Brits« nannten.

»Patsy, du bist jetzt bald erwachsen«, sagte er. Sein Blick war starr und konnte trotzdem wandern. Blieb an der Wölbung meines T-Shirts hängen, unter der meine Weiblichkeit überraschend stark zu wuchern begonnen hatte. »Die Männer werden verrückt nach dir sein. Sind sie vielleicht jetzt schon.« Der Blick löste sich, wanderte weiter.

»Deine Nana macht sich Sorgen. Wegen Cormack und seiner Musik. Das ist einfach nichts für Mädchen wie dich.«

»Woher weißt du, was für ein Mädchen ich bin? Woher weißt du, woran ich denke?« Der erste Widerspruch, an den ich mich erinnere. Wahrscheinlich weil mein Vater bis dahin nie versucht hatte, einer zu sein.

Meine Wangen prickelten, der schwache Wind von der Irischen See kühl auf der glühenden Haut.

Das Gesicht meines Dads verzog sich zu einer Grimasse,

die ebenfalls neu war. Müde? Weit gefehlt. Etwas Abgründiges hatte von ihm Besitz ergriffen, das mich so erschreckte, dass ich bloß dastehen und mich nicht rühren konnte.

»Ich will sterben, Patsy«, sagte mein Vater. »Schon seit Wochen, da waren wir noch in München.«

Ich sagte nichts. Dachte nur, was Schwester Reinfrieda immer mit dräuender Stimme über Selbstmörder gesagt hatte. Hoffte, dass mein Dad wieder zurückfallen würde in sein endloses Schweigen der letzten Tage.

»Kannst du dich noch erinnern, was auf dem Weg hierher passiert ist?«, fragte er stattdessen.

»In Frankreich?«

»Ja.«

Die Erinnerung daran verzögerte seit Wochen meine Reise in den Schlaf. Zeigte mir Robbie, Mikey und Kev schlafend auf dem Rücksitz. Die warnblinkenden Lichter des Sattelschleppers auf der Gegenfahrbahn.

– Dad, wach auf!

– Oh! Ah! Bin nur ein bisschen eingenickt. Davon erzählen wir Mama nichts, ja?

Ich schluckte, mein Mund eine Wüste. »Du bist gar nicht eingeschlafen?«

Er schüttelte den Kopf. »Du hast uns alle gerettet, Patsy«, sagte er. In seiner Stimme Dankbarkeit und Vorwurf.

Plötzlich war da kein Strand mehr. Nicht die Austernfischer und nicht das Meer und auch nicht die beiden Schlote des Poolbeg-Kraftwerks. Nur noch mein Dad und ich und der frische Riss zwischen uns, der sich, wie ich inzwischen wusste, nie wieder schließen würde.

»Warum willst du sterben?«, fragte ich, mein Kopf ein einziger Kabelsalat.

Aber er fuhr sich bloß mit den Fingern durch seine schlappen dunklen Haare, die sich immer mehr aus seinem Gesicht zurückzogen, rieb sich das stoppelige Kinn – ein entzauberter Zauberer.

»Jetzt nicht mehr, Patsy. Du bist meine Retterin.«

Dann kam er zu mir und umarmte mich. Roch nach ungewaschenen Händen, nach den Zigarillos, die er rauchte, wenn Mama nicht in der Nähe war. Nach Dad, und trotzdem fremd. Ich kämpfte gegen den Impuls, ihn von mir zu stoßen. Distanz zu bringen zwischen uns.

Doch er hielt mich fest, ein Ertrinkender, der sich an mich klammerte, für den panischen Bruchteil einer Sekunde. Dann gab er mich frei.

»Bitte, Patsy. Hör nicht mehr diese abartige Musik, okay?«, sagte er mit einem grotesken Blinzeln, das wohl etwas Leichtigkeit in die Situation bringen sollte, tätschelte dann meine Wange. »Das bringt einen nur auf schlechte Gedanken. Ich weiß, wie sich das anfühlt. Das will ich nicht für dich.«

Dann wandte er sich ab, die Hände tief in den Taschen seiner zerbeulten Cordhose vergraben, machte sich auf den Weg zurück nach Hause; jeder seiner Fußabdrücke wie eine Schleifspur im Sand.

Heavy Metal hörte ich von da an nur noch heimlich.

Vom Wein und der Wahrheit

1

Es war kurz nach halb acht Uhr morgens, als ich mich zu Fuß auf in die Docklands machte. Fiachra Mehan, Leiter der Corporate Security bei Skiller, hatte uns für acht bestellt, um noch einmal die Aufzeichnungen der Münchner Buffetkamera zu sichten.

Während sich an der Pearse Street schon der Morgenverkehr staute, lag der Grand Canal Walk noch im Halbschlaf. Das Skiller-Gebäude gehörte zu dieser Uhrzeit den Menschen im Hintergrund: Lebensmittellieferanten. Putzkolonnen. Küchenangestellten, die mit ihren Wägelchen voller Snacks durch die Etagen rollten, um Teeküchen zu befüllen. Der vertikale Garten im Atrium wurde bewässert, Böden wurden gesaugt. Es roch nach Kaffee und industriellem Putzmittel, überall die Erwartung an einen erfolgreichen neuen Tag.

Ich war fast zehn Minuten vor der vereinbarten Zeit an der Empfangstheke, doch DS Ferguson erwartete mich bereits, kauend, in der Hand ein halb aufgegessenes Würstchen im Teigmantel. Er wirkte jünger als gestern. Wahrscheinlich das Outfit – dunkelblaue Kapuzenjacke, Jeans und klobige Turnschuhe, eingehüllt in den schwachen Geruch nach Zigaretten und Haargel. Trotz seiner beachtlichen Augenringe schien er gut gelaunt.

Währenddessen bei Patsy Logan: Beine wie Sandsäcke, Kopfschmerzen, die sich vom Nacken aus in den Hinterkopf zogen, dunkelrote Flecken in der Slipeinlage beim Aufstehen. Großartig. Mal wieder einer dieser Tage mit Klauen und Zähnen.

»Morgen, DI Logan. Haben Sie gut geschlafen?«

»Sehe ich so aus?«

»Wie der Morgentau.«

»Ach, halten Sie die Klappe.« Ich grinste, wider Willen. »Gibt es sonst irgendwelche neuen Erkenntnisse, DS Ferguson?«

»Seit gestern Abend?«

»Ja, zum Beispiel über den ominösen Pep.«

»Leider nein.«

»Ich dachte, Sie wollten noch was arbeiten?«

Er schaute belustigt. »Ja, für meine Kollegen von der Task Force. Hier gibt es einen Drogenkrieg zu gewinnen, Detective Inspector. Ich habe noch andere Verpflichtungen als Sie.«

»Ihre Task Force hat doch ein Budget von neunzig Millionen. Das sind eine Menge Überstunden für eine Menge Leute. Ihre Kollegen brauchen Sie viel weniger als ich.«

»Woher haben Sie diese Information mit den neunzig Millionen?«

»Schon mal vom Internet gehört?«

Er schnitt eine Grimasse. »Sie sind ganz schön nassforsch für jemanden, der ohne mich nicht mal eine Frage stellen darf.«

»Schauen Sie, Ben, mein Boss sitzt mir ziemlich im Nacken. Je schneller wir hier auf einen grünen Zweig kommen, desto früher sind Sie mich los. Win-win.«

Um DS Fergusons Kiefer zuckte es. Er wollte etwas sagen, entschied sich aber dagegen. Sagte stattdessen: »Okay, *Patsy*«, er holte sein Handy aus der Einschubtasche seiner Jacke. »Ich hake bei dem Kollegen nach, wenn Sie glauben, dass –«

»Bemühen Sie sich nicht. Ich habe Peps Telefonnummer schon.«

Er ließ das Handy wieder sinken, erwiderte mein Lächeln mit schmalen Augen.

»Sie genießen das hier gerade, oder?«

Viel zu sehr, ja.

»Meine Kollegen aus München haben mich vorhin gerade angerufen«, sagte ich, griff nach meinem Handy. »Wir haben seit gestern Zugang zu Carolin Höllers privatem E-Mail-Konto. Die Auswertung der E-Mails läuft noch, aber wir sollten im Lauf des Tages mehr darüber hören. Jedenfalls hatte Carolin alle Kontakte von ihrem Telefon mit ihrem E-Mail-Konto synchronisiert. Es gibt einen Eintrag unter ›Pep‹ mit einer irischen Telefonnummer.«

Mit dieser Botschaft hatte mich Kris geweckt. DS Fergusons rechte Augenbraue hob sich, unbeeindruckt.

Ich drückte auf Wahlwiederholung, hielt ihm das Handy entgegen. Der Anruf endete sofort auf der Mobilbox. Eine Stimme in geschlechtsloser Höhe bellte einen einzigen Satz.

Hinterlass eine Nachricht.

DS Ferguson drückte das Gespräch weg, gab mir das Handy zurück.

»Klingt, als nimmt Pep hier die Bestellungen seiner Kunden an«, sagte ich.

»Und? Haben Sie eine Nachricht hinterlassen?«, fragte er. Offenbar traute er mir eine Menge Dummheiten zu. Nicht zu Unrecht. Aber das hier war anders. Das hier war Beruf.

»Nein. Eine Handynummer aus Deutschland erregt nur Verdacht, und eine unterdrückte Nummer genauso. Am besten, wir versuchen die Nummer zu einem Provider zurückzuverfolgen in der Hoffnung, dass wir etwas Brauchbares erfahren.«

DS Ferguson brummte unüberzeugt. »Professionelle Dealer hinterlassen solche Spuren selten.«

»Vielleicht ist Pep kein professioneller Dealer.«

Darüber dachte er zumindest eine halbe Sekunde lang nach.

»Na gut, ich kümmere mich drum.« Er tippte in sein Handy. Eine To-do-Liste, die immer länger wurde. »Aber nur zu Ihrer Information: Das wird ein paar Tage dauern. Bei den Jungs im Präsidium ist Land unter. Für mich machen die erst dann was, wenn sie eine freie Minute haben, und die haben sie fast nie.«

Ein paar Tage? Eine Ewigkeit. Unruhe kribbelte in mir. Doch ich hielt mich zurück. Ich war auf DS Fergusons Wohlwollen angewiesen. Außerdem brauchte diese Ermittlung alles, nur keinen zweiten Konstantin.

2

Schlag acht tauchte Fiachra Mehan auf. Schlecht gefärbte Haare, seehundartiger Schnurrbart, eine randlose Brille, die er an der Kette um den Hals trug. Gesundheitssandalen, Nagelpilz. Zwischen all den Kapuzenjacken und Skinny Jeans wirkte der Leiter der Unternehmenssicherheit wie aus der Zeit gefallen. Sein Händedruck war aus Stahl, in seinen hellen Augen ein Eifer, den ich sonst nur von Sebi Kramer kannte, wenn es einen Doppelmord zu untersuchen gab.

Früher Polizist bei der schnellen Eingreiftruppe, hatte er in den Neunzigern auf Sicherheitsmanagement umgeschult. Bei den Skillerz hieß er bloß »der Terminator«. Unübersehbar, wie geschmeichelt er sich von dem Spitznamen fühlte.

Sein Büro lag im ersten Stock, die Glaswände mit Sichtschutzfolien beklebt. Von dort aus führte eine Tür in einen Raum voller Monitore. Sie alle zeigten abwechselnd Eingangsbereiche, Treppenhäuser und Gänge in flauen Farben. Skiller-Mitarbeiter, die stumm durch das Bild glitten oder in Drehtüren verschwanden. Ein verschlafen wirkender Mitarbeiter saß davor, tippte etwas auf seinem Handy.

»Unsere Einsatzzentrale«, erklärte Fiachra. »Von hier aus können wir auf sämtliche Sicherheitskameras zugreifen. Auch auf die der europäischen Niederlassungen, versteht sich. Soweit wir dürfen.« Sein Ton wurde bedauernd. »Im Münchner Büro haben sie nur am Eingang und in der Kantine eine Kamera. Was für ein Leichtsinn. Viele hier haben mich belächelt. *Was kann bei Skiller schon passieren?*, sagen sie. Und jetzt haben wir das Unglück.«

Er führte uns in einen angrenzenden Raum. Wieder Glaswände, diesmal mit Jalousien als Sichtschutz. Auf einem Besprechungstisch ein Laptop und zwei Teller gefüllt mit Obst, Croissants und Plundergebäck.

»Ihre Kollegin aus München hat mich gebeten, Ihnen einige Ausschnitte der Kameraaufnahmen aus der Kantine München vorzubereiten. Die können Sie sich hier in Ruhe ansehen. Und wenn Sie Fragen haben, geben Sie mir Bescheid.« Er tätschelte den zugeklappten Laptop und zog sich zurück nach nebenan, warf uns von dort aber immer wieder einen besorgten Blick durch die geöffneten Lamellen der Jalousien zu.

Nach einer Stunde hatten wir alle Filmausschnitte durch, die Teller waren abgegrast.

»Wenn diese Ermittlung vorbei ist, bin ich schlachtreif«, verkündete DS Ferguson, den letzten Bissen noch im Mund.

Sein Blick blieb auf das schwarz-weiße Standbild auf dem Bildschirm fixiert, das Anthony Keane und Carolin Höller zeigte. Sie schienen allein am Buffet zu sein, der große Ansturm vorbei. Carolin sah aus wie ein Teenager neben Anthony Keanes massiver Präsenz. Die Auflösung der Kamera war nicht gerade überragend, doch man konnte sehen, dass sie ein Gespräch führten. Keane beugte sich zu Carolin, die Hand vertraulich auf ihrem Oberarm. So als würden sich zwei Menschen in der Disco unterhalten.

Zupacken sah man ihn erst, wenn man das Video abspielte. Für den Bruchteil einer Sekunde schüttelte er sie sogar. Carolin Höller wirkte zunächst unbeeindruckt. Dann schnellte ihr Kopf nach oben. Sie sprach in sein Ohr, und er ließ los. Lud sich den Teller voll, während sie sich nur ein paar Häppchen nahm und sich damit aus dem Bild entfernte.

»Was halten Sie davon?«, fragte ich. »Ziemlich eindeutig, finde ich.«

»Also ich weiß nicht«, sagte DS Ferguson, kratzte sich an der Schläfe, wo ein paar vorschnelle graue Haare sprossen. »Ja, es sieht aus, als wären sie laut. Aber war da nicht Musik im Hintergrund? Die mussten sich wahrscheinlich anschreien.«

»Den Oberarm zerquetschen musste er ihr aber nicht.«

»Na ja, zerquetschen ist übertrieben.«

DS Ferguson spielte die Sequenz erneut ab. Wir beugten uns vor, versuchten, so viel Subtext wie möglich aus der Begegnung zu erhaschen. Keine neuen Erkenntnisse, zumindest nicht für mich. Eine brutale Geste der Einschüchterung, und das ohne sichtbare Provokation von Carolin Höller.

»Offensichtlich hatte Keane sich nicht einmal vor Publikum unter Kontrolle«, sagte ich. »Und bis zu seinem Besuch in ihrem Büro ist es zu dem Zeitpunkt noch fast eineinhalb Stunden hin. Da hatte er noch eine Menge Zeit, sich in Rage zu denken.«

»Ich finde, Sie bewerten das zu hoch. Nur, weil er sie am Arm anfasst ...«

»Meine Kollegin in München bewertet es genauso.«

»Ihr anderer Kollege in München aber nicht, oder?«

Mein Lächeln geriet etwas gezwungen. DS Ferguson konnte zuhören. Und er hatte ein gutes Gedächtnis. Natürlich könnte ich ihm ein paar Dinge über den Kollegen Reitsamer erzählen. Darüber, wie viel Vergnügen es ihm bereitete, junge Kollegen mit einer grundsätzlich gegenteiligen Meinung zu verunsichern. Genau genommen schien es das Einzige zu sein, was ihm an seinem Job Spaß machte. Nur – was brachte das?

»Das heißt, Sie sind seiner Meinung?«

»Wäre das ein Problem?«

»Natürlich nicht.«

»Gut«, sagte er mit einem Grinsen, das nur ich sehen konnte. »Sie klingen nämlich etwas gereizt.«

Bei Gott, das war ich auch. Wie konnte er Keanes bedrohliche Geste einfach so abtun? Wohin war unsere mühelose Harmonie von gestern verschwunden?

»Ich bin nur überrascht. Für mich ist es ein klarer Übergriff.«

»Und für mich nicht«, sagte DS Ferguson mit einem endgültigen Achselzucken. Kurze Pause, abwägen. »Frauen sind da zu empfindlich.«

Endlich, da war sie. Die späte Retourkutsche für die Sache mit Pep vorhin. Wahrscheinlich eine gute Gelegenheit, um den Mund zu halten.

»Männer können es sich leisten, weniger empfindlich zu sein«, sagte ich stattdessen.

»Sie haben um meine Meinung gebeten, und das ist sie«, sagte DS Ferguson grimmig. Er erhob sich, zeigte Fiachra Mehan mit einer Geste an, dass wir fertig waren.

Meinetwegen. In einer Stunde hatten wir unser Gespräch mit Anthony Keane. Dann würden wir ja sehen.

Ich griff nach meinem Handy, darauf drei verpasste Anrufe von Stefan. Mein Magen wurde sofort hart und heiß, in meinem Kopf eine Parade an diversen Worst-Case-Szenarien. Optimisten sind rar in meinem Beruf. Zum Glück wusste Stefan das. Er hatte noch eine SMS nachgeschickt.

> Hey Pat, wie gehts dir? Hier alles okay, aber bitte ruf mich gleich an und lies davor keine E-Mails. Tu mir den Gefallen, ja? ♡ Stefan

Das war nicht, was ich unter einer Entwarnung verstand.

3

»Hey. Danke, dass du mich anrufst.« In Stefans Stimme brummelten der Schlaf und das Bedauern über einen exzessiven Vorabend. »Wie ist's im Vaterland?«

»Wetter schön, Essen gut.«

»Du Glückspilz. Seit du weg bist, gibt's hier entweder die Sintflut oder man kommt aus dem Schwitzen nicht raus ... Wo bist du gerade?«

»Draußen vor dem Skiller-Büro.« Ich sah in den Himmel. Diesig blau, die Kondensstreifen der Flugzeuge breit wie Wolken. Nicht mehr lange, und das Wetter würde umschlagen. »Danke übrigens für deine E-Mail. Ich schätze deine Offenheit.«

Er stöhnte leise. »Du hast sie also doch gelesen.«

»Nach deinem Hinweis musste ich ja geradezu.«

»Pat, was ist das mit dir und deinem Masochismus?« Es raschelte. Offenbar rieb er sich das Gesicht vor Verzweiflung über mich. »Warum hast du sie gelesen, wenn ich dich bitte ...«

»Warum hast du sie geschrieben?«, fragte ich. Meine Stimme war ruhig. Mehr als das. Betäubt. »Und warum hast du sie mir danach auch noch geschickt? Das sind die wirklich interessanten Fragen.«

»Weil ich betrunken war, okay?« Für einen Psychologen fiel es Stefan erstaunlich schwer, sich zu entschuldigen. Das war er nicht gewohnt, als moralischer Sieger vom Dienst. »Die Klinik hatte angerufen und wollte wissen, ob wir einen Termin für die erste Behandlung vereinbaren wollen. Und da fiel mir auf, dass wir die Unterlagen noch gar nicht an die Versicherung geschickt haben. Kunststück. Wir haben ja auch noch keine Entscheidung getroffen, ob wir's überhaupt machen, weil wir nicht einmal darüber gesprochen haben. Ich war einfach sauer und musste was tun, und dann hat Rolf angerufen, und wir haben uns getroffen.«

Rolf Krumbach, zweiundvierzig, alter Schulfreund, jetzt Oberarzt, fünffacher Vater von zwei Ehefrauen, derzeit mal wieder in Scheidung. Wegen der OP-Schwester. Der Mann wusste, was er seinem Klischee schuldig war. Und er war der Einzige, der einen Stefan zum Vorschein bringen konnte, den man sonst selten zu Gesicht bekam: voller Wut und Minderwertigkeitskomplexe.

Ein Stefan, der Sätze mit drei Ausrufezeichen schrieb. Der ein Sperrfeuer an Vorwürfen und Unterstellungen über mir niedergehen ließ. Ich hätte ihn in die Irre geführt, all die Jahre. Ich nähme es nicht ernst, wie sehr er sich Kinder wünschte, nur weil er ein Mann sei. Anstatt zuzugeben, dass ich eigentlich gar keine will, führte ich ihn an der Nase herum. Er habe schon zu lange Verständnis für mein familienfeindliches Leben aufgebracht. Und er habe es jetzt endgültig SATT!!

»Pat ... Was ich gesagt habe, das war nicht so gemeint. Nicht so, wie es da steht. Ich sollte keinen Malbec mehr trinken.«

Jetzt entkam mir doch noch ein Lachen. »Im Gegenteil. Öfter solltest du trinken. Wer weiß, was wir noch erfahren?«

Stefan schwieg ein paar Sekunden lang. Ich wünschte, er hätte es noch länger getan. Aber dann sagte er: »Wir zwei gehören zusammen.«

Es klang trotzig. Als seien wir beide eine Idee, die es gegen alle Widerstände durchzusetzen galt. Ein verstörender Gedanke, aber durchaus plausibel. Patsy Logan – ein Akt der Rebellion gegen die Eltern. Ein siebenjähriges Projekt. Und es drohte zu scheitern.

»Willst du den Preis dafür wirklich bezahlen, Stefan?«

»Was meinst du damit?«

»Auch bei künstlicher Befruchtung gibt es keine Garantie.«

Sein Atem rauschte in mein Ohr. »Es wird klappen«, sagte er. Im Hintergrund kreischte Pauli nach mir: Hey, Baby. »Wir müssen positiv bleiben.«

»Und wenn nicht? Dann bleibe nur ich dir. Keine Kinder, kein Erbe, nur ich und meine Arbeit.«

Stefan verstummte. Die Leitung plötzlich wie tot, während er die Puzzleteile zusammensetzte. »Hat mein Vater dir …?«

»Nein. Ich war an deinem Computer, als seine E-Mail kam.«

»Und die musstest du natürlich gleich lesen.«

»Du kennst mich. Immer auf der Suche nach der Wahrheit.«

Stefans Lachen war mehr verzweifelt als amüsiert. »Und die ganze Zeit sagst du mir nichts davon?«

»Hätte das was geändert?«

»Wir hätten darüber reden können«, sagte Stefan. Die Wut vom Vorabend begann wieder Blasen in seiner Stimme zu werfen. »Aber das wolltest du gar nicht, oder? Dann hätte ich dir nämlich erzählen können, dass ich mit meinem Vater gesprochen habe. Und das hätte dir nur dein Selbstmitleid versaut.«

Stefan war ein Magier der Schuldgefühle. Kaum glaubte man sich auf der sicheren Seite, zauberte er sie aus dem Hut. Und wie immer fiel ich auf seine billigen Tricks rein.

»Worüber habt ihr denn gesprochen?«, fragte ich.

»Über uns. Unsere Probleme, Kinder zu bekommen.«

Wenn ich mich richtig erinnerte, hatte ich Stefan das vorgeschlagen. Er hatte getan, was ich noch vor wenigen Tagen gewollt hatte.

»Und was sagt er?«

»Sie haben Unterstützung angeboten.«

»Wirklich? Das heißt, sie überdenken die Sache nochmal?«

Stefan zögerte. Jetzt kam der Haken, ich wusste es. Schloss die Augen in Erwartung.

»Nein, nicht direkt. Das Dokument ist schon beim Notar, glaub ich. Aber sie werden uns finanziell bei der Behandlung unterstützen, wenn wir das wollen. Das könnte ja ziemlich teuer werden. Möglicherweise brauchen wir mehrere Runden, bevor es funktioniert ...«

Funktioniert?

»Und diesen Kuhhandel willst du mitmachen? Deine Eltern setzen uns mit ihren Ideen von der unverseuchten Fuchs-Dynastie unter Druck, und du machst Männchen?«

»Ich mache *nicht* Männchen.«

»Aber du nimmst ihr Geld.«

Mein Mann seufzte. »Hier geht es ausnahmsweise mal nicht um deinen Stolz, Pat. Es geht um unsere gemeinsame Zukunft. Anscheinend verstehst du das immer noch nicht.«

Er hatte recht. Ich verstand gar nichts mehr. Nicht die Leute bei Skiller. Nicht diesen Mann am anderen Ende der Leitung, dessen Ring ich seit drei Jahren nicht abgelegt hatte.

Ich öffnete die Augen. Wartete, bis der leichte Schwindel nachgelassen hatte.

»*Fuck you*«, sagte ich. Und noch einmal. »*Fuck you.*«

Dann legte ich auf.

4

1 verpasster Anruf von Kris Meyerhofer

1 neue Nachricht von Kris Meyerhofer, hinterlassen heute um 09:25 Uhr

Patsy, hier ist die Kris. Diesmal bin ich gleich auf der Mobilbox gelandet, wahrscheinlich telefonierst du gerade. Wenn du nicht in einer Vernehmung bist, ruf mich bitte zurück. Wir sollten vielleicht noch kurz über was reden, bevor du mit dem Zeugen Keane sprichst. Falls du mich aus irgendeinem Grund nicht erreichst – ich hab dir auch eine Mail geschickt. Bis später dann hoffentlich.

Der Bullshit-Detektor

1

Fiachra »der Terminator« Mehan war kein Mann leerer Drohungen. Die Sicherheitsvorkehrungen des Skiller-Hauptquartiers waren unerbittlich. Nach meinem Telefonat mit Kris verweigerte man mir freundlich, aber strikt den Wiedereintritt.

Hinter elektronischen Barrieren ausschließlich in Begleitung eines Skiller-Mitarbeiters, der hierzu autorisiert war. Keine Ausnahmen, *sorry*. Nein, auch nicht für ermittelnde Vertreter der Staatsgewalt. Nein, auch nicht, wenn man soeben beim Verlassen des Gebäudes beobachtet worden war. *Sorry*. Fiachra? Leider gerade nicht an seinem Platz. Wahrscheinlich im Haus unterwegs. Das Böse schläft nie, haha. Gibt es eine andere Kontaktperson? Und so weiter.

Bis endlich Rike Olsen in einer Art futuristischem Sari angeflattert kam und mich in den zweiten Stock begleitete. Zu dem Zeitpunkt konnte ich mir jede Eile bereits sparen. Die Befragung von Anthony Keane schien in vollem Gange.

»Tut mir leid, die Verspätung.«

»Kein Problem.« DS Ferguson sah mich nicht einmal an, warf nur einen Blick auf sein Telefon. Tat überrascht, als sähe er meine zwei erfolglosen Anrufe vom Empfang aus zum ersten Mal. »Wir haben schon mal angefangen. Mister Keane ist etwas zeitknapp.«

Er schenkte Anthony Keane ein entgegenkommendes Lächeln.

»Aha.« Mehr fiel mir zu so einem Satz nicht ein. Die letzte

Stunde hatte mich genug Energie gekostet. Außerdem wurde ich abgelenkt von Anthony Keane, der neben mir aus seinem Stuhl auf die Beine schoss. Faszinierend, wie sehr die Wirklichkeit meinen ersten Eindruck am Telefon in den Schatten stellte. Anthony Keane war ein Mann unter Starkstrom. Man erwartete jederzeit ein deftiges Schulterklopfen von ihm oder das Angebot, einen gebrauchten Sportwagen zu kaufen. Er überragte mich und meine eins einundsiebzig plus Absätze um gut weitere zwanzig Zentimeter. Seine hellen Haare wirkten etwas grauer als auf dem Online-Profil. Hellblaue Augen mit stecknadelkopfgroßen Pupillen musterten mich wohlwollend, dann wurde ihm klar – wir kannten uns. Wenn ihm unser Telefonat noch als unangenehm in Erinnerung war, ließ er sich das nicht anmerken.

»Anthony Keane, freut mich«, sagte er. »Detective Inspector Logan aus München, nehme ich an?« Der Druck seiner Schaufelhand unerwartet rücksichtsvoll, sein Akzent mit dem britischen Einschlag der wohlsituierten Dubliner, den mein Dad und seine Familie immer als versnobt verachtet hatten.

»Ja, die vom Telefon.«

Er wertete mein Standard-Lächeln offensichtlich als Entwarnung. »Und wer hat nun hier das Sagen? Sie oder der Kollege?«

»Deutschland gewinnt doch immer«, sagte DS Ferguson mit einem Augenzwinkern in meine Richtung.

Der Witz des Jahres. Anthony Keane versuchte sein Grinsen zu verbergen, aber nur halbherzig.

»Dann legen wir mal im Sinne der deutschen Effizienz los.« Ich lächelte süßlich. »Damit wir Sie nicht zu viel Zeit kosten, Mister Keane.«

»Ich muss diesen Nachmittag noch zur InterWebz im Konferenzzentrum«, erklärte Keane, sein Atem gehetzt und etwas zu laut. »Ich muss dort eine Keynote halten. Eigentlich wollte ich die Präsentation heute Morgen fertigstellen, aber dann hieß es«, er riss seine Arme zu einem Hände-hoch nach oben, »ich müsste noch bei Ihren Kollegen eine Speichelprobe abgeben, wie jeder andere Verbrecher auch.« Ein dröhnendes Lachen.

Niemand reagierte auf seinen Scherz, also ließ er sich auf seinen Stuhl fallen, kratzte sich an der Wange, verschränkte dann die Hände hinter dem Kopf, setzte sich wieder gerade hin.

»Haben Sie sich verletzt?«, fragte ich.

»Wie bitte?«

»Da«, ich zeigte auf einen feinen roten Striemen, der sich in einem Halbmond vom hinteren Teil seines Unterkiefers über die Wange zog.

»Das?« Er hob noch einmal die Hand, befühlte den verheilenden Kratzer. »Das ist beim Joggen passiert. Mein Vordermann verbog einen Ast, ich hinter ihm, nicht aufgepasst und schon – zack. Sie kennen das sicherlich.«

Nein, ich kenne das nicht. Sport und saure Gurken – alles Teufelszeug.

»Sieht ein bisschen entzündet aus. Wann ist das passiert?«

Ich fragte es beiläufig, während ich meine Umhängetasche abstellte und mich auf einen der beiden noch freien Stühle setzte; konzentrierte mich ganz auf seine Stimme.

»Das war letzte Woche in München. Am Donnerstag. Ich laufe jeden Tag, wissen Sie, auch auf Geschäftsreisen.«

»Wo in München waren Sie unterwegs?«

»An diesem Fluss da.«

»An der Isar?«

Seit wann war das Isar-Ufer im Stadtzentrum so verwachsen, dass man sich durch Büsche schlagen musste?

»Ja.« Er rutschte auf seinem Sessel hin und her, auch wenn der ihm wenig Platz dafür bot. »Was tut das zur Sache?«

Möglicherweise alles, wenn man die fremde DNA unter Carolin Höllers Fingernagel bedachte.

»Nichts. Es ist mir nur aufgefallen.« Ich nickte DS Ferguson zu. »Machen Sie ruhig weiter mit Ihren Fragen.«

Doch DS Ferguson schien weder viele Fragen zu haben noch in Eile zu sein. In aller Ruhe ließ er Anthony Keane noch einmal seine Version des Abends von Carolin Höllers Tod rekapitulieren. Ohne große Vorkommnisse, angeblich.

Keane erklärte uns erneut lang und breit, seit wann er die deutsche Kollegin gekannt und wie nahe man einander gestanden habe, wie wichtig ihr sein beruflicher Rat stets gewesen sei. Dass er zuletzt gegen halb neun Uhr mit ihr gesprochen und sie danach nie wiedergesehen habe. Dass er sich zwar bis kurz nach zehn im Büro aufgehalten habe, aber ein Stockwerk tiefer. Dort habe er gearbeitet und sei dann, ohne sie noch einmal zu kontaktieren, ins Hotel. Und nein, das könne niemand bestätigen, es seien ja schließlich alle bei der Party gewesen. Feixen, Augenzwinkern.

All das, während DS Ferguson nickte und schrieb, als wäre er Keanes Privatsekretär. Vielleicht bildete ich mir das auch nur ein. Seit dem Gespräch mit Stefan witterte meine Paranoia überall Verrat.

Trotzdem versuchte ich meine Ungeduld zu zügeln. Dachte an das Telefonat mit Kris. Ihren hörbaren Stolz auf das Ergebnis ihrer Ermittlungen, auf meine Anerkennung dafür. Ich vermisste sie. Ein wenig mehr Gefallsucht hätte auch DS Ferguson ganz gutgetan.

Aber die konzentrierte er anscheinend auf Anthony Keane. Wo war das Feuer, das er gestern noch unter Rike Olsens Hintern entfacht hatte? Heute reihte sich eine belanglose Frage an die nächste. Ali Billroth fand ebenso wenig Erwähnung wie die Karten, die jemand an sie geschrieben und auf ihrem Schreibtisch hinterlassen hatte.

Als Keane bereits nach wenigen Minuten zum ersten Mal auf seine Armbanduhr sah, klappte DS Ferguson doch noch den Laptop auf, den Fiachra Mehan uns als Leihgabe für die Befragung zur Verfügung gestellt hatte.

Unser Zeuge kaute auf seiner Unterlippe, während er den Videoausschnitt verfolgte; volle Konzentration. Sah uns dann an, die Stirn in Falten, seine Verwunderung aufrichtig. Er hatte Schlimmeres befürchtet.

»Und weshalb zeigen Sie mir das? Weil ich Carolin am Oberarm angefasst habe?«

»Ziemlich hart angefasst«, sagte DS Ferguson. Nicht aus Überzeugung. Er wollte mir bloß keine Gelegenheit geben, in das Gespräch einzuhaken. »Können Sie sich daran erinnern, Anthony?«

Anthony?

Keane machte ein Gesicht, als verlangte man von ihm, ein Gedicht aus der Schulzeit zu rezitieren.

»Nicht wirklich. Ich bin ein taktiler Mensch. Ich fasse mein Gegenüber eben gerne an.«

Jetzt reichte es mir.

»Gilt das für Frauen und Männer gleichermaßen?«

Im Raum wurde es still, als hätte ich soeben eine Waffe aus meiner Tasche gezogen. DS Fergusons Blick schoss jedenfalls mit einer Menge Volt in meine Richtung. Offensichtlich bereute er zutiefst, mir jemals das Sprachrecht in unseren Befragungen erteilt zu haben. Zu spät.

»Ich versuche, stets gerecht zu bleiben«, gab Keane zurück, seine Lippen süffisant gespitzt. Als hätte er genau diese Worte von einer humorlosen Amazone wie mir erwartet.

Netter Versuch. Und viel subtiler als erwartet. Ich antwortete mit einem Lächeln unter null.

»Sagen Sie, Mister Keane. Als wir letzte Woche telefoniert haben, war von einem internen Disziplinarfall die Rede, über den Sie mit Carolin Höller gesprochen haben.«

»Das ist richtig. Was für eine bedauerliche Verschwendung für ein letztes Gespräch.«

»Können Sie mir etwas mehr darüber erzählen?«

Er seufzte, als habe er genau das schon mehrmals getan. »Wie schon erwähnt – ich fühle mich nicht wohl dabei, weil es sich um vertrauliche Daten handelt.«

»Ist mir klar. Doch als Zeuge sind Sie zu dieser Auskunft verpflichtet. Sie wird außerhalb unserer Ermittlungen auch nicht verwendet. Machen Sie sich keine Sorgen.«

Keane machte sich aber Sorgen. Er wetzte auf dem Stuhl herum. Rieb sich die Hände. »Na ja, es gibt da eine Mitarbeiterin, mit der wir schon lange Probleme haben. Carolin war ihre Managerin, doch sie sollte von einem meiner Teamleiter übernommen werden, weil Carolin durch ihren Umzug nach München Leute abgeben musste.«

»Was genau für Probleme gab es denn mit der Mitarbeiterin?«

Er sah zur Decke, schüttelte überfordert den Kopf. Wo sollte er anfangen?

»Ihre Leistungen sind manchmal gut, dann macht sie wieder gar nichts. Aber das größte Problem ist ihre destruktive Einstellung.«

»Erklären Sie mir das bitte. Ich habe keine Ahnung, was man in so einem Mitarbeiterparadies wie Skiller zerstören will. Beim besten Willen nicht.«

Keane machte eine *Sag ich doch*-Geste.

»Sie und ich vielleicht nicht, aber diese sogenannte Generation Y …« Er schüttelte wieder den Kopf. Ein hoffnungsloser Fall, anscheinend. »Für jeden Bauklotz, den sie aufeinanderstellen, soll man sie beklatschen wie ihre Eltern früher. Sie wollen gut verdienen und eine steile Karriere hinlegen, und das am besten in Teilzeit.«

Ein Lachen quetschte sich durch seine vom jahrelangen Kaffeekonsum gefärbten Zahnreihen.

»Von solchen Mitarbeitern habe ich noch nie gehört«, sagte ich. Das war nicht mal übertrieben. Im Präsidium regierten noch überwiegend die alten Haudegen und solche, die in ihrem Sinne handelten. Siehe Konstantin und seine Reaktion auf Kris' Vorschlag mit dem Bücherregal.

»Seien Sie froh«, sagte Keane und winkte müde ab. »Bei den Start-ups ist das an der Tagesordnung. Hier wird jedem Studienabgänger eingeredet, er sei was Besonderes. Und wenn es dann mal Rückschläge oder Gegenwind gibt, rennen sie sofort zu HR und beschweren sich. Irgendwann werden wir alle von einem Haufen verwöhnter Kinder regiert, Detective Inspector, und dann Gute Nacht. Ich könnte Ihnen Geschichten erzählen …«

Er bemerkte, dass er weit jenseits meiner ursprünglichen Frage gelandet war. Verstummte, jetzt sichtbar unsicher, ob er sich angreifbar gemacht hatte.

Ich hätte ihn beruhigen können. Seine Tirade änderte gar nichts.

»Wie steht es mit sexueller Belästigung? Ist das bei Skiller auch an der Tagesordnung?«

Keane starrte mich an. Auch DS Ferguson hob den Blick von seinen Notizen.

Das große Schweigen, zwei Sekunden lang. Vor »Ulysses« rollte einer der Küchengehilfen lustlos ein Wägelchen voller Getränke und Snacks vorbei, gefolgt von zwei gut aussehenden jungen Frauen mit wehenden Haaren, im Arm jeweils matt schimmernde Laptops. Alles ohne Ton.

Ich wartete auf eine Reaktion von Keane. Erröten. Hektisches Räuspern. Schweiß auf der Oberlippe. Verräterische Empörung. Für all das schien er aber zu perplex. Sogar sein Mund stand offen.

»Natürlich nicht«, sagte er, seine Stimme rau. »Wie kommen Sie darauf?«

»Carolin Höller hat am Tag ihres Todes von einer Mitarbeiterin eine Beschwerde über sexuelle Belästigung durch einen Manager erhalten.«

»Ach, wirklich.« Es war weder eine Frage noch eine Überraschung. Anthony Keane hatte sich wieder gefasst und wusste genau, was auf ihn zukam.

Er lehnte sich nach hinten, verschränkte die Hände hinter dem Kopf. Dunkle Kreise unter den Ärmeln seines taubengrauen Hemdes.

Dann beugte er sich nach vorne, mir entgegen. »Lassen Sie mich raten, wie die Mitarbeiterin hieß.« Seine Augen waren starr und sehr blau. »Es war Ali Billroth, nicht wahr?«

Ein Frontalangriff. Damit hatte auch ich nicht gerechnet.

»Ich sehe schon, Detective Inspector, ich habe recht.« Beinahe lächelte er. »Aber nicht, weil ich ein Hellseher bin«, kurzes Lachen, »sondern weil ich Ali schon zu lange zu gut kenne. Sie ist – verzeihen Sie mir die Offenheit – ein intrigantes Miststück.«

»Warum, glauben Sie, hat sie sich beschwert?«

Ich kannte die Antwort. Ich wollte es ihn nur sagen hören.

Er zischte abfällig dazu.

»Weil sie der interne Disziplinarfall ist, über den ich mit Carolin sprechen musste. Die Billroth ist ein fauler Apfel hier bei Skiller. Eine von denen, die noch an den Weihnachtsmann glauben und daran, dass Skiller ein gemeinnütziger Verein ist, in dem wir uns alle an den Händen halten und die Welt zu einem besseren Ort machen.«

Zugegeben, Keane verfügte über ein bösartig komödiantisches Talent. Seine Version von Ali Billroths naiver Anspruchshaltung traf auf den Punkt.

»Die Billroth lebt in ihrer eigenen Welt, Detective Inspector.« Das *Inspector* zog er genüsslich in die Länge. »Die macht sich keine Gedanken darüber, woher das Geld für ihre gratis Massagen in der Mittagspause kommt. Auch nicht, dass Skiller seit der Gründung nichts als Verluste geschrieben hat. Jedes einzige verdammte Jahr! Aber jetzt ist Pippi Langstrumpf enttäuscht, weil wir die Interessen unserer Investoren bedienen müssen. Böser Kapitalismus, buuhuu. Was für eine Heuchelei.« Er ließ sich zurückfallen, sah mich an. Selbstgerechtigkeit, weit jenseits meiner Schmerzgrenze. Schade nur, dass ich ihm irgendwie recht geben musste. Wahrscheinlich gehörte ich nicht nur fortpflanzungstechnisch zum alten Eisen.

»Vielleicht ist Ali Billroth Idealistin und war enttäuscht von der börsenorientierten Richtung, die Skiller genommen hat?«

»Hören Sie«, sagte Keane müde. »An die Börse wollen alle im Silicon Valley. Die Gründer wollen reich werden, die Investoren auch, und viele der Mitarbeiter ebenfalls. Wenn sie wirklich die Welt verbessern will, soll sie bei einem wohltätigen Verein mitmachen. Aber zurück zum Thema: Sie haben recht. Ich habe mit Carolin über Ali Billroth gesprochen. Ich wollte sie loswerden, damit sie nicht auch in meinem Team die Leute runterzieht. Zyniker sind Gift, für jedes Unternehmen.«

»Das kann ich nachvollziehen.«

»Danke!« Er warf die Arme in die Höhe, als hätte ich endlich einen simplen Sachverhalt begriffen.

»Was ich aber nicht verstehe, sind Ihre großen Emotionen, Mister Keane. Sie sind doch Profi. Warum ist der Streit über Ali Billroth und ihre Leistung so persönlich, dass er eskaliert? Das macht keinen Sinn.«

»Ich habe Ihnen schon am Telefon erklärt ...«

»Was Sie mir erklärt haben, weiß ich. Jetzt würde ich gerne die Wahrheit hören.«

Neben mir räusperte sich DS Ferguson. Fasste ich den Zeugen zu hart an? Vielleicht. Aber seit Kris' Anruf war Keane kein Zeuge mehr. Nicht für mich.

Auch ihm selbst schien das langsam klar zu werden. Seine robusten Finger trommelten auf die Tischplatte, als er nach einer passenden Formulierung suchte.

»Alexandra Billroth und ich haben im Juni beim Sommerfest geflirtet. Wir hatten beide ein paar Drinks. Nichts ist passiert, ganz harmlos. Monate später kommt sie damit an, weil sie sich an mir rächen will.«

»Wofür rächen?«

»Keine Ahnung«, prustete er, nur um sich augenblicklich zu widersprechen. »Weil sie weiß, dass ich ihrem Bullshit auf der Spur bin und ich sie nicht im Unternehmen mitschleifen werde, nur weil sie mit den Augen klimpert und das angeschossene Reh zum Besten gibt.«

Der Bullshit-Detektor in Aktion. Ich schnaubte.

»Was ist mit den anonymen Karten auf Ali Billroths Schreibtisch?«

»Wie bitte?«

»Waren diese Karten auch eine Erfindung?«

»Ich weiß nicht, wovon Sie reden. Was steht da drin?«

»Klingt nach unerwiderter Liebe.«

Er lachte so schallend, es schmerzte fast in meinen Ohren. »Na klar. Ich verfolge meine Mitarbeiterin mit Gedichten.«

»Ihre Mitarbeiterin schien es bedrohlich zu finden.«

»Frauen. Immer so stark, und dann plötzlich wieder die verfolgten Wesen, wenn es ihnen in den Kram passt.«

»Mister Keane«, sagte DS Ferguson scharf, als hätte sich sein Mandant gerade vor Gericht verplappert.

»Lassen Sie nur«, sagte ich, unter meiner Haut ganze Heerscharen von Ameisen. »Der Vorwurf der sexuellen Belästigung ist ziemlich schwerwiegend. Da kann man schon mal die Beherrschung verlieren.«

Keane grunzte wie über eine Untertreibung. »Ich sag Ihnen mal was, Detective Inspector Logan. Die Behauptungen einer einzigen Frau können meine Karriere mit einem Schlag beenden. Nicht nur bei Skiller. Diese Branche ist voll von Heuchlern, wissen Sie? Versager kommen immer mal wieder wo unter, aber wehe, irgendein junges Gör im Minirock fühlt sich angestarrt. Dann ist man am Ende.«

Nun war sein Gesicht doch noch rot angelaufen. All die Ungerechtigkeit.

Ich atmete ein und wieder aus, nahm mein Handy von der Tischplatte.

»Carolin Höller hat Ali Billroth aber geglaubt, oder?«

Ich öffnete meine E-Mails.

»Sie wollte Sie bei der Personalabteilung melden und eine interne Untersuchung einleiten.«

Keane lachte abfällig aus dem Off.

»Sie waren so wütend darüber, Sie haben Carolin noch am selben Tag bedroht.«

Eine neue Nachricht von Kris Meyerhofer, wie versprochen. Den Wortlaut kannte ich bereits von unserem Telefonat. Ich öffnete sie.

»Sie meinen das am Buffet?«

»Nein. Die E-Mail kam schon davor. Sie hatten sie an Carolins private E-Mail-Adresse geschickt. Sie hat sie gelöscht, aber meine gründliche Kollegin hat auch im Papierkorb nachgesehen.«

Ich hob mein Handy hoch und las vor.

2

Von: Tony Keane <tonyk@yahoo.ie>
An: Carolin M. Höller <hoeller.carolin@gmail.ie>
Betreff: (leer)

Carolin,

zu vorhin nochmal. Sei keine Bitch, ja? Auch im eigenen Interesse. Wer die Hand beißt, die sie so lange unterstützt hat, soll sich nicht wundern, wenn der Gnadenschuss kommt. Die Billroth ist das nicht wert, glaub mir. Mach also nichts, was du bald schwer bereuen wirst, Mädchen. Okay? Ich kann nämlich auch anders …

T

3

Einen Moment lang war ich überzeugt, Keane würde vor unseren Augen einen Herzinfarkt bekommen. Sein Gesicht wechselte die Farben wie der irische Wolkenhimmel.

»Sie haben recht, diese Nachricht stammt von mir«, sagte er, seine Brust hob und senkte sich, sichtbar agitiert. »Ich war wütend! Immerhin wurde ich Opfer einer hinterhältigen Verleumdung, und dann fällt mir auch noch eine Kollegin, für die ich persönlich die Hand ins Feuer gelegt hätte, in den Rücken, ohne diese Behauptungen nur im Geringsten zu hinterfragen. Da wären Sie auch aufgeregt gewesen, Detective Inspector, das kann ich Ihnen versprechen.«

»Die Vorwürfe gegen Sie waren also falsch?«

»Natürlich«, sagte Keane und sah mir so fest in die Augen, wie es viele Lügner taten, die gut vorbereitet waren. Doch es hatte wenig Sinn, ihn ohne handfeste Beweise mit dieser Vermutung zu konfrontieren.

»Wenn an den Vorwürfen nichts dran ist, warum schreiben Sie dann solche E-Mails?«

Er grinste freudlos. »Es geht doch gar nicht darum, ob es stimmt. Der Verdacht allein genügt, verstehen Sie? Schon gibt es eine offizielle Untersuchung, dann noch zwei, drei Kolleginnen, die etwas beobachtet haben oder haben wollen oder mich einfach nicht leiden können – und ab in die Tonne mit dem alten Typen. Den wollte man ohnehin schon lange loswerden, weil der von den Leistungen nicht so beeindruckt ist wie man selbst. Ha!«

Die Verbitterung in Anthony Keanes Stimme war echt und über Jahre gereift. Und er war noch nicht fertig.

»Für Sie sieht das Arbeitsleben hier vielleicht wie eine Spazierfahrt aus. Ist es aber nicht, so viel kann ich Ihnen verraten. Ich bin im Geschäft, seit Intel damals in Irland angefangen hat, 1989. Meine zwei Bypässe«, er klopfte sich mit der Faust auf die Brust, als habe sich etwas in seiner Luftröhre verkeilt, »die kamen erst mit Skiller. Ich will mich hier nicht beschweren oder die Mitleidstour fahren, aber sobald man in einem Start-up auf die fünfzig zugeht und noch nicht in der Geschäftsleitung ist, dauert es nicht mehr lang und man wird eingespart. Sehen Sie sich Intel an. Die müssen umstrukturieren, und wen lassen sie fallen? Alle, die seit zwanzig Jahren oder mehr dabei sind.« Wieder schüttelte er den Kopf. »Erfahrung war mal was wert im Business. Jetzt ist sie nur noch ein Kostenpunkt. Man will Zwanzigjährige, die sich die Knochen wund rackern für zu wenig Geld und ein paar Bier am Freitagabend, und die auch noch glauben, das sei cool. Ich habe vier Töchter, Detective Inspector. Deren Studium kann ich nicht mit Freikarten fürs Kino finanzieren, und mein Haus abbezahlen auch nicht.«

Er setzte zu einem weiteren Satz an, verzog dann den Mund, beinahe angewidert. Überlegte, ob er zu viel gesagt hatte, sein Atem noch immer stoßweise von all den aufgewühlten Emotionen. Sein wandernder Blick blieb an mir hängen, studierte mich. Er sah nicht mich, sondern seine vier Töchter. Ihre Zahnlücken und ihre Rattenschwänzchen und ihre Bewunderung für ihn; und er sah, was in ein paar Jahren möglicherweise aus ihnen werden könnte. Es schien ihm das Herz zu brechen.

Dann blinzelte er die sentimentalen Gedanken weg, nahm Haltung an in seinem Holzstuhl und hustete ein paar Lacher.

»Sorry für den Ausbruch. Wenn ich so weitermache, verhaften Sie mich noch vom Fleck weg als Mörder.«

Sein Lachen hatte Risse. Die Sorge hatte sich darin eingenistet.

»Sie sind in diesem Fall weiterhin Zeuge, Mister Keane«, sagte DS Ferguson verbindlich.

Ich sagte nichts. Mir fehlten die Worte dazu. Wo war mein Kollege gewesen die letzten Minuten über?

»Hören Sie, diese E-Mail habe ich bereut, kaum dass ich sie abgeschickt hatte«, sagte Keane. »Ich war ein bisschen neben der Spur, das gebe ich zu. Aber ich hätte Carolin nicht verletzen wollen. Ich mochte sie, trotz allem.« Dann schielte er wieder auf seine Armbanduhr.

4

Wir ließen Keane noch ein paar Schriftproben abgeben, dann hetzte er davon zu seiner Präsentation.

Die Luft in »Ulysses« war so dick, sie hatte sich zu einer fast körperlichen Präsenz entwickelt. Eine Weile ignorierten DS Ferguson und ich sie. Schrieben unsere Notizen, scrollten durch die neuen Nachrichten unserer Handys. Keine weiteren Katastrophen.

»Ich ging davon aus, dass Sie mich vorher darüber informieren, wenn Sie neue Hinweise erhalten, DI Logan«, sagte mein irischer Kollege schließlich, ohne von seinem Handy aufzusehen. Er kochte innerlich, seine Kiefermuskeln zu Strängen verkrampft. Als er den Blick von seinem Handy hob, schienen seine Augen fast schwarz.

An jedem anderen Tag hätte ich ihm wohl recht gegeben. Mich vielleicht sogar entschuldigt. Doch heute war heute.

»Konnte ich nicht. Die Kollegin hat mich vorhin gerade erst angerufen, und da hatten Sie das Gespräch schon begonnen, wenn Sie sich erinnern.«

»Weil Sie zu spät dran waren.«

»Nicht freiwillig, okay? Dieses Büro ist gesichert wie das Hauptquartier von Doctor No.«

Er sah mich bloß an; eine Delle zwischen den Augenbrauen, die Lippen ein fieser, gerader Strich. Schnell ein Argument, bevor ich ihm noch mit meinem heillosen Privatleben ankam.

»Außerdem hab ich zweimal angerufen; Sie haben nicht abgenommen.«

»Sie wissen, dass der Empfang hier mies ist. Aber Sie waren ja sauer auf mich und mussten mir postwendend eins auswischen.«

»Blödsinn. Mister Keane war in Eile, und es gab neue Aspekte, die ich ansprechen wollte.« Ja. Unter anderem.

»Sie haben mir das Gespräch aus der Hand genommen, Detective. Warum? Wollten Sie dem irischen Junior mal eine Lektion erteilen? Oder konnten Sie's einfach nicht abwarten, unserem Zeugen selbst in die Eier zu treten?«

»Ach, Ihr Freund *Anthony*? Hab ich Ihren Nichtangriffspakt gebrochen und ihn nicht mit genügend vorzüglicher Hochachtung behandelt?«

»Nichtangriffspakt?« DS Fergusons Empörung machte aus seinem Bariton einen unguten Tenor. »Wie gut, dass Ihre aggressive Schiene ihn sofort hat zusammenbrechen und gestehen lassen.«

Innerhalb weniger Sätze hatte sich dieses Gespräch in eine Art Geröllhalde verwandelt, die wir nun ungebremst nach unten schlitterten, dem Abgrund der Unprofessionalität entgegen. Und nirgendwo ein rettender Ast in Sicht.

»Sie haben unseren Zeugen vorhin wie einen Verdächtigen behandelt, Detective Logan. Und das, obwohl wir rein gar nichts Sicheres gegen ihn in der Hand haben. Außer die Behauptungen einer Zeugin, die ein Problem mit ihm hat. Und Sie haben auch ein Problem mit ihm, weil er ein Macho ist.«

Autsch.

»Aber diese E-Mail ...«

»Beweist gar nichts!«, entgegnete er hitzig. »Außer, dass er wütend war. Oder verzweifelt. Wenn seine DNA-Probe nicht mit den Spuren von Höllers Fingernägeln übereinstimmt oder wir sonst irgendwelche harten Beweise finden, sind wir die Arschlöcher der Nation. Und wenn doch, hat er ein ganzes Wochenende lang Zeit, um sich irgendwelche Lügengeschichten für uns auszudenken. Wir haben das Überraschungsmoment verschenkt, nur weil Sie Ihrem Boss noch heute einen Skalp präsentieren wollten, damit Sie von hier abhauen können, und das so schnell wie möglich.«

Ich öffnete den Mund, wollte etwas erwidern. Doch mein Gehirn hatte sich endgültig in einen Wattebausch verwandelt, meine Schlagfertigkeit war am Boden und angezählt.

Sogar DS Ferguson wirkte erschrocken über seinen Volltreffer. Er kratzte sich am Haaransatz, wie er es gedankenverloren auch während der Vernehmungen getan hatte.

»Anfang nächster Woche sind die Ergebnisse aus dem Labor hoffentlich da, dann werden wir sehen«, sagte ich, und er pflichtete mir bei, froh, wieder auf festem operativen Boden gelandet zu sein.

»Na gut«, sagte er, seine Stimme wieder im Bariton. »Ich muss mich jetzt bei den Kollegen blicken lassen. Die beschweren sich schon, dass ich ständig mit Ihnen zusammenhänge. Für die bin ich ja im Urlaub.«

Er lachte, begann die Unterlagen in seinen Schulrucksack aus den Neunzigern zu packen. Erst, als er ihn schon schulterte, hatte ich die Information verarbeitet.

»Das heißt, Sie gehen jetzt einfach?«

»Genau. Wir haben alle Gespräche geführt. Wir haben alles getan, was es zu tun gibt, zumindest bis Montag. Oder fällt Ihnen noch was anderes ein?«

Nichts außer Sackgassen, verweigerte DNA-Proben und Staranwälte, die sich gegen uns in Stellung brachten.

»Was ist mit den Informationen über Pep?«

»Ich glaub kaum, dass Rory von den Analysten schon was rausgefunden hat. Er hätte sich sonst sicher gemeldet.« DS Ferguson sah auf sein Handy, schüttelte den Kopf. »Es ist schon fast Mittag. Genau genommen beginnt das Wochenende für Rory in zehn Minuten. Er heiratet bald, heute ist sein Junggesellenabschied.«

Er richtete sich auf, lächelte mich an. Warmherzig und bösartig zugleich. Wie machte er das?

»Sie können also ab jetzt Ihr Wochenende in Dublin genießen, und das ohne Arbeit. Sie Glückliche.«

Ich nickte resigniert, die Auseinandersetzung mit Stefan plötzlich wieder bleiern auf meinen Schultern. Die Müdigkeit der ganzen vergangenen Woche. Die Aussicht auf mein langes Wochenende alleine in Dublin, und das ohne Arbeit.

Ich Glückliche.

Carolin, am späten Nachmittag

Die Stadt liegt im Hitzekoma. Kaum Menschen auf den Straßen, träger Verkehr. Alle sind am See oder im Urlaub oder im Biergarten. Trotzdem. Die Fahrt vom Hort nach Hause zieht sich, und jede einzelne Ampel ist rot. Fährt sie zu schnell? Vielleicht. Tatsache bleibt, es hätte auch Schulen mit Tagesbetreuung gegeben, die näher an ihrer Wohnung liegen. Aber diese ist die Beste, hat Christian entschieden, privater Träger, und eine der wenigen, die Hortbetreuung in den Sommerferien anbieten. Und nur drei Kilometer weit weg, in Bogenhausen. Luftlinie, wohlgemerkt. Was das für einen Zeitaufwand bedeutet, wenn erst im September die Schule beginnt? Sie kann es nur ahnen.

Aber was, bitte schön, macht die Überlegenheit dieser Schule überhaupt aus? Sie weiß es nicht. Es sei denn, das Kriterium ist passive Aggression. Darin hatte sie soeben eine Lehrstunde erlebt.

– *Frau Höller, Gott sei Dank, Sie sind da! Ich habe schon gedacht, Sie hätten einen Unfall gehabt.* (Wo waren Sie so lange?)
– *Ich habe meine Besprechung abgekürzt. Schneller ging es nicht.*
– *Hauptsache, jemand kommt. Fabian glüht regelrecht.* (Ihr schwerkrankes Kind ist Ihnen also egal, was?)
– *Sie sagten, er hat Fieber?*
– *Erhöhte Temperatur. Da, schauen Sie, die knallroten Wangen. Und er hat sooo geweint.* (Anscheinend völlig egal.)
– *Fabian verträgt die Hitze schlecht. Er ist in Irland auf-*

gewachsen. Wir sind erst vor ein paar Wochen hierhergezogen.
– Ja, das ist eine große Umstellung für so ein Kind. (Wenn Sie es traumatisieren, sollten Sie sich nicht wundern.)
– Fabian macht das toll. Nur mit der Hitze kämpft er ein wenig.
– In Irland ist doch auch Sommer, oder? (Ich war zwar noch nie in Irland, aber ich kenne die typischen Ausreden verantwortungsloser Mütter.)
– Nicht so wie hier. Dort hat es kaum mal über zwanzig Grad.
– Wenn ich das gewusst hätte ... Wollen Sie, dass Fabian die letzte Stunde noch bleibt? Dann sage ich Ihrem Mann, dass er ihn doch zur normalen Zeit abholen kann. (Ihr Sohn steht da mit gepackten Sachen, aber nur zu, brechen Sie ihm das Herz.)
– Mein Mann hat sich bei Ihnen gemeldet?
– Ein paar Minuten, nachdem wir gesprochen haben. Aber da ging ich davon aus, dass Sie sicher schon unterwegs sind. Soll ich ...?

Ein Dauerhupton reißt sie aus ihren Gedanken. Im Rückspiegel Fabians blonder Haarschopf, im Hintergrund das nächste Auto. Darin ein klaffender Mund, ein zorniges Winken aus dem offenen Fenster.

Herrschaftszeiten, fahr halt, du Krampen – grün is'!

Fabian unterbricht sein Memory-Spiel, hebt den Kopf vom Tablet, das er in seiner Hand hält. »Ampeln, sind das wir, Mama?«

Sie lächelt ihm über den Rückspiegel zu, steigt aufs Gas. »Nein, Fabi, nur ich.«

Er überlegt eine Sekunde, senkt dann wieder den Kopf, während seine Mutter dem Hintermann den Mittelfinger zeigt. Das Einzige, was man in diesem Land ohne schlechtes Gewissen tun kann, ist, andere zu beleidigen.

Die nächste rote Ampel. Fabian sieht wieder viel besser aus als vorhin in der Schule. Ein klimatisiertes Auto kann Wunder wirken. Ihre Anwesenheit ebenfalls, das weiß sie. Er klammert, weil er sich hier noch nicht zu Hause fühlt, und sie kann gerade nicht so für ihn da sein, wie er es braucht. Der Gedanke rammt ein heißes Eisen in ihren Bauch. Doch auch da dockt etwas an, das ihre Energie braucht, morgen schon ein wenig mehr als heute. Nicht daran denken.

Alles wird besser werden. Ab morgen. Am Wochenende fahren sie an den Ammersee, wenn das Wetter hält. Bis morgen muss sie durchhalten. Nächste Woche ist der Rummel vorüber. Nächste Woche ist Zeit für die nächsten Schritte.

Falls es nächste Woche noch nächste Schritte gibt.

Denn Tony Keane *kann auch anders.*

Sie glaubt ihm aufs Wort. Tony mag als unsensibel gelten, aber sein Status ist ihm heilig. Wird der bedroht, kennt er keine Grenzen. Außerdem ist er gut vernetzt in Dublin. In der Technologie-Branche und darüber hinaus. Politik. Behörden. Für Peter Brennan ist Tony ein wichtiger Türöffner bei Leuten, die Skiller das Wohlwollen des irischen Staats- und Finanzapparates sichern können. Wichtiger als Carolin Höller.

Nach ihrem PR-Treffen mit diesem IHK-Bonzen Freunthaler, aus dem sie so schnell wie möglich mit Hinweis auf ihren plötzlich erkrankten Sohn geflohen war, hatte sie Tony gesehen. Mit Peter Brennan, in einer ruhigen Ecke des Empfangs. Er entdeckte sie sofort, verstummte und winkte. Peters falsches Lächeln. Es geht um sie, eindeutig. Die Seilschaft intakt wie eh und je.

Was, wenn sich herausstellt, dass es für Ali Billroths Vorwürfe keine Beweise gibt und Tony einfach behauptet, es wäre nie geschehen? Dann ist sie die Verräterin und ihren Job los. Nicht sofort, das wäre zu offensichtlich. Aber Peter wird einen Weg finden. Als Projekte getarnte Himmelfahrtskommandos gibt es immer wieder. Hinter seinem Spitzbubengesicht verbirgt sich ein Meister des langsamen Dolchstoßes, wenn es darum geht, was er gerne als *Großes Ganzes* bezeichnet, sprich, seine eigene Karriere.

Ist Ali Billroth das wert?

Vielleicht nicht. Aber das Prinzip ist es wert, denkt sie, als sie gemeinsam mit Fabian die Treppe nach oben in die Wohnung steigt. Stufen, die kein Ende nehmen. Auch Tony Keane kann sich nicht alles erlauben.

Endlich, an der Tür. Drinnen hört sie Schritte und Klappern im Badezimmer. Christian ist zum Glück schon zu Hause, dann kann sie gleich wieder los.

Sie kramt nach dem Schlüssel, ihr Sichtfeld verengt sich, erweitert sich wieder. Wann hat sie das letzte Mal gegessen?

»Mama, du schniefst die ganze Zeit! Hast du auch Schnupfen?« Fabian sieht zu ihr auf, noch immer so klein, eine Schultasche auf Beinen. Ihr sensibler, aufmerksamer Sohn. Plötzlich möchte sie weinen. Der Comedown vom Kokain. Jetzt schon?

Sie schnieft noch einmal, grunzt für ihn wie ein Ferkel. »Was? Ich doch nicht?«

Fabian lacht, und wann immer er lacht, tut sie es auch.

»Nicht, Mama, da muss man ein Taschentuch nehmen.«

»Gut, du Spaßbremse. Sobald wir drinnen sind.«

Christian erwartet sie im Flur. »Na so was, die Mama hat Schnupfen?«

Sie kennt diese kalte Heiterkeit. Und sie weiß, was danach kommt.

»Nur ein bisschen. Vielleicht habe ich was im Büro aufgeschnappt«, sagt sie fröhlich, während Christian seinen Sohn in Empfang nimmt, der jetzt ebenfalls grunzt, und ihn weiter ins Badezimmer schickt.

Erst als sich die Tür hinter ihm geschlossen hat, sieht Christian Höller seine Frau an. Die Augen Eispickel, die Hände in seinen Hosentaschen geballt zu kleinen Kanonenkugeln.

»Wir müssen reden«, sagt er.

So fängt es immer an.

Gespenster

1

Die DART nach Bray schaukelte in Richtung Süden nach Glenageary, wo meine Cousine Sinéad mich abholen würde.

Die glatten Fassaden der Docklands paradierten an mir vorüber; die beinahe gleichgeschaltete Idylle von Backsteinhäusern mit modernen Anbauten, die sich in langgestreckte Gärten fraßen. Sandymount. Sydney Parade. Booterstown. Dann öffnete sich der Blick hinaus auf die Dublin Bay. Ein Malkasten aus Grün, Blau und Erdtönen. Auf der gegenüberliegenden Seite thronte ein Leuchtturm auf einer Landzunge, die von der Halbinsel Howth hinein in die Irische See ragte. Die hatte sich weit von der Küste zurückgezogen. Kleinkinder in Badesachen gruben im Sand. Spaziergänger überzogen das Watt mit ihren Spuren, ihre Hunde auf den Fersen der krakeelenden Möwen.

Alle Zeichen standen auf Herbst. Endlich.

Zum ersten Mal seit vorgestern war mir nach einem Lächeln zumute. Spannte zwar noch ein wenig um die Mundwinkel, aber es war ein Anfang.

Nachdem ich gestern Mittag plötzlich mir selbst überlassen war, hatte ich mein Hotelzimmer, außer für einen kurzen Besuch im Supermarkt und bei der Apotheke gegenüber des Hotels, nicht mehr verlassen. Feminax gegen die Bauchkrämpfe, irgendwelche rezeptfreien Happy-Pillen für den Schlaf. Eine Flasche Rotwein, für alle Fälle.

Nach elf Stunden war ich wieder zu mir gekommen; der Morgen strahlend blau, ein Tag voller Möglichkeiten. Mein sonst so hyperaktives Handy schwieg zur Abwechslung. Optimismus machte sich breit: Unser Fall würde sich Anfang der Woche lösen, ganz sicher, meine irische Familie veranstaltete mir zu Ehren ein BBQ und der brasilianische Kellner servierte mein Frühstück mit einem netten Lächeln. Nur die Gedanken an Stefan ballten sich wie Stacheldraht in meinem Kopf. Das stumme Handy sprach Bände. Er wartete auf eine Entschuldigung von mir. Wie immer. Er führte bei Auseinandersetzungen eine so feine Klinge, er glaubte schon selbst, dass sie gar nicht verletzen konnte. Der schwarze Peter gehörte automatisch mir. Wer flucht und das Gespräch vorzeitig beendet, ist an allem schuld, so seine Einstellung. Und wer an allem schuld ist, muss zuerst Abbitte leisten.

Meinetwegen. Sollte er warten.

2

Meine Cousine Sinéad also. Eine ein Meter sechzig große glutäugige Naturgewalt mit dem lauten, inzwischen etwas verlebten Charme eines Hardrock-Groupies aus den Achtzigern. Gleich nach der stürmischen Umarmung am DART-Bahnhof Glenageary gab sie zu, sie habe *ein klein wenig* übertrieben. Das BBQ bei meinem Cousin Cormack finde nicht *nur* mir zu Ehren statt. Neben der Rückkehr der verlorenen Tochter gebe es auch noch die Einschulung von Cormacks Sohn Jack zu feiern. Ich verzeihe ihr doch? Sie habe nur befürchtet, ich würde in dem Fall nicht kommen. Und sie hinge dann als einzige Singlefrau jenseits der vierzig hier fest.

Da hatte sie verflucht nochmal recht. Aber jetzt war es zu spät. Außerdem ist Sinéad in Ordnung. Zwei Jahre älter als ich, war sie stets eine zuverlässige Lieferantin von Make-up, Zigaretten und Tratsch über die lokalen Jungs gewesen, die ich mir *mal anschauen* sollte. Sie selbst heiratete mit einundzwanzig einen von ihnen und ließ sich zehn Jahre später von ihm und seiner Mutter wieder scheiden. Seitdem lebte sie mit ihren zwei Corgis in der Stadt. Wir sahen uns selten, nur, wenn sie alle Jubeljahre mal nach München zu Besuch kam, doch zumindest telefonierten wir regelmäßig. Sie war mein einziger verbliebener Anker in der Familie meines Vaters. Und nur ihretwegen setzte ich mich nach zwanzig Jahren Familienabstinenz einen ganzen Nachmittag lang dem Logan'schen Clan aus.

Letzten Endes war es gar nicht so schlimm. Die meisten der anwesenden Kinder saßen vor dem Fernseher und sahen sich Cartoons auf YouTube an. In einer Gartenecke, neben spätsommermüden Fuchsienstauden, stand ein Doppelkinderwagen. Drei Teenager-Jungs bedienten den Grill und steckten zwischendrin immer wieder die Köpfe über ihren Smartphones zusammen. Auf den Aluschalen über dem Feuer drängten sich Würstchen, Pilze und Grillkäse. Salatbuffet. Kuchenbuffet. Gekühltes Bier und volle Proseccogläser, in denen Granatapfelkerne tanzten. Alles so gediegen, sauber und durchdesignt, es war, als wäre ich in München, nicht in Dublin.

Unter den Gästen waren eine Menge bekannter Gesichter. Und auch mit den meisten anderen war ich laut Sinéad auf verschlungenen Wegen verwandt. Die meisten von ihnen hatte ich seit 1993 nicht mehr gesehen. Meine sechs Onkel und vier Tanten hatten sich nach dem Verschwinden meines Vaters kaum jemals bei uns in Freilassing blicken lassen, und damit auch nicht meine Cousins und Cousinen. Meine Mutter hatte darüber nie ein bedauerndes Wort verloren. Das großfamiliäre Chaos im Haus der Dublin-Nana war ihr stets ein Gräuel gewesen. Genauso die Neigung der Logans, in Gruppen aufzutreten. Jedes der drei Male, die meine Großmutter noch die Reise nach Bayern zu uns auf sich genommen hatte, war sie von mindestens vier weiteren Familienmitgliedern verschiedenster Zusammensetzung begleitet worden. Meine Mutter hatte diese Anlässe mit dem Vorüberziehen eines Heuschreckenschwarms verglichen. Gegeneinladungen hatte sie stets dankend angenommen, ohne diese Pläne jemals umzusetzen. Irgendwann blieben auch die Einladungen aus, und es wurden nur noch die obligaten Grußkarten zu Weihnachten und Geburtstagen ausgetauscht.

Mir war diese subtile Ablehnung nicht einmal aufgefallen. Zu beschäftigt war ich damals mit meiner Rebellion gegen alles und jeden. Bis das endlich vorbei und ich auf der Polizeischule war, hatte sich der passive Widerstand meiner Mutter gegen alles, was an meinen Vater erinnerte, schleichend zu etwas manifestiert, das ich für meine eigene Meinung hielt.

Nämlich, dass Irland zwar ein Teil von mir war, jedoch einer, der für immer und ewig abgeschlossen war. Eine verkapselte Entzündung in meinem Lebenslauf, nicht realer als ein verstörender Film, den man mal gesehen hatte.

Diese Illusion ließ sich in Deutschland eindeutig besser aufrechterhalten. Hier, im sanften Licht der Spätsommersonne, zerfiel sie zu einem Häufchen Asche. Irland war noch da, in mir drin. Die Vertrautheit. Die kindlich intensiven Gefühle von damals. Verändert zwar, überlagert von zwei Jahrzehnten Leben wie Schorf über einer zweiten Haut, aber ein leichtes Kratzen mit den Fingernägeln reichte offenbar, um sie freizulegen.

Sinéad präsentierte mich meiner Familie, als sei ich von den Toten wiederauferstanden. Meine Verlegenheit darüber ging in all den erfreuten Ohs und Ahs unter, wurde weggespült von einer Welle aus Umarmungen und Schulterklopfern. Es gab kein Fremdeln, keine Berührungsängste. Ich war zurück, nach einem ausgedehnteren Urlaub vielleicht, aber endlich wieder da, wo ich hingehörte – im Schoß der Familie. Mochte sein, dass es einfach die herzliche Routine war, die Iren so viel besser beherrschten als die Mitteleuropäer. Trotzdem ließ ich mich gerne davon wärmen. Und vom Anblick meiner Dublin-Nana, die man in ihrem Rollstuhl auf der Teakholz-Terrasse postiert hatte wie ein Götzenbild, beschattet von einem weißen Schirm. Sie war nie groß gewesen, doch jetzt wirkte sie geschrumpft, ihr Rücken rund, ihre kurzgeschnittenen weißen Haare nur ein transparenter Schleier über der Kopfhaut. Trotzdem schien Philomena Logan erstaunlich viel Spaß am Leben zu haben. Vielleicht, weil nicht mehr jede Schraube an ihrem Platz saß. Kein Wunder, nach sechsundneunzig Jahren und elf Kindern.

Sie wusste sofort, dass ich »Arties Mädchen« war und dass sie mich, im Gegensatz zu meinen anhänglicheren Brüdern, zum letzten Mal vor der Jahrtausendwende zu Gesicht bekommen hatte. Sie tätschelte mir die Wange, die Hand. Ihr Geruch wie früher, eine Mischung aus Cussons-Talkpuder und Tee mit Milch.

»Wo ist denn Artie?«, fragte sie, ihre Haut wie Seidenpapier an meiner. »Ist er schon wieder spät dran?«

Sinéad und ich lachten künstlich und nickten bloß. Welchen Dienst würden wir ihr auch mit der Wahrheit erweisen? Außerdem brannte salziges Bedauern in meinen Augen. Warum erst jetzt? Rasch schaute ich in die Sonne, falls es jemandem auffiel.

Eine unnötige Vorsichtsmaßnahme, denn gerade kam der Gastgeber zu uns rüber. Ein Mann, der mal mein Jugendschwarm Cormack gewesen war. *Grufti* hatten ihn damals alle genannt, wegen all dem Schwarz in seinem Kleiderschrank und wegen des Nietenarmbands, das er über Jahre nicht abgenommen hatte.

Cormack war nicht mein echter Cousin, sondern der Sohn von Onkel Des, der nach dem frühen Tod seiner ersten Frau meine ausgeflippte Tante Roisin geheiratet hatte.

Manche glaubten, Cormacks plötzlicher Hang zu Kruzifixen und Kajalstift habe mit ihrem Einfluss zu tun gehabt. Die jüngste Schwester meines Dads war eine dieser Frauen, die an Feen glaubten und daran, dass Elvis und Hitler noch irgendwo versteckt im argentinischen Urwald lebten.

Die Logans tragen ein exzentrisches Gen in sich, hatte Dublin-Nana immer behauptet. Klang besser als verrückt. Wer weiß, vielleicht hatte sich Cormack damals nur in die Familie einfügen wollen. Aber diese Zeiten waren offenbar vorbei.

Jetzt lebte er auf der Südseite der Dublin Bay, in einer der herausgeputztesten Gegenden. An seiner Seite: eine der Frauen von Stepford. Charlotte. Puppengesicht, Etuikleid, Lockenmähne frisch vom Friseur. Unter ihrem Kleid beulte sich rein gar nichts außer einem apfelförmigen Babybauch. Daneben Sinéad und ich, die Birnen, in Sackkleid und Jeans, die sich zu eng anfühlten.

Unser höfliches Nachfragen nahm sie zum Anlass für das volle Informationsprogramm. Ein Mädchen, Geburtstermin Anfang November. Cormack habe nur zwei Kinder gewollt, aber sie habe schon immer gefunden, eine Familie sei erst zu fünft komplett.

Cormack nickte abwesend. Das natürliche Sandbraun seiner Haare war vorzeitig ergraut, der Schnitt modisch, sein Leinenhemd lässig verknittert.

Charlottes perfekt definierter Kiefer klappte weiter auf und ab. Sie habe gehört, ich sei bei der Mordkommission? Wie spannend. Jack, ihr Ältester, würde auch gerne zur Polizei gehen. Aber da verdiene man ja fast nichts, erst recht seit der Krise. Bei Cormack sei das nach seiner Beförderung zum Informatikleiter bei der Bank of Ireland ganz anders, zum Glück, so müsse sie nicht mehr zurück in die Arbeit gehen.

Cormack hüstelte peinlich berührt.

Ich erinnerte mich, grinste.

»Damals wolltest du entweder Langzeitarbeitsloser werden oder professioneller Videospieltester«, sagte ich.

Wir lachten, bis sogar Charlotte mit einfiel. »Ja, Mack war kein Frühstarter. Aber seit er Vater ist, haben sich seine Prioritäten verschoben. Wenn du so ein kleines Wesen in den Armen hältst ... da weißt du einfach, was wichtig ist im Leben.«

Noch ein einziges Klischee aus Charlottes brombeerfarbenem Mund, und ich konnte für nichts mehr garantieren.

Aber ich hatte noch keine alkoholische Entschuldigung für so eine Aussage, außerdem waren wir hier nicht in München. Nichts versetzte Iren in größere Panik als offene Konfrontation. Und das bei meinem ersten familiären Auftritt nach so vielen Jahren? Vielleicht konsequent, aber lieber nicht. Ich schaufelte zwei gehäufte Gabeln Couscous-Salat in mich und rief aus, wie köstlich er war.

Sinéad bestätigte, Charlotte strahlte. Cormack holte eine E-Zigarette aus seiner Hosentasche, paffte daran, während er meinem Blick auswich. Domestiziert wie ein Haustier, und das bei vollem Bewusstsein.

Nach zwanzig Anstandsminuten flüchtete ich mich zum Grill und dem Tisch mit dem Prosecco. Nach einem Glas in Rekordzeit und zwei Bissen sah ich eine Frau um die sechzig auf mich zusteuern. Entschlossener Blick; weiße lange Haare in einem losen Knoten, Halbbrille; Rock mit Blumenmuster; Bluse mit anderem Blumenmuster. Ihr Busen wogte haltlos im großzügigen Ausschnitt. Unverkennbar meine verrückte Tante Roisin.

»Patsy, dich suche ich schon die ganze Zeit! Ich dachte schon, Sinéad hat sich wieder einen ihrer Scherze mit mir erlaubt. Aber du bist wirklich hier! Willkommen daheim, Liebes.«

Sie umarmte mich herzlich, hüllte mich in den Duft von Maiglöckchen. Der Inhalt meines halbvollen Papptellers kam ins Rutschen, das angebissene Würstchen kullerte über den Rand und ins satte Grün des Rasens, wo es sofort einem kleinen Terriermischling zum Opfer fiel, der Tante Roisin mit flatternden Ohren vorausgeeilt war.

»Arbeitet ihr zwei zusammen?«, fragte ich, während das Tier grunzte und schmatzte.

»Ja, mit Rasputin muss man aufpassen«, sagte sie und sah mich ernst über ihre randlose Halbbrille hinweg an. »Der hat eine Schwäche für Biofleisch.«

Ich mochte Tante Roisin. Nicht nur, weil sie meine Taufpatin ist (ein typischer Coup meines Vaters), sondern auch, weil ich schon immer den Verdacht gehegt hatte, dass sie nicht ganz so durchgeknallt war, wie alle annahmen. Ihr fehlte bloß der ein oder andere Filter, der die meisten Menschen daran hindert, Gedanken auch laut auszusprechen. Die Vorstellung, was für eine Zumutung Tante Roisin für die Frau ihres Stiefsohnes Cormack sein musste, hob meine Laune schlagartig.

»Gut siehst du aus, Roisin.«

»Blödsinn«, knurrte sie. »Aber du! Lass dich anschauen, Kind«, sagte sie, und ich drehte mich wie ein Nummerngirl. »Hervorragend. Kaum zu glauben, dass du fast vierzig bist.«

Mein Lachen erreichte sogar Cormack und Charlotte auf der Terrasse. Sie schickten ein schmales Lächeln des Mitleids, wandten sich wieder den anderen zu.

Tante Roisin zog eine Kette aus ihrem Ausschnitt. Ein keltisches Amulett mit einem Amethyst in der Mitte. Sie betrachtete es, ließ es dann wieder fallen.

»Wie gefällt dir denn deine alte Heimat so, Patsy?«

»Gut. Es ist schön, wieder da zu sein.« Mein bisheriger Standard-Spruch auf die übliche Frage.

»Fein. Und wie gefällt's dir wirklich?«, sie blinzelte in die Sonne, die sich ein letztes Mal hinter einem Schleier von hohen Wolken hervorarbeitete. Schlechtwetterboten. Ein Tiefdruckgebiet mit milchstraßenartigen Ausläufern, das über dem Atlantik kreiste. Am späten Nachmittag sollte es schon so weit sein.

»Ich meine, es hat dreiundzwanzig Jahre gedauert, bis du wieder rüber zu uns kommst. Warum so lange?« Dann zwinkerte sie mir versöhnlich zu, grinste. Sehr gewinnend, trotz des Scherbenhaufens ihrer Zähne. »Aber jetzt bist du ja da. Artie wird sich freuen.«

Sie lächelte zu Rasputin hinunter, der auf den Hinterläufen stand und an ihrem langen Rock zupfte, während ich mich fragte, ob ich richtig gehört hatte. Sprach sie von meinem Vater jetzt auch schon wie von Elvis?

»Ich bin beruflich hier. Für einen Fall«, sagte ich. Wenn ich ihre seltsamen Andeutungen ignorierte, würde sie das Thema vielleicht fallen lassen. Aber nein.

»Ja, hab ich gehört«, sagte sie, als tue das nichts zur Sache. »Aber du glaubst doch nicht im Ernst, dass *dieser Fall*«, im Geiste sah ich Konstantins Kratzfüßchen in der Luft, »dich zufällig gerade jetzt nach Irland führt? Nächste Woche werden es dreiundzwanzig Jahre, dass Artie verschwunden ist.«

Als ob ich das nicht wüsste. Ich füllte das Proseccoglas noch einmal und leerte es in einem Zug. Schüttelte das allerletzte Körnchen Granatapfel in meinen Mund und zerdrückte es mit der Zunge am Gaumen.

Gar nicht mal schlecht, Charlotte.

»Ich glaub nicht so sehr an kosmische Fügungen, Tante Roisin.«

»Das würde Artie aber sehr enttäuschen«, sagte sie. Das Amulett kam wieder zum Vorschein, als sollte es Zeuge unserer Unterhaltung werden. »Schade, dass du noch immer so wütend bist auf ihn. Das macht ihm sicher schwer zu schaffen.«

Ich schnaubte. Ob München oder Dublin – Küchenpsychologen, so weit das Auge reichte.

»Keine Angst. Dad ist tot genug. Der spürt meine Wut nun wirklich nicht mehr.«

»Doch!« Sie war beinahe bestürzt, in ihren weit aufgerissenen Augen das dreckige Grün meiner eigenen. »Sonst hätte er dich nicht zu sich gerufen. Er hat noch keine Ruhe gefunden.«

Okay, Urteil revidiert. Tante Roisin *war* verrückt.

»Hat er dir das erzählt?« Ich lächelte verbindlich. »Steht ihr in Kontakt? Wie geht's ihm? Wohnt er in einer WG mit Elvis?«

Ihr Blick verdüsterte sich. Der kleine Rasputin winselte. Fehlte nur noch ein spontanes Gewitter.

»Wenn du dich schon lustig machen musst, liebe Patsy, dann kann ich es dir auch gleich erzählen«, erklärte meine Tante dramatisch. Sie schob ihr Kinn mit dem Grübchen vor und beugte sich etwas näher, gewährte einen beängstigenden Blick in ihren Ausschnitt. »Deine Mutter hat mir verboten, jemals mit dir darüber zu sprechen. Aber mit vierzig bist du alt genug, also. Ich hab deinen Dad gesehen. Mit eigenen Augen. Damals, kurz bevor deine Ma ihn für tot erklären ließ.«

3

1 neue Textnachricht von DS Ferguson, gesendet um 17:08 Uhr

Ich habe Pep gefunden. Mehr am Montag oder, falls Sie ungeduldig sind, morgen Abend bei mir in Ringsend. In der Yacht Tavern gibt's auch Burger. Sagen Sie Bescheid. Ben

4

Die Eingangstür aus matt lackiertem Holz sah brandneu aus und massiv. Jemand beobachtete mich durch den Spion, bevor sie sich öffnete. Nur wenige Sekunden, doch lange genug für eine Menge Fragen, die ich mir schon vor einer Stunde hätte stellen sollen.

»Na, Sie sind ja für Überraschungen gut.« DS Ferguson blinzelte wie in grelles Licht. Er trug ein Baumwoll-T-Shirt mit Liverpool-Wappen und überlange Trainingshosen, unter denen seine bleichen Zehen hervorlugten wie Tierpratzen. Er sah frisch geduscht aus.

»Heute ist aber noch nicht Sonntag«, sagte er, als er seine Fassung wiedergefunden hatte. »Und die Yacht Tavern ist da vorn um die Ecke. Wie haben Sie ...?«

»Ich habe angerufen, Sie sind aber nicht rangegangen.«

Er überprüfte das sofort, hob eine Augenbraue. »Muss ich übersehen haben. *Sorry.*«

»Zum Glück konnte ich Ihre Kollegen vom Präsidium überzeugen, dass wir miteinander arbeiten. War nicht leicht.«

»Das will ich hoffen.«

Er machte keine Anstalten, den Spalt der Tür, in dem er stand, zu verbreitern. Ich hätte es wissen sollen.

Die meisten Iren, die ich kannte, hatten es nicht gerne, zu Hause besucht zu werden, schon gar nicht unter vier Augen. Zu privat. Zu verbindlich. Und kein Fluchtweg, falls die Gesellschaft langweilig oder auf andere Weise unangenehm wurde. Dafür gab es schließlich Pubs.

Peinlich. Aber für eine Entschuldigung hatte ich zu viel Prosecco intus, für die ganze Wahrheit zu wenig. Die halbe musste reichen.

»Sie schreiben mir so lässig nebenbei was von Pep, und dann erwarten Sie, dass ich bis morgen Abend Däumchen drehe und warte, was Sie mir zu erzählen haben. Ich dachte, Sie kennen mich besser.«

»Stimmt, mit Ihrer Arbeit kriegt man Sie immer.« Er überlegte kurz. »Ein bisschen Privatleben würde Ihnen trotzdem guttun.«

»Vielen Dank, aber mein Bedarf ist gedeckt.«

Er schaute mich an, als wüsste er genau, was ich damit meinte, die Arme vor der Brust verschränkt. Hinter ihm im Haus öffnete sich eine Schiebetür. Schritte von nackten Füßen. Die Stimme einer jungen Frau, die hastig ein paar Fragen stellte. Während DS Ferguson sich zu der Stimme umwandte, schloss ich die Augen. Ein Tanz von Farben. Wie Granatapfelkerne in Prosecco. Seine Freundin war bei ihm. Ich hatte sie beim Samstagabendsex gestört.

Im Off hörte ich einen kurzen Wortwechsel. »Bleib doch. Es ist nur die Kollegin aus Deutsch...«

Die Kollegin. Er hatte von mir erzählt.

Weibliches Zirpen, von dem ich kein Wort verstand.

»Na dann.« Er zuckte mit den Achseln und machte die Tür weiter auf. Heraus schlüpfte ein Teenager. Sechzehn, vielleicht siebzehn Jahre alt. Auf den zweiten Blick wurde klar – es war nur das Make-up. Sie musste Stunden darauf verwendet haben.

Man konnte trotzdem sehen, wie jung sie war, ihr Gesicht rund und noch leicht pausbackig. Lange, in einen bewusst schlampigen Ballerinadutt gedrehte Haare und Stirnfransen in Rotblond; regengraue Augen; pastellfarbene Zehen in absatzlosen Riemchensandalen.

»Hey!«, sagte sie zu mir, gab DS Ferguson einen Kuss auf die Wange und klapperte an mir vorbei, gefolgt von einer mit Zigarettenrauch unterlegten Parfumwolke. Seine Tochter? Grenzwertig, aber möglich.

Als sie um die Ecke in die nächste Straße bog, sah mein Kollege ihr immer noch nach, väterliche Sorge in seinen Augen.

»DS Ferguson, es tut mir leid, ich hätte nicht so reinplatzen sollen.«

Er schmatzte ungeduldig. »Ben. Ich heiße Ben. Okay?«

»Okay, Ben.«

»Das war übrigens meine Schwester. Nur, bevor Sie auf irgendwelche Gedanken kommen.«

»Auf welche Gedanken sollte ich kommen?«

»Dass ich so einer bin, der auf Fünfzehnjährige steht.«

Offenbar rechtfertigte er sich nicht zum ersten Mal.

»Ich kenne genug Männer, die waren nicht mal zwanzig, als sie Vater ...«

»*Jesus Christ!*« Zum ersten Mal hörte ich ihn laut lachen. Warm und herzlich und frei von jedem Sarkasmus. Davon konnte ich mehr vertragen.

Er öffnete mir die Tür in sein Haus. »Und jetzt kommen Sie rein, Sie Arbeitstier. Tut mir leid, dass ich Sie nicht vorher reingebeten habe, aber Aoife war nervös. Sie war für ein paar Zigaretten hier, und wir dachten, Ma kommt auf einen Sprung vorbei. Die hat was gegen's Rauchen.«

Das Haus war winzig, trotz der zwei Stockwerke keine siebzig Quadratmeter. Der großzügig gemusterte Chic der irischen achtziger Jahre, den ich noch vom damaligen Haus der Dublin-Nana kannte. Überall Tapeten und Teppichböden. Nur die Wohnküche war neu, die Wand zum ehemaligen Wohnzimmer durchgebrochen, verputzt und in hellem Grau gestrichen. Darin ein Futonsofa und ein Fernseher, gekrönt von einem gerahmten Poster mit fliegender Untertasse darauf.

I Want to Believe.

Ein *Akte-X*-Fan. Stefan hätte das hier geliebt.

»So weit sind wir gekommen, bis das Geld ausgegangen ist«, sagte DS Ferguson, ohne das *wir* weiter zu erläutern. Er zog die große Schiebetür in den Garten auf.

Hinterhof mit Kriechpflanzen traf es wahrscheinlich besser. Auf allen drei Seiten Mauern von fast zwei Metern. Alte Efeuranken über bröckelndem Mauerverputz. Darauf saß eine rundliche graue Tigerkatze, die er mir als »Ted« vorstellte. Sie fixierte uns aus gelben Augen, rieb ihre Mundwinkel an meiner Hand.

DS Ferguson bot mir einen Platz an einem Bistrotisch aus verschnörkeltem Gusseisen an, holte zwei Dosen Apfelcider aus dem amerikanischen Kühlschrank, der voller Fotos und Magneten hing. Öffnete ein Zigarettenetui aus angelaufenem Silber, fluchte über seine Schwester, das Miststück, als er nur noch zwei Stück darin vorfand, und schloss es wieder.

»Ich sollte sowieso aufhören«, sagte er, nur um es ein paar Sekunden später wieder zu öffnen und sich die vorletzte Zigarette zwischen die Lippen zu stecken.

»Wollen Sie eine?«

Ich schüttelte den Kopf.

»Sie schauen aber so aus.«

»Hab vor ein paar Jahren aufgehört.«

»Na, herzlichen Glückwunsch«, sagte er in einem Ton, der mich als Streberin bezeichnete, klappte dann seinen Laptop vor uns auf. Der surrte angestrengt, während DS Fergusons Fingerspitzen seitlich gegen den Monitor trommelten.

War er nervös? Lieber nicht fragen. Mein Konto für Indiskretion war für heute bereits überzogen.

Also nahm ich einen Schluck Cider aus der Dose, ließ ihn auf der Zunge perlen. Ein bisschen zu süß. Ein bisschen zu künstlich. Perfekt. Das war das Irland, an das ich mich erinnerte. Das war mein zweites Zuhause. Ich legte den Kopf in den Nacken. Der Himmel war inzwischen vollständig von einer dunkelgrauen Wolkendecke überzogen, die Dämmerung zum Greifen nahe. Der Wind hatte aufgefrischt, doch hinter den Mauern von DS Fergusons Vorgarten waren wir geschützt. Noch.

»Also ... zu Pep«, sagte DS Ferguson. »Heute Morgen war ich im Büro und hab mal unsere Datenbank nach Leuten durchsucht, die irgendwas mit den Drogengangs in Dublin zu tun haben. Die haben alle Spitznamen, und wir kennen die meisten davon. Ein Pep war aber nicht dabei. Dann hab ich es mit der Telefonnummer probiert, die Ihre Kollegin ausgegraben hat, aber wieder nichts.«

Er machte eine Pause, während sein Computer noch immer hochfuhr, nahm mehrere großzügige Schlucke aus seiner Dose. Beim Absetzen blitzte etwas in seinem Mund. Metall.

»Und dann musste ich daran denken, was uns Miss Olsen gestern erzählt hat, über den ominösen ehemaligen Mitarbeiter, der gedealt hat und deswegen vor eineinhalb Jahren rausgeschmissen wurde. Also habe ich einfach mal gegoogelt und ... Was grinsen Sie so?«

»Ich beneide Sie bloß um Ihr Privatleben. Das klingt so viel erfüllter als meins. Verraten Sie mir mal, wie man das macht.«

Er schnitt mir wieder eine seiner minimalistischen Grimassen – schmale Augen, schmaler Mund, warnender Blick.

»Die meisten Leute haben heutzutage ein Profil auf LinkedIn, erst recht, wer in der Online-Branche arbeitet. Skiller hat einen guten Namen, den wollen viele in ihrem Lebenslauf. Also hab ich nach Leuten gesucht, die bis 2014 bei Skiller in Dublin gearbeitet haben. Damals war das Büro noch nicht so groß, also konnten das nicht allzu viele sein.«

Ein Windstoß fegte in den Garten, vertrieb Ted von seinem

Thron aus Efeu. Er sprang nach unten, rieb sich an DS Fergusons Beinen, die unablässig unter dem Tisch wippten, bevor er weiter in die unbeleuchtete Wohnküche schnürte. Der erste Regentropfen landete unmittelbar danach auf meinem Unterarm.

DS Ferguson bemerkte von alldem nichts.

»Ich habe tatsächlich ein paar Skiller-Absolventen gefunden ...«

Ich schnaubte. »So nennt man ehemalige Skiller-Mitarbeiter?«

»Tatsache.«

»Ich werde alt.«

Er widersprach nicht, lachte bloß. »Na, jedenfalls fielen die meisten aus, weil sie nicht mehr in Irland leben. Einige arbeiten für andere Start-ups, eine Menge davon übrigens in Berlin, oder haben sich selbstständig gemacht. Cafés, Yogastudios und solche Sachen. Da war niemand Auffälliges dabei. Dann gibt es aber noch den da.«

Er tippte etwas in den Browser, drehte den Laptop weiter zu mir.

Lorcan Foley & Co – Online Consulting für Start-ups und Kleinunternehmen

Ein junger Mann, noch keine dreißig, zauseliger Haarmopp und modischer Bart. Lässige Businesskleidung. Lässige Pose.

Die Referenzen zahlreich, aber unglaubwürdig in ihrer Euphorie. Alles war zu schön, zu einfach, zu vielversprechend.

»Wirkt etwas schmierig. Warum glauben Sie, dass das hier unser Pep ist?«

»Lorcan hat Skiller Ende 2014 verlassen und nach zwei Monaten diese Agentur gegründet. Ich hab ihn mal überprüft:

Für 2015 wurde ein Umsatz von fast zweihunderttausend Euro im Jahr angemeldet.«

»Nach einem Jahr?«

»Tatsache.«

»Wäscht er Drogengeld damit? Was glauben Sie?«

»Möglich. Auf seiner Kundenliste sind vor allem kleine Unternehmen. Aber sein größter Kunde sitzt irgendwo auf Mallorca. Vielleicht haben die was mit der Kinahan-Gang zu tun. Die sind da genauso unterwegs wie an der Costa del Sol. Aber die Datenspur zu verfolgen dauert Wochen.«

Großartig. Schon wieder eine Sackgasse.

Ein Regentropfen landete auf dem Bildschirm, brach das Licht aus dem Computer in Regenbogenfarben. Und noch einer.

»Wollen wir drinnen weitermachen?«, fragte DS Ferguson. »Jetzt geht's los mit dem echten irischen Wetter.«

»Stopp. Erklären Sie mir zuerst noch die Verbindung zwischen Lorcan Foley und dem ominösen Pep. Die besteht bisher nämlich noch nicht.«

Er wechselte auf die Seite über die Geschichte der Agentur. Dort erzählte Lorcan Foley seine Biografie im Stil eines Prominenten aus der dritten Reihe: von Herausforderungen und Hürden seiner Kindheit in Kildare und seinem unternehmerischen Geist, wie er sich als Erfolgs-Coach seiner Kunden begreife, die er als Mannschaft zum gemeinsamen Ziel führe.

Auf dem Bild dazu trug er ein Fußballtrikot. Dunkelblau, dunkelrot und in knalligem Gelb die Nummer vier darauf.

»Na, was sagen Sie jetzt?« DS Ferguson sah mich an, seine Augen voller Erwartung.

Ich hob die Schultern. »Was soll ich sagen? Von Fußball hab ich keine Ahnung.«

»Ich bitte Sie ... als Münchnerin? Das ist Peps Trikot, als er noch bei Barca gespielt hat. Und da im Text erwähnt Foley ihn sogar als Vorbild.«

»Pep wer?«, fragte ich. Dann fiel der Groschen. »Der Bayern-München-Trainer?«

»Extrainer. Jetzt ist er bei Manchester City.« Wieder blitzte Metall aus seinem Mund. War das etwa ein Piercing?

»Sie wissen ja Bescheid.«

Er lächelte. Selbstzufrieden und ziemlich wundervoll.

»Im Fußball schon. Ein bisschen.«

»Und das soll unser Mann mit den Drogen sein? Ist das nicht weit hergeholt?«

»Geben Sie zu, es macht Sinn. Oder haben Sie eine bessere Theorie?«

Hatte ich nicht. Das klang tatsächlich plausibel.

Sein Lächeln wuchs sich zu einem Grinsen aus. »Wie wär's, wenn Sie mir dann einfach zu meiner Kombinationsgabe gratulieren?«

»Gratuliere zu Ihrer Kombinationsgabe.«

Wieder wurden seine Augen schmal.

»Was? Ich meine es ernst.«

»Sieht aber nicht so aus.«

»Das sind nur die Mundwinkel. Sehen Sie?« Ich leerte meine Cider-Dose, stellte sie ab und zog den Knick aus meinen Lippen. »Gratuliere zu Ihrer Kombinationsgabe. Sind Sie jetzt zufrieden, Sie zartes Generation-Y-Pflänzchen?«

»Sie haben ein ziemliches Rad ab, Detective Logan.«

»Gratuliere zu Ihrer Kombinationsgabe.«

Er lachte noch einmal, so laut und ungekünstelt wie vorhin an der Eingangstür, und ich sah ihm dabei zu.

Das war der Moment, in dem ich besser hätte aufstehen und gehen sollen. Rückblickend ist mir das sonnenklar. Rückblickend war ich schon immer äußerst weise.

5

»Patsy?«

»Hmmm?«

Ein speerschmaler Lichtstreifen fiel ins Zimmer. Blendete mich wach.

»Schläfst du?«, flüsterte Dad.

Sofort begann Unruhe in mir zu pochen. Was sollte diese Frage? Es war ein Uhr nachts, und ich war gerade erst im Bett. In ein paar Stunden mussten wir alle aufstehen, rein ins Auto und los, damit wir es rechtzeitig nach Rosslare zur Fähre schafften.

»Jetzt nicht mehr«, murmelte ich, rollte mich in meine Bettdecke, behielt die Augen zu.

Der Lichtstreifen wurde breiter, und mein Vater kam in mein Zimmer, stolperte über meinen geöffneten Koffer. Sein Gewicht, als er sich zu mir auf das Couchbett setzte, war ungewohnt, brachte mich fast in Schräglage, sein Geruch nach ungewaschenen Händen vertraut und doch fremd. Wie lange hatte Dad sich schon nicht mehr zu mir ans Bett gesetzt? Keine Ahnung. Und warum auch? In drei Monaten war ich doch schon fünfzehn.

Er schnupperte. »Hast du getrunken?«

»Wir haben Abschied gefeiert.«

»Mit wem?«

»Mit Cormack und ein paar anderen ...«

Die halbe Wahrheit. Zuerst mit ein paar anderen und dann nur noch mit Cormack. Und mit einer Flasche Buckfast-Wein, die zwischen uns gependelt war, bis er endlich genug Mut aufgebracht hatte, mich zu küssen, nass und klebrig süß wie der Starkwein in meinem Mund, dazu sein leise pfeifender Atem, die langen schwarzen Haare, die mich im Gesicht kitzelten. Trotzdem schön, irgendwie.

»Ach ja, hattest du erzählt«, sagte mein Dad zerstreut. Er hatte es vergessen. Natürlich. Während seiner manischen Epi-

soden hörte er kaum zu, so beschäftigt war er mit seinen Welteroberungsplänen. Das neueste Projekt: Import und Export von irischen Lebensmitteln nach Bayern und umgekehrt. Die ersten Wochen unserer Ferien war er ständig unterwegs gewesen, um sich mit potenziellen Lieferanten zu treffen.

Mir war es recht. So hatte ich den Sommer über tun und lassen können, was ich wollte. Küssen, wen ich wollte. Außerdem war mein Dad ziemlich peinlich während seiner Episoden. Mir zumindest. Die anderen fanden ihn inspirierend und lustig.

Seit ein paar Tagen sank sein Stimmungsbarometer zum Glück wieder. So war er mir am liebsten. Normal.

Deshalb verursachte sein Besuch bei mir eine Explosion von unruhiger Wärme in meinem Magen. Was kam nun? Früher hatte er mich manchmal nachts aus dem Bett gerissen, weil er mir unbedingt von einer Idee erzählen wollte, von der Mama mal wieder nichts hielt, weil sie keine Ahnung hatte.

Jetzt lächelte Dad. Ruhig und irgendwie väterlich, auch wenn ich nicht genau sagen konnte, woran ich das erkannte. Seine Lippen glänzten feucht im Halbdunkel.

»Du magst Cormack, oder?«

»Irgendwie schon, ja.« Was für eine Untertreibung. Zum Glück verfolgte Dad das Thema nicht weiter.

»Wir müssen morgen um halb acht los. Hast du schon alles gepackt?«

»Das meiste.«

»Also wecke ich dich um sechs?«

»Okay.«

»Freust du dich auf zu Hause?«

Ich nickte, schon wieder im Halbschlaf. Dabei vermisste ich Freilassing gar nicht mal besonders. Mama schon. Und sogar Kev ein bisschen, die anstrengende Klette, der diesmal mit ihr zu Hause geblieben war, weil er sich den rechten Arm gebrochen hatte. Aber die meisten Gedanken machte ich mir darüber, was ich vermissen würde, wenn ich wieder zurück in meinem cormacklosen Bayern war.

»Ich freu mich auch«, sagte mein Dad, als wäre das genau das, was er von mir hatte hören wollen. Er stand auf, wünschte mir eine gute Nacht und ging. Vielleicht bildete ich mir die gute Nacht auch nur ein. Oder seinen Besuch in meinem Zimmer. Ich war schon ziemlich betrunken.

Als ich wieder aufwachte, war es jedenfalls zehn Uhr vormittags. Mein Dad, verschwunden. Egal, wie oft den ganzen Tag über die Türen im Haus der Dublin-Nana auf- und zuklappten auf der Suche nach ihm. Egal, wie viele Rundtelefonate mit immer schrillerer Stimme geführt wurden. Es war ein Tag, der noch weitere 36 Stunden dauern sollte.

Noch immer kann ich mich an meinen ersten Gedanken erinnern, für den ich mich jahrelang geschämt habe und es manchmal immer noch tue: »Wer fährt uns denn jetzt nach Hause?«

6

Auf eine weitere Dose Cider war eine weitere gefolgt. Danach Indisch vom Lieferservice. Eine Flasche Rotwein und eine halbe.

Es stimmt schon, ich vertrage viel Alkohol. Leider. Jetzt saß ich da, DS Ferguson mir gegenüber, und ahnte, dass ich mal wieder zu viel über mich erzählt hatte. Noch war der Verdacht vage, entschärft von einer samtigen Aura aus Wohlgefühl. Aber nicht mehr lange, wenn mein Gastgeber nicht bald nachschenkte.

Der studierte mich gerade mit seinem Ermittlerblick, die haarigen Unterarme vor der Brust verschränkt. Hinter seinen vom Rotwein blaugefärbten Lippen klickte Metall gegen Zähne.

Das Piercing ist der letzte Rest meiner Rebellion, hatte er mir erklärt. Ziemlich nebulös, aber aus seinem Mund gefiel es mir.

»Und man hat Ihren Vater wirklich nie mehr gefunden? Ich meine ... die Strömung rund um Howth ist extrem stark. Manchmal werden Leute in Schottland angespült.«

Der Alkohol hatte seinen Jungmännercharme etwas abgetragen, darunter eine überzeugte Härte freigelegt, die mich an die Strenge liebevoller Eltern erinnerte. Oder an Extremisten.

Ich schüttelte den Kopf. »Seine Schuhe, Jacke und die Abschiedsbriefe lagen noch unter einem Stein an der Klippe, von der er gesprungen ist. Sonst nichts.«

»Aber Ihre Tante behauptet, ihn in der Stadt gesehen zu haben?«

Ich schnaubte mir fast meinen letzten Schluck Wein aus der Nase. »Die sieht auch Feen und Gespenster.«

»Sie glauben ihr also nicht?«

Kurz streifte mich der Gedanke an meine eigenen Hellhörigkeiten der letzten Woche. Die Frage, wie weit ich auf dem Weg war, die nächste Roisin zu werden.

»Und wenn schon? Dann hätte mein Vater zwar nicht Selbstmord begangen, aber sich einfach abgesetzt und uns auf seinem Schuldenberg sitzen lassen. Auch kein schöner Gedanke.«

»Besser als gar keine Erklärung. Oder?«

Unerklärlich. Spurlos. Mutmaßlich. Worte, die mich umso hartnäckiger durch mein Leben verfolgten, je mehr ich sie hasste.

»Mein Vater ist seit dreizehn Jahren offiziell tot«, sagte ich, sogar in meinen eigenen Ohren hart und brüsk. »Das darf er auch bleiben. Fall abgeschlossen.«

DS Ferguson nickte langsam. Klick, klick, machte es in seinem Mund, während er stumm mit sich selbst diskutierte. Dann gab er sich einen Ruck.

»Hören Sie, Patsy. Ich muss mich bei Ihnen entschuldigen.«

»Oh. Auch mal was Neues.«

Er lächelte sein halbes Lächeln. »Sie hatten recht gestern mit Anthony Keane. Ich habe ihn mehr geschont als notwendig.«

Wahrscheinlich schaute ich gerade ziemlich minderbemittelt. Aber mir fiel tatsächlich nichts auf dieses Geständnis ein, außer: »Aha. Und warum?«

Er seufzte, in seinen Augen noch Reste der Wut über ein Gespräch, an das er sich gerade erinnerte.

»Sehen Sie, in diesem Fall berichte ich nicht meinem eigenen Vorgesetzten, sondern einem Superintendent von der Abteilung für Gewaltverbrechen. Anscheinend kennt er diesen Keane von früher aus irgendeinem Rugbyclub, keine Ahnung.«

»Warum übernimmt den Fall kein anderer Superintendent?«

DS Ferguson prustete. »Glauben Sie, die stehen Schlange? Wir haben nur begrenzte Kapazitäten, noch dazu so kurzfristig. Außerdem sind wir hier in Irland. Dieser Keane ist gut vernetzt, haben mir die Kollegen gesteckt. Wahrscheinlich kennt der alle, die bei uns was zu sagen haben, von irgendwoher.«

Die altbekannte Hitze breitete sich in meinem Magen aus. Freunde, die Freunde von Freunden kannten.

»Das heißt, Ihr Superintendent will Keane für unschuldig erklären?«

»Er will verhindern, dass wir vorschnell wichtigen Mitarbeitern eines Unternehmens auf die Pelle rücken, das jedes Jahr Millionen in unsere Wirtschaft pumpt. Schon gar nicht, wenn es keine echten Beweise gibt.« Mein irischer Kollege seufzte. »Deshalb erwürgt er mich fast mit seiner kurzen Leine. Ich kann kaum einen Schritt machen, ohne mich bei ihm zu rechtfertigen. Dass Sie Keane so auf die Zehen getreten sind, wird auf mich zurückfallen.«

»Also muss eigentlich ich mich entschuldigen.«

»Nein«, er wedelte mit der Hand. »Sie konnten das nicht wissen. Aber jetzt. Also bitte denken Sie dran – wenn Sie wieder in Ihrem Präsidium in München sitzen, bin ich noch hier. Ich will keinen unnötigen Ärger. Es gibt genug Leute, die ...« Er sah mich aufhorchen und verstummte, auf seinen Lippen das »F« eines Fluchs. Schon jetzt kannte er mich zu gut. Das hier klang zu vielversprechend, um nicht nachzubohren.

Er richtete sich auf, gerade und trotzig. »Eine Menge Leute misstrauen mir, Patsy.«

»Blödsinn. Warum sollten Sie Feinde haben?«

»Sippenhaftung.«

Ich lachte, weil ich nicht anders konnte. »Wofür? Haben Sie korrupte Cops in der Familie? Sind Ihre Eltern Berufsverbrecher?«

Seine Lippen wurden schmal, dann entspannte er sich wieder.

»So ähnlich. Mein Vater war jahrelang bei der IRA.« Er machte eine Pause, um die Wirkung seiner Worte zu beobachten. Schien positiv überrascht. »Je nachdem, auf welcher Seite man steht, war er Soldat oder Terrorist.«

Irisch Republikanische Armee. In meinem Kopf tauchten lange vergessene Bilder auf. Nachrichtenbeiträge über Bombenanschläge. Tausende Tote im Lauf von dreißig Jahren. Molotow-Cocktails auf Paraden. Wandgemälde von maskierten Männern mit Sturmgewehren. Mein Referat zum Thema Nordirlandkonflikt, durch das sich meine Mitschüler gähnten. Nicht mal meine irischen Cousins hatten sich dafür interessiert. Das war eben »im Norden«, und da fuhr man nicht hin. Ende der Geschichte.

»Was war er für Sie?«

»Abwesend, so wie viele Väter«, sagte DS Ferguson, legte den Kopf in den Nacken und sah an die Decke, die Hände über dem Scheitel verschränkt. Aus den Ärmeln seines T-Shirts lugten die Ausläufer einer Tätowierung, die aussahen wie Stacheldraht. Klick, klick, Metall gegen Zähne. »So richtig kennengelernt hab ich ihn erst mit sechzehn. Da kam er zum letzten Mal aus dem Gefängnis. Er war einer der ersten, die sie entlassen haben damals, nach dem Karfreitagsabkommen. Wegen vorbildlichen Verhaltens.«

Zynismus stand DS Ferguson nicht besonders gut. Er ließ ihn hart aussehen und viel älter, als er war. Er richtete sich auf, sah in meine Richtung, doch eigentlich starrte er in seine Vergangenheit, als wäre sie eine Pistolenmündung. Ich widerstand dem Impuls, meine Hand nach ihm auszustrecken und ihn zu trösten. Unangebracht. Außerdem – was käme danach?

»Ich wette, jemanden wie Sie lieben die PR-Leute bei den Guards«, sagte ich stattdessen. »Auf der Seite der Guten, trotz schwieriger Vergangenheit. Ist doch wie aus dem Bilderbuch.«

Er schnaubte schwach. Und – Erfolg: Da war sein Halblächeln wieder.

»Die PR-Leute schon. Manche Vorgesetzte auch. Der Rest ...« Er hob die Schultern, sah wieder ins Leere. Doch diesmal mit einer Portion Genugtuung, die ich gut kannte. Der Stolz darüber, es allen gezeigt zu haben, trotz der Widerstände.

»Und Ihr Vater? Macht er sich Vorwürfe, weil Sie auf die schiefe Bahn geraten sind?«

Er schüttelte lachend den Kopf, wurde dann wieder ernst. »Eine Menge seiner früheren Bekannten aus der IRA mischen kräftig mit im Drogengeschäft. Ich glaube, er hätte mich lieber von da ferngehalten.«

Das klang nach einer formidablen Untertreibung. Plötzlich konnte ich sie fast spüren. Die Verzweiflung von Eltern angesichts der eigenen Fehler, die sich in ihren Kindern wiederholten, während sie nichts tun konnten, als zusehen.

Der Gedanke ließ in meinem Kopf keinen Platz für einen weiteren, machte mich stumm.

Über unseren Köpfen schleuderte der Wind feinen Regen gegen das Dachfenster, ein Geräusch, als wäre es Sand. DS Fergusons Metallica-Playlist war schon seit Langem verstummt.

»Mögen Sie Whiskey?«, riss mein Gastgeber uns mit Gewalt aus dem Schweigen. »Ich habe einen fünfzehn Jahre alten Redbreast hier.«

»Bloß nicht. Damit noch mehr Skelette aus dem Schrank kommen?«

Er grinste. »Damit wir sie vergessen.«

Sein Blick hatte wieder begonnen, sich in meinem voranzutasten. Nach Erlaubnis zu fragen, die ihm ein Teil von mir schon vor zwei Tagen erteilt hatte.

Hol dir endlich, wofür du gekommen bist, sagte er.

»Okay. Aber zuerst muss ich mal.«

»Im Gang neben der Treppe.«

Ich erhob mich, ging hinaus und schloss die halb verglaste Tür hinter mir, in meinem Rücken lautes Klirren und Klappern, während sich DS Ferguson in typisch beduselter Ineffizienz daranmachte, uns einen Whiskey einzuschenken.

Ich stand vor der Toilettentür im Halbdunkel des Ganges, gleich neben dem Eingang. Die Welt um mich schlug sanfte Wellen, mein ganzer Körper angespannt vor Erwartung, im Rausch, auf etwas zuzusteuern, das ich bereuen würde. Wann hatte ich ihn zum letzten Mal gespürt? Zu lange nicht mehr, so viel stand fest.

Im Wohnzimmer begann wieder Musik zu spielen. Einer der wenigen ruhigeren Songs von Slipknot. Lange nicht mehr gehört. Stefan hasste aggressive Musik.

Ben Ferguson summte zur Melodie, dann klickte mehrmals ein Feuerzeug. Seine letzte Zigarette, während er auf mich wartete. Eine verheiratete Frau, die kurzzeitig den Verstand verloren hatte.

Ich öffnete die Tür, hörte sie hinter mir ins Schloss fallen. Immer schneller und schneller ging ich die Straße hinunter, brachte mich in Sicherheit, während das irische Wetter über mich herfiel wie ein wildes Tier.

Ein irischer Abgang

1

Von: Kirsten Meyerhofer <k.meyerhofer@polizei.bayern.net>
An: Patrizia Logan <private.pat@gmail.de>
Betreff: Höller & Lohmann

Hallo Patsy,

ich hoffe, dein Wochenende war schön! Ich wollte dich nicht aufwecken, weil ihr ja eine Stunde später dran seid. Aber kannst du dich gleich mal bei mir melden? Der Reitsamer und ich haben heute Morgen den Höller samt Dr. Lohmann getroffen, wegen der DNA-Auswertung. Lief nicht so ideal. ☹ Mehr dann am Telefon. Muss jetzt in die Besprechung, du kannst aber jederzeit anrufen.

Bis gleich, Kris

2

»Detective Logan. Lang nichts mehr gehört.« DS Fergusons Bariton klang förmlich, fast steif; im Hintergrund Bürogeräusche. »Wie war Ihr Sonntag?«

Ich rekapitulierte in Gedanken: Kopfschmerzen. Nachmittagsfernsehen. Stummes Telefon. Reue aller Arten.

»Besser als heute Morgen.«

Sein Atem rauschte in der Leitung, das Telefon wechselte von einer Hand in die andere. »Meiner auch. Ich hatte aber einen seltsamen Traum. Ich hatte Besuch am Samstag, der war sehr angenehm. Dann ist er plötzlich verschwunden und hat mich mit einer halben Flasche Whiskey allein gelassen.«

DS Fergusons Sarkasmus wie aus Eis. Er war sauer. Vielleicht sogar verletzt.

Meine Entscheidung war also doch die richtige gewesen. Ein bisschen Sex – okay. Aber eine emotionale Affäre? Wohin sollte das führen? Gefühle sind brutal, chaotisch. Ihnen ist nicht zu trauen, erst recht nicht meinen eigenen.

»Wahrscheinlich hat sich Ihr Besuch nur in der Tür geirrt.«

Er verdaute das zwei Herzschläge lang. Dann: »Passiert den Besten von uns.«

Wir lachten. Waren gute, vernünftige Erwachsene.

Ich nahm einen Schluck von meinem Milchtee, sah aus dem Fenster meines Hotelzimmers. Der blaue Dubliner Himmel schien nichts mehr zu wissen vom apokalyptischen Regensturm, dem ich den Großteil der vergangenen Nacht über zugehört hatte. Auf der Pearse Street der frühmorgendliche Berufsverkehr, die holpernde, kreischende DART, vollgestopft mit Menschen. Zurück an die Arbeit.

»Wissen Sie, wer mich heute schon angerufen hat?«, fragte ich.

»Ihr Chef. Er macht Druck wegen der Ermittlungsfortschritte.«

Ich liebe schlaue Kollegen. Vor allem, wenn sie gelangweilt klingen. Wahrscheinlich las er nebenbei E-Mails, während sich um meinen Brustkorb die Erinnerung an mein Telefonat mit Konstantin schnürte.

– Die Leute von der IHK haben eben keine Ahnung, wie lange ordentliche Ermittlungen brauchen, Patsy. Die sehen nur, wie die Zeit vergeht und dass nichts passiert.

– Dann klär sie auf.

– Die reden doch nicht mit mir. Die reden nur mit dem Präsidenten. Und der Kohlmeier rennt dann zu mir und zweifelt an unserer Kompetenz.

– Du meinst an meiner Kompetenz?

Schweigen.

»Tja, mir geht's genauso wie Ihnen«, sagte DS Ferguson mit schwarzer Fröhlichkeit. »Letzte Woche gab's einen Zugriff bei einem großen Geldwäscher, und die Kollegen haben eine Tonne an Dingen über mir ausgekippt, die ich dringendst erledigen muss. Sieht so aus, als wäre mein Kurzurlaub bei Skiller vorbei.«

Ich atmete aus, atmete ein. Meinetwegen. Sollte er mich provozieren. Verdient hatte ich es wahrscheinlich.

»Das heißt, ich warte, bis Sie wieder Zeit für mich und meinen Blümchen-Fall übrig haben?«

»Nicht ganz. Meine Kollegen von der Forensik haben Gas gegeben. Die Schriftprobe von Keane stimmt mit der Handschrift auf den Karten überein, die Ali Billroth uns gegeben hat. Da kann er sich jetzt nicht mehr rausreden. Außerdem sind vorhin die Ergebnisse der DNA-Vergleichsreihen von Keane und Mosacher gekommen.«

Darauf einen Schluck Tee. Ich konnte Wärme gebrauchen.

Zumindest den Beweis, dass Anthony Keane eine Mitarbeiterin mit seiner Liebe verfolgt hatte, konnten wir schon mal vorlegen. Und gleich würde sich entscheiden, ob wir kurz vor der Lösung standen oder weiter im Kreis stolperten.

»Und? Was kam raus?«

In der Leitung raschelte es, klickte es.

»Sie genießen das hier, oder?«

»Sehr«, sagte er trocken. Las etwas, das ich nicht sehen konnte, räusperte sich. Stunden vergingen.

»Glückwunsch, Detective. Sieht aus, als hätten Sie recht gehabt. Das Profil von Keane stimmt mit dem Vergleichsprofil aus München überein.«

Also doch. Das Blut unter Carolin Höllers Fingernagel stammte von Anthony Keane. Die Sache mit dem Ast am Isar-Ufer, eine Lüge, und nicht die einzige.

»Was ist mit Gregor Mosacher?«

Klickediklick. Schnauben, während er las. »Negativ. Er konsumiert immer wieder Illegales, sagen seine Haare. Aber das allein ist ja nicht kriegsentscheidend.« Dann überlegte er kurz. »Wissen wir eigentlich, von wem Mrs Höller schwanger war? Ich meine, immerhin hatte sie einen Liebhaber und ...«

Der Mann dachte mit. Und hatte ein Talent für wunde Punkte.

»Nein. Ihr Ehemann hat Einspruch gegen einen Vaterschaftstest eingelegt.«

Kurzes, verblüfftes Schweigen. »Warum denn das, in aller Welt?«

»Das müssen Sie ihn fragen. Tatsache ist, er hat jetzt einen Anwalt. Und der meint, wir müssten zuerst nachweisen, dass die Vaterschaft für die Klärung des Todesfalls überhaupt von Relevanz ist. Und bei der momentanen Beweislage haben wir ziemlich schlechte Karten für einen richterlichen Beschluss.«

Das entlockte meinem irischen Kollegen ein abfälliges Zischen. »Wäre nicht das erste Kuckucksei, das einen Mord auslöst.«

»Das stimmt sicher, aber bisher gibt es keinen handfesten Hinweis darauf, dass Christian Höller seine Frau auf dem Gewissen hat. Außerdem ist der DNA-Abgleich mit den Hautpartikeln negativ.«

»Aber sind Liebhaber und Ehekrise nicht relevant genug für einen Vaterschaftstest? Außerdem – mit so einem Einspruch macht er sich doch bloß verdächtig. Glauben Sie, er hat was zu verbergen?«

»Vielleicht. Vielleicht hat er aber auch nur Angst davor herauszufinden, dass das Kind tatsächlich nicht von ihm war. Männlicher Stolz, Sie wissen schon?«

»Herzerfrischend, Ihr Humor«, murmelte DS Ferguson bloß. »Zurück zu Mosacher. Vielleicht war er der Vater und konnte die Trennung nicht akzeptieren? Vielleicht ist er an der Drogenüberdosis schuld und wollte uns ablenken?«

»Mit einem Mord?«

Mein Kollege griff nach dem nächsten Strohhalm.

»Vielleicht haben die zwei ihre frivolen Bedrohungsspielchen zu weit getrieben, und er wollte es verschleiern?«

Ich sah an mir hinab. Mein Brustkorb, der sich unter meiner Bluse hob und senkte, leichter und ruhiger als noch vor wenigen Minuten. Beweise, stramm wie Soldaten vor meinem inneren Auge, bereit zur Inspektion. Eine geschlossene Kette. Fast.

»Ich weiß, das kommt Ihnen ungelegen, aber die einzige handfeste und plausible Theorie, für die es auch Beweise gibt, zeigt in Richtung Anthony Keane. Er ist unser Hauptermittlungsziel, zumindest vorläufig«, sagte ich. »Wir müssen nochmal mit ihm reden, und das schnell.«

DS Ferguson brummte zustimmend. Überlegte wahrscheinlich gerade, wie er seinem Superintendent erklären sollte, dass ausgerechnet dessen alter Rugby-Freund plötzlich ein dringend Tatverdächtiger war. Zur Rechenschaft gezogen vom Sohn eines Terroristen. Ein schöner Gedanke, wie ich fand.

Mein Kollege schien weniger begeistert.

»Okay«, sagte er im nüchtern bedauernden Ton einer offiziellen Todesmeldung. »Am Nachmittag hab ich Zeit. Ich werde zusehen, dass Keane zu uns in die Dienststelle Pearse Street kommt. Wir treffen uns um fünf Uhr hier.«

»Das mach ich schon. Sie haben genug zu tun und ich nichts.«

»Danke. Dann kümmere ich mich um einen Raum. Wer weiß, wie lange es dauert.«

»Sie glauben, er wird gestehen?«

»Na hören Sie, bei all den belastenden Ergebnissen? Da müsste er schon Berufsverbrecher sein, dass Sie den Sack nicht zukriegen.«

»Oder unschuldig.«

DS Ferguson schnaubte ein Lachen, passend zum zynischen Gesicht, das er sicher gerade machte. »Dass gerade Sie das sagen ...«

Sein Vorwurf, dass ich Keane schuldig sehen *wollte*, blieb diesmal unausgesprochen, und ich verteidigte mich auch nicht. Sollte er denken, was er wollte.

Nachdem wir auflegten, rief ich bei Keane an. Ließ es eine Minute lang tuten, bevor ich auflegte. Hatte er nicht letzte Woche noch eine Mobilbox gehabt? Ich rief noch einmal an. Nach neunzig Sekunden folgten dem Rufzeichen zwei kurze Pieptöne, dann Stille. Ein letzter Versuch, während ich den letzten Schluck Tee im Mund behielt. Schal und bitter. So wie der Gedanke, der sich plötzlich so großkotzig in meinem Kopf breitmachte, als wäre er schon Gewissheit:

Dieser Fall ist noch nicht fertig mit uns.

3

Von: Kirsten Meyerhofer <k.meyerhofer@polizei.bayern.net>
An: Patrizia Logan <private.pat@gmail.de>
Betreff: WG: eine neue Karte

Hallo Patsy, die Mail hast du heute Morgen bekommen. Hab sie gerade erst in deinem Postfach gesehen. Das ist doch der Hammer, oder?
LG Kris

From: Alexandra Billroth <alexandra@skiller.com>
To: Patrizia Logan <p.logan@polizei.bayern.net>
Subject: eine neue Karte

Hallo Frau Logan,

ich wollte Sie noch nicht so früh am Telefon stören, und ein schriftlicher Beleg kann vielleicht auch nicht schaden … Heute war eine Karte bei mir zu Hause im Postkasten. Ohne Briefmarke, also hat sie jemand selbst eingeworfen. Eine Beileidskarte. Eine Drohung steht auch drin. Ich gehe damit gleich zu HR. Ich wollte nur, dass Sie es auch wissen. Das ist nicht mehr okay, das macht mir Angst. Ein Foto von der Karte schicke ich anbei.

Grüße, Ali Billroth

***

Schau, was du getan hast.
Wir sehen uns wieder, Bitch ...

***

1 neue Nachricht von Patrizia Logan, hinterlassen heute um 11:04 Uhr

Ben, Sie sind in einer Besprechung, sagt die Sekretärin, also ganz kurz: Heute Morgen kam eine Mail von Ali. Sie hat wieder eine Karte bekommen, mit einer ziemlich eindeutigen Drohung. Ich kann sie nicht erreichen, sie hat ihr Telefon abgeschaltet. Keane geht auch nicht ran, und bei Skiller weiß man angeblich nicht, ob die beiden im Haus sind oder nicht. Mir gefällt das nicht. Ich habe Rike Olsen geschrieben und bin jetzt auf dem Weg dorthin. Rufen Sie mich an. Oder noch besser, Sie kommen her ... bevor ich was tue, was Sie später bereuen. Bis gleich.

4

In meinem Beruf freuen sich die Menschen selten, mich zu sehen. Auch das Lächeln der stupsnasigen Schönheit an der Skiller-Rezeption wich einer besorgten Miene, als sie mich zur Drehtür hereinkommen sah. Sie bat mich in Rike Olsens Namen, ein paar Minuten zu warten.

Ich ging hinüber zum Getränketrog und zog eine Wasserflasche mit laut Etikett besonders smartem Inhalt aus dem Eis. Vielleicht half es ja.

Eine Weile beobachtete ich die Skillerz, wie sie ins und aus dem Gebäude strömten. Auf dem Weg nach draußen hatten viele von ihnen schon eine Zigarette zwischen den Lippen, bereit für den Einsatz. Immer wieder war ich das Ziel verstohlener Blicke. Mein Gesicht war inzwischen bekannt, man wusste, warum ich hier so oft auftauchte.

Die Wände des Wartebereichs waren vollgehängt mit verschiedenen Bilderrahmen, von verschnörkelt bis modern. »Das Skiller-Familienalbum«, verriet eine große Überschrift. Die Aufnahmen zeigten Mitarbeitergrüppchen bei Teambuilding-Aktivitäten, auf Weihnachtsfeiern, bei Büroeröffnungen. Drapiert um prominente Besucher. Die meisten davon waren so prominent, dass sogar ich sie erkannte. Eine Welt wie eine Schneekugel, zauberhaft anzuschauen in ihrer surrealen Unwirklichkeit. Was wohl aus einer Patsy Logan geworden wäre in diesem Paralleluniversum? Ich versuchte mir vorzustellen, mich auf einem dieser Bilder zu sehen, nicht als Teil eines Unternehmens, sondern einer Revolution. Scheiterte.

Stattdessen entdeckte ich Carolin Höller. Angemessen fröhlich, verkleidet wie eine Komparsin bei *Herr der Ringe*, mit spitzen Ohren. Ich machte mich auf die Suche nach weiteren bekannten Gesichtern. Fand Anthony Keane als Teil einer Gruppe von Männern in Hularöckchen und mit künstlichen Blumenketten. Sein Tausend-Euro-Grinsen wirkte trotz allem überzeugend.

Ein paar Schritte weiter eine Fotoserie, wie in einer dieser Fotokabinen geschossen, die man derzeit besonders gern als Attraktion für Hochzeiten mietete. Eine sehr jung aussehende Ali Billroth mit zwei Kollegen, die wilde Grimassen schnitten. Ali sah direkt in die Kamera, ihr Blick verwegen, liebestrunken. Beim nächsten lehnte ihr Kopf an einer Schulter ...

»Detective Logan. Danke, dass Sie gewartet haben.«

Rike Olsens Lächeln war straff und so offiziell wie ihr Outfit. Anstatt des Hippie-Aufzugs sah sie heute aus wie mein skandinavisches Spiegelbild. Business-Hose. Business-Bluse. Pferdeschwanz. Neben ihr Peter Brennan, in der üblichen Edelvariante von Jeans und Hemd. Das übliche Lächeln hatte er allerdings abgelegt.

»Wo ist Ihr Kollege von den Gardai denn heute, Detective?«, fragte er nach einem bestimmten Händedruck.

»Er kommt gleich nach.«

Eine Lüge, natürlich. Doch DS Fergusons Gegenwart schien gar nicht notwendig. Peter Brennan und Rike Olsen nahmen mich sofort in ihre Mitte, baten mich in den Lift. Hauptsache, ich verschwand aus dem Gesichtsfeld der Mitarbeiter.

Zweiter Stock, Raum »Ulysses«.

Sie setzten sich trotz des runden Tisches mir gegenüber. In meinem Rücken die Glasscheibe nach draußen zu den Schreibtischen, in ihrem das vergeistigte Gesicht von James Joyce, seine Augen unnatürlich groß und rund hinter der John-Lennon-Brille. Passend zur Verhöratmosphäre boten sie mir nichts zu trinken an.

Tauschten einen kurzen Blick.

»Es tut uns sehr leid, dass wir Sie am Telefon vertrösten mussten«, begann Rike, sichtlich bemüht, neben ihrem Boss kein falsches Wort zu sagen. »Die Mitarbeiter am Empfang sind nicht dazu berechtigt, Auskünfte über Teammitglieder zu geben.«

»Verstehe.«

»Wir stehen derzeit im Mittelpunkt des Interesses von Journalisten und ähnlichen ...«, eine Mikropause auf der Suche nach einem politisch korrekten Wort, »Interessensvertretern, die alles Mögliche über uns herausfinden wollen. Am liebsten etwas, das Aufmerksamkeit erregt. Sie verstehen?«

Natürlich, ich verstand.

Peter Brennans Blick zuckte weg von meinem Gesicht hin zu meinen Fingern, die ungeduldig auf die Wasserflasche vor mir auf dem Tisch tappten, und wieder zurück in mein Gesicht. Die Andeutung eines Lächelns.

»Wir wollen Ihre Zeit nicht verschwenden«, sagte er. »Sie sind auf der Suche nach Alexandra Billroth und Anthony Keane. Ist das richtig?«

»Ali Billroth hat mir heute Morgen eine E-Mail geschickt.«

Kaum hatte ich meinen Satz begonnen, nickte Rike Olsen bereits. »Sie hat sich mit der Sache bereits an uns gewandt. Es ging um sexuelle Belästigung. Und um Karten auf ihrem Schreibtisch ...«

»Ja, und die Karte von heute Morgen.«

Ein kurzer Blickwechsel zwischen Rike und ihrem Boss.

»Davon wissen wir nichts«, sagte Peter Brennan entschieden. »Nur von den Karten, die angeblich auf Miss Billroths Schreibtisch abgelegt wurden.«

»Heute war eine im Briefkasten ihres Apartments, ohne Briefmarke, aber mit einer eindeutigen Drohung. Wir haben eine Schriftprobe von Mister Keane, die mit der Handschrift dieser Karte übereinstimmt. Deshalb wollte ich mit ihm sprechen.« Über mein Handy lieferte ich den fotografischen Beweis.

Nach einem flüchtigen Blick darauf betrachtete Peter Brennan wieder mich, sorgenvoll und konzentriert. Er hatte schlecht geschlafen, sein altersloses Gesicht überzogen mit Schatten.

»Mister Keane wurde heute Morgen bis auf Weiteres von seiner Arbeit für uns freigestellt.«

Ich ließ diese Information ein paar Sekunden lang sacken, während mich James Joyce' Eulenaugen fixierten. Ob Anthony Keane heute Morgen wohl ein ähnliches Bild vor Augen gehabt hatte? Eine Autorenweisheit über den bereichernden Effekt von Fehlern, während er für die eigenen gerade seinen Job verlor, getarnt mit blumigen Wendungen wie *vorübergehend freigestellt*?

Ein rückversichernder Blick, dann übernahm Rike wieder, offensichtlich beunruhigt von den neuen Entwicklungen.

»Aufgrund der Vorwürfe von Miss Billroth mussten wir diese Konsequenz leider schnell ziehen«, sagte sie. »Sie hatte mir am Freitag noch eine E-Mail geschickt und mich über die Ereignisse der letzten Monate aufgeklärt. Carolins Tod hat sie sehr aufgebracht, sie gibt sich selbst die Schuld dafür.«

Ich nickte. Fragte mich gleichzeitig, warum sich Ali damit gerade jetzt an HR gewandt hatte. Vielleicht der Drang, auf Anthony Keane einzutreten, wo wir ihn schon fast in die Knie gezwungen hatten? Oder hatte unser Gespräch am Donnerstag ihre Empörung über den Vorfall noch einmal neu angefacht, sodass sie sich dazu entschloss, ihre Vorgesetzten zu verständigen? Oder war sie einfach unberechenbar?

»Was passierte dann?«

»Wir haben Tony ... Mr Keane gebeten, heute früher ins Büro zu kommen, um die Angelegenheit zu besprechen.«

»Wusste er, worum es ging?«

»Nein.«

Aber er hatte es geahnt. Und er war vorbereitet gewesen. Mit einer Drohung gegen Ali, die er für seinen bevorstehenden Sturz verantwortlich machte.

»Und wie hat er auf die Vorwürfe reagiert?«

»Zunächst wütend, dann hat er aber seine volle Kooperation mit unseren internen Prozessen zugesichert«, sagte Peter Brennan. »Dass Sie ihn nicht per Mobiltelefon erreichen, liegt vielleicht daran, dass es sich um ein vom Unternehmen zur Verfügung gestelltes Gerät handelt. Er hat es vorübergehend bei uns abgegeben und dann das Büro verlassen.«

»Wann war das genau?«

»Kurz nach acht Uhr.«

Genug Zeit für eine persönliche Postzustellung nur wenige Gehminuten vom Skiller-Büro.

»Und Miss Billroth hat nur mir von der heutigen Karte erzählt und nicht Ihnen?«

Überzeugtes Kopfschütteln in stereo.

»War sie denn heute hier im Büro?«

Wieder nein.

»Wir haben seit Freitag nicht mehr mit ihr gesprochen. Ich hatte ihr geraten, fürs Erste von zu Hause aus zu arbeiten«, sagte Rike. »Sie war sehr emotional, und wir wollten unnötige Konfrontationen oder Gerüchte vermeiden.«

»Ich kann sie nicht auf ihrem Handy erreichen.«

»Sollten wir über alternative Kontaktdaten der beiden verfügen, wird Rike Ihnen diese natürlich sehr gerne aushändigen«, sagte Peter Brennan, plötzlich entschlossen, dieses Gespräch zu beenden. Er legte die langfingrigen Hände aneinander, während seine Mitarbeiterin eine Notiz machte. »Ich weiß, diese Frage steht mir wohl nicht zu, aber in welchem Zusammenhang steht dieser interne Vorfall mit Ihren Ermittlungen?«

»Operative Details kann ich Ihnen leider nicht anbieten.«

»Natürlich. Haben Sie denn schon einen Eindruck, wie lange Sie für Ihre Ermittlungen in unserem Haus noch brauchen werden?«

»Wir arbeiten so schnell wie möglich, schon im eigenen Interesse.«

Um Peter Brennans Lippen zuckte es. Kein Lächeln, mehr ein unterschwelliges Brodeln. Vor meinem geistigen Auge wählten seine Finger gerade die Nummer der Münchner IHK; gab er dem geschätzten Mister Freunthaler zu verstehen, wie enttäuscht man bei Skiller von den langsamen Fortschritten in diesem Fall sei.

»Carolins Tod hat unser Unternehmen schwer erschüttert, Detective.« Brennans Stimme war nun jeglicher freundlicher Zwischentöne beraubt. »Dass nun noch weitere schwerwiegende Vorwürfe im Raum stehen, beunruhigt uns alle in höchstem Maße. Meine Aufgabe als Leiter der europäischen Organisation ist es, wieder Ruhe in die Mannschaft zu bringen, auch mit Maßnahmen, die ich persönlich sehr bedaure. Gerade Mister Keane ist ein langjähriger Wegbegleiter und Freund.«

Seine Augen wurden feucht. Er wusste, dass wir Anthony Keane verdächtigten. Instinkt. Verbindungen. Was auch immer. Und er hatte keine Zeit verloren, im Interesse des Unternehmens zu handeln. Seinen langjährigen Wegbegleiter und Freund entfernt. Ali Billroth hatte ihm dazu bloß die politisch korrekte Entschuldigung geliefert. Er räusperte sich.

»Die Freistellung wird es ihm leichter machen, Sie bei der Aufklärung der Ereignisse zu unterstützen. Und Miss Billroth war sehr mitgenommen von dem Vorfall. Wir hatten den Eindruck, sie braucht etwas Ruhe. Wir wollen der Verbreitung von Gerüchten zuvorkommen, während wir dem Vorfall intern nachgehen.«

Man musste Peter Brennan wirklich bewundern für seinen Pragmatismus. Die Bande zu Freunden so rasch zu kappen, wenn sie dem Unternehmen zur Last wurden – das musste man erst mal schaffen. Noch dazu in so schöne Worte verpackt.

In meinem Inneren breitete sich eine kalte Schwere aus. Ich erkannte sie wieder in Rike Olsens Blick, unter Brennans professioneller Fassade. Die Enttäuschung über eine Utopie, die sich als das offenbarte, was sie war – eine Idee, gescheitert an der Wirklichkeit.

5

»Detective Logan, was gibt's Neues bei den Skillerz?«

DS Ferguson klang gehetzt. Schnaubte wiederholt, während ich erzählte.

»Und Keane meldet sich auch auf seinem privaten Mobiltelefon nicht, sagen Sie?«

»Nein. Und das von Ali Billroth ist tot. Zu Hause ist sie auch nicht. Dabei arbeitet sie laut Rike Olsen dort.«

»Sie waren bei Alexandra Billroths Apartment?«

»Ist doch um die Ecke.«

»Ja, aber warum? Vielleicht ist das Telefon nur kaputt oder gestohlen.«

Ja, vielleicht. Vielleicht aber auch nicht.

»Haben Sie es per E-Mail versucht?«

»Vorhin, ja. Noch keine Antwort.«

Schau, was du getan hast.

»Patsy«, DS Fergusons Stimme wurde leise, lauernd, »sind Sie etwa auf dem Weg zu Anthony Keane?«

»Noch nicht. Rike Olsen hat mir aber seine Adresse gegeben. Ich hoffe, Sie kommen mit.«

»Glauben Sie, er hat Billroth in seinem Keller versteckt?«

Das klang wie etwas, das ich selbst immer zu Kollegen gesagt hatte, wenn sie hysterisch wurden. Bis es einmal gestimmt hatte.

»Nein, aber er ist inzwischen ein Tatverdächtiger in einem Mordfall«, sagte ich. »Und er ist persönlich zu ihrem Haus gegangen und hat eine Karte mit einer Drohung in ihren Briefkasten geworfen hat. Diesmal hat er sich nicht mal die Mühe gegeben, es zu verschleiern. Die Handschrift stimmt mit den Schriftproben überein.«

Ein paar Sekunden Nachdenkpause.

»Das Meeting war für sieben Uhr heute Morgen angesetzt«,

half ich weiter. »Es wurde ihm am Wochenende kurzfristig ohne Angabe von Gründen angekündigt. Aber er wusste sicher schon, was ihn erwartet. Rike hat mir erklärt, das sei so üblich, weil der Freigestellte dann nur noch in Begleitung von Sicherheitspersonal und einem Mitarbeiter der Personalabteilung an seinen Schreibtisch darf und das Büro gemeinsam mit ihnen verlassen muss.«

»Fuck, was für eine Demütigung.«

»Genau. Deshalb die frühen Meetings. Damit es so wenig Leute wie möglich mitkriegen. Der Kollege verschwindet einfach, keiner weiß was. Die Skillerz nennen es anscheinend den *irischen Abgang.*«

DS Ferguson fluchte noch einmal vor Anteilnahme.

»Keane sieht also das Meeting mit Brennan schon am Wochenende im Kalender und weiß, dass die Kacke am Dampfen ist«, sagte er. »Er gibt Billroth die Schuld und hinterlässt ihr eine Drohung. Die findet sie, aber aus irgendwelchen Gründen meldet sie es nur Ihnen und nicht mehr bei Skiller. Glauben Sie, er hat ihr aufgelauert?«

»Keine Ahnung. Aber finden Sie's nicht ungewöhnlich, dass Ali Billroth sich ausgerechnet jetzt nicht mehr meldet, auch nicht zu Hause?«

»Doch.« DS Ferguson war genervt, die Stimme flachgepresst vom zeitlichen Druck, unter dem er stand. Ich erwartete ein Klicken an seinen Zähnen, das aber ausblieb. Das Piercing war seine Revolution, und die fand nur in seinem Privatleben statt.

»Ben, hören Sie. Ich weiß, es gibt eine Menge normaler Erklärungen hierfür, aber wir ...«

»Wir müssen sichergehen, dass es nur eine leere Drohung war.« Er seufzte. »Ich werde sehen, dass ich früher von hier loskomme. Aber zuerst muss ich mit meinen Vorgesetzten reden.«

»Mit beiden? Wie lange ...?«

»Keine Ahnung, okay?«, zischte er. »Wir hatten hier zwei Mordversuche innerhalb von achtundvierzig Stunden, mitten in der Stadt. Mein Boss vierteilt mich, wenn ich abhaue, nur weil ein bisher unbescholtener Mann eine Grußkarte schreibt und nicht auf seinem Handy erreichbar ist. Schlafen Sie eine Runde oder gehen Sie spazieren in der Stadt, genießen Sie das Wetter. Aber tun Sie mir den Gefallen und kommen Sie zurück auf den Teppich, ja?«

Autsch. Ich holte Luft und setzte zu einer Antwort an, klappte dann den Mund wieder zu. Vielleicht hatte DS Ferguson recht. Vielleicht war ich noch paranoider, als ich sein sollte. Vielleicht machte mich dieser Fall verrückt oder meine Schlaflosigkeit oder einfach meine Unfähigkeit, mich zu *entspannen* und ein Kind zu empfangen. Meinetwegen all diese Gründe zusammen.

»Zwei Stunden«, sagte ich. »Wenn wir bis dahin niemanden erreichen, fahre ich zu Keane. Wenn Sie dabei sind, schön. Ansonsten kann sich Ihr Boss ja bei meinem beschweren.«

6

Der irische Sommer zog, so kurz vor seinem Ende, noch einmal alle Register, das Stadtzentrum südlich der Liffey kurz vor halb zwei ein schwüler Hexenkessel. Dublin war nie wichtig genug gewesen. Nicht für Prachtstraßen, nicht für öffentliche Plätze oder Flächenbombardements. Jetzt ächzte die koloniale Infrastruktur unter Wirtschaftsboom und Städtetourismus.

Büroleute auf der Suche nach ihrem Mittagessen liefen einen hektischen Slalom zwischen Touristengruppen und Straßenkünstlern. Enge Straßen, noch engere Gehsteige. Die breiteste verfügbare Straße war für Bauarbeiten aufgerissen. Radfahrer neben röhrenden Doppeldecker-Bussen hinter Schlangen von Taxifahrern.

Und mittendrin: Patsy Logan, unentspannt.

Anrufe auf Anthony Keanes Privathandy gingen immer noch ins Leere, und nach wie vor kein Ton von Ali Billroth. Von der Zeit, die ich DS Ferguson zugestanden hatte, war noch nicht einmal die Hälfte vergangen. Minute reihte sich an Minute. Ich hätte besser eine Stunde sagen sollen.

Zumindest Stefan erreichte ich, wenn auch nur kurz. Gleich komme ein Klient, er müsse noch einmal seine Notizen der letzten Sitzungen durchgehen. Seine Stimme wie eine Umarmung. Er freue sich, dass ich anrufe. Er habe viel nachgedacht die letzten Tage. Er vermisse mich.

Ich sagte Stefan dasselbe in anderen Worten. Legte dann auf und dachte an Tattoos, die wie Stacheldraht unter einem T-Shirt-Ärmel hervorlugten; an ein halbes Lächeln; an das Klicken von Metall gegen Zähne.

Ein Blick auf die Uhr. Noch über eine Stunde.

– *Warum hast du bloß zwei Stunden gesagt?*, fragte eine Stimme in mir, die ich jetzt nicht hören wollte. *Mit Kris in München hättest du kurzen Prozess gemacht.*

– In München habe ich immerhin rechtliche Handlungsbefugnis.

– Hör dir mal zu. Von wegen rechtliche Handlungsbefugnis. Arme Patsy ... Gefangene des Systems.

– Ach, halt doch die Klappe.

Noch ein Schluck aus meiner Flasche voll klugem Wasser. Weiter voran, ohne Ziel, durch die Grafton Street, vorbei an Blumenständen, Gitarristen und ihren Verstärkern, in Richtung St. Stephen's Green.

Ausschau halten nach Anthony Keane, nach Ali Billroth. Dublins Zentrum war klein. Man lief sich über den Weg. Wenn sie in die Stadt gegangen war, um von einem Café aus zu arbeiten, traf ich sie vielleicht sogar. Würde sie fragen nach dieser Fotoserie im Skiller-Familienalbum, die ich mir auf dem Weg aus dem Büro noch einmal genauer angesehen hatte. Was sie zu bedeuten hatte.

Ich schwitzte, trotz der aufgekrempelten Blusenärmel, blies mir die Haarsträhnen, die sich aus meinem Pferdeschwanz gelöst hatten, aus dem Gesicht. Wo war der irische Wind, wenn man ihn brauchte?

An einem italienischen Eisstand kapitulierte ich schließlich. Kaufte Schokolade und dunkle Schokolade. Schaute stumpfsinnig löffelnd einer zerfurchten Frau mit Fingerhandschuhen beim Blechflötenspiel zu, während sie über ein Fußpedal ein Puppentheater mit Leprechauns bediente. Lächerliche Zwerge in grünschimmernden Anzügen. Beinchen, die sich klappernd zum hohen Singsang der Flöte in die Höhe warfen. Die Frau, gekleidet in Selbstgestricktes, wiegte sich im hektischen 6/8-Takt, während die Touristen Fotos schossen und die Einheimischen achtlos an ihr vorübergingen.

Unter ihnen ein Mann, der konnte fast mein Vater sein.

Moment.

Das *war* mein Vater. Eiseskälte, überall in mir. Sie ließ meinen Atem gefrieren, lähmte mich. Da war Arthur Logan, auf dem Weg die Grafton Street hinunter.

Rasch schloss ich die Augen. Also doch. Ich wurde verrückt und hielt Wildfremde auf der Straße für meinen Vater. Zeit, dass ich wieder nach München kam.

Ich öffnete die Augen wieder. Sonnenschein. Der Mann war ein Stück weitergegangen, tauchte in eine Gruppe Touristen ein und wieder heraus. Er hatte mir den Rücken zugewandt. Sein Gang schlurfend. So wie mein Dad, wenn er sich während einer depressiven Phase zur Toilette schleppte.

Siehst du? Kann gar nicht sein. Da hat er doch das Haus nie verlassen.

Der Mann passierte einen Blumenstand, bog rechts in eine Nebenstraße. Sein Profil mit der langen gebogenen Nase, die markanten Wangenknochen ... Arthur Logan. Älter und müder. Grauer. Doch erstaunlich schnell, trotz des Schlurfens.

Wie war das möglich? Mein Herzschlag machte eine beängstigend lange Pause. Nur meine Beine schienen noch handlungsfähig. Setzten sich schließlich in Bewegung, ohne mich zu fragen. Trugen mich zum Blumenstand, meinem Dad hinterher, das ungegessene Eis noch immer in meiner Hand.

Zu viele Menschen in meinem Weg, zu viele Stimmen in meinem Kopf. Sie fragten mich, welchem Wahnsinn ich da gerade verfiel. Arthur Logan war tot, seit bald dreiundzwanzig Jahren. Schulden, von denen seine Familie keine Ahnung gehabt hatte; ein klarer Moment nach Monaten der Manie; die unweigerlich folgende Depression vor Augen; Abschiedsbriefe. Welche Beweise brauchte es noch?

Da war der Blumenstand. Da die Nebenstraße. Sie war weit weniger belebt als die Grafton Street und offenbar uninteressant für Straßenkünstler. Am Ende eine Kirche mit geschlossenen Toren. Ein paar Burger-Restaurants, ein schon jetzt belebtes Pub, davor eine Traube von Geschäftsleuten mit einem Glas Bier in der Hand.

Ein Drink. Auch für mich keine schlechte Idee, denn Arthur Logans Geist war weit und breit nicht mehr zu sehen. Die Straße war kurz, der unbekannte Doppelgänger meines Dads wahrscheinlich schon nach links oder rechts in die Parallelstraße abgebogen.

Ich blinzelte ein paarmal, schüttelte den Kopf über mich.

Durchgeknallt, endgültig. Tante Roisin lässt grüßen.

Ein Blick auf die Uhr. Noch eine Dreiviertelstunde, dann durfte ich offiziell DS Fergusons Karriere schaden. Bis dahin war noch ein Glas Cider drin.

Ich atmete tief durch, entsorgte das zerflossene Eis mitsamt dem Becher in einem Mülleimer, blickte in den Dubliner Himmel. Das stechende Blau ließ mich blinzeln. Und dann bemerkte ich, dass ich in die falsche Richtung gesehen hatte. Links und rechts, ja. Aber nicht nach oben.

Denn da war er, auf dem flachen Dach eines der Stadthäuser aus Backstein. Eine menschenförmige dunkle Gestalt vor einem strahlenden Himmel. Ich blinzelte wieder, beschattete meine Augen mit der flachen Hand. Unmöglich. Da waren kein Restaurant und auch keine Dachterrasse. Doch er stand da. Am Rand des Dachs. Zu weit weg, um Details zu erkennen. Trotzdem. Ich spürte, wie er zu mir herunter sah. Seine Augen riesig, trostlos, schwarz. Dabei waren sie doch immer blau gewesen.

Nein. Das hier passierte nicht wirklich. Es musste ein Hirngespinst sein, eine Täuschung, irgendwas. Augen zu und wieder auf, zu, auf. War es vorbei? Er stand noch immer auf der Dachkante. Wippte auf und ab wie ein Turmspringer vor der alles entscheidenden Kür.

Seine Augen waren keine Augen mehr, nur noch leere Höhlen. Er öffnete den Mund und rief mir etwas zu, aber ich hörte keinen Ton. Nur mich selbst, während er sprang, durch die Luft flog und mit einem unbeschreiblich grässlichen Geräusch auf der Straße landete. Ich glaube, ich schrie.

7

1 neue Nachricht von Patrizia Logan, hinterlassen heute um 14:12 Uhr

Ben ... Wahrscheinlich gehen Sie nicht ran, weil Sie mich und meine Paranoia satthaben, aber ... hören Sie: Ich bin auf dem Weg zu Anthony Keanes Haus. Sorry, ich konnte nicht mehr warten. Die Erklärung würden Sie mir nicht glauben und ... also ... bitte. Ich weiß, das ist viel verlangt, aber schicken Sie eine Streife zu Ali Billroths Apartment. Und eine zum Roebuck Close in Clonskeagh. Oder kommen Sie selbst. Der Fahrer sagt, es sind keine zwanzig Minuten. Egal, was, nur machen Sie schnell, warten Sie nicht mehr darauf, was Ihre Chefs sagen ... bitte. Bis gleich. Okay?

***

Roebuck Close war eine Sackgasse, gerade groß genug für eine Handvoll Häuser.

Hier, südlich vor den Toren der Stadt war Dublin großzügig, grün, gediegen. Gepflegte Häuser unter altem Baumbestand. Auf der Straße und hinter elektrischen Toren parkten Autos, deren Erstzulassung höchstens ein, zwei Jahre her war. Die meisten von ihnen SUVs. Die Karrieren fortgeschritten, die Kinder mindestens schon Teenager.

»Soll ich auf Sie warten?«, fragte der junge indische Taxifahrer beim Aussteigen. Rührend, wie besorgt er war. Andererseits – kein Wunder. Als ich in sein Taxi gestiegen war, hatte ich kaum einen geraden Satz herausbekommen und ihm bloß Rike Olsens Zettel mit der Adresse von Anthony Keane entgegengehalten. Meine wirre Botschaft an DS Ferguson hatte er sicher auch belauscht.

Inzwischen war das rasende Karussell in meinem Inneren wieder etwas zur Ruhe gekommen, meine Atemzüge länger und tiefer.

Kein Grund zur Panik. Es war eine Halluzination gewesen, eine meiner Visionen. Zugegeben, länger und erschreckender als üblich, aber im Grunde nichts Neues. Vor allem war sie vorbei. Kein zerschmetterter Körper auf dem Pflaster, Arthur Logans Geist spurlos verschwunden, kaum hatte er den Boden berührt. Nirgends Blutspritzer oder Organe oder verrenkte Gliedmaßen. Alles normal. Von mir selbst mal abgesehen.

Eine Frau mittleren Alters mit ihrer Enkelin an der Hand war stehen geblieben, ihre Hand kühl durch den schweißfeuchten Stoff meiner Bluse.

– *Brauchen Sie Hilfe? Suchen Sie etwas?*

– *Nein, danke. Nur die Hitze. Alles okay.*

Nun stand ich, halbwegs wiederhergestellt, vor Anthony Keanes Haus. Moderner Backstein, aufgelockert mit Glas und Holz. Vögel zwitscherten. »Birches View« stand auf einem Schild auf der Mauersäule neben dem Fußgängertor. Birken waren hier auf den ersten Blick keine zu sehen.

Das moderne Gittertor an der Einfahrt war geschlossen, die Tür daneben ließ sich jedoch von innen öffnen. Meine Schritte knirschten auf dem Kies des vorgelagerten Parkplatzes. Breite, halbkreisförmige Reifenspuren in Richtung des elektrischen Schiebetors. Kein Auto. Vielleicht versteckte es sich in der nach hinten versetzten Garage.

Ein moderner Anbau mit großen Fenstern ohne Jalousien, durch die man in ein geschmackvoll eingerichtetes Wohnzimmer und in den dahinterliegenden, manikürten Garten blicken konnte. Da waren auch die Birken. Ich stellte mich auf die Zehenspitzen, suchte den Raum ab, so weit ich sehen konnte. Niemand. Weiter im Inneren des Hauses eine geöffnete Doppeltür, dahinter Halbdunkel, nur ein schmaler Streifen Sonne. Er fiel durch den fast zwei Stockwerke hohen Lichteinlass aus Glas, der rechts von mir, nahe dem Eingang, die Mauer aus Backstein durchbrach. Wahrscheinlich um einen offen gestalteten Vorbau mit natürlichem Licht zu versorgen. Vielleicht sogar eine Galerie.

Ein Schatten huschte durch den Sonnenstreifen wie ein Tier.

Kam da jemand die Treppe runter? Etwas in mir begann zu summen. Wie auf Gleisen, auf denen sich ein noch unsichtbarer Zug näherte.

Schau, was du getan hast.

Der Schatten huschte wieder vorbei, in die andere Richtung. Also niemand auf der Treppe. Vielleicht nur die Äste eines Baumes im Wind.

Ich ging hinüber zur Eingangstür. Da klebte etwas, ein Zettel. Nicht zu sehen vom Vorplatz aus, weil die Tür sich für hereinkommende Besucher diskret hinter der Gartenhecke versteckte.

In der Innentasche meines Blazers vibrierte es zornig. DS Ferguson.

»Sie Wahnsinnige!«, zischte er statt einer Begrüßung in die Freisprechanlage seines Autos. »Ich bin in zehn Minuten da. Warten Sie auf mich, oder Sie werden's bitter bereuen.«

Da huschte schon wieder der Schatten durch Anthony Keanes Haus. Er schien fast zu tanzen. Und wieder. Das konnte kein Ast sein. Außerdem – es war völlig windstill.

Ich riss den Blick von dem seltsamen Schauspiel los, machte die paar Schritte zum Eingang. Die Schrift auf dem grünen Post-it kannte ich inzwischen gut.

Sophie, komm auf keinen Fall ins Haus.
Ruf sofort die Polizei – 999

Schlagartig war da Adrenalin, überall in meinem Körper. Der Schatten. Von hier aus, gleich neben dem Lichteinlass, konnte man ihn gerade wieder sehen. Klarer als von der anderen Seite. Es war kein Ast, sondern ein Körper, der ruckartig und ohne Rhythmus pendelte. Der sich krümmte und wand und zuckte wie eine Raupe, die sich verpuppte.

»Sind Sie noch da?« DS Ferguson klang irritiert und sehr fern. »Ali Billroth sagt Ihnen übrigens schöne Grüße. Ihr Handy ist ihr ins Klo gefallen und kaputt. Sie musste also in die Stadt, um ein neues zu besorgen, und ist jetzt ...«

»Fahren Sie schneller«, sagte ich, meine Stimme fremd und unheimlich.

»Was?«

»Und rufen Sie einen Rettungswagen.«

8

Anthony Keane hatte alles geplant. Ganz rational.

Nach seiner Entlassung auf Raten durch seinen langjährigen Freund Peter Brennan war er nach Hause gefahren. Seine Frau Mary würde bis abends in ihrem kleinen Architekturbüro in der Stadt beschäftigt sein, das sich nach Jahren der Krise endlich wieder im Aufwind befand. Seine älteste Tochter Brid war in Griechenland, für ein paar Wochen, bevor sie Ende September ihr Architekturstudium begann. Die beiden jüngsten, Orla und Maya, hatten bis sechzehn Uhr Schule und würden anschließend von der Nachbarin nach Hause gebracht. Die zweitälteste, Sophie, sechzehn, war bereits um halb drei fertig und würde den Bus aus der Stadt nehmen. Sophie war ein kluges Mädchen. Reif für ihr Alter. Sie würde tun, was ihr Vater ihr sagte.

So oder so ähnlich hatte Anthony Keane vielleicht gedacht, als er die Notiz an Sophie schrieb.

Dann verfasste er eine Botschaft an seine Frau und seine Töchter. Ignorierte sämtliche Anrufe auf seinem Handy. Holte die Leine des vor einem Jahr friedlich entschlafenen Familienhundes Max, die noch immer im Haushaltsraum hing; wendete an, was er im Internet recherchiert hatte, ging nach oben in die Galerie, deren Balustrade Mary aus Glas und mattiertem Messing gestaltet hatte. Hörte ein Auto in die Straße einbiegen und sprang. Sogar die Knöchel hatte er gefesselt und notdürftig sogar die Hände, um jeder spontanen Änderung seiner Meinung zuvorzukommen.

Anthony Keane war ein Profi. Er überließ nichts dem Zufall. Doch er war nicht Profi genug: Wie so viele vor ihm hatte er die Fallhöhe falsch berechnet. Hatte unterschätzt, wie sehr sein Instinkt am Leben hing, egal, wie vernebelt sein Verstand, wie verloren seine Ehre war.

Für mich existierte keine Uhr mehr. Alles, was ich sagen kann, ist: Es dauerte zu lange. Keanes Haus eine Festung aus stahlverstärkten Türen und unerreichbar hohen Fenstern, die mich an sich abprallen ließen wie Regentropfen, während der zappelnde Schatten drinnen immer wildere Tänze vollführte. Erst auf der Rückseite des Hauses gab es eine verwundbare Stelle.

Der vollverglaste Wintergarten. Auch der zu stark für mich. Erst beim dritten Versuch mit einem der umherstehenden Beton-Pflanzkübel entstand ein Spinnennetz aus Rissen in der Scheibe. Den Rest schaffte mein Ellbogen.

Ich stieg in Anthony Keanes Haus wie eine Einbrecherin. Vom Wintergarten in die Küche ins Vorhaus, wo der rationale Teil in mir sofort erkannte: Unser Hauptverdächtiger hatte den Kampf gegen sich selbst verloren.

Dann war da noch der andere Teil. Der packte den Bewusstlosen an den nur noch schwach zuckenden Beinen, seine Hose nass von Urin, versuchte ihn zu stützen, irgendwie zu halten, während in der Ferne eine einsame Polizeisirene heulte. Keuchte und schwitzte und kämpfte. Doch Anthony Keane war ein ehemaliger Rugby-Spieler. Und Patsy Logan zu klein, zu schwach, zu spät.

9

Anthony Keane hatte seine Tochter richtig eingeschätzt. Sophie war ein gutes Mädchen und reif für ihr Alter. Dass nicht ihr Vater, sondern eine blasse, zerfranst aussehende Frau in verschwitzter Bluse, mit blutigem Ellbogen und seltsamem Akzent sie an der Tür zu ihrem Zuhause empfing, nahm sie erstaunlich gefasst zur Kenntnis. Nur ihre Nasenflügel zitterten. Bereitwillig hatte sie sich von mir ins Wohnzimmer lotsen lassen. Ihr schmaler Körper mit Sommersprossen bestäubt, versank sie fast in den üppigen Kissen der Sofalandschaft. Sie nickte konzentriert, als ich ihr erzählte, ihr Dad habe versucht, sich das Leben zu nehmen. Ich sagte, er sei auf dem Weg ins Krankenhaus und ihre Mutter auf dem Weg nach Hause. Ich sagte, man wisse nicht, ob ihr Vater überleben würde. Streng genommen war das die Wahrheit. Sanitäter durften niemanden für tot erklären, das musste ein Arzt im Krankenhaus machen, und dort war Anthony Keane noch nicht eingetroffen. Tatsache war – sein Herz hatte bereits seit zehn zerstörerisch langen Minuten stillgestanden, bevor man ihn in den Krankenwagen geschoben hatte.

Aber wozu Sophie Keane schon jetzt in diese Tiefe stoßen?

Drei Stunden später waren alle Hergänge erzählt, alle Angehörigen psychologisch betreut, das Haus versperrt und die uniformierten Guards abgefahren.

Zurück blieben DS Ferguson und ich. Wir saßen in seinem Auto, mit dem er mich letzten Donnerstag vom Flughafen abgeholt hatte, die erloschene Einsatzlampe noch auf dem Dach, die Türen weit geöffnet gegen die darin aufgestaute Hitze.

DS Ferguson rauchte, während meine Zähne trotz der Wärme klapperten, egal, wie sehr ich es zu unterdrücken versuchte. Mein Inneres aus ewigem Eis.

»Wie geht's Ihnen?«, raffte sich DS Ferguson dazu auf, das Offensichtliche anzusprechen.

»Prächtig.«

»So sehen Sie auch aus.«

»Danke.«

Er brachte die Hälfte eines Halblächelns zustande, seine Augen glasig.

»Sie sollten das anschauen lassen.« Er zeigte auf meinen blutigen Blusenärmel, unter dem prompt der Schmerz zu pochen begann. »Ich fahre Sie zum Arzt.«

»Okay.«

Wir fuhren los, durch elegante Villengegenden, gesäumt von Hecken und Bäumen, die Straße vor uns mit Konfetti aus Sonnenlicht besprenkelt. Das Bild von einem ruckartig tanzenden Schatten drängte sich in meinen Kopf. Ich drängte es zurück.

»Tut mir leid«, begann DS Ferguson schließlich. »Ich hab's versaut, weil ich nicht auf Sie ...«

»Ach, hören Sie auf. Wir haben's beide versaut. Und Keane genauso. Wir alle miteinander.«

Meine Stimme klang belegt. Brüchig, ja, doch noch immer ein Ganzes. Zumindest auf meine Selbstbeherrschung konnte ich mich verlassen. Vor Publikum weinen? So weit kam es noch. Eine Ermittlung braucht Ermittler.

DS Ferguson schnaubte und verstummte. Tat so, als höre er nicht, wie meine Zähne weiter aufeinanderschlugen, während ich meinen rechten Ellbogen untersuchte.

Kleine Schnitte, ein großer Bluterguss, eine noch größere Schwellung.

Leicht zu bewältigen. Leichter als die Schatten in meinem Kopf, die tanzten und zuckten.

»Brauchen Sie jemanden zum Reden?« Über diesen Vorstoß hatte DS Ferguson hörbar lange nachgedacht. »Meine Kollegin Rhea ist ziemlich gut. Vielleicht hat sie heute Abend Zeit.«

Ich betrachtete ihn von der Seite. Die Züge verkrampft, die Augen tief zurückgezogen in ihre Höhlen. So wie mein eigener schien auch sein Blick so viel mehr zu sehen als nur die Straße vor uns. Seine verrückte deutsche Kollegin zum Beispiel, die eine Leiche umarmte. Ein Bild für die Ewigkeit. Dagegen gibt es nur ein Rezept.

»Sagen Sie, Ben. Gibt es in Dublin eine Bar, in der man anständigen Metal hören kann?«

Familienalbum

1

Von: Peter Brennan <peter@skiller.com>
An: Team Dublin <dub-team-all@skiller.com>
Betreff: Anthony Keane

Team,

mein Herz ist heute unglaublich schwer, denn wie manche von euch bereits wissen, ist der großartige Anthony Keane gestern auf tragische Weise viel zu früh von uns gegangen.

Anthony war einer der ersten 20 Skillerz hier in Dublin, hat unsere Teams UK und Deutschland aufgebaut und gleichzeitig unermüdlich Projekte zur europaweiten Etablierung von Skiller vorangetrieben. Seine Erfahrung, aber auch die Energie und der Enthusiasmus, mit dem Anthony sich seinen Aufgaben gewidmet hat, waren für uns alle eine große Inspiration.

Unsere Gedanken und Gebete sind bei seiner Frau Mary und den Töchtern Brid, Sophie, Orla und Maya. Sobald wir Informationen zum Ort und Zeitpunkt der Bestattung erhalten, werden wir das kommunizieren. Im Raum Dorian Gray (2. Stock) liegt außerdem ein Kondolenzbuch aus, in dem ihr alle eure Erinnerungen an Anthony mit seinen Angehörigen und der Skiller-Familie teilen könnt. Ab 17.00 Uhr laden wir euch dort zu einer formlosen Gedenkfeier ein.

Anthonys Tod macht uns alle fassungslos, aber würde er noch leben, würde er uns jetzt alle dazu auffordern, uns zusammenzureißen und weiterzumachen. Machen wir, Tony. RIP.

Peter

2

Halb zehn Uhr morgens. Ich überquerte gerade den Grand Canal Square, als Konstantin anrief.

»Endlich erreich ich dich.« Seine Stimme war gedämpft; im Hintergrund Gemurmel wie in einem Foyer. »Ich hab's schon vorher bei dir probiert, aber dein Handy war aus, und bei dieser blöden Veranstaltung muss man sein Telefon immer abgeben wie im Kindergarten. Emotionale Intelligenz beim Führen. Schöner Schwachsinn!«

Dann fiel ihm ein, dass ich noch nichts gesagt hatte.

»Wie geht's dir?«

»So weit, so gut.«

»Du klingst aber nicht besonders gut. Krank, irgendwie.«

Wahrscheinlich die Zigaretten. Die bin ich nicht mehr gewohnt.

»Ich hab nicht so viel geschlafen.«

»Kein Wunder, nach der ganzen Sache. Ich hoffe, du machst dir keine Vorwürfe?«

»Nein. Mehr hätte ich nicht tun können.«

Ich setzte mich auf einen der gemauerten Pflanzkästen. Lügen und gleichzeitig gehen war mir heute zu anstrengend. So wie alles andere auch. Small Talk. Oder atmen.

»Brauchst du was von mir, Konstantin?«

»Ich wollte nur fragen, wie's dir geht.« Er klang beleidigt.

»Danke. Das ist nett.«

»Außerdem wollte ich dir gratulieren. Ich weiß, ich habe ziemlichen Druck gemacht, aber du hattest von Anfang an den richtigen Riecher mit Keane.«

Den Kopf in den Nacken gelegt, sah ich den Wolken zu, die es eilig zu haben schienen. Nahm einen Schluck aus meinem Pappbecher voller Koffein. Es war kühl geworden über Nacht, Herbst in meinen Gliedern, in meinem Kopf.

»Ich weiß nicht, Konstantin ...«

»Was heißt, du weißt nicht?«

»Ich weiß nicht, ob Keane wirklich was mit Carolin Höllers Tod zu tun hatte.«

»Die Meyerhofer hat gesagt, er hat es in seinem Abschiedsbrief zugegeben.«

»Da habt ihr euch falsch verstanden. Ich hab den Brief selbst gelesen. Da steht nur drin, dass ihm ›alles‹ leidtut und dass er mit ›dieser Schande‹ nicht leben kann. Gut möglich, dass er nur die Sache mit dem Stalking meint. Zumindest können wir nicht sicher sein, dass er sich auf Carolin Höllers Tod bezieht. Er hat weder sie noch Ali Billroth erwähnt.«

Niemand konnte enttäuschter schweigen als Konstantin. Außer Stefan vielleicht.

»Also gut, nochmal von vorn«, sagte mein Boss in einem Ton, den er wahrscheinlich auch bei seiner Tochter im Kindergartenalter anschlug. »Dieser Keane war doch gestern Morgen noch dein Hauptverdächtiger, oder? Die Höller war kurz davor, seine Annäherungsversuche aufzudecken. Er wusste, dass er dann seinen Job los ist und damit auch seine finanzielle Absicherung durch den Börsengang. Sie streiten in ihrem Büro, während die anderen feiern. Sie wehrt sich und kratzt ihn dabei. Unter ihrem Fingernagel ist eindeutig DNA von ihm. Er knallt ihr irgendwas auf den Kopf oder was weiß ich, vielleicht kriegt sie vor lauter Aufregung oder von ihrem Drogencocktail auch einen Herzinfarkt. Er hat Angst, jetzt als Mörder dazustehen. Also wirft er sie aus dem Fenster, um die ganze Geschichte zu verschleiern. Stark genug dazu war er ja. Dann macht er sich aus dem Staub und bietet sich als Zeuge an, um von sich abzulenken. Oder was hab ich falsch verstanden?«

»Nichts. Das war unser Szenario von gestern Morgen, ja.«

»Und als er merkt, dass wir trotzdem an ihm dran sind, entzieht er sich den Konsequenzen, so wie viele Täter vor ihm. Das passt doch wie Arsch auf Eimer!«

»Ich weiß, dass es theoretisch passt. Aber ...«

»Was aber?« Konstantins Stimme war jetzt gefährlich leise. Hinter ihm sagte jemand was zu ihm, und er versprach, gleich zu kommen.

»Ich hab das alles nochmal durchgedacht. Es gibt Ungereimtheiten. Zum Beispiel, wann er Carolin Höller aus dem Fenster geworfen hat. Der Streit war gegen halb neun. Todeszeitpunkt ist aber zwischen zehn Uhr und Mitternacht. Er hätte später noch einmal zurückkommen können, das Gebäude hat er schließlich erst kurz nach zehn verlassen. Allerdings war das Büro aufgeräumt und sämtliche Spuren verwischt. Wie soll er das in so kurzer Zeit geschafft haben? Außerdem ist Ali Billroth als Zeugin in meinen Augen nicht zuverlässig.« Ich dachte an ihr nervöses Händeringen. Ihre Migräne. Den tränenschweren Blick. Oscarverdächtig, geradezu, und sehr überzeugend – zumindest bis zu meiner überraschenden Entdeckung im Skiller-Foyer gestern. »Ich traue ihr nicht. Und die Keane-Theorie haben wir vor allem um ihre Aussage gebaut.«

»Und um seine DNA unter Höllers Fingernagel, oder nicht?«, schoss es aus ihm hervor.

»Das beweist, dass Carolin Höller ihn im Streit gekratzt hat, nicht, dass er sie umgebracht hat.«

Mein Chef sog scharf Luft ein. »Okay. Wie lautet deine neue Theorie?«

»Kann ich noch nicht genau sagen. Die Sache mit Gregor Mosacher und dem ungeborenen Kind beschäftigt mich. Einerseits hatte sie die Beziehung zu ihm beendet, andererseits ging die Affäre in München munter weiter. Und sie hatten beide Drogen genommen, vielleicht ist er ausgeflippt. Gute Gründe zum Ausflippen hätte aber auch Christian Höller gehabt.«

»Die waren doch beide zum Todeszeitpunkt gar nicht im Büro, oder?«

»Auf dem Papier nicht, aber Gregor Mosacher war relativ knapp dran. Und Christian Höllers Alibi stützt sich auf seine Kinder, die aber den größten Teil des Abends geschlafen haben. Außerdem behindert er einen Vaterschaftstest mit allen Mitteln. Irgendwas ist da im Busch, ich weiß nur noch nicht, was.«

»Verdächtigst du jetzt doch den Höller, oder was? Oder vielleicht die Billroth?«

Ich überging seinen Spott.

»Streng genommen hätte auch sie ein Motiv, schließlich war sie stinksauer auf Carolin Höller. Und sie war zum Tatzeitpunkt noch im Gebäude. Aber ich verdächtige niemanden mehr, bevor ich hier nicht noch ein paar offene Fragen geklärt habe. Wir sehen ja, wozu das führt.«

»Anthony Keane hat sich nicht umgebracht, weil du einen Verdacht hattest. Sein Gewissen hat ihn gepackt, ganz einfach, und die Feigheit.«

»Er hat aber ›Schande‹ geschrieben, mit der er nicht leben kann. Ein bisschen untertrieben für jemanden, der seine Kollegin hat über Bord gehen lassen, oder? Warum nicht ›Schuld‹? Oder ›schlechtes Gewissen‹?«

»Patsy.« Ein letztes Aufgebot der Geduld. »Dir ist schon klar, dass uns hier der Hut brennt? Während du in Dublin spazieren gehst, herumphilosophierst, ob Schande auch zu Mord passt, und neue Theorien an den Haaren herbeiziehst ...«

In meinem Kopf tanzte ein Schatten in Anthony Keanes Haus.

»Lieber mach ich das, als mir nichts, dir nichts einem Toten einen Mord in die Schuhe zu schieben, nur weil er sich nicht mehr wehren kann.«

»Pass auf deinen Ton auf.«

»Ist doch so, oder? Egal, wer's war – Hauptsache, wir haben eine schöne Schleife um den Fall, damit der Präsident und der Freunthaler zufrieden sind mit ihren Marionetten.«

»Mach so weiter, und ich verpasse dir eine Abmahnung, verstanden?« Konstantins Stimme wie Ohrfeigen an meinem Trommelfell, seine Rücksichtnahme darauf, ob jemand mithörte, vergessen. »Und wenn es dir nicht passt, dass ich jetzt dein Vorgesetzter bin, dann schau dich nach einem anderen Dezernat um. Oder krieg endlich ein Kind wie andere auch, vielleicht geht's dir dann besser.«

Die Stille, die daraufhin folgte, erinnerte mich an einen Verkehrsunfall, den ich als Führerschein-Neuling mit meinem Fiat Panda gehabt hatte. Der Schock. Die endlosen Sekunden, in denen man sich fragt, wie groß der Schaden wohl sein mag und ob er jemals zu reparieren ist. Damals waren es nur eine Gehirnerschütterung und zwei gebrochene Rippen. Aber heute?

»Scheiße.« Konstantin war wieder ganz leise an meinem Ohr. »Das hätte ich nicht sagen sollen. Tut mir leid.«

Sich entschuldigen, das konnte er so viel besser als ich.

»Mir tut's auch leid«, sagte ich mechanisch. Worte ohne Bedeutung. Konstantin tat, als bemerkte er das nicht.

»Na gut, ich muss jetzt wieder rein, ein paar verschwitzte Typen umarmen. Klär in Gottes Namen deine offenen Fragen. Lisa bucht dir einen Rückflug für morgen früh. Schaffst du das bis dahin?«

»Ja.«

»Und übrigens, die Sache mit den Drogen: Aus welchem irischen Drecksloch die genau kommen, ist nicht mehr unsere Baustelle. Darum sollen sich jetzt die Iren kümmern, klar?«

»Okay.«

Ich legte auf. Blinzelte ein paarmal in rascher Folge. Wartete auf Tränen. Wut. Irgendwas. Stattdessen: Leere.

Was sollte ich auch mit Emotionen? In meinem Beruf?

Konstantin hatte nur ausgesprochen, was offenbar alle dachten. Nicht nur Stefan. Auch die im Präsidium. Und meine eigene Familie.

Eine Weile saß ich da, trank meinen lauwarmen Kaffee bis zum bitteren Ende. Nach fünf Minuten war die Leere immer noch da und auch nach zehn. Höhlte mich geduldig weiter aus. Also erhob ich mich, knipste den Überlebensmodus an und ging weiter in Richtung Skiller. Dort brauchte es Ermittler. Noch immer.

3

1 verpasster Anruf von Stefan Fuchs

1 neue Nachricht von Stefan Fuchs, hinterlassen heute um 10:28 Uhr

Pat, da ist Stefan. Musst nicht zurückzurufen, ich weiß, alles steht Kopf. Ich wollte nur sichergehen, dass es dir gut geht, nach diesem ganzen Drama … Ich mache mir Sorgen. Und es tut mir leid, dass ich dich unter Druck gesetzt habe die letzten Wochen. Das war nicht okay. Wenn du das nur wegen des Erbes und meinen Eltern machst, dann ruiniert uns das. Ich will uns aber nicht ruinieren. Ich will dich, den Rest kriegen wir geregelt. Das wollte ich bloß nochmal sagen. Wir sprechen, wenn du wieder zu Hause bist. Ich freu mich auf dich. Und Pauli will endlich SEIN BABY. Also, pass auf dich auf.

4

Kurz vor zwölf Uhr mittags war es noch ruhig in Chaplin's Bar. Nur ein paar Stammgäste waren mir zuvorgekommen. Und DS Ferguson, natürlich.

Er saß an einem der Tische am Fenster, vor sich ein großes Glas Wasser und ein kleines mit Whiskey. Dem sonnigen Wetter draußen drehte er den Rücken zu. Sein Jackett war dasselbe wie bei unserer ersten Begegnung am Dubliner Flughafen, das Hemd darunter faltenfrei.

Er sah trotzdem verkatert aus. Eine Rasur hätte auch nicht geschadet. Und das Schlimmste: Er wirkte nervös. Sein Blick hielt meinem nur kurz stand.

»Auch einen Drink?«, fragte er.

»Nein, danke. Ich bin bis zum Anschlag voll mit Aspirin.«

»Na und? Ich auch.«

»Sprechen wir in sechs Jahren nochmal darüber.«

Er lächelte, aber nur schmal. Hinweise auf unseren Altersunterschied nahm er mir übel.

»Dann kommen wir mal zum Geschäft, junger Mann«, sagte ich, nachdem wir zwei Pizzen und eine große Cola bestellt hatten. »Was gibt's Neues?«

Ein paar Sekunden lang musterte er mich bloß, als hätte ich einen besonders geschmacklosen Witz gemacht. Meine offenen Haare. Das T-Shirt und den verbundenen Ellbogen. Meine auf der Tischplatte gefalteten Hände mit dem Ehering.

Wollte etwas sagen, respektierte aber meine stumme Bitte, ein anderes Thema zu wählen. Kopfschüttelnd nahm er einen Schluck Whiskey.

»Nichts. Ist doch alles geklärt. Der böse Stalker Keane war's!« Noch ein Schluck Whiskey. »Mein Super hat keine Zeit verloren. Ich darf nur noch zwanzig Prozent an dem Fall arbeiten, und das auch nur, bis der Abschlussbericht fertig ist. Was ist mit dir?«

»Der Rückflug wurde schon gebucht.«

Mein irischer Kollege schnaubte. »Deutsche Effizienz. Da kann man was lernen.« Nochmal Whiskey. Dann erst machte er weiter mit Wasser. »Ich wette, dein Boss ist entzückt von dir.«

Ich betrachtete meine Hände. Die braunen Flecken darauf, die aussahen wie Sommersprossen, aber für immer bleiben würden; die Enterhaken des mittleren Alters, endgültig ausgeworfen und tief in meinem Fleisch.

»Schön wär's«, sagte ich. »Aber er ist sauer, weil ich Anthony Keane nicht für Carolin Höllers Mörder halte.«

Ben Ferguson sah mich an, seine Augen stumpf vor Überdruss. Mit mir. Willkommen im Club, Ben.

»Keane ist also doch nicht mehr unser Mann?«

»Der Abschiedsbrief ist merkwürdig. Und mit der Aussage von Ali Billroth ist auch was faul. Das hab ich dir heute Nacht schon gesagt. «

Ein müdes Halblächeln. »Heute Nacht hast du viel gesagt.«

Da hatte er recht. Es war ein Abend vieler Worte gewesen. Zumindest am Anfang.

»Vielleicht solltest du mich ernster nehmen«, sagte ich. Bereute meine Aussage zwar sofort, aber doch zu spät.

»Ach ja?« Abrupt stellte DS Ferguson sein Wasserglas auf den Tisch. Atmete scharf ein, bevor er mit seiner Serviette den verschütteten Inhalt aufwischte. Als er wieder aufsah, hatte er sich wieder unter Kontrolle, doch nur mit Mühe. »Dann erklären Sie mal, was gestern Spaß war und was Ernst, Detective Inspector?«

Ich dachte an die Bar direkt am Liffey-Ufer. *Club Hell*. An klebrige Treppen, Räume mit niedrigen Decken und Bässen auf maximalem Pegel. Gesenkte Köpfe, nach oben gereckte Fäuste – und mittendrin Patsy Logan, geritten vom Teufel.

Ben Fergusons Hände, die mich im schweißnassen Nacken hielten. Metall, das im träge flackernden Licht der Tanzfläche aufblitzte und *klick, klick, klick* machte an meinen Zähnen. Lust, die wie ein zweites Herz in mir pulsierte, während Rammstein uns anzählte.

Hier kommt die Sonne.

Gestern hatte wenig zu tun gehabt mit unverbindlichem Spaß. Vielleicht, weil ich aus dem Alter endgültig raus war. Oder weil Ben Ferguson ein guter Mann war. So wie Stefan. Sie hatten beide Besseres verdient.

»Gestern war sehr schön«, sagte ich, nachdem der Kellner unsere Bestellung am Tisch abgestellt hatte.

Wartete auf eine Antwort von Ben, die mir weiterhalf. Aber nein. Er fixierte mich bloß mit angewinkelten Augenbrauen.

»Das hier ist trotzdem Ernst«, ich zeigte auf meinen Ehering. Mattes Gold, glattgeschmirgelt von drei bisher gar nicht schlechten Jahren. »Wir können keine Kinder kriegen und denken über künstliche Befruchtung nach. Ich glaube, ich war in Panik.« Jetzt war es also passiert. Die Entscheidung. Mein Lachen darüber hörte sich hilflos an und schwach. Doch Ben Ferguson schien es zu gefallen.

»Ich mag's, wenn jemand ehrlich ist«, sagte er nach sorgfältigem Nachdenken. »Und das wegen eurer Kinder tut mir leid. Das ist sicher nicht einfach.«

Keine reflexartigen Lösungsvorschläge von Urlaub bis Adoption. Keine Geschichten von der wundersamen Empfängnis irgendwelcher Freunde von Freunden, nachdem diese die Hoffnung aufgegeben hatten. Bloße Anteilnahme. Er war wirklich ein guter Mann, DS Ferguson.

»Danke«, sagte ich. Mehr schaffte ich nicht. Meine Worte steckten gerade an einem Ort fest, an dem noch so manches andere lauerte. Nicht auszudenken, was passierte, wenn ich es von der Kette ließ.

Also begann ich, Ecken aus meiner Pizza zu reißen. Wählte den sicheren Weg.

»Apropos Familie«, sagte ich nach einer Weile schweigenden Kauens. »Ich war vorhin drüben bei Skiller und hab mir das Familienalbum nochmal angesehen.«

»Welches Familienalbum?«

»Im Wartebereich haben die eine Wand voll mit Erinnerungsbildern von irgendwelchen Partys.« Ich holte mein Handy aus der Tasche, suchte nach dem Foto, das ich gemacht hatte. »Das hier hab ich gestern entdeckt, Ali Billroth zusammen mit zwei ihrer Kollegen. Schau mal.«

DS Ferguson vergrößerte das Bild mit den Fingern, betrachtete es mit gerunzelter Stirn. Genauso wie ich am Vortag brauchte er ein paar Sekunden, bis er die Männer identifizierte.

»Ist das Lorcan Foley? Ohne Bart erkennt man den kaum wieder.« Noch ein Stirnrunzeln. »Gregor Mosacher sieht aber immer noch gleich aus.«

»Das Foto ist von der Weihnachtsfeier vor zwei Jahren«, sagte ich nach ein paar Sekunden des Schweigens. »Und da waren zumindest Ali Billroth und Lorcan Foley ein Paar.«

»Die umarmen sich doch alle drei.«

»Ja, aber auf dem Bild darunter ...« Mein Kollege betrachtete nachdenklich das Bild von Ali Billroths Kopf an Lorcan Foleys Brust. Gregor Mosacher stand ironisch grinsend daneben, auf dem Kopf einen giftgrünen Leprechaun-Hut, seine Hände formten ein Herz in die Kamera.

DS Ferguson nickte, kaute, nickte. »Ich gebe zu, das sind

eine Menge Leute, die irgendwas mit Carolin Höller zu tun hatten, auf einem Fleck. Aber wie geht's weiter?«

»Ali Billroth hat viel Einfluss im Unternehmen, hat Keane erzählt. Sie zu feuern wäre ein Kraftakt. Warum?« Meine Energie erwachte endlich wieder aus ihrem Halbschlaf. Scheuchte meine Gedanken in alle erdenklichen Richtungen. »Bei unserer Befragung bei ihr warst du außerdem verwundert, dass sie alleine in einem Apartment wohnt, das sich andere nicht einmal zu zweit leisten können. Wie schafft sie das?«

Achselzucken. »Reiche Eltern? Oder meinst du, Billroth und Pep alias Foley sind Skillers Drogen-Pipeline?«

»Warum nicht? Er hat die Ware, sie die Kontakte.«

Das überdachte DS Ferguson ein paar Sekunden lang.

»Möglich. Dem werde ich mal nachgehen, sobald mein Chef mich lässt.« Er klang, als hielte er das für unwahrscheinlich. »Ich verstehe nur nicht, was das mit Carolin Höller zu tun hat. Die war doch selbst treue Abnehmerin. Welches Interesse hätten sie daran, dass sie stirbt?«

Gute Frage.

»Und wie passt Gregor Mosacher ins Bild?«

Noch eine gute Frage.

»Der hätte zumindest ein Motiv«, sagte ich. »Carolin Höller hat Schluss gemacht mit ihm, wollte aber immer noch ein bisschen Spaß haben. Zwar haben wir noch keinen genetischen Beweis, aber vielleicht war tatsächlich er der unverhoffte Vater des Kindes? Auch wenn er behauptet, dass er davon nichts wusste, aber das kann ich fast nicht glauben. Das war ihm zu egal, um wahr zu sein. Vielleicht war es genau umgekehrt: Er hat die Sache ernster genommen als sie und wollte sich deshalb rächen? Soll vorkommen.«

»Soll es, ja?« DS Ferguson machte wieder die Augen schmal.

»Manchmal rächen sich auch Ehemänner an ihren untreuen Ehefrauen.«

Ich ließ seinen Seitenhieb unkommentiert. »Christian Höller, der Ehemann, hat ein Alibi, aber nur von den Kindern. Es ist also theoretisch möglich, dass sie für ihn lügen. Kinder tun doch alles für die Eltern.«

»Das von Gregor Mosacher ist auch nicht wasserdicht«, begann nun auch Ben wieder. »Seine Kollegen haben ihn beim Tanzen bei der Party gesehen, ohne sich aber an den genauen Zeitpunkt zu erinnern, und gegangen ist er irgendwann nach halb zehn. Da kann viel passiert sein.«

»Das ist außerdem ziemlich nah am möglichen Todeszeitpunkt. Unwahrscheinlich, aber definitiv nicht unmöglich.«

»Wir haben aber nicht mal einen Hinweis darauf, dass er bis dahin etwas Verbotenes getrieben hat.« Mein Kollege schüttelte den Kopf, seufzte. »Dieser Fall ist seit gestern tot.«

»Nicht für mich.«

»Die harten Beweise zeigen nach wie vor alle in Anthony Keanes Richtung, und bisher habe ich noch keine bessere Theorie gehört. Nur Spekulationen.«

Ich spürte Trotz in mir aufsteigen. Wahrscheinlich schob sich jetzt mein Unterkiefer nach vorne, wie Stefan gerne behauptete.

»Du hast doch sowieso nie geglaubt, dass Keane es war, oder?«

DS Ferguson sagte nichts und damit alles.

»Na also, warum dann der Widerstand? Weil du deinem Boss keinen Ärger machen willst?«

»Was ich glaube, zählt nicht mehr. Und außerdem, was soll's? Gegen Tote gibt's sowieso keine Anklage.«

»Aha. Und Anthony Keanes Töchter sollen für den Rest ihres Lebens glauben, dass ihr Vater ein Mörder ist. Nur, damit wir unsere Ruhe haben?«

Zugegeben. In DS Fergusons verwundbarstem Punkt zu stochern, war nicht nett. Aber es wirkte.

»Na gut«, sagte er, nachdem sich die offensichtliche Wut über mich wieder gelegt hatte. »Du hast noch zwanzig Prozent von mir. Wo willst du anfangen?«

Gute Frage. Von einem guten, guten Mann. Ich lächelte.

»Am besten nochmal von vorn.«

5

1 neue Nachricht von Patrizia Logan, hinterlassen heute um 14:42 Uhr

Hallo, Kris. Kurz zur Info: Lisa hat meinen Flug gebucht. Morgen Vormittag hast du mich also wieder, du Glückspilz. Davor muss ich hier einiges erledigen. Kannst du mir einen Gefallen tun und Christian Höller für morgen Nachmittag zu uns einladen? Meinetwegen soll er seinen besten Freund Lohmann mitnehmen. Danke! Und sag – hast du eigentlich jemals diesen ehemaligen Geschäftspartner von Gregor Mosacher ans Telefon bekommen? Sag mir bitte Bescheid. Bis bald!

Carolin, am frühen Abend

Natürlich reden sie nicht. Sie streiten, und das so wie nie zuvor. Zuerst noch in einem gepressten Flüstern, wie Paare, die versuchen, gute Eltern zu bleiben, obwohl sie sich inzwischen hassen. Dann aber ohne die geringste Zurückhaltung.

Eine Packung Zahnseide, wie eine Geisel in Christians Hand.

Brauchst du noch ein bisschen Zahnseide? Ich hab neue gekauft. Aber du hast ja vielleicht alles, was du brauchst?

Da brechen die Dämme. Erst, als Fabi weinend aus dem Klo in sein Zimmer rennt, hören sie auf. Sie geht zu ihrem Sohn, während Christian im Wohnzimmer auf und ab tigert. Sich abreagiert. Oder die Spuren beseitigt, falls nun wirklich die Polizei kommt, so wie es ein Nachbar durch das offene Fenster angedroht hat. In Dublin hören die Leute alles. In München mischen sie sich ein.

Fabi. Mama und Papa haben sich sehr lieb, aber manchmal müssen sie ein bisschen streiten, damit sie sich wieder vertragen.

Das Gesicht ihres Sohnes zerknautscht, die Augen verquollen, wund. Das strahlende Blau jetzt so kalt und leer wie das seines Papas.

– *Aber hauen müsst ihr euch nicht.*

– *Das tun wir doch gar nicht.*

– *Du hast Aua gesagt,* beharrt er. *Und irgendwas ist zerbrochen.*

Sprachlos sucht sie nach einer Antwort. Fabian wirkt immer so abwesend, dabei nimmt er alles in sich auf. Ist sie daran schuld? Dass er durch die Welt schleicht, die Ohren stets gespitzt, alle möglichen Gefahren witternd? Ein unerträglicher Gedanke.

– *Papa hat mir nie weh getan. Wird er auch nie, das versprechen wir dir beide. Okay?*

– *Ja, okay.*

Fabian ist ein fügsames Kind. Geradezu unterwürfig. Was sagt das über die Eltern?

Minuten später ist sie wieder auf dem Weg zurück ins Büro. Zu Fuß. Die Autoschlüssel hat Christian irgendwo versteckt, in diesem Zustand wolle er sie nicht fahren sehen. Welcher Zustand? Soll er ruhig. Wenigstens hat er ihre Handtasche nicht durchwühlt.

Gerade als sie um die Ecke biegt, kommt ihr ein Streifenwagen entgegen und fährt langsam die Straße zu ihrem Haus hinunter. Alles Drecks-Spießer, hier.

Was wird Christian ihnen sagen? Wahrscheinlich, dass sich der Nachbar verhört hat. Diesen unwissenden, seriösen Ton, den hat er perfektioniert: *Eine Beschwerde? Wie seltsam, ich bin allein mit meinem kranken Sohn. Kommen Sie nur rein. Sehen Sie? Meine Frau ist gar nicht zu Hause.*

Sie schnaubt. Zum Glück. Der Tag ist ohnehin ruiniert, da braucht sie nicht noch die Angst, dass irgendein indiskreter Streifenpolizist sie am nächsten Tag in der Zeitung sieht und ins Plaudern kommt. Das wäre eine Katastrophe. Noch eine.

Sie reibt sich die Nase, dann den Oberarm. Er tut kaum mehr weh. Doch ihr Herz ist noch immer im Schleudergang. Christian, was ist aus dir geworden? Aus uns? Ihre Beziehung war immer stürmisch. Viel Arbeit, viel Streit, viel Sex und ja, immer wieder, viel Liebe.

Nicht heute. Heute hat Christian ihr Angst gemacht. Sein Blick hart vor Verachtung, seine Fäuste, sonst immer tief in den Hosentaschen, kamen plötzlich daraus hervorgeschossen. Seine Finger haben sich tief ins Fleisch ihrer Oberarme gegraben. Und diese Worte, wie Brenneisen tief in ihrem Kopf.

Betrügst du mich wieder, Caro? Fickst du fremd? Ballerst du dich voll mit deinen Silicon-Valley-Freunden? Du Junkie-Hure?

Und sie hat zurückgeschrien. Lügner. Kontrollfreak. Patriarch. Alles, was ihr einfiel. Was nicht so viel war, denn ihr Denkvermögen war blockiert vom Schock über Christians brutale Worte und dem schlechten Gewissen wegen Fabian, zerrissen von zu viel Verantwortung, zu vielen schwierigen Entscheidungen. Also hat sie Christian nur von sich gestoßen. Einen Schuh nach ihm geworfen, und den anderen auch. Das hat sie zuvor noch nie getan. Aber heute ist eben ein besonderer Tag.

Sie lacht schrill über diese Ironie, ihre Augen voller Tränen. Rotz schießt ihr aus der Nase und etwas Blut. Sie wischt es mit dem Handrücken weg. Auch schon egal.

Am Odeonsplatz geht sie in eine öffentliche Toilette. Wie ein Junkie. Christian hat recht, so weit ist sie schon. Aber ein Café kommt nicht infrage. Zu viel Risiko, aufzufallen. Möglicherweise erkannt zu werden. Der Teufel schläft nicht. Also hier rein.

Die Kabinentür fällt hohl ins Schloss. Sie wartet, bis ihr Herz wieder zur Ruhe kommt. Doch das dauert. Es stolpert, stottert. In zwanzig Minuten sind die Presseleute da. Sie muss zurück ins Büro. Zurück zu der Version von Carolin Höller, die alle sehen wollen: die perfekte Managerin. Zum Glück kennt sie eine Abkürzung.

Sie tupft sich die Augen ab, putzt sich die Nase noch blutiger. Dieses konzentrierte Zeug bekommt ihren Schleimhäuten nicht. Sie lässt es in der Tasche, wo Gregor es mittags ›für später‹ hinterlassen hat. Vor Dr. Beisteiners Anruf.

Nicht daran denken. Morgen kannst du dieses Problem immer noch lösen. Heute ist dein Tag, und das bleibt er.

Sie holt die Zahnseidepackung aus ihrer Tasche. Reinigt den Klodeckel mit ihren Intimtüchern, bevor sie das letzte ihrer Plastikbriefchen leert. Das Pulver sieht komisch aus. Weniger körnig. Egal. Das hier mag vielleicht nicht so rein sein wie Gregors Wunderzeug, aber auf Peps Qualität kann man sich immer verlassen. Sie rollt ein Post-it auf, wartet ab, bis in der Nachbartoilette gespült wird.

Auf dich, Christian. Auf dich und deine Selbstgerechtigkeit.

Sintflut

1

Meine drei Brüder und ich, oben in unserem Zimmer, so wie von unserer Dublin-Nana befohlen. Da saßen wir wie Verurteilte, die auf die Verkündung ihres Strafmaßes warteten.

Von unten drang das hohle Schluchzen unserer Mutter zu uns herauf, begleitet vom Schweigen unserer sonst dauerplappernden Dublin-Nana. Mikey, der allen Ernstes von mir wissen wollte, was wohl passiert war. Robbie und ich, die Älteren, sagten ihm diesmal nicht, dass er die Klappe halten soll, weil das nichts ist für neunjährige Babys wie ihn. Kev, den Arm noch immer im Gips, hing um meinen Hals wie ein Äffchen.

Die Schritte über die Treppenstufen nach oben, schwer und quälend langsam, zumindest in meiner Erinnerung. Irgendetwas in meinem überreizten Teenagergehirn glaubte noch immer, es sei möglicherweise Dad, den die Polizisten von ihrer Suche mitgebracht hatten. Irgendwo aufgelesen am Straßenrand, meinetwegen nackt oder laut singend über das schöne Leben oder sonst wie durchgedreht, das wäre okay, das kannten wir. Davon hatte er sich immer wieder erholt.

Stattdessen kam ein Guard herein, seine Schildkappe in der Hand. Mikey begann sofort zu weinen und lief an dem Polizisten vorbei raus aus dem Zimmer und runter zu seiner Mama, gefolgt von Kev, angesteckt von der Panik seines älteren Bruders.

Robbie starrte auf den Boden, ich in das Gesicht des Polizisten. Es hatte schon eine Menge Falten und müde, freundliche Augen, und er sah uns an, wie es gewöhnliche Väter eigentlich oft taten, unser Vater jedoch nur selten: voller Wärme.

»Bist du Patsy?«

Woher wusste der meinen Namen?

»Haben Sie meinen Dad gefunden?«, fragte ich, die Worte klobig in meinem Mund, als müsste ich sie erst einzeln aus Stein hauen.

Das Gesicht des Polizisten verzerrte sich wie unter Schmerzen.

»Leider nur ein paar Dinge, die ihm gehören. Darunter war etwas für dich.«

Hinter der Schirmkappe zog er einen weißen Briefumschlag hervor, schlaff und morsch in meinen Fingern, weil es über Nacht geregnet hatte und er erst halb trocken war.

Darauf war noch immer ein leicht verschwommenes FÜR PATSY *zu lesen.*

»Und ich?«, murmelte Robbie neben mir. »Hat er mir auch was geschrieben?«

Keine Ahnung, was der Polizist daraufhin sagte. Aber sie gingen danach gemeinsam aus dem Zimmer nach unten.

Das durchweichte Papier ließ sich fast geräuschlos aufreißen. In meinem Kopf wappnete ich mich für einen mehrseitigen Brief, so wie ihn manchmal die Heldinnen romantischer Filme erhielten, eine perfekte Träne an den Wimpern. Zeile um Zeile Erklärungen, Entschuldigungen, Trost und Weisheiten für die Zukunft.

Stattdessen das:

Ich halte das nicht mehr aus …

Pass auf Deine Brüder auf, Patsy!

Dad

Der Sturm, der daraufhin in meinem Kopf losgebrochen war, hatte sich erst gelegt, als ich zu erschöpft dazu war – da war ich fast zwanzig. Über die Jahre hatte er eine Menge Erinnerungen an jenen Tag gelöscht.

Wenn Robbie betrunken ist, und das ist er ziemlich oft, erzählt er mir noch manchmal, wie eifersüchtig er an dem Tag war, weil er keine Nachricht bekommen hatte. Meine Theorie: Er ist es immer noch. Deshalb höre ich mir auch immer wieder bereitwillig seine liebste Anekdote über den Tag an, auch wenn ich bezweifle, dass es genauso war. In dieser Version zuckten Ma, die Dublin-Nana, meine Brüder und die Polizisten unten im Vorhaus zusammen, weil ich irgendein Sparschwein vom Bücherregal gerissen, gegen die Wand gepfeffert und geschrien hatte: »Warum passt du nicht selbst auf sie auf? Warum verdammt nochmal ich?«

2

Dienstagnachmittag im Sonnenschein. Bauschige Wolken auf halber Höhe eines übermächtigen Himmels. Das kleine Hafenörtchen Howth dämmerte in gediegener Ruhe. Die Fischerboote hatten ihren Tag bereits beendet und lagen im Hafen, nur der salzige Geruch ihres Fangs noch in der Luft. Auch die Möwen-Meute war weitergezogen, versuchte den Touristen vor einem Fish & Chips-Laden etwas von ihrem Essen abzuluchsen.

An sonnigen Tagen hatte uns Dad hierhergebracht, für ein Softeis aus der Maschine, manchmal auch an regnerischen.

Bis zu der Nacht auf den 1. September 1993. Da ging mein Dad aus meinem Zimmer und aus dem Haus seiner Mutter. Eine Stunde lang weiter in Richtung Norden zur Halbinsel Howth. All das wahrscheinlich zu Fuß. Zumindest stand unser Auto unberührt in der Einfahrt, und kein Taxifahrer hatte sich je gemeldet, dass er einen Mann in jener Nacht nach Howth gebracht hätte.

Also hatte der Arthur Logan meiner Erinnerung Howth zu Fuß durchquert, so wie ich gerade. Kehrte am Ende der ansteigenden Balscadden Road nicht um, sondern stieg weiter nach oben, auf einem der unbefestigten Trampelpfade, die entlang der Steilküste bis zu Howth Head, dem Leuchtturm an der Ostseite, und weiter um die Halbinsel herum führten, zwischen verblühten Ginsterbüschen und Heidegras. Begegnete niemandem, der sich später an ihn erinnern konnte. Kein Wunder. Howth war tagsüber ein beliebtes Ausflugsziel. Doch um drei Uhr morgens gehörte das Gelände der Dunkelheit; den Ausweglosen und Lebensmüden, auf der Suche nach dem geeigneten Sprungbrett in eine bessere Welt. Davon gab es hier genug. Lehmig getretene Aussichtspunkte ohne Umzäunung, nur Schritte entfernt von der Steilküste.

An einem von ihnen war mein Vater gestanden. Vielleicht genau an diesem hier, vielleicht auch etwas weiter oben oder unten. Wer weiß, wie lange? Hatte seine Cordjacke ausgezogen und die von seiner Fußfehlstellung stets schiefgetretenen Schuhe; hatte zwei Briefe unter einem Stein eingeklemmt.

Noch ein Schritt weiter an den Rand. Ich lugte nach unten. Um Felsen schäumendes Wasser. Lockendes Rauschen. Leises Schnattern der in den Klippen versteckten Vogelkolonien. Meine Hände krallten sich um einen Strauß Rosen und Lilien, den ich in einem Blumengeschäft im Ort gekauft hatte; meine Haare schwerelos in der Brise, so wie die Möwen, die an den Klippen auf und ab segelten und entspannt fiepten.

Von hier aus konnte man linker Hand noch die letzten Häuser des Orts sehen. Arthur Logan hatte keine Augen mehr dafür gehabt. Sich für das nasse, dunkle Nichts da unten entschieden und Anlauf genommen.

Nach ihm die Sintflut.

Ich holte aus, so weit ich konnte. Sah den Rosen und Lilien zu, wie sie einen enttäuschend kleinen Bogen durch die Luft beschrieben und dann fielen, fielen, fielen; lautlos in der Brandung landeten und sofort in Empfang genommen wurden von einer gierigen Strömung.

Hier bin ich, dachte ich. Vielleicht sagte ich es sogar. *Hier bin ich, du Feigling.*

Dann ließ ich mich nieder, außerhalb der Sichtweite von Ausflüglern und Schülergruppen und Spaziergängern und Hunden. Hockte im Sonnenschein und gab das Steuer aus der Hand.

3

»Hallo, Patsy. Endlich erwische ich dich. Bist du schon beim Packen?« Kris klang ehrlich erfreut. Ich musste lächeln. Diese Frau erstaunte mich.

»Nein, ich frische noch ein paar alte Erinnerungen auf.«

Ich nahm mein Pint Cider mit Eis vom Kellner entgegen, schob ihm das Geld dafür zu und suchte nach einem Sitzplatz. Fand einen vor der Tür des Pubs, in der Nachmittagssonne.

»Klingt gut. Aber deine Stimme ... Ist das schon wieder deine Allergie?«

»Nur das irische Klima.«

»Habt ihr da keinen Sommer? Also, bei uns ...«

»Gibt's was Neues, Kris?« Ich beobachtete, wie die Blasen im Glas aufstiegen.

»Ach so, ja. Ich hab in der Zwischenzeit nochmal versucht, mehr über Gregor Mosacher herauszufinden. Mir war der ja von Anfang an nicht geheuer. Jedenfalls hab ich mit Adam Hellbert telefoniert. Das ist Mosachers ehemaliger Geschäftspartner. Er selbst nannte sich ja Co-Founder ... Auf jeden Fall hat er mir erzählt, dass er mit Gregor in Berlin studiert hat und der VitaminKurier eine gemeinsame Idee von ihnen und einer Studienkollegin war. Eine Website, über die man sich Lebensmittel direkt vom Bauern liefern lassen kann.«

»Und warum sind sie pleitegegangen? Gerade die Berliner müssen doch verrückt sein nach ländlicher Romantik?«

»Anfangs ja. Sie hatten zwischenzeitlich sogar fünfzehn Leute im Büro und über siebzig Fahrer. Er hat es nicht gern zugegeben, aber es war wohl Mosachers Verdienst, dass es so gut lief. Als der weg war, ging's bergab und die Konkurrenz hat überholt.«

»Warum ist Gregor Mosacher überhaupt ausgestiegen?«

»Ist er gar nicht. Sie haben ihn rausgeworfen.«

Interessant. Ich nahm ein paar Schlucke Cider. Sie schmeckten nach Ben Fergusons Hinterhof.

»Gregor Mosachers Version hörte sich da anders an.«

»Allerdings. Der Hellbert hat auch ziemlich herumgedruckst, als ich danach gefragt habe.«

»Was dich natürlich vollkommen kaltgelassen hat.«

Kris lachte geschmeichelt. »Ein bisschen nachbohren musste ich schon. Aber dann war er doch ziemlich direkt. Der Mosacher hatte anscheinend ein Auge auf die Mitgründerin geworfen. Lisa Bleuel heißt sie. Sie hatte kein Interesse und hat das auch von Anfang an deutlich gemacht. Das hat er wohl nicht ausgehalten.«

»Was heißt das, nicht ausgehalten?«

Kris prustete unbestimmt in die Leitung. »Adam Hellberg meinte, dass der Mosacher geradezu besessen war von Lisa Bleuel. Er konnte nicht akzeptieren, dass sie nichts von ihm wollte, obwohl sie ja keinen anderen Partner hatte. Sie haben fast rund um die Uhr gearbeitet, und wenn nicht, hat der Mosacher sie angerufen, ihr SMS geschrieben und sie mit E-Mails bombardiert.«

Sieh mal an. Gregor Mosacher liebte anscheinend ohne Grenzen. Ich zerbiss den Eiswürfel, der mit dem Cider in meinen Mund gespült worden war, während Kris weitermachte.

»Es gab dann mal eine Aussprache unter den dreien, in der Hellbert und Bleuel dem Mosacher gedroht haben, die Partnerschaft aufzukündigen. Danach funktionierte es wieder, aber eben nur an der Oberfläche. Bald darauf hatte Lisa Bleuel nämlich wirklich einen neuen Freund. Ein Student, der als Nebenjob Obst und Gemüse an die Kunden lieferte. Die zwei haben das zuerst geheim gehalten, Mosacher hat es trotzdem irgendwie spitzgekriegt. Bei Lisa ließ er sich nichts anmerken, aber ihren Freund hat er gemobbt, wo es ging. Er hat sogar unter irgendwelchen Pseudonymen schlechte Kritiken über den Service geschrieben, mit Hinweisen, es wäre dieser spezielle Fahrer gewesen.«

»Als sein Alter Ego Marquis de Ajemian?«

»Lach nicht, ich hab das den Hellberg sogar gefragt.«

»Gute Frau.«

Wieder ein Lachen aus München. Kris glücklich zu machen war erschreckend einfach. Theoretisch sprach nichts dagegen, es öfter zu tun.

»Der Hellberg kann sich an den Namen nicht erinnern. Jedenfalls gab es einen riesigen Streit, als das rauskam. Es kam zu Handgreiflichkeiten, und das war's dann natürlich.«

»Handgreiflichkeiten? Wer hat die angefangen?«

»Auch der Mosacher. Sagt zumindest Adam Hellbert.«

Ich dachte an Gregor Mosacher während unseres Gesprächs. Die beherrschte Körpersprache. Die latent schwelende Aggression.

»Klingt ziemlich glaubwürdig für mich.«

»Echt? Der Mosacher schaut gar nicht aus wie ein Brutalo. Eher wie ein Sunnyboy.«

Sunnyboy. Kurz überlegte ich, ob ich dieses Wort jemals von einem Menschen gehört hatte, der jünger war als meine Mutter.

»Er ist auch kein Brutalo. Eher ein Narzisst.«

»Die kenne ich«, sagte Kris voller Eifer. »Das sind die Schlimmsten, wenn sie mal nicht kriegen, was sie wollen.«

Wie wahr. Ich lachte. Bemerkte am Schweigen aus der Leitung, dass ich mal wieder falsch verstanden worden war. Wir hatten noch einen langen Weg vor uns, Kris und ich.

»Wie sieht's übrigens aus mit Christian Höller? Konntest du den erreichen?«

Kris' Zögern daraufhin war kurz, aber aussagekräftig.

»Ich hab ihm eine Nachricht hinterlassen wegen einem Gespräch. Gerade vorhin hat er zurückgerufen. Er kommt. Was aber viel interessanter ist: Er kommt ohne den Lohmann.«

»Warum?« Mein Herz, es flatterte schon wieder. Ich stellte vorsorglich mein Glas auf den Holztisch vor mir. »Was ist passiert?«

»Er will mit uns reden, weil er bei seinen Aussagen nicht alles erzählt hat, sagt er.«

»Aha. Und das wäre?«

»Dass er vielleicht doch seine Frau umgebracht hat.«

4

Von: Marquis de Ajemian <dermarquis@proxymail.eu>
An: Christian F. Höller <kontakt@hoeller-consult.de>
Betreff: (leer)

Höller,

hier zwei Tipps für Dich:
Frauen haben keine Lust auf selbstmitleidige Schwächlinge.
Frag mal Carolin, von wem das Kind ist, das sie erwartet. Am besten, noch bevor sie es umbringt.

Herzlich, ein wohlmeinender Freund

München

ab 31. August

Wir sind ehrgeizig, aber keine Einzelkämpfer. Wir agieren als Team, ergänzen und unterstützen einander mit unseren individuellen Fähigkeiten, um in jeder Situation die besten Ergebnisse für alle zu erzielen.

Punkt 2 aus dem Skiller-Wertemanifest

Gefüllte Lücken

1

Christian Höller saß vor uns und schluchzte. Seit Minuten. Im Gegensatz zu den beiden Gesprächen vorletzte Woche war diesmal alles echt. Die Tränen. Der Schmerz. Sie drangen in mich ein, durch Hunderte feiner Risse, die vor dem Fall Carolin Höller noch versiegelt gewesen waren. So und nicht anders fühlte sie sich an, die Wahrheit.

Kris hatte nur noch den kleinsten aller Besprechungsräume im Hochparterre ergattert. Den, in dem es nach jahrzehntealtem Teppich roch und nach der gesammelten Nervosität unzähliger Befragter, die hier schon ein und aus gegangen waren. Wenigstens ließ sich das Fenster in den Innenhof öffnen. Der Luftzug trug warme Luft herein, die Augustschwüle endlich gebrochen.

Auf meiner Oberlippe perlte trotzdem der Schweiß. Mein Flug heute Morgen aus Dublin war stark verspätet gewesen, die Anreise direkt in die Ettstraße ein Hindernislauf zwischen signalgestörter S-Bahn-Stammstrecke und dem entsprechenden Verkehrschaos in der Innenstadt.

Christian Höller hatte schon auf uns gewartet, so still und farblos wie das Glas Wasser vor ihm auf dem Tisch. Er hatte es noch immer kaum angerührt. Stattdessen hatte er erzählt. Von einer brillanten BWL-Studentin, die wusste, was sie wollte: nach oben. Die ein Kolloquium über die *Zukunft des globalen Dorfes* laut lachend verließ, nachdem der Vortragende das Internet als überbewertet bezeichnet hatte. Und die er noch am selben Tag auf einen Kaffee einlud. Ein Jahr später die gemeinsame Wohnung. Nochmal zwei Jahre später der Heiratsantrag. Während die meisten ihrer Studienkollegen nicht wussten, wohin mit ihrem frisch geschlüpften Leben, waren sie: Christian und Carolin, verliebt und verbunden durch ihre gemeinsame Vision von der Zukunft. Erste Karriereschritte. Irland. Weitere Karriereschritte.

Eine unkomplizierte Schwangerschaft und schließlich Fabian. Das ultimative Glück – bis zum dritten Tag nach der Geburt. Da hatte Carolin zu weinen begonnen und drei Monate lang nicht mehr aufgehört. Die Umstellung, Fabis exzessive Schlaflosigkeit. *Durchbeißen, weitermachen.* Nach elf Monaten ging Carolin zurück in die Arbeit. Wechselte zu Skiller, war glücklich. Dann kam Lia. Diesmal keine Depressionen. Trotzdem: das Doppelte von allem und noch mehr. *Wir schaffen das gemeinsam.* Ein Jahr später plötzlich Christians Schlafstörungen, die anhaltende Atemnot. Er hatte beides ignoriert. So etwas passierte Schwächlingen, aber nicht ihm, hatte er gedacht. Bis zur Panikattacke mitten in einer wichtigen Präsentation. Nach vier Monaten Krankenstand schließlich eine E-Mail von der Geschäftsführung: Seine Abteilung sei umstrukturiert worden, hier das Organigramm. Sein Name war nicht mehr aufgeführt. Er solle seiner Gesundheit Vorrang geben, hieß es.

Neuer Job? Nicht im krisengebeutelten Irland.

Weitere Monate im Tal von Depression und Selbstmitleid. Dann hatte ihm Carolin eines Abends von ihrer Affäre mit einem Kollegen erzählt. Um ihn endlich aufzurütteln, hatte sie gesagt. Mit Erfolg. Sie vereinbarten einen neuen Deal: Sie verließen Irland, er bekam mehr Zeit mit den Kindern, sie die Freiheit, ihre Karriere bei Skiller zu verfolgen. Doch die Abwärtsspirale war bereits in Gang. Sich gegen das wachsende Misstrauen, die stummen Vorwürfe zu stemmen, brauchte

Energie, die sie beide nicht mehr hatten. Also konzentrierte er sich auf die Kinder und sie sich auf Skiller. Warteten. Irgendwann würde es schon besser werden.

Stattdessen waren sie an jenem Donnerstagnachmittag auf dem Boden der Tatsachen aufgeschlagen. Und das noch vor der Sache mit der E-Mail.

Kris reichte Christian Höller ein Taschentuch nach dem anderen, während der schniefend weitererzählte. Nach dem vierten kam er zur Ruhe. Erst am Ende seiner Geschichte sah er von seinem Haufen zerknüllter Taschentücher auf, als habe er gar nicht mehr damit gerechnet, dass wir noch hier waren.

»Vielen Dank für Ihre Offenheit, Herr Höller.« Ich streckte so diskret wie möglich meinen vom Zuhören steifen Körper und lehnte mich ihm entgegen, während Kris neben mir den mitgebrachten Laptop hochfuhr. »Ich fasse noch einmal kurz die Fakten zusammen, um sicherzugehen, dass ich Sie richtig verstanden habe: Sie haben nach dem Streit mit Carolin am Nachmittag noch gemeinsam mit Ihrem Sohn Fabian Ihre Tochter Lia von der Kita abgeholt, ihnen Abendessen gemacht und sie zwischen sieben und acht ins Bett gebracht.«

Christian Höller nickte stumpf, nippte an seinem Wasserglas.

»Danach haben Sie auf der Couch ferngesehen und dabei eine Flasche Weißwein konsumiert.«

»Fast eine ganze, ja.«

Er schielte zur Kamera, die gleichmütig blinkte, während sie die dunkelsten Stunden seines Lebens aufzeichnete.

»Gegen neun Uhr abends haben Sie Ihre E-Mails durchgesehen und diese Nachricht von einem Ihnen unbekannten Absender erhalten.« Ich zeigte auf den Papierausdruck mit den bösartigen Grüßen des Marquis de Ajemian.

»Sie waren daraufhin sehr aufgebracht und wollten Ihre Frau auf ihrem Handy erreichen, aber sie hat sich nicht gemeldet. Um sich zu beruhigen, haben Sie noch mehr Wein getrunken. Und eine Tablette Ihres Schlafmittels Stilnox genommen.«

Christian Höller starrte mit leerem Blick auf seinen Schoß. Sein Körper so zusammengesackt, er schien kaum mehr einen Knochen zu enthalten.

»Kurz vor Mitternacht kamen Sie wieder zu sich. Zwar auf der Couch in ihrem Wohnzimmer, aber mit völlig durchnässter Kleidung, und Sie hatten Schuhe an. Die waren auch nass, genauso wie Ihre Haare. Sie vermuten, dass Sie während des Gewitters, das zu der Zeit in Gange war, draußen im Regen waren, haben aber keine zuverlässige Erinnerung mehr daran.«

Wieder ein resigniertes Nicken, während sich vor unserem Fenster die Spatzen stritten.

»Sie waren noch benommen vom Alkohol und dem Schlafmittel, haben dem Vorfall also zu dem Zeitpunkt keine allzu große Bedeutung beigemessen und sich endgültig ins Schlafzimmer gelegt, wo Sie am nächsten Morgen um circa halb sieben Uhr aufwachten. Da haben Sie entdeckt, dass Carolin nicht nach Hause gekommen war. Gegen halb neun Uhr vormittags haben Sie dann die Nachricht von ihrem Tod erhalten.«

»Ja. Das stimmt so.«

Christian Höller rieb sich das fahle Gesicht, suchte wieder Zuflucht bei seinem Wasserglas, das er jetzt umklammert hielt.

»Dann haben Ihre Ermittlungen begonnen, und plötzlich kamen all diese Bilder hoch. Ich bei Caro im Büro. Wir streiten uns, ich packe sie am Arm, stoße sie runter. Ich habe gelesen, dass so was passieren kann, dass das Schlafmittel einen Gedächtnisverlust hervorrufen kann. Dass man Ereignisse halluziniert, die es gar nicht gegeben hat. Aber ich war definitiv irgendwo draußen. Und ich hatte Angst, dass ich jetzt als Mörder dastehe und die Kinder verliere, also habe ich von meinem Filmriss nichts erzählt, ich ...«, er schluckte gegen die erneut aufsteigenden Tränen an. Mit mäßigem Erfolg. »Aber dieses Nichtwissen bringt mich langsam um. Ich will nicht so enden wie Tony Keane ...« Er schüttelte den Kopf, richtete sich auf, sah mich an. Eine ferne Erinnerung an den souveränen Erfolgsmenschen, den wir vor fast zwei Wochen zum ersten Mal kennengelernt hatten. »Dieser Albtraum muss aufhören. Also dachte ich, vielleicht bin ich ja irgendwo auf den Sicherheitskameras zu sehen. Dann hätte ich Gewissheit, nicht wahr?«

Gewissheit. Als hätte dieses Wort jemals existiert in diesem verfluchten Fall. Christian Höller entging mein sarkastisches Schnauben zum Glück. Kris nicht.

»Möglicherweise«, sagte sie. Rückte den Laptop zurecht. »Wir haben die Aufnahmen natürlich schon einmal geprüft, gleich in den ersten Tagen. Da sind Sie uns aber nicht aufgefallen.«

Christian Höllers Züge verhärteten sich vor Enttäuschung. Sein ausgedehntes Geständnis schien er schon jetzt zutiefst zu bereuen.

Verständlich. Wenn Dr. Lohmann erfuhr, dass sein sorgfältig vorbereiteter Mandant die Nerven verloren und sich freiwillig zum Hauptverdächtigen gemacht hatte, würde ihm sein akkurat windsorverknoteter Kragen platzen.

Sollten außerdem keine eindeutigen Beweise auftauchen, dass er tatsächlich bei Skiller gewesen war, hatten wir außer seinem erleichterten Gewissen nichts gewonnen. Die Erinnerung eines alkoholisierten und von Schlafmitteln beeinträchtigten Mannes mit Gedächtnislücken würde uns das Gericht um die Ohren hauen. Christian Höller würde sich selbst anklagen und den Richter von seiner Schuld überzeugen müssen. Wieder schnaubte ich. Inzwischen war ich sogar für Professionalität zu ausgelaugt.

»Herr Höller. Nach Ihrem Anruf gestern habe ich mir noch einmal alles angesehen, was die Kamera am Eingang zwischen halb zehn Uhr abends und Mitternacht aufgezeichnet hat, und speziell nach Ihnen Ausschau gehalten.« Kris räusperte sich nervös. »Da ist mir etwas aufgefallen, was ich Ihnen zeigen wollte.«

Und mir. Dank meiner Verspätung kannte ich die Sequenz bisher nur aus Kris' Erzählungen am Telefon auf dem Weg in die Stadt. Klang nicht besonders vielversprechend. Aber meinetwegen. Klammerten wir uns eben an Strohhalme. Bald würde dieser Fall so kalt sein wie Konstantins Blicke, die er mir bei meiner fliegenden Ankunft über seinen Schreibtisch hinweg zugeworfen hatte.

Christian Höller und ich beugten uns beide näher zum Laptop, den Kris vor uns zurechtrückte.

Die Uhrzeit am rechten unteren Bildrand zeigte kurz vor halb elf Uhr abends. Die Eröffnungsfeier von Skiller Deutschland war auf ihrem Höhepunkt, im Empfangsbereich ein großes Kommen und Gehen. Menschengrüppchen, die sich vor dem Eingang miteinander unterhielten, lachten. Man ging aus und ein, hielt einander die Tür auf, die weiter ins Gebäude, zum Treppenhaus und in die Kantine führte. Sehr höflich. Und die beiden Sicherheitsleute? Hatten wie der Pförtner völlig den Überblick verloren. Standen an der Seite und unterhielten sich.

Doch dann verließen sie plötzlich ihre Plätze. Gingen auf einen Mann zu, der am unteren Rand ins Bild kam. Oder besser: schlingerte. Man sah ihn nur zur Hälfte und von hinten. Er trug einen Kapuzenpullover. Schwer zu erkennen, wer es war, zumindest für mich. Doch Christian Höllers Wangen gewannen abrupt an Farbe.

»Sind Sie der Mann mit der übergezogenen Kapuze?«, fragte Kris im Sinne einer detaillierten Tonaufnahme.

Höller nickte, schob erst Sekunden später ein »Ja« hinterher. Verfolgte mit fiebrigen Augen, wie der Eindringling auf die Tür zustrebte, aufgehalten wurde, zuerst mit den beiden Sicherheitsleuten diskutierte, sie dann zu umgehen versuchte wie ein lästiges Hindernis, dabei fast hinfiel, sich gerade noch fing.

Ein beschämendes, ein lächerliches Bild. Doch Christian Höller schien erleichtert. Und ich konnte ihn verstehen. Was verkrüppelt die Seele mehr als Ungewissheit? Wenn schon sonst nichts, so hatte er zumindest seine Frau nicht umgebracht.

Der Sicherheitsmann fasste den ungebetenen Gast schließlich am Ellbogen und dirigierte ihn mit sanfter Bestimmtheit aus dem Bild, in Richtung Haupteingang.

Eine Episode von vielleicht zwanzig Sekunden. Unbemerkt von den meisten Skillerz, die an ihr vorüberzogen. Nur wenige wandten ihr Gesicht in Richtung Christian Höller und der Sicherheitsleute.

Keines von ihnen erkannte ich wieder.

Außer einem.

Das von Ali Billroth.

2

»Ha. Die deutsche Kollegin. Guten Abend.«

DS Fergusons Stimme klang sarkastisch erfreut. Er stellte hörbar ein Glas zur Seite.

»Etwas früh für einen Drink, oder?«, sagte ich.

»Kaum zurück daheim, schon den Humor verloren. Tragisch.«

Ich unterdrückte ein Lachen so gut wie möglich, sah hinüber zu Kris, die zwei Schreibtische weiter im Lichtsee ihrer Leselampe saß. Scheinbar gebannt starrte sie in ihren Computer.

Dass sie zwar die Aufnahmen der Sicherheitskameras mehrfach durchgesehen und alle Zeitstempel der Mitarbeiterausweise genau kontrolliert hatte, diese aber bisher nicht mit den tatsächlichen Gesichtern der Kameraaufnahmen querverglichen hatte, machte ich ihr nicht zum Vorwurf. Sie sich natürlich schon. Seit unserem Gespräch mit Christian Höller prüfte sie alles doppelt und dreifach. Das Ergebnis war immer dasselbe.

»Detective, wie sieht es aus mit den Mobiltelefonen von Anthony Keane und Ali Billroth?«, fragte ich. »Konntest du die bei Skiller sicherstellen?«

»Ja. Aber die SIM-Karte von Keane war schon gelöscht. Und das von Billroth war ja praktischerweise ins Klo gefallen und direkt von ihrem Anbieter entsorgt worden. Ich nehme an, das geht als Vernichtung von Beweismitteln durch.« Er nahm wieder einen Schluck. Sein Atem rauschte in der Leitung. Vielleicht war es auch der Wind. Warum dachte ich überhaupt darüber nach?

»Außerdem habe ich mit Lorcan Foley telefoniert.«

»Und?«

»Er ist derzeit in Belfast und überhaupt ein besonders

wichtiger Mensch. Für mich hat er aber eine Ausnahme gemacht. Also ...« Trockenes Räuspern, Blättern in einem Notizblock. »Er hat ungefähr zur selben Zeit bei Skiller angefangen wie Mosacher und Billroth. Mit Billroth hat er sogar in einer Fünfer-WG zusammengelebt. Sie waren von Anfang an Freunde, manchmal mit Sex, manchmal ohne. Am Anfang hat auch Gregor Mosacher ein wenig mitgemischt. Irgendwann ist das zwischen Ali und Lorcan dann ernster geworden. Mosacher hat das nicht gefallen, er hat sich aus der Freundschaft zurückgezogen und das Team gewechselt. Irgendwann hat er sich aber beruhigt, und man hat sich wieder vertragen. Er und Gregor hätten aber keinen Kontakt mehr, seit Foley weg ist von Skiller.«

»Weil man ihn wegen der Drogen rausgeschmissen hat?«

»Das hat er natürlich nicht so formuliert. Er wollte eine neue Herausforderung. Und mit Drogen hätte er auch absolut nichts am Hut. Nie gehabt.«

»Würde ich an seiner Stelle auch nicht zugeben.«

DS Ferguson seufzte. »Wie auch immer. Die Beziehung mit Billroth ging bald nach seinem Abgang von Skiller auseinander. Und sein Geschäft läuft deshalb so blendend, weil er ein überzeugender Netzwerker ist, bla, bla, bla ...« Lustloses Blättern durch vollgeschriebene Seiten. »Außerdem war er während der fraglichen Zeit um Höllers Tod weder in Irland noch in München, sondern an der Costa del Sol zum Kitesurfen mit seinen Kumpels, die das alles sehr gerne bestätigen.«

Pause für einen weiteren Schluck.

»Lange Rede, kurzer Sinn – Foley ist eine Sackgasse. Zumindest, was Carolin Höller betrifft. Ob er für unsere Einheit relevant ist, entscheidet mein Vorgesetzter. Irgendwann. Wir stehen kurz vor einem Zugriff im großen Stil, und die Liste an Personen ist schon jetzt endlos. Solange es keine nachweisliche Verbindung zwischen Foley und diesen wild gewordenen Gangs gibt, interessiert sich mein Boss nicht für ihn.«

»Wie sollst du diese Verbindung rausfinden, wenn er dir keine Zeit dafür gibt?«

Er lachte ohne Freude. »Da siehst du mein Dilemma. Die Schlange hat zu viele Köpfe.«

Ich seufzte lautlos. Foley würde seine verwöhnte Kundschaft also weiterhin bedienen können. Vorerst.

DS Ferguson holte Luft, um etwas zu sagen. Nahm dann noch einen Anlauf.

»Ich dachte eigentlich, wir sehen uns noch, bevor du abfliegst.«

So hatten wir es vereinbart, ja.

»*Sorry*, aber es kam was Wichtiges dazwischen.«

»Deine Ehe?«

Meine Ehe. Meine Vernunft. Mein Selbsterhaltungstrieb. Man konnte es nennen, wie man wollte.

»Wir hatten einen Durchbruch in unserem Fall.«

»Tatsächlich?« Das klang mehr überrascht als überzeugt. Sogar ein wenig beleidigt, weil er es jetzt erst erfuhr.

»Christian Höller hat eine E-Mail von Marquis de Ajemian alias Gregor Mosacher bekommen, nur ein paar Stunden bevor seine Frau umkam. Er sei ein Versager, und seine Frau erwarte ein Kind von einem anderen.«

»*Fuuuck*! Den Vaterschaftstest können wir uns also sparen?«

»Sieht so aus. Wir machen ihn natürlich trotzdem. Christian Höller hat seinen Einspruch inzwischen zurückgezogen. Er war ursprünglich dagegen, weil er den Gedanken nicht ertragen hat, dass der Betrug seiner Frau auch noch gerichtsmedizinisch verbürgt ist. Er wollte lieber in der Illusion leben, es könnte von ihm sein. Dabei hatten sie seit Monaten keinen Sex mehr. Erst, seit ihm klar ist, dass er nicht der Mörder seiner Frau ist, kooperiert er voll und ganz.«

»Das arme Schwein«, murmelte DS Ferguson. »Und Mosacher hat uns definitiv angelogen. Er wusste von dem Kind und hat nicht mal mit der Wimper gezuckt, als wir mit ihm darüber gesprochen haben.« Erst nach einem ausgiebigen Schluck seines Drinks konnte er weitersprechen. »Ein ziemlicher Bastard, was?«

Dem war nichts hinzuzufügen.

»Für Christian Höller war Ajemians Schreiben nur die Bestätigung einer Befürchtung, die er schon länger hatte. Auf die E-Mail hin hat er sich jedenfalls einen kleinen Schlafmittelcocktail gegönnt. Dann ist er zu Skiller ins Büro, um sie zur Rede zu stellen.«

Schweigen.

»... und hat sie aus dem Fenster geworfen?«

»Nein.« Ich sah wieder hinüber zu Kris. Gebannter Blick auf den Bildschirm, während sie lauschte. »Die Sicherheitsleute haben ihn schon am Eingang abgefangen und rausgeschmissen. Und er taucht auch später nicht mehr auf den Aufzeichnungen auf.«

»Okay. Aber?«

»Jemand anderes ist im Bild zu sehen. Ali Billroth. Sie hat die Szene mit Höller mitbekommen, zumindest am Rande, hat aber nichts davon erwähnt.«

»Vielleicht kennt sie Höller gar nicht und hat ihn einfach für einen Betrunkenen gehalten? Die Sicherheitskräfte haben doch auch nichts davon zu Protokoll gegeben, oder?«

»Das stimmt. Aber laut ihrer Aussage war sie zu dem Zeitpunkt oben im Büro. Dabei kam sie auf dieser Aufnahme gerade von draußen zurück. Die Frage ist nur, woher. Und warum sie lügt.« Ich lehnte mich zurück und legte meine übermüdeten Beine auf meinem Rollkoffer ab, den ich eigentlich schon vor Stunden hatte nach Hause bringen und auspacken wollen. »Ali Billroths Mitarbeiterausweis ist außerdem nicht im System registriert, als sie auf dieser Aufzeichnung erscheint.«

»Hat ihr jemand die Tür aufgehalten?«

»Genau. Man sieht auf dem Band, wie sie sich reingeschlichen hat. Es war viel los zu der Zeit, es gehen ständig Leute gleichzeitig raus und wieder rein. Noch interessanter ist aber, dass im Datenlog auch nicht erfasst ist, wann sie das Haus zuvor verlassen hat. Also haben wir die Aufnahme noch einmal genau nach ihrem Gesicht abgesucht.«

»Und?«

»Um 21.48 Uhr hat sie laut Zeiteinblendung der Kamera das Büro verlassen.«

Mein irischer Kollege brummte ungeduldig. Und weiter?

»Wer sich stattdessen um Punkt 21.48 Uhr ausgeloggt hat, ist Gregor Mosacher.«

Ich lehnte mich nach hinten, warf kopfüber einen Blick aus dem Fenster hinter meinem Schreibtisch in die weit fortgeschrittene Dämmerung, während ich DS Fergusons verwirrtes Schweigen genoss.

»Moment mal, sie sind also gemeinsam ...?«

»Nein. Gregor Mosacher ist nirgendwo auf dem Band zu sehen, weder früher noch später. Nur Ali Billroth. Während sie also fast eine Dreiviertelstunde weg war, quasi inkognito, war Mosacher die ganze Zeit über noch im Gebäude.«

Wieder wurde es ruhig in der Leitung, während Ben nachdachte. Dann hörte ich ihn schmunzeln.

»Und ich nehme an, du hast eine Theorie dazu im Ärmel?«

Ja, die hatte ich. Endlich. Denn die Geschichte ging noch weiter.

Carolin, am Abend

Sie starrt auf ihren halb gefüllten Teller. Auf Frischkäse in Vollkorntütchen. Auf Mini-Weißwürste. Auf ein Töpfchen, gefüllt mit zwei Löffeln vegetarischem Kartoffelgulasch. Der wenige Appetit, den sie hatte, ist ihr am Buffet endgültig vergangen.

Da kam Tony Keane angekrochen und winselte irgendwas von seinem Leben, das jetzt in ihrer Hand liege, und sie solle die Sache mit Ali Billroths Anschuldigungen noch hinauszögern. Wenigstens bis nach dem Börsengang. Da ist ihr der Geduldsfaden gerissen. Wie blöd kann man eigentlich sein? Wenn er seinen Job nicht verlieren will, hätte er sich eben zusammenreißen müssen. Oder sich bei Ali Billroth entschuldigen. Jetzt sind die Mühlen in Gang, egal, was sie tut. Und was bringen ihm schon ein paar Wochen? Die Optionen kann er sowieso nicht sofort verkaufen. Sie wird einen Teufel tun und sich in seine schmierige Kiste mit hineinziehen lassen.

Vielleicht hat sie auch noch mehr gesagt. Verletzenderes. Dazu neigt sie, wenn sie drauf ist. Die Wahrheit, mitten ins Gesicht. Das muss man aushalten können. Tut sie schließlich auch, ständig, und seht her, sie steht noch immer. Stärker als zuvor. Dass Tony da anders ist, hätte sie sich denken können. Stattdessen hat sie es zu spüren bekommen – an ihrem Arm. Dort, wo er sie gepackt hat und zugedrückt, während um sie herum die Leute lachten und tanzten und feierten.

Zum Glück hat sie sich im Griff behalten. Ihm keine Ohrfeige verpasst. Ihm nur gesagt, dass er sie sofort loslassen soll, sonst würde sie seinen Übergriff auch gleich noch an HR melden, wenn sie schon dabei ist.

Da ist er dann ziemlich schnell verschwunden. Ha! Wer sich mit Carolin Höller anlegt, kann als Verlierer vom Platz gehen.

Jetzt steht sie mitten in der Kantine. Erwidert das Lächeln der vorüberziehenden Mitarbeiter, der Kollegen aus dem Management-Team, automatisiert und besonders strahlend. Lässt sich gratulieren zur inspirierenden Eröffnungsrede. Komplimente, die sie umspülen wie Wasser, sie nur am Rande berühren.

Sie beobachtet all die essenden, trinkenden Mitarbeiter im Schein der langsam kreisenden Discolichter. Zehn Jahre jünger als sie, oder fünfzehn. Hört sie johlen zu Falcos *Helden von heute*. Vorhin war sie noch unter ihnen. Jetzt macht die geballte Schwüle des Augusts ihren Brustkorb plötzlich eng, das Pochen unter der Haut wie ein dumpfes Stakkato, überall.

Warum schmerzt ihr Arm überhaupt? Ihre letzte Nase ist kaum zwanzig Minuten her. Und ihr Verlangen nach dem Stoff ist auch schon wieder da. Haben Christians Finger nicht genau an derselben Stelle ihre Abdrücke hinterlassen, wo auch Tony sie mit seinen Pranken gepackt hat?

Ihr eigener Mann, der seine Maske fallen gelassen hat. Sie einschüchtern wollte, genau wie ihr ehemaliger Mentor.

Enttäuschung schwappt über sie hinweg. Macht Platz für die nächste Welle: Angst.

Sie stellt ihren Teller mit dem unberührten Essen zurück ans Ende des Buffets und macht sich auf den Weg in ihr Büro. Dort ist es ruhig. Dort wartet das bessere Leben, die Antwort auf die Frage, wie es weitergeht.

Und sollte Tony Keane den Nerv haben, sein Gesicht heute Abend noch einmal vor das ihre zu schieben, wird er es verdammt nochmal bereuen.

Stein auf Stein

Es gibt Menschen, die sind verrückt auf eine Weise, die lange unsichtbar bleibt. Weil sie schlau sind und sich verstellen können. Oder weil ihre Geisteskrankheit nur langsam keimt, über Jahre ihre Zellen teilt wie ein bösartiges Geschwür.

Deshalb leben sie einfach ihr Leben. Gehen zur Schule, machen eine Ausbildung oder studieren, werden Lehrer oder Krankenpfleger, Busfahrer oder Abteilungsleiter oder Unternehmer. Sie funktionieren in ihren alltäglichen Strukturen. Alles läuft gut – bis es schlecht läuft.

Eine Zurückweisung durch den Partner. Ein verlorener Job. Eine Kränkung der Eitelkeit. Plötzlich fällt ein Dominostein und stößt den nächsten um und den nächsten und den nächsten. Und so weiter.

Am anderen Ende der Kettenreaktion stehen dann Menschen wie Kris und ich. Ob aus Zufall oder durch pures Glück – unser Dominostein steht noch. Der einzige, entscheidende Unterschied zwischen ihnen und uns.

Daran dachte ich, als ich drei Wochen nach Carolin Höllers Tod am Münchner Flughafen stand, neben einem der Gepäckbänder. Ich beobachtete Gregor Mosacher auf seinem Weg durch den voll verglasten Gang vom Flugsteig hinunter zur Passkontrolle.

Kurze, zielstrebige Schritte, aufrechte Haltung. Eine bunt bedruckte Schultertasche als schrulliger Kontrast zum gut sitzenden Anzug und dem neutralen Rollkoffer.

Geduldig reihte er sich in die quälend langsam vorrückende Menschentraube vor den Kontrollpunkten. Beschäftigte sich mit seinem Handy, während andere Geschäftsreisende zappelten und nervös auf ihre Uhren sahen.

Eine Lektion in Selbstsicherheit. Sogar, als Kris von hinten auf ihn zukam und ihn bat, mit ihr zu kommen, wirkte er mehr überrascht als beunruhigt.

»Frau Kommissarin. Sie hätte ich jetzt nicht erwartet.«

Hinter seiner souveränen Maske arbeitete es. Sein Gehirn wühlte sich durch alle möglichen Gründe, warum wir hier waren. Offenbar keiner davon erfreulich.

»Ihr Manager in Dublin hat uns erzählt, dass Sie nach München unterwegs sind, um an Carolin Höllers Begräbnis morgen teilzunehmen. Also kommen wir Ihnen entgegen. Wir müssen ein paar Dinge mit Ihnen besprechen.«

»Das stimmt. Aber ich bin auch geschäftlich hier. Ich treffe heute noch ein paar mögliche Partner für eine Werbekooperation ...« Er bemerkte mein Desinteresse an seinen Plänen, kompensierte seinen spontanen Ärger mit einem Blick auf sein Telefon, das er noch immer in der Hand hielt. »Ich helfe gerne, aber mein erster Termin ist in zweieinhalb Stunden. Schaffen wir das bis dahin?«

Ich bemühte mein liebenswürdigstes Lächeln. Mehr als Sarkasmus war nicht drin.

»Das hängt ganz von Ihnen ab, und von Ihrem Verhältnis zur Wahrheit.«

Die Kollegen von der Flughafenpolizei hatten uns eines ihrer Hinterzimmer für unwillkommene Einreisende überlassen.

Alles darin war so abweisend wie möglich. Sperrige Plastikstühle. Nackte Wände. Keine Fenster. Industrieteppich. Etwas zu kühle, aber abgestandene Luft, egal, wie laut der Luftabzug auch summte.

Gregor Mosacher lächelte trotzdem. Immer höflich, immer nett. Manchmal tat er auch so, als sei er verlegen, so wie jetzt.

»Das hier hätte ich wirklich nicht tun sollen.« Er schüttelte den Kopf wie über ein Missgeschick, gab den Ausdruck der E-Mail von Marquis de Ajemian an Christian Höller wieder an Kris zurück. »Eine unnötige Aktion.«

»Aha. Unnötig. Warum haben Sie uns die E-Mail dann verheimlicht? Und behauptet, Sie wüssten nicht von Carolins Schwangerschaft?«

»Ja ...«, er nickte wie über eine ferne Erinnerung, die aber auch eine Einbildung sein konnte. »Sie hatten danach gefragt, als wir uns in Dublin gesprochen haben, nicht wahr?«

Ich ignorierte seine Koketterie. »Warum haben Sie gelogen, Gregor?«

Er sah mich an, ohne sichtbare Nervosität. Bereitete sorgfältig seine nächste Lüge vor.

»Weil ich Angst hatte, all das könnte Herrn Höller in Schwierigkeiten bringen.« Anstatt in meine Augen sah er zu seiner Schultertasche. Darauf dieser lächerliche Batman aus der Sechziger-Jahre-Serie, der einen Kinnhaken austeilte. Kapow.

»Was meinen Sie mit *all das*?«, fragte ich. »Ihre Affäre? Das Kind, das Carolin von Ihnen erwartet hat? Und wie sollte das Herrn Höller schaden? Das müssen Sie mir erklären.«

In meinem Kopf tat ich es gerade Batman gleich, ohrfeigte Gregor Mosachers attraktives, großspuriges Kinn. Im echten Leben lächelte ich. Suchte im Huskyblick meines Gegenübers nach Gefühlen für seine ehemalige Geliebte. Nach Leidenschaft, überbordenden Emotionen, Schmerz. Stattdessen nur eisige Intelligenz. Seine Liebe so tot wie Carolin Höller selbst. Den Tanz um den DNA-Test hatten wir tatsächlich umsonst aufgeführt, wurde mir in diesem Augenblick klar. Gregor Mosacher hatte gar nicht vor, seine Vaterschaft zu leugnen, so wie wir befürchtet hatten. Er verfolgte ein anderes, ein ambitionierteres Ziel. Und er war sich ziemlich sicher, es zu erreichen.

»Ich hatte an dem Donnerstag von Caro erfahren, dass sie schwanger ist. Sie wollte Schluss machen, mal wieder, und das Kind abtreiben.«

»Waren Sie da nicht wütend auf sie?«

»Klar, am Anfang schon.« Er nickte mit aufgerissenen Augen, vielleicht seine Version von Treuherzigkeit. »Ich will noch keine Familie gründen oder Vater werden, aber natürlich hat es mich getroffen, dass sie so einfach über meinen Kopf hinweg entscheidet. Und ich bin dagegen, einfach aus einer Laune heraus abzutreiben. Dafür gibt es schließlich Verhütung, oder nicht?« Er verzog den Mund verächtlich, war kurz davor, noch mehr zu sagen, doch seine Selbstbeherrschung pfiff ihn zurück. Langsam begann er, an seinem keltischen Ring zu drehen.

»Kurz und gut, wenn ich sauer bin, neige ich leider dazu, schnell und unüberlegt mal irgendwelche bösen E-Mails zu schreiben ...«

Ich überlegte. »Kenne ich. Mein Mann macht das auch manchmal.«

Da lächelte er. Wir beide, unter einer Decke.

»Danach bekam ich postwendend ein schlechtes Gewissen. Die E-Mail war wirklich fies von mir, aber in dem Moment wollte ich Caro einfach nur eins auswischen, sie in Schwierigkeiten mit ihrem Mann bringen, das gebe ich zu. Dann war sie plötzlich tot, und die Kriminalpolizei ermittelte. Wenn jemand die E-Mail liest, dachte ich, glaubt doch jeder, dass Caros Mann eine ganze Liste an Motiven dafür hätte, ihr was anzutun. Oder? Sie hat ihn betrogen, erwartete ein Kind von einem anderen ... Caro hat mir erzählt, dass ihr Mann schnell mal mit den Nerven runter ist. Wer weiß, was der anstellt, wenn auch noch die Polizei ins Spiel kommt? Man braucht sich ja nur die Sache mit Tony Keane anzusehen ... «

Ich nickte, mein Blick voller Schmerz und Anerkennung, gab ihm Zeit für seine falsche Trauer, bevor ich weitersprach.

»Das war sehr vorausschauend gedacht, Herr Mosacher. Und Sie hatten recht. Christian Höller ist tatsächlich nervlich sehr angeschlagen. Er befindet sich derzeit in psychiatrischer Behandlung.«

Neben mir räusperte sich Kris, unangenehm berührt von meinem vertraulichen Ton und den Geschichten, die ich hier auftischte.

Wir hatten in der Vorbesprechung ein hartes Gespräch geplant. DNA-Ergebnisse. Lorcan Foleys Drogenkontakte. Lisa Bleuels Aussage. Carolin Höllers Kind. Doch Gregor Mosacher, das hatte ich erst bei seinem Anblick am Flughafen endgültig verstanden, war kein Mann der Fakten. Er war ein Mann der Möglichkeiten, des Risikos. Und er spielte gerne – solange er gewann. An diesem Punkt mussten wir ansetzen, sonst hatten wir keine Chance.

Der endgültige Beweis für die Unterlegenheit seines Rivalen ließ ihn sich jetzt zum ersten Mal ganz in seinen Stuhl zurücksinken. Morsches Plastik knackte.

»Tut mir echt leid für Herrn Höller«, sagte er.

»Ja.« Ich seufzte leise. »Ihm ging es sogar so schlecht, er kam von selbst mit der E-Mail zu uns.«

»Wirklich?« Gregor Mosachers Lippen verzogen sich überrascht, dann angewidert von so viel Dummheit. »Und? Hat er Caro am Ende doch umgebracht?«

»Wir haben in diese Richtung ermittelt, aber die Fakten sprechen dagegen.«

»Hätte ich ihm auch nicht zugetraut«, sagte er in einem Ton, der keinen Zweifel ließ – er hielt seinen Rivalen für ein Weichei. Er reckte seine Arme nach oben, verflocht seine Hände hinter dem Hinterkopf. Ganz entspannt.

»Zurück zu Ihnen, Herr Mosacher. Sie wollten Herrn Höller schützen und haben deshalb die E-Mail nicht erwähnt. Denselben Gefallen hat er Ihnen aber leider nicht getan. Dass er mit der E-Mail zu uns kam, lässt Sie nicht gut aussehen.«

»Was meinen Sie damit – glauben Sie, dass ich es war?«, fragte er ironisch, fast flirtend, sein Kopfschütteln darüber, wie schnell ich mich einwickeln ließ, nur dünn verschleiert.

»Im Augenblick glaube ich nur, dass Sie in unserem Gespräch in Dublin gelogen haben. Deshalb frage ich Sie noch einmal. Warum?«

»Ich war im Schock«, sagte er mit einer hilflosen Geste. »Caro war tot, und alle rennen rum wie kopflose Hühner. Ein Mörder, ein Mörder, jemand hat sie umgebracht! Dann kamen Sie mit dem Ajemian-Pseudonym an. Das war mir peinlich genug. Und die E-Mail an Herrn Höller hätte mich auch nicht gerade besser dastehen lassen. Außerdem hatten Caro und ich zusammen Drogen genommen. Alles nichts, was ich gern der Kripo erzähle, wenn Sie wissen, was ich meine ...« Ein leises Lachen. »Aber ich hätte Caro nie im Leben etwas antun können. Noch nie hab ich jemanden so geliebt wie sie.«

Außer vielleicht Lisa Bleuel, du Psycho!, schrie Kris plötzlich. Zum Glück nur in meinem Kopf. Trotzdem zuckte ich zusammen, wartete eine Sekunde auf eine Reaktion von Gregor Mosacher. Nichts. Kris hatte ihre Gedanken für sich behalten. Ein weiterer Querschläger von Patsy Logans unberechenbarem Hirn. Ich spürte Kris' verwirrten Blick auf mir. Die stumme Frage danach, was das hier alles sollte.

Doch mein Fokus lag nur auf Carolin Höllers Geliebtem.

Auf seinem wölfisch hübschen Gesicht, das sich während der letzten Minuten sogar noch weiter entspannt hatte. Auf jede Frage eine vorbereitete Antwort, jeden Angriff souverän abgeschmettert. Er war stolz auf sich. Zeit, dass die Frau der Stunde zum Zug kam.

»Herr Mosacher, Sie kannten Carolin sehr gut, und bei Herrn Höller hatten Sie auch den richtigen Riecher. Was glauben Sie denn, was an dem Abend passiert ist?«

Er betrachtete seinen Ring, den er nun wieder um seinen Mittelfinger rotieren ließ.

»Sagen wir mal so, ich bezweifle, dass sie ermordet wurde.«

»Das ist ja interessant. Warum das?«

»Ganz ehrlich?«

»Ich bitte darum.«

Er seufzte, räusperte sich wie vor einer Ansprache.

»Ich finde es durchaus naheliegend, dass Caro einfach einen Unfall hatte, weil ihr das ganze Koks in den Kopf gestiegen ist«, erklärte er mit einer grandiosen Selbstsicherheit, die ich von meinem Vater zu seinen besten Zeiten kannte. »Den ganzen Tag über hat sie gezogen. Eine Line nach der anderen. Ich gebe zu, ich habe auch was genommen, aber Caro ...« Er sah theatralisch nach oben zur gelochten Deckenverkleidung. »Als ich sie das letzte Mal gesehen habe, hätte man sie wie einen Drachen steigen lassen können, glauben Sie mir.«

Er wandte sich wieder mir zu. Sah mir in die Augen, dann Kris. Wartete er auf Beifall für seinen Vergleich?

»Was wollen Sie uns sagen, Herr Mosacher? Dass wir uns verrannt haben? Weil wir an einen Mord glauben, obwohl Carolin nur im Rausch aus dem Fenster gefallen ist?«

Man sah ihm an, dass er mir am liebsten zustimmen wollte. Aber er bremste sich. Stattdessen: Charmeoffensive.

»Aber nein«, sagte er, »das würde ich mir nicht anmaßen. Ich bin einfach überzeugt, dass eine Kapazität wie die Münchner Mordkommission den Mörder inzwischen sicher gefunden hätte, wenn es einen gäbe. Oder?«

Ich wechselte einen Blick mit Kris. Faszinierend, dieser Gregor Mosacher. Fast war ich versucht, noch ein bisschen weiter mitzuspielen. Aber wozu? Der Mann fühlte sich jetzt schon als Sieger.

Ich lächelte bedauernd, ignorierte Kris' diskretes Räuspern, das hinweisen wollte auf all die mühsam zusammengekratzten Beweise, die wir ihm bisher nicht vorgelegt hatten.

Doch Gregor Mosachers erster Dominostein brauchte etwas anderes als Beweise, um zu kippen.

»Am liebsten würde ich Ihnen recht geben, Herr Mosacher. Es könnte wirklich so gewesen sein. Sie täuschen sich nur leider. Carolins Tod war kein Unfall, sondern ein ziemlich intelligent durchgezogenes Verbrechen. Wir sind, das muss ich zugeben, einige Zeit im Kreis gelaufen. Zum Glück hat die Täterin doch noch das Gewissen gepackt. Gestern hat sie gestanden.«

»Die Täterin?«

Sein Oberkörper kam nach vorne, sein Blick ungläubig. Ich nickte. Gab Kris, die den Laptop mit den Aufnahmen der Sicherheitskamera schon gezückt hatte, ein Zeichen, dass sie noch warten solle.

»Sagt Ihnen der Name Alexandra Billroth etwas?«

Keine Antwort. Er starrte nur mit fest zusammengepressten Lippen geradeaus und versuchte, seine Gesichtszüge zu kontrollieren, während der Ärger sich langsam durch seine freundliche Fassade fraß.

»Natürlich kennen Sie sie. Nur eben nicht so gut, wie Sie dachten«, sagte ich. »Sie war mehr als nur eine Kollegin von Ihnen, sagte sie uns. Eher schon eine Freundin mit Zusatznutzen, wenn ich das so bezeichnen darf. Es waren verrückte Zeiten mit Ihnen dreien. Aber dann hat sie sich eben doch für Lorcan Foley entschieden. Ein Schlag für Sie, aber man bleibt sich trotzdem irgendwie verbunden. Und man will schließlich professionell bleiben, nicht wahr? Immerhin arbeitet man zusammen.«

Gregor Mosachers Lippen verschwanden noch weiter in seinem Mund. Sein verletztes Ego von damals war wieder aufgewacht, seine Klauen so scharf wie eh und je.

»Ich habe ein Foto von Ihnen beiden gesehen, im Skiller-Familienalbum in Dublin. Lorcan war auch mit drauf. Wussten Sie, dass die beiden bis vor Kurzem gemeinsam ganz Skiller mit Kokain versorgt haben? Ach was, Kokain. Amphetamine, Gras ... eigentlich alles, was das Herz begehrt.«

Gregor Mosacher sagte nichts. Er hatte zu viel damit zu tun, seine souveräne Maske am Rutschen zu hindern. Dabei war es doch schon viel zu spät. Sein Schild war unten, jedes meiner Worte ein Affront gegen sein Ego, seine Intelligenz. Und ich feuerte weiter.

»Das lief ziemlich geschickt: Über ein Prepaidhandy wurden die Bestellungen als Voicemail oder SMS entgegengenommen, dann kam einige Zeit später die Lieferung. Ali Billroth nahm sie mit in die Arbeit und versteckte sie an einem vereinbarten Ort. Meistens auf einer der Toiletten, denn da gibt es keine Überwachungskameras. Dafür schnitt sie ein bisschen bei Lorcans Einnahmen mit und konnte sich ein erwachsenenwürdiges Leben in Dublin leisten. Das Handy wurde laut Provider von verschiedenen Bankkonten aufgeladen. Einmal leider auch von Frau Billroths eigenem Konto, hat mein Dubliner Kollege über den Mobilfunkbetreiber herausgefunden. Aber was erzähle ich Ihnen? Das wissen Sie ja sicher alles.«

Gregor Mosacher interessierte sich einen sichtlichen

Dreck dafür, was wir über die Drogen wussten. Er wollte nur, dass ich endlich zum entscheidenden Punkt kam. Zu Carolin Höller. Ihn erlöste aus dem Fegefeuer der plötzlichen Unsicherheit. Ihm servierte, was wir herausgefunden haben wollten. Aber nicht so schnell.

»Oh, Ali sagte uns übrigens auch, dass Lorcan schon allein zu dealen begonnen hat, als Sie drei noch Ihre kleine Ménage-à-trois am Laufen hatten. Leider wurde er dann erwischt und gefeuert. Also hat Ali den Kontakt zu Skiller übernommen. Und sie stellte sich da durchaus cleverer an. Sie haben sogar mal gedroht, die Sache auffliegen zu lassen, weil Sie so verletzt waren, dass Ali Lorcan besser fand als Sie. Aber wahrgemacht haben Sie die Drohung natürlich nicht, dazu hatten Sie zu viel Angst um Ihren Job ... Außerdem haben Ihnen die beiden als kleine Abfindung immer wieder mal was Besonderes zukommen lassen. Extra reinen Stoff, zum Beispiel.«

Sein Ärger auf mich und meine endlose Drogenstory nahm ihn inzwischen so ein, dass sich seine Hände auf der Tischplatte zu weißen Fäusten ballten. Als er bemerkte, dass Kris und ich es bemerkten, ließ er sie unter der Tischplatte verschwinden.

»Aber na ja«, winkte ich ab. »Lassen wir die Drogen mal beiseite. Was Sie vielleicht nicht wissen: Ali Billroth war sehr wütend auf Carolin. Sie wurde von einem Mitglied des Skiller-Management-Teams sexuell bedrängt und hoffte, dass Carolin dem Einhalt gebietet. Frau Billroth wollte deshalb am Tag der Eröffnungsfeier noch einmal mit ihr sprechen.«

Ich sah ihn fragend an. Keine Reaktion, nur hämische Blicke.

»War Ihnen der Umstand bekannt, Herr Mosacher?«

»Nein. Ich habe nur Gerüchte gehört, wie gesagt. Aber ich nehme an, es war Tony Keane, von dem hier die Rede ist?«

Ich ließ das unkommentiert.

»Anscheinend war Carolin nicht so hilfsbereit wie erwartet und wollte die ganze Sache eher unter den Tisch fallen lassen. Tony Keane war schließlich ein hohes Tier und ihr ehemaliger Manager. Ali war wütend, weil sie sich von ihrer Managerin verraten fühlte. Sie ging noch einmal zu ihr ins Büro und hat Carolin auf dem Fensterbrett sitzend vorgefunden. Sie hatte Drogen konsumiert und auf Alis erneute Bitte, ihr zu helfen, recht aggressiv reagiert. Die beiden gerieten in Streit, es kam zu einer Rangelei, und dabei hat Ali sie im Eifer des Gefechts aus dem Fenster geschubst ...«

Ich lehnte mich zurück, sah ihn an. Gregor Mosachers Gesicht ein blassgrauer Stein, sein Körper steif und angespannt unter seiner betont lässigen Pose.

»Warum schauen Sie so zweifelnd? Glauben Sie mir nicht?«

Er zuckte mit den Achseln. Seine Oberlippe glänzte, feucht vor lauter Schweißtröpfchen. Und sie breiteten sich aus.

»Natürlich bekam Ali es danach mit der Angst zu tun. Sie war schuld am Tod ihrer Managerin. Was, wenn die Polizei nicht an Selbstmord oder Unfall glaubt und zu ermitteln beginnt? Dann wäre ihre Karriere ruiniert! Vorbei das schöne Leben! Also hat sie sich eine Geschichte überlegt. Von einem lauten Streit, den sie mit angehört hat, während sie oben an ihrem Schreibtisch saß. Ihre Zeugenaussage war so gehalten, dass sie indirekt aber doch auf Anthony Keane als Schuldigen verwies. Dieser Macho hatte es schließlich verdient, ein wenig in Schwierigkeiten zu kommen, nicht wahr? Und wissen Sie was? Alis kleiner Racheplan ging noch besser auf als gedacht. Vor lauter Angst um seinen Job hat Keane versucht uns anzulügen. Im Gegensatz zu Ali war Keane aber kein guter Lügner und wurde schnell zum Hauptverdächtigen. Zumal eine DNA-Spur den Verdacht noch erhärtete. Darüber geriet er so in Verzweiflung, dass er sich das Leben genommen hat. Die typische Tat des Schuldigen, der sich der Verantwortung entziehen will. Alles lief perfekt. Nur leider hatte Ali nicht mit ihrem eigenen Gewissen gerechnet. Ihr perfektes Verbrechen hat sie letzten Endes so belastet, dass sie zu uns kam.«

Gregor Mosachers spontanes Lachen, das meiner Geschichte folgte, füllte den ganzen Raum. Ein paar Silben, nicht mehr. Dann hatte er sich wieder halbwegs im Griff.

»*Sorry*, aber ... hat Ali wirklich ein Geständnis abgelegt?«

»Ja, gestern Abend. In Dublin, bei meinem Kollegen. Die Kollegin Meyerhofer und ich waren per Video zugeschaltet.« Kris nickte, brummte zustimmend.

Er schüttelte den Kopf und schnaubte. Inzwischen glänzte auch seine Stirn. Sein Fuß wippte auf und ab im Takt seiner Unruhe.

»Ist Ihnen nicht gut?« Kris schob ihm ein Glas Wasser zu. Er hob es an, doch es zitterte so sehr, dass er es wieder absetzte.

»Ich kann das nicht glauben. Das macht überhaupt keinen Sinn.« Er mühte sich um einen unschuldigen Blick. Scheiterte.

»Oh doch«, sagte ich. »Es macht sogar sehr viel Sinn. Alles passt zusammen. Ali Billroth hat das perfekte Verbrechen begangen. Hätten ihre Schuldgefühle nicht überhandgenommen, wir ...«

»Ach was!« Gregor Mosacher war sichtlich am Ende seiner Geduld mit mir. »Ali Billroth ist eine weinerliche Versagerin.« Seine sonst so schönen Lippen höhnisch verzogen, seine Augen wie Speerspitzen. Ohne Fassung. Ohne Vorsicht. Jetzt fiel er, der erste Stein. »So kann es nicht gewesen sein, und ich sag Ihnen auch, warum. Ali verliert sofort die Nerven. Sie ist wie ein Schaf. Braucht jemanden, der ihr etwas vorsagt, das sie nachblöken kann. Die hätte unter diesem Druck niemals einen klaren Gedanken fassen können ...« Er stutzte. Registrierte, dass er dabei war, zu viel zu sagen. Doch der Drang, meine inkompetente Nase auf den wahren Kopf hinter diesem genialen Plan zu stoßen, war noch immer stärker. »Und überhaupt: Wenn diese dumme Kuh von Ali gestanden hat, warum sprechen Sie dann überhaupt mit mir? Sie lügen doch, genauso wie Ali. Sie beschiss...« Er brach ab.

Der berühmte Schritt zu weit, er war getan. Ab hier ging es nur noch abwärts, der Wahrheit entgegen. Die Erkenntnis zog einen Schleier über Gregor Mosachers triumphierenden Blick.

»Sie sind wirklich clever, Gregor«, sagte ich nach einer Weile, bevor wir alle an diesem Schweigen erstickten. »Und Sie haben recht. Meine Geschichte stimmt nicht ganz. Ali hat Carolin nicht aus dem Fenster gestoßen und sich einen wasserdichten Plan überlegt. Dazu brauchte es jemanden wie Sie. Einen, der unter Druck zur Hochform aufläuft und alle Möglichkeiten bedenkt, der die Polizei in die Irre führt, mit einer perfekten Exit-Strategie.« *Exit-Strategie.* Das entlockte ihm sogar nochmal ein stolzes Lächeln. »Und Ali hat auch nicht die Schuld für Sie auf sich genommen. Im Gegenteil. Als es ernst wurde, hat sie Sie uns zum Fraß vorgeworfen, ohne zu zögern.«

Ich gab ihm eine Minute, um zu begreifen. Die Tür zu seiner Exit-Strategie war soeben zugefallen.

»Ali Billroth war von Anfang an ein Problem, nicht wahr? Sie haben befürchtet, dass sie die Nerven verlieren und reden würde. Also haben Sie nachgeholfen und sie erpresst.«

»Erpresst?« Er zischte voller Verachtung. »Die Fotze hat sie nicht mehr alle!«

Er wollte aufspringen, sackte dann aber zusammen. Der Schleier über seinen Augen verwandelte sich in Tränen.

Selbstmitleid. Immer noch die reinste Form von Mitleid.

Während er vor sich hin schniefte und seine Schultern sich immer weiter nach vorne krümmten, machte ich es mir auf diesem Nagelbett von Stuhl bequem.

»Und jetzt erzählen Sie uns, wie Carolin wirklich gestorben ist.«

Carolin, am Ende

»Was willst du noch hier?«, fragt sie den stummen Schatten, der vor der Bürowand Gestalt annimmt. »Verschwinde.«

Ihre ganze Autorität zwingt sie in diese Worte. Doch sie verhallen wirkungslos. Ihre letzte Energie ist verbraucht. An Tony Keane. Trotz ihrer Warnung ist er vorhin noch einmal hier aufgetaucht. Hat wieder versucht, sie zu beschwatzen, sie einzuschüchtern. Bis es ihr gereicht hat. Sein schockiertes Gesicht nach dem Kratzer. Wegen dem bisschen Blut. Ein echter Männer-Kratzer, sozusagen. Aber immerhin – ihre Botschaft kam an, und er hat sich zurückgezogen.

Mit Gregor wird es nicht so einfach sein.

»Du antwortest auf keine meiner Nachrichten«, sagt er, künstlich beleidigt, schaut hinüber zu ihrem Handy, das leuchtet wie ein Warnsignal.

Wenn du unser Kind umbringst, bring ich DICH um, steht in ihren Textbotschaften. Unter anderem.

»Auf Schimpfwörter und Drohungen reagiere ich nicht.«

»Dann nochmal ganz lieb. Wo ist der Stoff?«

»An einem sicheren Ort.«

»Wo, Caro? In der Tasche?«

»Das weißt du sicher am besten. Jemand hat sie durchwühlt, als ich in der Kantine war. Das warst doch du, oder?«

Sein Grinsen, es blitzt wieder zu ihr herüber. Es hat zu viele Zähne.

»Pass auf, dass du nicht aus dem Fenster fällst«, sagt er. »So was passiert schneller, als man denkt.«

Steht sie noch immer hier oben auf dem Fensterbrett? Um Gottes willen, ja. Warum nochmal? Luft! Draußen die Einschläge der ersten Regentropfen, wie kleine Granaten auf den Pflastersteinen und Autodächern. Das Donnergrollen eine Ahnung, die zur Gewissheit wird.

Sie muss hier runter. Weg vom Fenster. Ihr Schwindel verstärkt sich, sie geht in die Knie.

Gregor macht einen Satz aus dem Schatten zu ihr. Packt sie bei den Schultern und stößt sie nach hinten, nur um sie sofort wieder nach vorne zu reißen.

Lacht über ihren atemlosen Aufschrei. Diese Grausamkeit, die sie unter seinem jungenhaften Charme immer erahnt hat. Jetzt hat sie die Oberfläche durchbrochen. Entfaltet sich zur wahren Größe.

Er drückt sie an sich. Zieht sie vom Fensterbrett.

»*Sorry*, aber ich muss dich vor dir selbst schützen. Dich und unser Kind.«

Sie will protestieren. Ihn von sich stoßen. Doch ihr fehlt der Atem. Ihr Herz, ein verglühender Stern.

Er verstärkt seinen Klammergriff um sie, dreht sie mit sich um die eigene Achse, als wollte er mit ihr tanzen. Eine Hand reicht ihm fast dafür. Und sie ist plötzlich so ohne Kraft. Unter ihrer Haut ein Ameisenhaufen, der zum Leben erwacht. Eine Hand auf ihrem Po, die sich in die Taschen ihrer Hose schiebt. Sein erregtes, manisches Flüstern, heiß und trocken an ihrem Ohr.

»Komm schon, Baby. Wo ist der Stoff? Sag's mir. Oder muss der Marquis erst böse werden?«

Fass mich nicht an, will sie schreien, aber aus ihrem Mund kommt nur ein Röcheln. Ekel, überwältigend und mächtig, erfüllt sie, verleiht ihr nochmal Kraft.

Sie stößt ihn von sich.

»Ich hab's genommen, okay? Hau endlich ab!«

Er steht da. Sein Kopf gesenkt. Trotzdem sieht er sie an. Ein

Fremder mit irrem Blick. Fast wie dieser Psychopath aus *The Shining*.

»Alles? Das waren fast zwei Gramm.«

Natürlich nicht. Aber soll er es ruhig glauben. Hauptsache, sie hat endlich Ruhe. Vor ihm und diesem Horrortag.

»Na und?«

»Willst du unser Kind umbringen?«

»Ob so oder mit einer Giftspritze ist doch egal, oder?«, sagt sie. Sieht Gregors Hand in die Höhe fliegen. Auf sie zu, wie im Film. Ein dumpfer Schlag an ihrer Schläfe, ihr Kopf, wie losgelöst vom Hals. Die Wand hinter ihrem Sofa taumelt auf sie zu, knallt in sie wie ein Rugby-Spieler. Wo ist oben, wo ist unten? Sie weiß es nicht mehr. Sie weiß nur, sie muss zurückschlagen. Bei Tony hat das funktioniert.

Doch ihr Stoß landet im Nirgendwo. Eine Hand packt sie bei den Haaren, eine zweite am Kragen ihrer Bluse. Sein Gesicht über ihrem, sie erkennt es nicht mehr.

»Versuch mich nochmal zu schlagen, und ich mach dich fertig, klar?«

Er wartet nicht auf eine Antwort. Packt sie noch fester. Schleift sie mit sich zum Schreibtisch. Mahagoni massiv. Die Tischkante rast auf sie zu. Noch ein Feuerwerk von Bildern, dann reißt der Film.

Die Exit-Strategie

1

Auszug aus dem ins Deutsche übersetzten Transkript der Vernehmung von Frau Alexandra Billroth, durchgeführt am 6. September 2016, 18.00 Uhr (MEZ), in Dublin, An Garda Síochána Station Pearse Street, Dublin 2

Teilnehmende Ermittelnde: DS Bennett Ferguson (vor Ort), KHK Patrizia Logan (per Videozuschaltung), KK Kirsten Meyerhofer (per Videozuschaltung)

Ferguson: Wollen Sie lieber eine Pause machen, Ali?
Billroth: (Weinen; Naseputzen) Nein, es geht schon. (Pause) Wo waren wir?
Ferguson: Sie haben mit Ihrer Schwester Brigitte in Wien telefoniert und wurden Ohrenzeugin einer Auseinandersetzung zwischen Carolin Höller und Anthony Keane. Das Telefonat haben Sie nicht unterbrochen, weil der Streit so schnell wieder vorbei war. Laut Zeitstempel des Telefonsystems haben Sie bis 20:52 telefoniert.
Billroth: Ja ... ja genau. Das kann stimmen. (Pause) Als ich dann kurz danach an Carolins Büro vorbeikam, saß sie an ihrem Schreibtisch. Das Licht war aber aus. Ich erinnere mich noch, weil ich dachte, es sieht so unheimlich aus. (Weinen; längere Pause)
Logan: Erinnern Sie sich, was Carolin getan hat?
Billroth: Nichts. Sie saß vor ihrem Computer. Ich bin schnell vorbeigegangen. Ich wollte nicht so reinstarren. Außer-

dem war ich sauer auf sie, weil sie sich am Vormittag so gewunden hatte wegen meiner Beschwerde ...

(längere Pause)

Logan: Wie ging es weiter, Ali?

Billroth: Ich bin dann runter in die Kantine, aber nicht lange. Ich hab mir nur was zu essen geholt und mit zum Schreibtisch genommen. Ich hatte keine Lust auf Feiern, ehrlich gesagt. Das kam mir alles so hohl vor ... (Pause) Jedenfalls war ich kurz vor halb zehn wieder oben und natürlich die Einzige im Stockwerk. Bei Carolin war es auch ganz dunkel. Sie saß nicht mehr am Schreibtisch, und der Laptop war aus. Keine Ahnung. Ich dachte jedenfalls, sie ist inzwischen gegangen. Ich weiß, sie wollte immer nach Hause zu ihrer Familie, wenn sie endlich mal fertig war mit arbeiten. Sie hatte so süße Kinder ... (Weinen)

(längere Pause, Räuspern)

Entschuldigung. (Naseputzen) Ich habe mich an meinen Tisch gesetzt und wollte essen. Es war unheimlich, weil außer mir niemand da war und die Lichter um mich herum ausgingen. Dann habe ich plötzlich ein Poltern bei Carolin gehört, richtig laut. Ich bin total erschrocken. Ich bin rüber und wollte nachsehen, aber das Schild an ihrer Tür sagte, sie ist weg.

Meyerhofer: Das Schild mit Lucy von den *Peanuts*?

Billroth: Genau. Da stand, *The Doctor ist OUT*. Aber irgendwie hatte ich das Gefühl, dass da jemand ist. Und dann habe ich noch das Handy auf ihrem Schreibtisch blinken sehen. Das hätte sie doch niemals im Büro gelassen. Mit dem war sie völlig verwachsen, noch mehr, als wir es sowieso alle sind. Ich habe nicht lange nachgedacht, sondern bin einfach rein. Schalte das Licht an und ...

(längere Pause)

Ferguson: Ganz ruhig. Was haben Sie gesehen, Ali?

Billroth: Carolin ... Sie lag am Boden. Ganz hinten in ihrem Büro, da stand eine Art Sitzgruppe, und da lag sie. Sie hat sich nicht gerührt. Die ist tot, dachte ich mir gleich. Und dann war da noch Gregor. Der hockte neben ihr und hat sie umarmt. Dadurch sah sie fast aus, als ob sie sitzen würde, aber ihre Arme ... ganz schlaff.

(längere Pause)

Ferguson: Brauchen Sie eine Pause?

Billroth: Nein, nur ein Wasser, bitte. (Pause) Danke. Gregor hat mich angesehen, es war unbeschreiblich. Als würde er gleich rüberkommen und sich auf mich stürzen. Ich habe ihn gefragt, was passiert ist und ob ich den Notarzt rufen soll, aber er sagte nur, dass ich das Licht ausschalten soll. Das hab ich dann gemacht.

Ferguson: Warum das?

Billroth: Ich weiß nicht mehr. Aus Reflex? Ich hab's einfach getan. Ich war total betäubt von dem Bild. Carolin hat geblutet. Gregor auch. Aber er hat gesagt, dass es nur Carolins Blut war. Er war in Panik. Hat geweint. Er hat mir erzählt, dass er mit Carolin zusammen war, die letzten beiden Jahre.

Logan: Wussten Sie von der Affäre?

Billroth: Nein. Zumindest nicht mit Sicherheit. Die waren wirklich vorsichtig. Sonst spricht sich hier ja alles sofort rum. Andererseits ... Gregor lügt so, wie sich andere die Zähne putzen. Wenn jemand so was schafft, dann er.

Ferguson: Wie hat Gregor die Situation erklärt?

Billroth: Er sagte, dass Carolin ein Kind von ihm erwartet. Dass sie es aber nicht behalten wollte und eine Menge Kokain genommen hat. Anscheinend hat sie gehofft ... (Pause) Sie meinte wohl, sie kann damit eine Fehlgeburt auslösen.

Verrückt. Sie ist doch nicht mehr in Irland. Sie hätte einfach zu einem Arzt gehen können. (Pause) Gregor sagte jedenfalls, sie wäre so high gewesen, dass sie versucht hat, aufs Fensterbrett zu steigen. Er wollte sie runterholen, bevor sie fällt. Dabei ist sie gestolpert und runtergefallen. Auf den Kopf, und jetzt wäre sie tot. Und es würde so aussehen, als wäre er ihr Mörder. Er war vollkommen verzweifelt.

Ferguson: Haben Sie überprüft, ob Carolin Höller wirklich tot ist?

Billroth: Sie sah tot aus. Ganz fahl im Gesicht, und ihre Arme hingen so schlaff herunter. Und Gregor hat gesagt, sie hätte keinen Puls mehr. Er hätte versucht, sie wiederzubeleben, aber ohne Erfolg.

Ferguson: Was haben Sie da gedacht?
(längere Pause)

Billroth: Alles und nichts. Gregor hat mich bekniet, ihm zu helfen. Er hätte Carolins Blut auf seinem Hemd, und die Polizei würde ihn sicher als Mörder abstempeln, und dann wäre sein ganzes Leben zerstört. Und dass sie das auch nicht wieder lebendig machen würde.

Ferguson: Haben Sie ihm geglaubt?

Billroth: Ja.

Ferguson: Obwohl Sie ihn als guten Lügner kennen?

Billroth: Wir waren sehr lange gute Freunde, und mich hat er auch nie belogen, bisher. Wir waren ja immer noch in Kontakt. (Pause) Er hat mir dann den Vorschlag gemacht, dass wir sie aus dem Fenster werfen. Dann würde es nach einem Unfall aussehen. Dass sie ausgerutscht ist, im Kokainrausch. Fast wäre sie's ja, meinte er.

Ferguson: Sie schütteln den Kopf.

Billroth: Ja, weil es mir so verrückt erscheint, wenn ich jetzt daran denke. Der ganze Vorschlag. Ich verstehe nicht mehr, wie ich das überhaupt so akzeptieren konnte. Warum ich nicht einfach einen Rettungswagen gerufen habe. Aber in dem Augenblick ... Ich weiß nicht, alles hat mich überwältigt. Etwas Schreckliches war passiert, und mein Freund brauchte Hilfe. (Weinen)

Logan: Es war eine Ausnahmesituation, Ali. Wir verurteilen Sie nicht. Wir wollen nur herausfinden, was wirklich passiert ist, verstehen Sie?

Billroth: Ja ... (Pause) Ich habe ihm gesagt, dass das Ganze verrückt ist. Aber er hat mir versichert, dass es ein Unfall war. Und er sagte ständig nur, dass wir uns was überlegen müssen. Eine Exit-Strategie.

Logan: Eine Exit-Strategie?

Billroth: Ja, so nannte er es. Er meinte, wir würden sonst beide ganz tief in der Scheiße sitzen. Er als Mörder, und ich indirekt auch, weil ich doch das K an Carolin geliefert habe. Das wäre schuld an allem, und dann würden wir auffliegen, und das würde Lorcans Lieferanten natürlich auch nicht gefallen.

Logan: Er hat Sie also erpresst?

Billroth: Irgendwie schon. Zumindest ist mir das jetzt klar. Aber in dem Augenblick klang es ... logisch. Wir mussten an einem Strang ziehen. Das Problem gemeinsam lösen.

Ferguson: Indem sie Carolin aus dem Fenster werfen.

Billroth: Ja. Wenn es nach einem Unfall aussieht, kommen wir aus der Sache raus, dachten wir. Ich kann das jetzt auch nicht mehr fassen, aber ... (Weinen; Pause)

Ferguson: Was ist dann passiert, wie sind Sie weiter vorgegangen?

Billroth: Zuerst bin ich rüber in Gregors Hotel, frische Sachen für ihn holen.

Ferguson: Weshalb?

Billroth: Gregor hat mich darum gebeten. Er hatte einen Blutfleck auf seinem weißen T-Shirt. Er hatte keine Jacke dabei und konnte unmöglich mit dem blutigen T-Shirt rumlaufen. Also habe ich ein frisches aus seinem Hotelzimmer geholt und mit ins Büro gebracht.

Ferguson: Wie lange hat das gedauert?

Billroth: Eine halbe, drei viertel Stunde ungefähr.

Ferguson: Was hat Gregor in der Zeit gemacht?

Billroth: Er wollte bei Carolin Wache halten.

Logan: Wache halten?

Billroth: Ja. Aufpassen, falls jemand vorbeikommt. Außerdem könnte er sich so noch von ihr verabschieden. So hat er das erklärt, und ich fand das in dem Augenblick verständlich. Als ich zurückkam, hatte er sich auch nicht vom Fleck bewegt. Er hockte noch immer neben ihr.

Logan: Warum haben Sie Gregor Mosachers Mitarbeiterausweis verwendet und nicht Ihren eigenen?

Billroth: Das war seine Idee. Er sagte, wir sollten vorsorgen. Für den Fall, dass doch irgendein übereifriger Polizist einen unnatürlichen Tod vermuten sollte. Das hat mir Angst gemacht. Also haben wir uns drauf geeinigt, dass er offiziell früher das Haus verlässt und ich später. Ich war völlig fertig und froh, dass zumindest er trotz allem so klar denken konnte. Ich habe mich auf ihn verlassen, darauf, dass er weiß, was zu tun ist. (Pause) Jetzt fühle ich mich wie der dümmste Mensch der Welt. Als wäre das gar nicht ich gewesen an dem Abend.
(längere Pause; Weinen)

Ferguson: Als Sie um 22.25 Uhr ins Büro zurückkehrten und Gregor Mosacher wieder mit Carolin antrafen, was passierte da?

Billroth (leise): Ich bin zu ihnen gegangen. Ich habe kurz Carolins Hand genommen und selbst noch einmal nach ihrem Puls gefühlt.

Logan: Warum? Dachten Sie, dass sie noch lebt?

Billroth: Nein, nicht wirklich. Gregor hatte mir ja schon gesagt, dass da kein Puls ist. Aber bevor wir sie aus dem Fenster werfen würden, musste ich das selbst wissen … Ich musste mich versichern. Verstehen Sie, was ich meine?

Ferguson: Wir verstehen, Miss Billroth.

(längere Pause)

Ferguson: Was passierte dann?

Billroth (ärgerlich): Wir haben sie zum Fenster getragen. Ich vorne, Gregor hinten. Sie war so schwer … Und dann haben wir sie einfach fallen lassen …

(längere Pause; Weinen)

Ferguson: Und danach?

Billroth: Wir haben das Büro geputzt. Fenster, Schreibtisch, überall, wo sie war. Gregor hat sich das frische T-Shirt angezogen. Und dann fiel mir die Geschichte mit dem Streit von Carolin und Anthony Keane wieder ein … (Pause) Ich habe Gregor davon erzählt, weil ich dachte, er kann damit vielleicht was anfangen. Er meinte, alles würde jetzt zusammenpassen. Wir haben noch eine Weile im Büro verbracht und uns abgestimmt.

Logan: Haben Sie da auch vereinbart, nicht mehr miteinander zu kommunizieren?

Billroth: Ja. Handys können doch ausgewertet werden, oder nicht? Und E-Mails auch. (Pause) Ich bin dann runter zur Party, damit man mich sieht, und Gregor hat oben in Carolins Büro gewartet, bis alles vorbei war. Er ist dann gemeinsam mit dem DJ über den Hinterausgang raus, als der seine Anlage abtransportiert hat. Fiel ja nicht auf, in dem ganzen Durcheinander. Zumindest war das sein Plan. Ich bin offiziell beim Haupteingang raus. Seitdem haben wir nicht mehr miteinander gesprochen.

Meyerhofer: Gregor taucht tatsächlich nicht mehr auf den Aufnahmen der Kamera auf. Was ist mit Carolins Handy passiert?

Billroth: Das hat Gregor mitgenommen. Er wollte es in die Isar werfen.

Ferguson: Wann kam Ihnen der Verdacht, dass Gregor Sie nur benutzt hat, um sich selbst aus der Affäre zu ziehen?

(lange Pause)

Billroth: Ziemlich bald. Am nächsten Tag schon, eigentlich. (Pause; Seufzen) Aber da hab ich dann einfach gehofft, die Sache mit dem Unfall geht so durch. Und irgendwann hatte ich nur noch Angst, dass mein Wort gegen das von Gregor steht. Wer glaubt denn schon einer, die Drogen im Unternehmen verteilt? Und was ist dann?

(lange Pause; Weinen)

2

Kurz vor zwei Uhr am Nachmittag. Schwanengesang in der Kantine. Jetzt kriegte man nur noch, was an den Rändern der Warmhaltewannen klebte. Oder die Zumutungen, die automatisch übrig blieben. Treffpunkt für diejenigen, die keine Zeit, keine Lust oder keine wohlgesinnten Kollegen für ein gemeinsames Mittagessen hatten. Man kannte sich, behielt den Kopf unten.

Nur Konstantin winkte mir von einem gähnend leeren Vierertisch aus zu.

»Patrizia Logan. Komm, setz dich zu mir.«

Ich entsprach, begann an meinem Kürbisschnitzel zu sägen. Konstantins Teller war schon fast leer: die letzte Lasagne. Typisch.

»Ich hab mir heute Vormittag die Höller-Akte für den Untersuchungsrichter durchgesehen«, sagte er nach einem Schluck von seiner Cola Zero. »Sitzt, passt, hat Luft.«

»Kris ist da sehr genau.«

»Zumindest genauer als mit der Sicherheitskamera. Hätte sie den Quervergleich ...«

Als ich zu ihm aufsah, grinste er noch. Dann nicht mehr so sehr.

»Weißt du, dass du grad aussiehst wie ein richtig fieses Schneewittchen?«

Ich lächelte demonstrativ.

»Jetzt wie ein sarkastisches.«

»Kris hatte zu dem Zeitpunkt keine Ahnung, dass es eine Verbindung gab zwischen Billroth und Mosacher. Ich auch nicht. Und wir hatten schon so genug zu tun. Außerdem war der Reitsamer auch bei den Kamera-Sichtungen dabei. Der hat zwanzig Jahre mehr Erfahrung als Kris, die Idee hätte ihm auch kommen können, die Gesichter mit den Datenlogs abzugleichen. Aber wir waren alle zu sehr in Eile, Ergebnisse zu liefern, weil uns Skiller sonst nicht mehr lieb hat. Und die Indizien gingen überhaupt in eine ganz andere Richtung: Anthony Keane, der Ehemann ...«

»Ja, ja! Hab schon verstanden. Ich hoffe, sie schicken dir deinen Humor aus Irland irgendwann wieder zurück.« Er legte das Besteck auf den Teller, schob ihn weg und lehnte sich mir mit verschränkten Armen entgegen.

»Was ich dich übrigens fragen wollte: Laut Mosachers Geständnis bei eurem Gespräch am Flughafen hat er Carolin Höller nicht mit Absicht umgebracht. Es ist ›eben so passiert‹. Er dachte, dass sie sich den Kopf gestoßen hat und daran gestorben sei. Er ist in Panik geraten und wollte es nach einem Unfall aussehen lassen. Die zufällige Zeugin Billroth wurde zur Komplizin.«

»So ist es.«

»Und jetzt meine Frage: Wir wissen, dass Carolin Höller erst durch den Aufprall auf der Terrasse gestorben ist. Glaubst du ihm, dass er wirklich dachte, dass sie tot ist? Ich meine ...« Er schaute sich um, als wären wir in Gefahr, belauscht zu werden. »Einmal mit dem Schädel gegen die Wand, das bringt einen Menschen doch nicht gleich um, oder?«

»Sie hatte eine Überdosis Kokain intus und einen Herzanfall, ungefähr um dieselbe Zeit. Sie wäre wahrscheinlich sowieso umgekippt, früher oder später. Auch wenn sie zu dem Zeitpunkt noch nicht tot war, ist es theoretisch möglich, dass sie so ausgesehen hat. Oder der Puls war so schwach, dass er für medizinisch ungeschulte Leute nicht zu spüren war.«

»Schon klar. Aber Mosacher könnte doch genauso gut die Gunst der Stunde genutzt haben. Wäre sie wieder aufgewacht, wäre er dran, für Körperverletzung, et cetera, das muss ihm klar gewesen sein. Warum sie nicht gleich ganz loswerden?«

Gute Frage. Ich stellte sie mir schon seit ein paar Wochen, und Dr. Harb auch. Wir kamen jedes Mal nur auf dieselbe Antwort. Carolin Höller starb durch einen Genickbruch, der Schlag gegen den Kopf davor hatte sie bloß bewusstlos werden lassen. Hatte Gregor Mosacher sie wirklich für tot gehalten? Oder einfach nur seine Chance genutzt?

»Ich glaube, dass es genauso war«, sagte ich. »Carolin Höller war bewusstlos, das reichte ihm. Runter mit ihr, Problem gelöst. Aber er behauptet natürlich das Gegenteil. Und wie sollen wir ihm die Absicht nachweisen? Oder dass er nochmal nachgeholfen hat, sie vielleicht sogar erstickt hat, während Alex Billroth weg war? Noch sind wir nicht bei der Gedankenpolizei. Niemand außer ihm weiß, was in der halben Stunde passiert ist, die Ali weg war. Und ich wette, sein Anwalt wird versuchen, ihn als vermindert schuldfähig darzustellen, wegen seines Kokainkonsums an dem Abend.«

»Das heißt, für Mord kriegen wir ihn nie im Leben dran.«

Ich sah Konstantin bloß an. Wahrscheinlich so, wie ich mich gerade fühlte. Einen Finger breit davon entfernt, mich auf den Rücken zu drehen. Mich dem süßen Zynismus hinzugeben.

Höchste Zeit für einen Themenwechsel, das wussten wir beide.

»Wie ist das Kürbisschnitzel?«

»Wie erwartet.«

Er lächelte. Jetzt aber nachdenklich. Konstantin, wie ich ihn mochte. Immer noch.

»Die Sache in Dublin steckt dir in den Knochen, oder?«

Ich hob die Schultern. »Was soll ich sagen? Es ist jetzt sechs Wochen her. Wird schon besser.«

Er beobachtete mich ein paar Bissen lang.

»Ich versteh nicht, warum du dir Keanes Selbstmord noch immer selbst zuschreibst, Patsy.«

Da waren wir schon zu zweit. Früher hatte ich meine Verantwortung immer schneller abgeben können.

»Woher nimmst du diese Insiderinformation?«

»Man muss dich nur anschauen. Geistig abwesend. Augenringe.«

»Danke fürs Kompliment, aber ich brauche nur ein bisschen Ruhe. Der Fall war anstrengend und ...«

»Ich bin nicht allein mit dem Eindruck.«

»Aha.« Jetzt war ich dran, mein Besteck loszuwerden. »Wer sagt das noch?«

»Die Kollegin Meyerhofer zum Beispiel. Wir hatten ein Gespräch über ihren ersten Fall und wie es gelaufen ist. Sie hat das beim Feedback zu deiner Rolle als Mentorin erwähnt.«

»Schöner Management-Sprech, kommt der aus deinem letzten Seminar?«

Konstantins Blick warnte mich, es nicht zu übertreiben.

»Hast du übrigens gehört?«, fragte er. »Skiller geht in vier Wochen offiziell an die Börse. Der Ausgabekurs liegt sogar über dem von Facebook damals.«

Fast klang er wieder versöhnt. Konstantin war schon zu Streifenzeiten ein interessierter Leser des Wirtschaftsteils gewesen.

»Bin gespannt, wie der Wahnsinn weitergeht«, sagte er. »Die haben nicht mal ein ordentliches Geschäftsmodell. Aber wenn die Analysten dran glauben, geht eben alles.«

Ich dachte an Peter Brennan und sein Schelmenlächeln. Wie es breiter wurde. Nach einem zweitägigen regionalen Nachrichtengewitter über ein privates Eifersuchtsdrama, das sich in den Räumen von Skiller Deutschland abgespielt hatte, war die Nachrichtenkarawane rasch weitergezogen. Die Welt hatte zu viele echte Probleme, um sich lange mit den privaten Abgründen von Menschen in der Online-Branche aufzuhalten. Carolin Höller, Gregor Mosacher, wir alle. Randnotizen. Übrig blieb bloß – eine Menge Geld.

»Und noch was«, sagte Konstantin, nun wieder strenger. »Du schüchterst das Mädchen ein mit deiner spitzen Zunge.«

»Sprichst du von Kris? Die ist kein Mädchen.«

»Dachte ich auch. Sonst hätte ich sie nicht zu uns geholt. Aber wie du Mosacher bei der Vernehmung abmontiert hast, hat sie fast ein bisschen beängstigt.«

»Unsere Beweise waren zu dünn, wir brauchten ein Geständnis. Also musste ich ihn an seiner Eitelkeit packen. Ich verstehe nicht, was Kris dabei Angst macht. Oder plant sie einen Mord?«

Konstantin seufzte. »Und du wunderst dich, warum du nicht meinen Job hast ...«

»Weiß ich doch. Ich hab mit den falschen Leuten geschlafen.«

»Siehst du, genau davon rede ich.«

Beinahe wäre Konstantin wieder laut geworden. Doch er kriegte gerade noch die Kurve. Schon bewundernswert.

»Sorry.« Ich hatte das Kürbisschnitzel endgültig satt. Schob den Teller außer Reichweite. »Ich weiß schon, was du meinst. Diplomatie. Politik. Schlipse, auf die man nicht treten soll. Ich hätte schon am ersten Tag hundert Feinde.«

Er sah mich an. »Nicht jeder hier hat so ein Ego wie du, Patsy.«

Ich musste lachen. Meinte er das ernst?

»Na gut, ich gebe auf. Also: Ich arbeite sehr gerne mit Kris. Sie kann was, aber sie muss noch an ihrem Selbstvertrauen arbeiten. Und sie könnte ein bisschen mehr Verantwortung übernehmen. Deshalb geht sie mit dir und dem Schneidmeier zum Untersuchungsrichter am Freitag.« Konstantin schaute nicht weniger als bestürzt. »Komm schon. Sie kennt den Fall in- und auswendig. Außerdem sind wir eh nur die Stichwortgeber, falls der Schneidmeier nicht weiterweiß. Das schafft Kris mit links.«

»Na gut, du wirst es schon wissen. Aber lieber wär mir ...«

»Ich kann am Freitag nicht. Ich hab frei. Diesmal wirklich.«

Ich begann, mein Tablett aufzuladen, während Konstantin schon wieder halb beleidigt vor sich hin schaute.

Als ich aufstand, streifte sein Blick meinen Bauch, der sich auffällig rund unter meinem schwarzen Oberteil abzeichnete. Blieb kurz daran hängen, wanderte dann wieder hoch zu meinen Augen.

Halleluja, das wurde auch Zeit, flüsterte es in meinem Ohr.

»Was hast du gesagt?«

Konstantin runzelte irritiert die Stirn. »Gar nichts! Aber klar, schick Kris, wenn deine Sache so unaufschiebbar ist ...«

Er lächelte zufrieden. Bildete ich mir zumindest ein.

»Ja. Das ist es«, sagte ich und drehte mich um. »Leider.«

3

In der Kinderwunschklinik Dr. Wahlheimer bemühte man sich spürbar um Unverfänglichkeit. Wände in Pastell. Geschmackvolle Möbel. Gefällig dahinplätschernde Musik und puristisch abstrakte Bilder. Nur einmal erlaubte man sich das weichgezeichnete Foto eines zerbrechlich wirkenden Babykopfes in Erwachsenenhänden. Zwei andere Paare, beide etwa in unserem Alter, versteckten sich hinter Magazinen und ihren Handys, die Resignation wie eine Wolke über ihren Köpfen. Ein drittes Paar, schätzungsweise Ende zwanzig, musterte Stefan und mich unverhohlen von gegenüber. Ich konnte ihr gedankliches Urteil über uns regelrecht hören. Wieder zwei Egoisten, die sich nach Jahren der rücksichtslosen Karrierejagd noch ein Kind als ultimatives Accessoire für ihr gut situiertes Leben wünschten. Verständlich. So was hatte ich bisher auch immer gedacht. Jetzt saß ich hier und scrollte mich ziellos durch die ewig gleichen, bereits gelesenen E-Mails. Beruflich. Privat.

An meinen Eierstöcken hingen siebzehn, dank täglich selbst verabreichter Hormonspritzen turbogereifte Eibläschen, mein aufgetriebener, schmerzender Bauch ein noch ungehaltenes Versprechen.

Siebzehn Eier sind ein gutes, ein ermutigendes Ergebnis, hatte Dr. Wahlheimer uns erklärt.

Heute wurden sie geerntet. Besser gesagt *punktiert.* Die Welt der künstlichen Reproduktion war voll mit beruhigend rationalen Begriffen, die wenig zu tun hatten mit meinen berg- und talfahrenden Hormonen der letzten Wochen. Morgen und am Sonntag konnte ich mich erholen, während Stefans Spermien und meinen siebzehn Eiern in irgendeiner Petrischale das gelingen sollte, woran wir bisher gescheitert waren.

Bei dem Gedanken fühlte sich mein Magen an, als würde ein Schlangennest sich darin langsam aus dem Winterschlaf winden.

Ich nahm ein paar Schlucke aus meiner Wasserflasche. Viel trinken, weil gut fürs Baby. Das Ritual der letzten Wochen. Half ein bisschen, aber nicht viel. Patsy Logan, die Frau der Stunde, war krank vor Aufregung. Am Rande einer Familie.

»Alles okay?« Stefan ließ seine Zeitschrift sinken, legte seinen Arm auf meinen. »Bist du nervös wegen der Narkose?«

»Ist ja keine echte, nur ein bisschen Schlafmittel.«

Trotzdem. Die erste Operation in meinem ganzen Leben. Ein kleiner Tod von fünfzehn Minuten.

Stefan nickte bloß mitfühlend. Man konnte ihm wirklich keinen Vorwurf machen. Seit ich aus Irland zurück war, hatte er sich wie ein wärmender Schal um mich gelegt. Instinktiv gewusst, was ich wann und in welchem Ausmaß brauchte: Reden. Schweigen. Sex. Nur Rotwein hatte er mir verboten, weil schlecht fürs Baby.

Stefan konnte nichts dafür, was in Dublin passiert war. Schon gar nicht für die zehn Prozent, von denen ich ihm nichts erzählt hatte. Wegen derer ich manchmal abwesend war. Vielleicht hatte er sogar etwas geahnt, zumindest am Anfang. Doch die Ahnung war inzwischen überlagert von seiner Freude darüber, dass ich beim Thema künstliche Befruchtung kapituliert hatte. Dass er Vater wurde, vielleicht.

»Das wird schon. Ich hab ein gutes Gefühl«, sagte er jetzt.

Ich nickte, nahm seine Hand und beneidete ihn um seine Überzeugung. In meiner anderen, feuchtkalten Hand das Vibrieren einer neuen Nachricht. Ablenkung, zum Glück. Reflexartig öffnete ich die Nachrichtenapp, doch schon bei der Vorschau stockte ich.

Von: Ben Ferguson (privat)
Betreff: Was in Dublin passiert ...
Patsy, ich weiß, wir hatten vereinbart, dass wir nur noch beruflichen ...

Das konnte nicht wahr sein.

Ja, verflucht nochmal, das hatten wir. KHK Logan, DS Ferguson. Kollegen auf Zeit, Zusammenarbeit bis zum Prozess gegen Gregor Mosacher und Ali Billroth. Professionelle Kommunikation: ja. Privates: nein. So lange, bis wir beide diese Phase überwunden haben würden. Denn nichts anderes war es. Eine kindische, irrationale Phase.

Ich löschte die E-Mail, ohne sie zu öffnen, steckte das Handy weg.

Was in Dublin passiert war, durfte gerne dort bleiben. Außerdem wurden wir gerade aufgerufen.

4

(Papierkorb)

Von: Ben Ferguson <ferguson.ben@yahoo.ie>
An: Patrizia Logan <private.pat@gmail.de>
Betreff: Was in Dublin passiert …

Patsy,

ich weiß, wir hatten vereinbart, dass wir nur noch beruflichen Kontakt miteinander haben. Vielleicht löschst du das hier, weil du mich für einen verrückten Stalker hältst. Der Marquis de Ajemian von Dublin oder so. Würde mich nicht wundern. Und irgendwie stimmt es vielleicht. Ich habe ein bisschen recherchiert. Nicht über dich, keine Angst, über deinen Dad. Weil du an dem Abend gesagt hast, dass du nichts schlimmer findest als ungeklärte Umstände. Wobei ich geklärte Umstände auch nicht leiden kann (aus Gründen!). Ich habe jedenfalls mal in unserem Archiv nachgesehen, ob ich was finde zu deinem Vater. Nicht um mich einzumischen, sondern weil mir was an dir liegt. Und ich dir helfen will, wenn du mehr über ihn rausfinden willst.
Mit den Details aus den Akten will ich dich nicht überrumpeln. So genau habe ich auch gar nicht alles gelesen. Entscheide du, ob du es wirklich wissen willst oder nicht. Kleiner Spoiler-Alarm: Deine Tante Roisin ist vielleicht doch nicht so verrückt, wie alle glauben.
Also sag mir Bescheid. Und wenn ich mich damit zum Teufel scheren soll und du die Vergangenheit endgültig ruhen lassen willst, ist das auch okay. Dann ignorier mich einfach.

Bis bald,
Ben

Anmerkung zu irischen Namen

Die Aussprache irischer Namen hat nur selten etwas mit ihrer schriftlichen Form zu tun. Was sich wie Roisin liest, hört sich deshalb an wie »Roschin«, Aoife wie »Ifa«, und Fiachra wie »Fiukra«, Sinéad wie »Schineid«. Nur Fintan bleibt einfach »Fintan«.

Über den Wahrheitsgehalt dieser Geschichte

Die Buffetkamera zum Warteschlangenmanagement gab es tatsächlich. Der Rest ist erfunden, und Ähnlichkeiten mit lebenden Personen oder tatsächlichen Ereignissen sind rein zufällig.

Abspann und Dankeschön

Um ein Kind großzuziehen, braucht es ein ganzes Dorf, heißt es. So ähnlich ist das auch beim Erscheinen von Romanen. Deshalb ein herzliches Dankeschön an alle Geburtshelfer von Patsy Logans erstem Fall:

Zu Beginn gleich an André Hille von der Literaturagentur Hille & Jung, der die Suche nach Patsys Geschichte und Stimme so scharfsichtig begleitet und das perfekte Zuhause für sie gefunden hat. An meine Lektorin Katrin Trometer, die weder das große Ganze noch die Details jemals aus den Augen verliert, und dabei ihren Humor bewahrt – eine bessere Zusammenarbeit könnte ich mir nicht wünschen. Außerdem an das gesamte Team des Insel Verlags, das Patsy mit offenen Armen aufgenommen hat.

An meine Beta-Leser/innen Britta, Christina, Goeby, Monika, Natalie, Sabine für ihre Zeit und die vielen hilfreichen Hinweise – besonders aber an Dolo, fürs Teilhabenlassen am Leseprozess, und an Nadine, fürs unermüdliche Anfeuern und Momente teilen.

Manuela Obermeier, Krimiautorin und Kriminalhauptkommissarin in München, hat geduldig meine Fragen über das Leben und Arbeiten bei der Polizei München beantwortet. Wo immer Roman und Realität auseinandergehen, liegt das nicht an ihr, sondern allein an mir. Dasselbe gilt für Cathal Brennan für seine großzügige Unterstützung in Sachen irischer Rechtshilfe. *Thanks so much!*

Also, to Marko Niinimäki – sorry for stealing your Heavy Metal joke.

An Mama und Hanns, für euer jahrelanges Rückenstärken. Meinen Schwiegereltern Ingrid und Horst, die diese Zeilen leider nicht mehr lesen können. Wir vermissen euch! An »meine Leute« im Big G (*you know who you are!*) – für die surrealen Jahre, für die Chancen und für die Freundschaft danach.

Wie immer an Wolfgang – mein Mann der Abenteuer und Visionen, ohne die es wohl nie zu dieser Story gekommen wäre.

Und zum Schluss ein extragroßes Danke an alle Leserinnen und Leser der ersten und aktuellen Stunde, die sich die Zeit nehmen für das, was ich erzähle, und deren Feedback mich nach wie vor entzückt und anspornt, besser zu werden.

»Eine hochspannende Mischung aus Emotionen, Drama und Intrigen, eine Handlung voll unerwarteter Wendungen.« ***Irish Independent***

Irland, 1980. Ein junger Mann stürzt sich an der Küste von Cork in die Fluten des aufgewühlten Meeres. Im letzten Moment wird er gerettet – von einer Frau, die selbst mit ihrem Dasein hadert. Zusammen erfahren sie eine Liebe, die sie zurück ins Leben holt. Doch ihre Begegnung hat weitreichende Konsequenzen – die dreißig Jahre später das Leben einer jungen Frau völlig aus den Angeln heben.

Von der sturmumtosten Küste Corks bis ins moderne Dublin erstreckt sich dieser fesselnde Roman, der von der Macht der Vergangenheit erzählt und vom Mut, am eigenen Glück festzuhalten – um jeden Preis.

Zoë Miller, Das Geheimnis jener Tage. Roman. Aus dem Englischen von Peter Knecht. insel taschenbuch 4496. 516 Seiten.

NF 381/1/6.17